古典诗词精品

诗經

全集

佚名 著

知識出版社

图书在版编目（CIP）数据

诗经全集 / 佚名著. -- 北京 ：知识出版社，2015.4

（古典诗词精品）

ISBN 978-7-5015-8452-9

Ⅰ. ①诗… Ⅱ. ①佚… Ⅲ. ①古体诗－诗集－中国－春秋时代 Ⅳ. ①I222.2

中国版本图书馆CIP数据核字(2015)第060545号

古典诗词精品　诗经全集

出 版 人　姜钦云

责任编辑　刘东风　韩小春　田　丹

装帧设计　罗俊南

出版发行　知识出版社

地　　址　北京市西城区阜成门北大街17号

邮　　编　100037

电　　话　010-51516278

印　　刷　阳信龙跃印务有限公司

开　　本　889 mm × 1194 mm　1/16

印　　张　25

字　　数　408千字

版　　次　2015年4月第1版

印　　次　2018年4月第3次印刷

书　　号　ISBN 978-7-5015-8452-9

定　　价　50.00元

前言

《诗经》是我国第一部诗歌总集，先秦时代称为“诗”或“诗三百”，孔子加以整理。汉武帝采纳董仲舒“罢黜百家，独尊儒术”的建议，尊“诗”为经典，定名为《诗经》。

汉时保存研究《诗经》的有四家：鲁人申培的鲁诗，齐人辕固的齐诗，燕人韩婴的韩诗，这三家诗都先后失传；我们现在所读的《诗经》，是毛亨、毛苌传下来的。毛亨作《毛诗故训传》，所以后人又称《诗经》为“毛诗”。

《诗经》现存诗歌 305 篇，包括西周初年到春秋中叶共 500 余年的民歌和朝庙乐章，分为《风》《雅》《颂》三章。

《风》包括《周南》《召南》《邶风》《鄘风》《卫风》《王风》《郑风》《齐风》《魏风》《唐风》《秦风》《陈风》《桧风》《曹风》《豳风》，大部分为东周时期的作品，小部分作于西周后期，以民歌为主。（邶：周代诸侯国名，在今河南省。鄘：后来并入卫国，故城在今河南省汲县东北。卫：诸侯国名，在今河南省北部、河北省南部一带。王：周平王东迁后的国都地区，在今河南洛阳一带。郑：在今河南省新郑县一带。齐：今山东省大部分地区。魏：古魏国在今山西省芮城县东北。唐：晋的前身，在今山西省。秦：在今陕西省境内。陈：在今河南省淮阳、柘城以及安徽亳县一带。桧：桧国后为郑国所灭，二国领土相当于今河南省郑州、新镇、荥阳、密县一带。曹：在今山东省曹县定陶一带。豳：在今陕西郴县、旬邑县一带。）

《雅》包括《大雅》和《小雅》，共 111 篇，是周王朝直接统治地——

王畿地区的作品，均为周代朝廷乐歌，多歌颂朝廷官吏。

《颂》包括《周颂》《鲁颂》和《商颂》，共 40 篇。其中《周颂》为西周王朝前期的作品，均为西周统治者用于祭祀的乐歌，内容多歌颂周代贵族统治者及先公先王，共 31 篇；《鲁颂》为公元前 7 世纪鲁国的作品，歌颂鲁国国君鲁僖公，共 4 篇；《商颂》是公元前 8 世纪到公元前 7 世纪宋国的作品，共 5 篇。

《诗经》大体上反映了周代的社会面貌和人民的思想感情。读它就好像读了一部周族从后稷到春秋中叶的发展史。《诗经》出色的艺术手法，韩愈称之为“葩”，王士祯说“如画工之肖物”，也就是说诗人善于塑造众多逼真的人物形象，就像花一样生动美丽。这种艺术境界，是与其语言艺术的高度成就分不开的。其中经前人总结的常用表现手法为赋、比、兴。

《诗经》所使用的语言，既丰富而又多彩，用来描景塑形、叙事表情，使诗篇鲜活生动。有些词汇，经过几千年，一直到今天还在使用，这不但说明《诗经》的语言丰富精炼，且对我国民族语言的发展有较大的贡献，成为研究古汉语者的必读之书。

《诗经》作为一部经典著作，对我国历史文化的产生和发展有着极其广泛而深远的影响，是中华民族宝贵的精神文化财富。此书将三百零五篇诗全部介绍给读者。除原诗外，每首诗还配有“毛诗序”、译文和注解，以便帮助读者更好地阅读和理解。

由于《诗经》中的篇目写作时间距今已有两千五百多年，很多当时的用字措辞，我们今天未必能准确理解。因此，书中的译文尽可能逐句紧扣原诗，而不是硬译。这些译文和注解除了参照一些比较权威和流行的版本外，也加入了一些个人观点，希望同广大读者一起品读修改，并不断提高。

编　者

目录

国　风

周南

周，国名；南，南方诸侯之国也。周国本在《禹贡》雍州境内岐山之阳，后稷十三世孙古公亶父始居其地。传子王季历，至孙文王昌，辟国寖广。于是徙都于丰，而分岐周故地以为周公旦、召公奭之采邑，且使周公为政于国中，而召公宣布于诸侯。于是德化大成于内，而南方诸侯之国，江、沱、汝、汉之间，莫不从化。盖三分天下而有其二焉。至子武王发又迁于镐，遂克商而有天下。武王崩，子成王诵立。周公相之，制作礼乐，乃采文王之世风化所及民俗之诗，被之筦弦，以为房中之乐，而又推之以及于乡党邦国，所以著明先王风俗之盛，而使天下后世之修身、齐家、治国、平天下者，皆得以取法焉。盖其得之国中者，杂以南国之诗，而谓之《周南》，言自天子之国而被于诸侯，不但国中而已也。其得之南国者，则直谓之《召南》，言自方伯之国被于南方，而不敢以系于天子也。岐周，在今凤翔府岐山县。丰，在今京兆府鄠县终南山北。南方之国，即今兴元府、京西、湖北等路诸州。镐，在丰东二十五里。小序曰：“《关雎》、《麟趾》之化，王者之风，故系之周公。南，言化自北而南也。《鹊巢》、《驺虞》之德，诸侯之风也。先王之所以教，故系之召公。”斯言得之矣。

（南宋朱熹《诗集传》）

关雎

《关雎》，后妃之德也，风之始也，所以风天下而正夫妇也，故用之乡人焉，用之邦国焉。风，风也，教也。风以动之，教以化之。然则《关雎》《麟趾》之化，王者之风，故系之周公。南，言化自北而南也。《鹊巢》《驺虞》之德，诸侯之风也，先王之所以教，故系之召公。《周南》《召南》正始之道，王化之基，是以《关雎》乐得淑女以配君子，忧在进贤，不淫其色。哀窈窕，思贤才，而无伤善之心焉，是《关雎》之义也。

——毛诗序

关关雎鸠[①]，在河之洲[②]。	雎鸠关关在歌唱，双居在河中小岛。
窈窕淑女[③]，君子好逑[④]。	善良美丽的少女，好男儿都好追求。
参差荇菜[⑤]，左右流之[⑥]。	长短不齐的荇菜，或左或右去采摘。
窈窕淑女，寤寐求之[⑦]。	善良美丽的少女，朝朝暮暮想追求。

求之不得，寤寐思服[⑧]。　苦苦追求不可得，日夜心头在挂牵。
悠哉悠哉[⑨]，辗转反侧[⑩]。　悠悠思念情意切，翻来覆去难成眠。
参差荇菜，左右采之。　长短不齐的荇菜，或左或右去采摘。
窈窕淑女，琴瑟友之[⑪]。　善良美丽的少女，弹琴鼓瑟表爱慕。
参差荇菜，左右芼之[⑫]。　长短不齐的荇菜，左右仔细来挑选。
窈窕淑女，钟鼓乐之。　善良美丽的少女，敲钟击鼓取悦她。

【注解】

①关关：水鸟鸣叫的声音。雎鸠：一种水鸟。
②洲：水中的陆地。
③窈窕：美好文静的样子。淑：好，善。
④君子：这里指对男子的尊称。逑：仇的假借字，配偶。
⑤参差：长短不齐的样子。荇菜：一种多年生水草，可以食用。
⑥流：顺着水势去采。
⑦寤：睡醒。寐：睡着。
⑧思：语气助词。服：思念。
⑨悠哉：形容思念深长的样子。
⑩辗转反侧：翻来覆去。指在床上不能安眠。
⑪琴瑟：琴和瑟都是古时的弦乐器。
⑫芼：选择。

葛　覃

《葛覃》，后妃之本也。后妃在父母家，则志在于女红之事，躬俭节用，服澣濯之衣，尊敬师傅，则可以归安父母，化天下以妇道也。——毛诗序

葛之覃兮[①]，施于中谷[②]；　葛藤长得长又长，漫山谷中都有它；
维叶萋萋[③]。黄鸟于飞，　藤叶绿绿又茂盛。黄雀上下在飞翔，
集于灌木；其鸣喈喈[④]。　飞落栖息灌木上；叽叽鸣叫若歌唱。

葛之覃兮，施于中谷；	葛藤长得长又长，漫山谷中都有它；
维叶莫莫[⑤]。是刈是濩[⑥]，	藤叶绿绿又茂盛。割叶蒸煮织麻忙，
为絺为绤[⑦]；服之无斁[⑧]。	织细布啊织粗布；做衣穿着不厌弃。
言告师氏[⑨]，言告言归。	告诉保姆心里话，说我心想回娘家。
薄污我私[⑩]，薄澣我衣。	快把内衣洗干净，快把外衣洗干净。
害澣害否，归宁父母[⑪]。	不知哪件该清洗，急着回家看爹娘。

【注解】

①葛：葛藤，一种多年生草本植物，纤维可以用来织布。覃：延长。
②施：蔓延。中谷：山谷中。
③维：句首语气助词，含有“其”义。萋萋：茂盛的样子。
④喈喈：鸟儿鸣叫的声音。
⑤莫莫：茂密的样子。
⑥刈：用刀割。濩：煮。此指将葛放在水中煮。
⑦絺：细的葛纤维织的布。绤：粗的葛纤维织的布。
⑧服：穿着。无斁：心里不厌弃。
⑨言：语气助词，无实义。师氏：保姆。
⑩薄：语气助词，没有实义。污：洗去污垢。私：贴身内衣。
⑪归宁：指回娘家。

卷 耳

《卷耳》，后妃之志也，又当辅佐君子，求贤审官，知臣下之勤劳。内有进贤之志，而无险诐私谒之心，朝夕思念，至于忧勤也。
——毛诗序

采采卷耳[①]，不盈顷筐[②]。	采了又采卷耳菜，采来采去不满筐。
嗟我怀人，寘彼周行[③]。	只因想念远行人，竹筐丢在大路旁。
陟彼崔嵬[④]，我马虺隤[⑤]。	当我登上高山巅，我的马儿已困倦。
我姑酌彼金罍[⑥]，维以不永怀。	我且斟满铜酒杯，喝个一醉免思念。

陟彼高冈，我马玄黄[⑦]。　　登上高高的山冈，我的马儿已生病。
我姑酌彼兕觥[⑧]，维以不永伤。　　我且斟满牛角杯，只为喝醉忘忧伤。
陟彼砠矣[⑨]，我马瘏矣[⑩]。　　登上高高土石山，我的马儿已累瘫。
我仆痡矣[⑪]，云何吁矣[⑫]！　　仆人疲惫行走难，我的忧愁何时完！

【注解】

①采采：采了又采。卷耳：植物名，又叫苍耳。
②盈：满。顷筐：浅的竹筐。
③寘：同“置”，放下。周行：环绕的道路，特指大道。
④陟：登上。崔嵬：高低不平的山。
⑤虺隤：疲极而病。
⑥姑：姑且。金罍：青铜酒杯。
⑦玄黄：马病的样子。
⑧兕觥：用犀牛角制的大酒杯。
⑨砠：有土的石山。
⑩瘏：因劳致病，马疲病不能前行。
⑪痡：因劳致病，人过劳不能走路。
⑫云：语气助词，无义。吁：忏的假借字，忧愁。

樛　木

《樛木》，后妃逮下也。言能逮下，而无嫉妒之心焉。　——毛诗序

南有樛木[①]，葛藟累之[②]。　　南有弯弯树，攀满了野葡萄藤。
乐只君子[③]，福履绥之[④]。　　新郎真快乐，上天降福赐予他。
南有樛木，葛藟荒之[⑤]。　　南有弯弯树，覆满了野葡萄藤。
乐只君子，福履将之[⑥]。　　新郎真快乐，上天降福扶助他。
南有樛木，葛藟萦之[⑦]。　　南有弯弯树，缠满了野葡萄藤。
乐只君子，福履成之[⑧]。　　新郎真快乐，上天降福成就他。

【注解】

①樛：弯曲的树枝。

②葛藟：野葡萄，蔓生植物，枝形似葛，故称葛藟。累：攀缘、缠绕。

③只：语气助词。

④福履：福禄、幸福。绥：与“妥”通，下降的意思。

⑤荒：掩盖。

⑥将：扶助。

⑦萦：缠绕、旋绕。

⑧成：成就。

螽斯

《螽斯》，后妃子孙众多也。言若螽斯不妒忌，则子孙众多也。

——毛诗序

螽斯羽①，诜诜兮②。	蝗虫拍打着翅膀，成群飞来沙沙响。
宜尔子孙，振振兮③。	你的子孙多又多，聚集起来很繁盛。
螽斯羽，薨薨兮④。	蝗虫拍打着翅膀，成群飞来闹哄哄。
宜尔子孙，绳绳兮⑤。	你的子孙多又多，聚集起来很谨慎。
螽斯羽，揖揖兮⑥。	蝗虫拍打着翅膀，成群飞来聚成团。
宜尔子孙，蛰蛰兮⑦。	你的子孙多又多，聚集起来很和睦。

【注解】

①螽斯：又名斯螽，一种直翅目昆虫，蝗虫的一种。一说“斯”为语气助词。

②诜诜：形容众多群集的样子。

③振振：繁盛振奋的样子。

④薨薨：昆虫群飞的声音。

⑤绳绳：多而谨慎的样子。

⑥揖揖：音义通“集”，群聚的样子。

⑦蛰蛰：众多的样子。

桃　夭

《桃夭》，后妃之所致也。不妒忌，则男女以正，婚姻以时，国无鳏民也。

——毛诗序

桃之夭夭[①]，灼灼其华[②]。　　桃树含苞满枝头，花开灿烂如火焰。
之子于归[③]，宜其室家[④]。　　姑娘就要出嫁了，和顺对待您夫家。
桃之夭夭，有蕡其实[⑤]。　　桃树含苞满枝头，果实累累坠树丫。
之子于归，宜其家室。　　姑娘就要出嫁了，和顺对待您夫家。
桃之夭夭，其叶蓁蓁[⑥]。　　桃树含苞满枝头，桃叶茂盛色葱绿。
之子于归，宜其家人。　　姑娘就要出嫁了，和顺对待您全家。

【注解】

①夭夭：花朵怒放，美丽而繁华的样子。
②灼灼：明亮鲜艳的样子。华：通“花”。
③之子：这位姑娘。于归：姑娘出嫁。古代把丈夫家看作女子的归宿，故称“归”。于：去，往。
④宜：和顺、亲善。
⑤蕡：肥大，指果实肥大的样子。有蕡：即蕡蕡。
⑥蓁：草木繁密的样子，这里形容桃叶茂盛。

兔　罝

《兔罝》，后妃之化也。《关雎》之化行，则莫不好德，贤人众多也。

——毛诗序

肃肃兔罝[①]，椓之丁丁[②]。　　兔网结得紧又密，布网打桩丁丁响。
赳赳武夫，公侯干城[③]。　　武士气概雄赳赳，是那公侯好护卫。
肃肃兔罝，施于中逵[④]。　　兔网结得紧又密，布网就在大路上。

赳赳武夫，公侯好仇[⑤]。 武士气概雄赳赳，是那公侯好帮手。

肃肃兔罝，施于中林[⑥]。 兔网结得紧又密，布网就在林深处。

赳赳武夫，公侯腹心[⑦]。 武士气概雄赳赳，是那公侯好心腹。

【注解】

①肃肃：兔网繁密整齐的样子。罝：捕兽的网。

②椓：打击。丁丁：击打声。布网捕兽，必先在地上打桩。

③公侯：周封列国爵位（公、侯、伯、子、男）之尊者，泛指统治者。干：通“捍”。干城，御敌捍卫之城。这里借喻能御外卫内的人才。

④中逵：即多岔口的，四通八达的路。

⑤仇：通“逑”，配偶。

⑥中林：林中。

⑦腹心：即心腹，能尽忠的亲信。比喻可信赖而不可缺少之人。

芣苢

《芣苢》，后妃之美也，和平则妇人乐有子矣。 ——毛诗序

采采芣苢[①]，薄言采之[②]。 采了又采车前草，快呀快快采了来。

采采芣苢，薄言有之[③]。 采了又采车前草，快呀快快采得来。

采采芣苢，薄言掇之[④]。 采了又采车前草，快呀快快拾起来。

采采芣苢，薄言捋之[⑤]。 采了又采车前草，快呀快快捋下来。

采采芣苢，薄言袺之[⑥]。 采了又采车前草，捏着衣襟揣起来。

采采芣苢，薄言襭之[⑦]。 采了又采车前草，整好衣襟兜回来。

【注解】

①芣苢：植物名，即车前草，种子和叶可入药。

②薄：发语词，亦有勉力之意。

③有：采得。
④掇：拾取。
⑤捋：以手握物，向一端滑动。
⑥袺：用手捏着衣襟。
⑦襭：翻转衣襟插于腰带以兜东西。

汉　广

《汉广》，德广所及也。文王之道被于南国，美化行乎江、汉之域，无思犯礼，求而不可得也。

——毛诗序

南有乔木[1]，不可休思[2]。　　南方乔木大又高，树下不凉不可歇。
汉有游女[3]，不可求思。　　汉水之上有游女，想去追求不可能。
汉之广矣，不可泳思。　　就像汉水宽又广，想要渡过不可能。
江之永矣[4]，不可方思[5]。　　就像江水长又长，乘筏渡过不可能。
翘翘错薪[6]，言刈其楚[7]。　　杂草丛生是好柴，用刀割取那荆条。
之子于归[8]，言秣其马[9]。　　姑娘就要出嫁了，赶快喂饱她的马。
汉之广矣，不可泳思。　　就像汉水宽又广，想要渡过不可能。
江之永矣，不可方思。　　就像江水长又长，乘筏渡过不可能。
翘翘错薪，言刈其蒌[10]。　　杂草丛生是好柴，用刀割取那蒌蒿。
之子于归，言秣其驹[11]。　　姑娘就要出嫁了，赶快喂饱小马驹。
汉之广矣，不可泳思。　　就像汉水宽又广，想要渡过不可能。
江之永矣，不可方思。　　就像江水长又长，乘筏渡过不可能。

【注解】

①乔木：高大的树木。
②休：休息。息：依《韩诗》当作“思”，语气助词，与下文“思”同。

③汉：汉水，长江支流之一。游女：汉水之神，或谓游玩的女子。
④江：江水，即长江。永：水流长也。
⑤方：同“舫”，此处用作动词，意谓坐木筏渡江。
⑥翘翘：本指鸟尾上的长羽，在此比喻杂草丛生，或指高高的样子。错薪：丛杂的柴草。古代嫁娶必以燎炬为烛，故《诗经》嫁娶多以折薪、刈楚取兴。
⑦刈：割。楚：一种丛生落叶灌木，又名“荆”。
⑧归：嫁也。
⑨秣马：喂马。
⑩蒌：生在水中的草，今名蒌蒿，也叫白蒿，嫩时可食，老则为薪。
⑪驹：少壮的骏马。

汝 坟

《汝坟》，道化行也。文王之化行乎汝坟之国，妇人能闵其君子，犹勉之以正也。

——毛诗序

遵彼汝坟[①]，伐其条枚[②]。	沿着汝河堤岸走，用刀砍下枝与干。
未见君子[③]，惄如调饥[④]。	久未见到心上人，如同早饥心发慌。
遵彼汝坟，伐其条肄[⑤]。	沿着汝河堤岸走，砍下树枝当柴烧。
既见君子，不我遐弃[⑥]。	已经见到心上人，千万别把我抛弃。
鲂鱼赪尾[⑦]，王室如毁[⑧]，	鲂鱼尾巴红又红，官家虐政如火烧。
虽则如毁，父母孔迩[⑨]。	虽然虐政如火烧，父母近在莫忘掉。

【注解】

①遵：循，沿着。汝：汝河，源出河南省。坟：濆的假借字，堤岸。
②条：树枝。枚：树干。
③君子：此指妇女对丈夫的尊称。
④惄：饥，一说忧愁。调饥：早上挨饿。调，同“朝”（《鲁诗》此处作“朝”字），早晨。

⑤肄：树被砍后再生的小枝。
⑥遐：疏远。
⑦鲂鱼：鳊鱼。赪：红色。
⑧毁：火，齐人谓火为毁。如火焚一样。形容王政暴虐。
⑨孔：甚、很。迩：近，此指迫近饥寒之境。

麟之趾

《麟之趾》，《关雎》之应也。《关雎》之化行，则天下无犯非礼，虽衰世之公子，皆信厚如麟趾之时也。

——毛诗序

麟之趾[1]，振振公子[2]。	不踏人的麟脚趾，就像仁厚的公子。
于嗟麟兮[3]！	值得赞美的麟啊！
麟之定[4]，振振公姓[5]。	不顶人的麟额头，就像仁厚的公姓。
于嗟麟兮！	值得赞美的麟啊！
麟之角，振振公族[6]。	不触人的麟头角，就像仁厚的公族。
于嗟麟兮！	值得赞美的麟啊！

【注解】

①麟：麒麟，传说中的动物。它有蹄不踏，有额不抵，有角不触，被古人看作至高至美的野兽，因而把它比作所谓仁厚诚实的公子、公姓、公族。趾：足，指麒麟的蹄。
②振振：诚实仁厚的样子。公子：与公姓、公族皆指贵族子孙。
③于嗟：赞美的叹词。
④定：顶的假借字，额。
⑤公姓：诸侯之子为公子，公子之孙为公姓。
⑥公族：与公姓义同。

召南

召，地名，召公奭之采邑也。旧说扶风雍县南有召亭，即其地。今雍县析为岐山、天兴二县，未知召亭的在何县。馀已见《周南》说。

（南宋朱熹《诗集传》）

鹊巢

《鹊巢》，夫人之德也。国君积行累功以致爵位，夫人起家而居有之，德如鸤鸠，乃可以配焉。

——毛诗序

维鹊有巢①，维鸠居之②。　喜鹊筑巢在树上，八哥飞来就居住。
之子于归③，百两御之④。　姑娘就要出嫁了，百辆大车迎接她。
维鹊有巢，维鸠方之⑤。　喜鹊筑巢在树上，八哥飞来占有它。
之子于归，百两将之⑥。　姑娘就要出嫁了，百辆大车欢送她。
维鹊有巢，维鸠盈之⑦。　喜鹊筑巢在树上，八哥飞来占满它。
之子于归，百两成之⑧。　姑娘就要出嫁了，百辆大车迎娶她。

【注解】

①维：发语词。鹊：喜鹊。有巢：指男子已有家室。

②鸠：鸤鸠，今名八哥，自己不筑巢，居鹊的巢。民间传说八哥不筑巢，居其他鸟类筑的巢。

③归：嫁。

④百：虚数，指数量多。两：同“辆”。御：同“迓”，迎接。

⑤方：占有。

⑥将：送。

⑦盈：满。此指陪嫁的人很多。

⑧成：迎送成礼，此指结婚礼成。

采蘩

《采蘩》，夫人不失职也。夫人可以奉祭祀，则不失职矣。 ——毛诗序

于以采蘩[①]？于沼于沚[②]。	到哪里去采白蒿？在那沼泽和沙洲。
于以用之？公侯之事[③]。	白蒿采来做什么？公侯拿去祭祖先。
于以采蘩？于涧之中[④]。	到哪里去采白蒿？在那深深山涧中。
于以用之？公侯之宫[⑤]。	白蒿采来做什么？公侯用来祭宗庙。
被之僮僮[⑥]，夙夜在公[⑦]。	首饰佩戴真华丽，从早到晚去祭祀。
被之祁祁[⑧]，薄言还归。	首饰佩戴真华丽，祭祀结束回家去。

【注解】

①于以：问词，往哪儿。蘩：白蒿，生彼泽中，叶似嫩艾，茎或赤或白，根茎可食，古代常用来祭祀。

②沼：沼泽。沚：水中小洲。

③事：此指祭祀。

④涧：山夹水也。

⑤宫：宗庙。

⑥被：首饰，取他人之发编结成的发饰，相当于今之假发。僮僮：首饰盛貌，一说高而蓬松，形容假髻高耸的样子。

⑦夙：早。公：公庙。

⑧祁祁：形容首饰盛。

草虫

《草虫》，大夫妻能以礼自防也。 ——毛诗序

喓喓草虫[①]，趯趯阜螽[②]。
未见君子，忧心忡忡[③]。
亦既见止，亦既觏止[④]，
我心则降[⑤]。
陟彼南山[⑥]，言采其蕨。
未见君子，忧心惙惙[⑦]。
亦既见止，亦既觏止，
我心则说[⑧]。
陟彼南山，言采其薇。
未见君子，我心伤悲。
亦既见止，亦既觏止，
我心则夷[⑨]。

草虫喓喓在鸣叫，蚱蜢四处在跳跃。
久未见到心上人，心神不安忧愁多。
已经见到心上人，终于相聚在此时，
心里安宁不忧愁。
登上高高南山坡，采摘鲜嫩的蕨菜。
久未见到心上人，心中忧愁真难熬。
已经见到心上人，终于相聚在此时，
心里喜悦乐悠悠。
登上高高南山坡，采摘青青的薇菜。
久未见到心上人，心中悲伤难言说。
已经见到心上人，终于相聚在此时，
心里平静又欣慰。

【注解】

①喓喓：虫鸣声。草虫：一种能叫的蝗虫，指蝈蝈儿。
②趯趯：昆虫跳跃之状。阜螽：即蚱蜢。
③忡忡：心神不安的样子。
④觏：夫妇相聚的意思。止：语尾助词，作用与“矣”“了”相同。
⑤降：放下。
⑥陟：升，登。
⑦惙惙：愁苦的样子。
⑧说：同“悦”，欢喜。
⑨夷：平，指心安。

采蘋

《采蘋》，大夫妻能循法度也。能循法度，则可以承先祖，共祭祀矣。

——毛诗序

于以采蘋[①]？南涧之滨。	哪儿可以去采蘋？就在南面水沟边。
于以采藻[②]？于彼行潦[③]。	哪儿可以去采藻？就在沟中积水间。
于以盛之？维筐及筥[④]。	放东西可用什么？有那方筐和圆篓。
于以湘之[⑤]？维锜及釜[⑥]。	煮食物可用什么？有那有脚无脚锅。
于以奠之[⑦]？宗室牖下[⑧]。	祭品放置在哪里？祠堂那边窗户下。
谁其尸之[⑨]？有齐季女[⑩]。	今儿谁是主祭人？恭敬虔诚之少女。

【注解】

①蘋：多年生水草，可食。
②藻：聚藻，生水底，叶像蒿，可食。
③行潦：沟中积水。行，水沟；潦，雨后的积水。
④筥：圆形的筐。方形的称筐，圆形的称筥。
⑤湘：烹煮供祭祀用的牛羊等。
⑥锜：有脚的锅。釜：无脚的锅。
⑦奠：放置。
⑧宗室：宗庙、祠堂。牖：天窗。
⑨尸：主持祭祀。
⑩有：语首助词，无义。齐：美好而恭敬。季：少，小。

甘棠

《甘棠》，美召伯也。召伯之教，明于南国。——毛诗序

蔽芾甘棠[①]，勿翦勿伐，	棠梨真茂盛，不要修剪莫砍伐，
召伯所茇[②]。	召伯曾经住树下。
蔽芾甘棠，勿翦勿败[③]，	棠梨真茂盛，不要修剪莫损毁，
召伯所憩[④]。	召伯曾经息树下。
蔽芾甘棠，勿翦勿拜[⑤]，	棠梨真茂盛，不要修剪莫拔掉，
召伯所说[⑥]。	召伯曾经歇树下。

【注解】

①蔽芾：形容树木高大茂密的样子。甘棠：棠梨，杜梨，落叶乔木，果实圆而小，味涩可食。

②茇：草舍，此处为动词，居住。

③败：毁坏。

④憩：休息。

⑤拜：拔掉。

⑥说：通“税”，休憩，止息。

行露

《行露》，召伯听讼也。衰乱之俗微，贞信之教兴，强暴之男不能侵陵贞女也。

——毛诗序

厌浥行露[①]，岂不夙夜？　　路上露水湿漉漉，难道不想早赶路？
谓行多露[②]！　　只怕路上露水多。
谁谓雀无角[③]，何以穿我屋？　　谁说鸟雀没有嘴，怎么啄穿我的屋？
谁谓女无家[④]，何以速我狱[⑤]？　　谁说你还没成家，怎么让我吃官司？
虽速我狱，室家不足[⑥]！　　虽然让我吃官司，成家理由不充足。
谁谓鼠无牙，何以穿我墉[⑦]？　　谁说老鼠没有牙，怎么让我墙穿洞？
谁谓女无家，何以速我讼？　　谁说你还没成家，怎么让我上公堂？
虽速我讼，亦不女从[⑧]！　　虽然让我上公堂，我也决不嫁给你。

【注解】

①厌浥：形容潮湿的样子。行：道路。

②谓：畏的假借字，意指害怕行道多露，与下文的“谁谓”的“谓”意不同，也说奈何。

③角：鸟喙。

④女：同“汝”，你。无家：没有成家，没有妻室。
⑤速：招致。狱：案件、官司。
⑥室家不足：要求成婚的理由不充足。
⑦墉：墙。
⑧女从：即从汝，嫁你。

羔 羊

《羔羊》，鹊巢之功致也。召南之国，化文王之政，在位皆节俭正直，德如羔羊也。

——毛诗序

羔羊之皮，素丝五纶[①]。	羔羊皮袄蓬松松，白色丝带来缝绕。
退食自公[②]，委蛇委蛇[③]。	退出公府吃饭去，摇摇摆摆好自得。
羔羊之革[④]，素丝五緎[⑤]。	羔羊皮袄毛绒绒，白色丝带来缝绕。
委蛇委蛇，自公退食。	扬扬自得出公府，吃饱喝足回家去。
羔羊之缝[⑥]，素丝五总。	羔羊皮袄热烘烘，白色丝带来缝绕。
委蛇委蛇，退食自公。	扬扬自得出公府，吃饱喝足回家去。

【注解】

①五纶：指缝制细密。五，交错的意思。纶，缝。
②食：公家供卿大夫之常膳。
③委蛇：同“逶迤”，悠闲自得的样子。
④革：裘里。
⑤緎：缝。
⑥缝：皮裘，也说缝合之处。

殷其靁

《殷其靁》，劝以义也。召南之大夫远行从政，不遑宁处，其室家能闵其勤劳，劝以义也。

——毛诗序

殷其靁[①]，在南山之阳[②]。	听那隆隆的雷声，在南山的南面响起。
何斯违斯[③]？莫敢或遑[④]。	为何这时离开家？忙得不敢有空闲。
振振君子[⑤]，归哉归哉！	勤奋有为的君子，归来吧，归来吧！
殷其靁，在南山之侧。	听那隆隆的雷声，在南山的边上响起。
何斯违斯？莫敢遑息。	为何这时离开家？不敢稍停实在忙。
振振君子，归哉归哉！	勤奋有为的君子，归来吧，归来吧！
殷其靁，在南山之下。	听那隆隆的雷声，在南山的脚下响起。
何斯违斯？莫或遑处[⑥]。	为何这时离开家？不敢稍微停一停。
振振君子，归哉归哉！	勤奋有为的君子，归来吧，归来吧！

【注解】

①殷：雷声。靁：古同“雷”。

②阳：山的南面。

③斯：此，指示词。上一“斯”字指时候，下一“斯”字指地方。违：远去，离去。

④或：有。遑：闲暇。

⑤振振：勤奋的样子。

⑥处：居住，停留。

摽有梅

《摽有梅》，男女及时也。召南之国，被文王之化，男女得以及时也。

——毛诗序

摽有梅[1]，其实七兮[2]。　梅子纷纷落在地，树上还剩下七成。
求我庶士[3]，迨其吉兮[4]。　追求我的小伙子，趁着吉日快快来。
摽有梅，其实三兮。　梅子纷纷落在地，树上只剩下三成。
求我庶士，迨其今兮[5]。　追求我的小伙子，趁着现在将婚定。
摽有梅，顷筐塈之[6]。　梅子纷纷落在地，提着竹筐来拾取。
求我庶士，迨其谓之[7]。　追求我的小伙子，就等你说上一句。

【注解】

①摽：坠落。有：语气助词。
②七：非实数，古人以七到十表示多，三以下表示少。
③庶：众多。士：未婚男子。
④迨：及，趁。吉：好日子。
⑤今：现在。
⑥倾筐：斜口浅筐，犹今之簸箕。塈：摡的假借字，取。
⑦谓：说话。

小　星

《小星》，惠及下也。夫人无妒忌之行，惠及贱妾，进御于君，知其命有贵贱，能尽其心矣。

——毛诗序

嘒彼小星[1]，三五在东[2]。　微光闪闪小星星，三三五五在东方。
肃肃宵征[3]，夙夜在公。　匆匆忙忙连夜赶，早晚奔波为官家，
寔命不同[4]。　只因命运不相同。
嘒彼小星，维参与昴[5]。　微光闪闪小星星，还有参星和昴星。
肃肃宵征，抱衾与裯[6]。　匆匆忙忙连夜赶，抱着被子和床帐，
寔命不犹[7]。　只因命运不如你。

【注解】

①嘒：微光闪烁。
②三五：三星为参，五星昴，指参昴。
③肃肃：走路很快的样子。宵：指下文夙夜，天未亮以前。征：行。
④寔："实"的异体字，是，这。命：命运。
⑤维：是。参：星名，二十八宿之一。昴：星名，二十八宿之一，即柳星。
⑥衾：被子。裯：床帐。
⑦不犹：不如。

江有汜

《江有汜》，美媵也。勤而无怨，嫡能悔过也。文王之时，江沱之间，有嫡不以其媵备数，媵遇劳而无怨，嫡亦自悔也。
——毛诗序

江有汜[①]，之子归[②]，	大江自有分流水，新人已经嫁过来，
不我以[③]。	不需要我使人愁。
不我以，其后也悔。	今日虽不需要我，将来懊悔来不及。
江有渚[④]，之子归，	大江自有小小洲，新人已经嫁过来，
不我与[⑤]。	不再同住使人愁。
不我与，其后也处[⑥]。	不再同住使人愁，将来忧伤定不已。
江有沱[⑦]，之子归，	大江自有小支流，新人已经嫁过来，
不我过[⑧]。	不来找我使人愁。
不我过，其啸也歌[⑨]。	不来找我使人愁，将来号哭无益处。

【注解】

①汜：由主流分出后又汇合的河水。
②归：嫁。
③不我以：不用我，不需要我了。

④渚：江水分而又合，江心中出现的小洲。
⑤不我与：不与我，不和我同居。
⑥处：居住。
⑦沱：江水的支流。
⑧过：到。不我过：不到我这里来。
⑨啸歌：号哭。闻一多《诗经通义》：“啸歌者，即号哭。谓哭而有言，其言又有节调也。”

野有死麕

《野有死麕》，恶无礼也。天下大乱，强暴相陵，遂成淫风。被文王之化，虽当乱世，犹恶无礼也。

——毛诗序

野有死麕①，白茅包之②。	山野有只死獐子，白茅紧紧把它包。
有女怀春③，吉士诱之④。	少女春心刚萌动，英俊猎手来引诱。
林有朴樕⑤，野有死鹿。	树林里面有小树，山野里有死野鹿。
白茅纯束⑥，有女如玉。	白茅紧紧把它捆，少女貌美如美玉。
舒而脱脱兮⑦，无感我帨兮⑧，	慢慢轻轻别着急，别动我的美佩巾，
无使尨也吠⑨。	别让狗儿乱叫嚷。

【注解】

①麕：同“麇”，也可用“野有死麇”，獐子，比鹿小，无角。
②白茅：草名。
③怀春：思春，男女情欲萌动。
④吉士：对男子的美称。
⑤朴樕：小树，灌木。
⑥纯束：捆扎，包裹。
⑦舒：舒缓。脱脱：动作文雅舒缓。
⑧感：通假字，通“撼”，动摇。帨：佩巾，围裙。
⑨尨：多毛的狗。

何彼襛矣

《何彼襛矣》，美王姬也。虽则王姬亦下嫁于诸侯，车服不系其夫，下王后一等，犹执妇道，以成肃雝之德也。 ——毛诗序

何彼襛矣[1]？	怎么那样秾艳繁茂？
唐棣之华[2]。	如同唐棣花般娇艳。
曷不肃雝[3]？	为何喧闹不严肃和谐？
王姬之车[4]。	王姬出嫁真壮观。
何彼襛矣？	怎么那样秾艳繁茂？
华如桃李。	如同桃花李花般娇艳。
平王之孙[5]，	平王之孙容貌够姣好，
齐侯之子[6]。	齐侯之子风度也翩翩。
其钓维何？	什么东西钓鱼最合适？
维丝伊缗[7]。	丝绳麻绳用作钓鱼绳。
齐侯之子，	齐侯之子风度也翩翩，
平王之孙。	平王之孙容貌够姣好。

【注解】

①襛：花木繁盛貌。
②唐棣：植物名，似白杨，又作棠棣、常棣。
③曷：何。肃：庄严肃静。雝：和谐。
④王姬：周王的女儿，姬姓，故称王姬。
⑤平王之孙：东周平王宜臼的外孙女。
⑥齐侯之子：齐侯的女儿。
⑦缗：钓鱼的绳，亦称为“纶”。

驺虞

《驺虞》，《鹊巢》之应也。《鹊巢》之化行，人伦既正，朝廷既治，天下纯被文王之化，则庶类蕃殖，搜田以时，仁如驺虞，则王道成也。

——毛诗序

彼茁者葭[①]，壹发五豝[②]。	芦苇丛丛很茂盛，射中一群小母猪。
于嗟乎驺虞[③]！	猎手实在很神勇！
彼茁者蓬[④]，壹发五豵[⑤]。	蓬蒿丛丛很茂盛，射中一群小野猪。
于嗟乎驺虞！	猎手本领真高强！

【注解】

①茁：草初生的样子。葭：芦苇。

②壹：发语词。发：发箭，指发箭射中。五：虚数，表示多。豝：小母猪。

③于嗟乎：感叹词，表示惊讶、赞美。驺虞：当时兽官名，指猎手。

④蓬：草名，形状很像白蒿。

⑤豵：小猪。

邶　风

邶、鄘、卫，三国名，在《禹贡》冀州，西阻太行，北逾衡漳，东南跨河，以及兖州桑土之野。及商之季，而纣都焉。武王克商，分自纣城朝歌。而北谓之邶，南谓之鄘，东谓之卫，以封诸侯。邶、鄘，不详其始封，卫则武王弟康叔之国也。卫，本都河北，朝歌之东，淇水之北，百泉之南。其后不知何时并得邶、鄘之地，至懿公为狄所灭。戴公东徙渡河，野处漕邑。文公又徙居于楚丘。朝歌故城在今卫州卫县西二十二里，所谓殷墟。卫故都即今卫县。漕、楚丘，皆在滑州，大抵今怀、卫、澶、相、滑、濮等州，开封大名府界，皆卫境也。但邶、鄘地既入卫，其诗皆为卫事，而犹系其故国之名，则不可晓。而旧说以此下十三国皆为变风焉。

（南宋朱熹《诗集传》）

柏　舟

《柏舟》，言仁而不遇也。卫顷公之时，仁人不遇，小人在侧。

——毛诗序

汎彼柏舟[①]，亦汎其流[②]。	荡起小小柏木舟，随波漂浮在中流。
耿耿不寐[③]，如有隐忧[④]。	心烦意乱难入睡，内心深处多忧愁。
微我无酒[⑤]，以敖以游[⑥]。	不是无酒来消愁，也非没处去出游。
我心匪鉴[⑦]，不可以茹[⑧]。	我心不是那明镜，不能一切尽照出。
亦有兄弟，不可以据[⑨]。	虽有娘家亲兄弟，要想依靠却不行。
薄言往愬[⑩]，逢彼之怒。	也曾对他诉苦衷，他却对我怒冲冲。
我心匪石，不可转也。	我心不是一块石，不能随意翻过来。
我心匪席，不可卷也。	我心不是一张席，不能随意卷起来。
威仪棣棣[⑪]，不可选也[⑫]。	举手投足要庄重，不能退让又屈从。
忧心悄悄[⑬]，愠于群小[⑭]。	心中忧愁加痛苦，惹得小人多怨恨。
觏闵既多[⑮]，受侮不少。	遭受痛苦深又多，受的侮辱也不少。

静言思之，寤辟有摽[16]。	静下心来想又想，醒来捶胸心里焦。
日居月诸[17]，胡迭而微[18]？	试问太阳和月亮，为何变得暗无光。
心之忧矣，如匪澣衣[19]。	心中忧愁抹不去，就像一件脏衣裳。
静言思之，不能奋飞。	静下心来想又想，恨不能奋飞高翔。

【注解】

①汎：同“泛”，意思是在水面上漂浮。柏舟：用柏木制成的小船。

②流：水流的中间。

③耿耿：心中忧愁不安的样子。寐：睡着。

④隐忧：内心深处的痛苦。

⑤微：非，不是。

⑥敖：同“遨”，出游。

⑦匪：同“非”，不是。鉴：镜子。

⑧茹：容纳，包容。

⑨据：依靠。

⑩愬：同“诉”，告诉，倾诉。

⑪威仪：庄重的容貌举止。棣棣：雍容娴雅的样子。

⑫选：同“巽”，退让。

⑬悄悄：忧愁的样子。

⑭愠：怨恨。群小：众多奸邪的小人。

⑮觏：遭受。闵：痛苦忧伤。

⑯寤：睡醒。辟：同“擗”，意思是捶胸。摽：捶胸的样子。

⑰居、诸：语气助词，没有实义。

⑱胡：为什么。迭：更换，轮流。微：昏暗无光。

⑲匪澣衣：没有洗过的脏衣服。澣，洗。

绿　衣

《绿衣》，卫庄姜伤己也。妾上僭，夫人失位而作是诗也。　　——毛诗序绿兮衣兮，绿衣黄里[1]。　　绿外衣啊绿外衣，绿外衣里是黄衣。
心之忧矣，曷维其已[2]。　　心忧伤啊心优伤，忧伤何时才停止。
绿兮衣兮，绿衣黄裳。　　绿外衣啊绿外衣，绿外衣里是黄裳。
心之忧矣，曷维其亡[3]。　　心忧伤啊心忧伤，忧伤何时才能忘。
绿兮丝兮，女所治兮[4]。　　绿色丝啊绿色丝，丝丝缕缕是你织。
我思古人[5]，俾无訧兮[6]。　　我心思念我亡妻，遇事劝我无差池。
絺兮绤兮[7]，凄其以风[8]。　　细葛布啊粗葛布，寒风吹拂冷凄凄。
我思古人，实获我心。　　我心思念我亡妻，念及样样系我心。

【注解】

①里：指衣服的衬里。
②曷：何，怎么。维：语气助词，没有实义。已：停止。
③亡：同“忘”，忘记。
④女：同“汝”，你。治：纺织。
⑤古人：故人，这里指亡故的妻子。
⑥俾：使。訧：错误，过错。
⑦絺：细葛布。绤：粗葛布。
⑧凄：凉爽。

燕　燕

《燕燕》，卫庄姜送归妾也。

——毛诗序

燕燕于飞[1]，差池其羽[2]。　　燕子双双飞呀飞，羽毛长短不一样。
之子于归，远送于野。　　姑娘就要出嫁了，远送姑娘到郊外。
瞻望弗及，泣涕如雨！　　遥望不见姑娘影，泪如雨下盈面庞！
燕燕于飞，颉之颃之[3]。　　燕子双双飞呀飞，忽高忽低忙追随。
之子于归，远于将之。　　姑娘就要出嫁了，远送姑娘道别离。

瞻望弗及，伫立以泣！	遥望不见姑娘影，久久站立泪汪汪！
燕燕于飞，下上其音。	燕子双双飞呀飞，上上下下小声说。
之子于归，远送于南。	姑娘就要出嫁了，远送姑娘到南边。
瞻望弗及，实劳我心！	遥望不见姑娘影，心里伤悲柔肠断！
仲氏任只[④]，其心塞渊[⑤]。	仲氏诚实可信任，敦厚深情知人心。
终温且惠[⑥]，淑慎其身。	性情温柔又和善，善良谨慎重修身。
先君之思，以勖寡人[⑦]！	不忘先君常思念，勉励寡人心赤诚！

【注解】

①燕燕：一对燕子。
②差池：参差不齐的样子。
③颉：鸟飞向上。颃：鸟飞向下。
④仲：排行第二。氏：姓氏。任：信任。只：语气助词，没有实义。
⑤塞：秉性诚实。渊：用心深长。
⑥终：既。惠：和顺。
⑦勖：勉励。

日　月

《日月》，卫庄姜伤己也。遭州吁之难，伤己不见答于先君，以至穷困之诗也。

——毛诗序

日居月诸，照临下土[①]。	太阳月亮在天上，光辉普照在大地。
乃如之人兮[②]，逝不古处。	世间竟有这种人，待我不像从前样。
胡能有定？宁不我顾[③]？	何时他能不放荡？难道不想顾念我？
日居月诸，下土是冒[④]。	太阳月亮在天上，光辉普照在大地。
乃如之人兮，逝不相好。	世间竟有这种人，把我忘记不来往。

胡能有定？宁不我报[5]？　何时他不再放荡？难道不想理会我？
日居月诸，出自东方。　太阳月亮在天上，日月光辉出东方。
乃如之人兮，德音无良[6]。　世间竟有这种人，花言巧语丧天良。
胡能有定？俾也可忘。　何时他能不放荡？使我真正把他忘。
日居月诸，东方自出。　太阳月亮在天上，东方升起亮堂堂。
父兮母兮，畜我不卒[7]。　生我养我亲父母，他竟半路把我抛。
胡能有定？报我不述。　何时他能不放荡？我也不愿诉衷肠。

【注解】

①下土：大地。
②如之人：像这样的人。
③宁：岂，难道。顾：顾念，顾怜。
④冒：覆盖。
⑤报：理会，搭理。
⑥德音：动听的言辞。
⑦畜：同“慉”，意思是喜好。卒：终，到底。

终　风

《终风》，卫庄姜伤己也。遭州吁之暴，见侮慢而不能正也。——毛诗序

终风且暴[1]，顾我则笑。　狂风迅疾猛烈吹，对我侮弄又取笑。
谑浪笑敖[2]，中心是悼[3]。　放肆调戏真胡闹，心中悲伤又烦恼。
终风且霾[4]，惠然肯来[5]？　狂风席卷扬尘埃，他可顺心来我房？
莫往莫来[6]，悠悠我思。　别后不来难相聚，绵绵相思不能忘。
终风且曀[7]，不日有曀[8]。　狂风刮起天地暗，顷刻又阴晴无望。
寤言不寐[9]，愿言则嚏[10]。　长夜醒着难入睡，愿他喷嚏知我想。

曀曀其阴[11]，虺虺其雷[12]。　天色阴沉暗无光，雷声轰隆开始响。

寤言不寐，愿言则怀[13]。　长夜醒着难入睡，但愿他能将我想。

【注解】

①终：既。暴：疾风。

②谑浪：放荡地调戏。谑，调戏。浪，放荡。笑敖：放纵地取笑。

③中心：心中。悼：伤心。

④霾：阴霾。空气中因悬浮着的大量烟、尘等微粒而形成的混浊现象。

⑤惠：顺。

⑥莫往莫来：不往来。

⑦曀：乌云密布又有风。

⑧不日：不到一天。有：同“又”。

⑨寤言：醒着说话。

⑩嚏：打喷嚏。民间有“打喷嚏，有人想”的谚语。

⑪曀曀：天阴暗的样子。

⑫虺：形容雷声。

⑬怀：思念。

击　鼓

《击鼓》，怨州吁也。卫州吁用兵暴乱，使公孙文仲将而平陈与宋，国人怨其勇而无礼也。

——毛诗序

击鼓其镗[1]，踊跃用兵[2]。　战鼓敲得咚咚响，官兵积极练刀枪。

土国城漕[3]，我独南行。　土工挑土修城漕，我独南行上沙场。

从孙子仲[4]，平陈与宋[5]。　跟随将军孙子仲，调停陈宋之不睦。

不我以归，忧心有忡。　常驻边地不能归，忧愁痛苦满心中。

爰居爰处[6]？爰丧其马？　哪里是我栖身处？哪里丢失我的马？

于以求之？于林之下。　让我哪里去找马？在那丛林大树下。

死生契阔[⑦]，与子成说[⑧]。　死生都不会分离，先前与你有誓言。
执子之手，与子偕老。　紧紧拉着你的手，与你一起到白头。
于嗟阔兮[⑨]，不我活兮。　可叹远隔千万里，想要生还难上难。
于嗟洵兮[⑩]，不我信兮。　可叹别离已多时，山盟海誓成空谈。

【注解】

①镗：击鼓的声音。
②兵：刀枪等武器。
③土国：在国内服役的土工。
④孙子仲：人名，统兵的主帅。当时卫国南征的将领。
⑤平陈与宋：调解陈国和宋国的不睦。
⑥爰：与“于何”“于以”同义，在何处的意思。
⑦契阔：离散聚合。
⑧成说：约定，结誓。
⑨于嗟：感叹词。阔：道路很远。
⑩洵：远，指别离已久。

凯　风

《凯风》，美孝子也。卫之淫风流行，虽有七子之母，犹不能安其室。故美七子能尽其孝道，以慰其母心，而成其志尔。

——毛诗序

凯风自南[①]，吹彼棘心[②]。　和风吹自南方来，吹拂酸枣小树苗。
棘心夭夭[③]，母氏劬劳[④]。　树苗长得茁又壮，母亲养子多辛劳。
凯风自南，吹彼棘薪。　和风吹自南方来，吹拂树苗长成柴。
母氏圣善，我无令人[⑤]。　母亲贤惠又慈祥，我辈有愧不成材。
爰有寒泉，在浚之下[⑥]。　泉水寒冷透骨凉，就在浚城墙外边。
有子七人，母氏劳苦。　养育儿子七个人，母亲养子多辛劳。

睍睆黄鸟[⑦]，载好其音。	黄鸟叫来声婉转，黄鸟叫来似歌唱。
有子七人，莫慰母心。	养育儿子七个人，无谁能安母亲心。

【注解】

①凯风：催生万物的南风。
②棘：酸枣树。
③夭夭：树木茁壮成长的样子。
④劬：辛苦，劳苦。
⑤令：善，美好。
⑥浚：卫国的地名。
⑦睍睆：鸟儿婉转清和的声音。

雄雉

《雄雉》，刺卫宣公也。淫乱不恤国事，军旅数起，大夫久没，男女怨旷，国人患之而作是诗。

——毛诗序

雄雉于飞[①]，泄泄其羽[②]。	雄野鸡飞向远方，缓缓扇动其翅膀。
我之怀矣，自诒伊阻[③]。	我心怀念我夫君，分离独自守空房。
雄雉于飞，下上其音。	雄野鸡飞向远方，忽高忽低咯咯唱。
展矣君子[④]，实劳我心。	诚实可爱的夫君，令我思念心中苦。
瞻彼日月，悠悠我思。	遥望太阳和月亮，我的思念天地长。
道之云远[⑤]，曷云能来？	路途漫漫多遥远，何时才能返故乡？
百尔君子[⑥]，不知德行。	天下君子一个样，不知什么是德行。
不忮不求[⑦]，何用不臧[⑧]？	不去害人不贪婪，为何没有好结果？

【注解】

①雉：野鸡。诗中的雄雉比喻丈夫。
②泄泄：缓缓鼓翼的样子。
③诒：同“遗”，遗留。伊：同“繄”，此，这。阻：隔离。
④展：诚实。
⑤云：语气助词，没有实义。
⑥百：全部，所有。
⑦忮：记恨。求：贪心。
⑧臧：善，好。

匏有苦叶

《匏有苦叶》，刺卫宣公也。公与夫人并为淫乱。 ——毛诗序

匏有苦叶[①]，济有深涉[②]。	葫芦有叶叶味苦，济水深深也能渡。
深则厉[③]，浅则揭[④]。	水深穿衣渡过去，水浅提衣走过去。
有弥济盈[⑤]，有鷕雉鸣[⑥]。	济水白茫茫一片，雌野鸡叫声咯咯。
济盈不濡轨[⑦]，雉鸣求其牡。	济水虽深不湿轴，野鸡鸣叫为求偶。
雝雝鸣雁[⑧]，旭日始旦。	大雁鸣叫似对唱，东方天明日初升。
士如归妻，迨冰未泮[⑨]。	你若真心来娶我，趁冰未化先过河。
招招舟子[⑩]，人涉卬否[⑪]。	船夫摇船摆渡过，别人过河我不过。
人涉卬否，卬须我友[⑫]。	别人过河我不过，要等好友来找我。

【注解】

①匏：葫芦，挖空后可以绑在人身上以助人漂浮渡河。
②济：河的名称。涉：步行过河。
③厉：穿着衣服渡水。
④揭：提起衣服渡水。

⑤弥：水满的样子。盈：满。
⑥鷕：雌野鸡的叫声。
⑦不：语气助词，没有实义。濡：被水浸湿。轨：车轴的两端。
⑧雝雝：雁相和的叫声。
⑨迨：趁。泮：融化。
⑩招招：船摇动的样子。舟子：摇船的人。
⑪卬：我。卬否：我不愿走。
⑫须：等待。

谷 风

《谷风》，刺夫妇失道也。卫人化其上，淫于新昏而弃其旧室，夫妇离绝，国俗伤败焉。

——毛诗序

习习谷风[①]，以阴以雨。	山谷刮大风飒飒，阴云到来雨骤下。
黾勉同心[②]，不宜有怒。	同心协力齐努力，不该动辄就发怒。
采葑采菲[③]，无以下体[④]。	采摘蔓菁和萝卜，怎能不要其根部。
德音莫违[⑤]，及尔同死。	相约誓言不能忘，与你相伴直到死。
行道迟迟[⑥]，中心有违[⑦]。	出门行路慢慢走，心中满怀怨和愁。
不远伊迩[⑧]，薄送我畿[⑨]。	不求远送望近送，只到门前就止步。
谁谓荼苦，其甘如荠。	谁说荼菜味道苦，吃来真是甜如荠。
宴尔新昏[⑩]，如兄如弟。	你们新婚乐融融，相亲相爱如弟兄。
泾以渭浊，湜湜其沚[⑪]。	有了渭水泾水浑，泾水水底也是清。
宴尔新昏，不我屑以[⑫]。	你们新婚乐融融，说我不洁真不该。
毋逝我梁[⑬]，毋发我笱[⑭]。	不要去我鱼梁上，不要打开我鱼笼。
我躬不阅[⑮]，遑恤我后[⑯]。	我身尚且不能安，哪里还能顾今后。
就其深矣，方之舟之[⑰]。	过河遇到水深处，乘坐竹筏和木舟。
就其浅矣，泳之游之。	过河遇到水浅处，下水游泳把河渡。

何有何亡，黾勉求之。　　家中东西有与无，尽心尽力去谋求。
凡民有丧[18]，匍匐救之[19]。　　亲朋邻里有灾祸，全力以赴去救助。
不我能慉[20]，反以我为雠[21]。　　你已完全不爱我，更是把我当仇敌。
既阻我德，贾用不售[22]。　　你已拒绝我善意，就如货物卖不出。
昔育恐育鞫[23]，及尔颠覆[24]。　　从前惊恐又贫困，与你共同渡难关。
既生既育，比予于毒。　　如今丰衣又足食，你却把我当毒虫。
我有旨蓄[25]，亦以御冬。　　我处存有美菜肴，留到天寒好过冬。
宴尔新昏，以我御穷。　　你们新婚乐融融，却让我去挡贫穷。
有洸有溃，既诒我肄。　　对我粗暴发怒火，辛苦活儿全给我。
不念昔者，伊余来塈。　　从前恩情全不顾，你恩我爱一场空。

【注解】

①习习：犹飒飒，风声。谷风：来自山谷的大风。
②黾勉：努力，勤奋。
③葑、菲：蔓菁、萝卜一类的菜。
④无以：不用。下体：根部。
⑤德音：指夫妻间的誓言。
⑥迟迟：缓慢。
⑦中心：心中。违：恨，怨恨。
⑧伊：是。迩：近。
⑨薄：语气助词，含有勉强的意思。畿：门槛。
⑩宴：乐，快乐。
⑪湜湜：水清见底的样子。
⑫不我屑以：不以我为洁。
⑬梁：河中为捕鱼垒成的石堤。
⑭发：乱搞。笱：捕鱼的竹笼。
⑮躬：自身。阅：容纳。
⑯恤：忧，顾念。
⑰方：用木筏渡河。舟：用船渡河。
⑱丧：灾祸。
⑲匍匐：爬行，这里的意思是尽力而为。
⑳慉：好，爱。

㉑雠：同“仇”。
㉒贾：卖。不售：卖不掉。
㉓育恐：生活在恐惧中。育鞠：生活在贫穷中。
㉔颠覆：患难。
㉕旨蓄：储藏的美味干菜。

式微

《式微》，黎侯寓于卫，其臣劝以归也。——毛诗序

式微式微[1]，胡不归[2]？ 暮色昏暗天将黑，为何有家却不回？
微君之故[3]，胡为乎中露[4]？ 不是君主差事苦，怎会露中匆忙走？
式微式微，故不归？ 暮色昏暗天将黑，为何有家却不回？
微君之躬[5]，胡为乎泥中？ 不是君主养贵体，怎会污泥沾满身？

【注解】

①式：语气助词，没有实义。微：幽暗不明，指天黑。
②胡：为什么。
③微：非，不是。故：为了某事。
④中露：露水之中。
⑤躬：身体。

旄丘

《旄丘》，责卫伯也。狄人迫逐黎侯，黎侯寓于卫。卫不能修方伯连率之职，黎之臣子以责于卫也。——毛诗序

旄丘之葛兮[1]，何诞之节兮[2]？	葛藤长在土山上，枝节怎么那样长？
叔兮伯兮[3]，何多日也？	叔叔啊，伯伯啊，为啥好久不帮忙？
何其处也？必有与也[4]。	为何安心躲家里？定是有同伴在家。
何其久也？必有以也。	为何拖拉这么久？定有原因在其间。
狐裘蒙戎[5]，匪车不东[6]。	身穿狐裘毛蓬松，坐着车子不向东。
叔兮伯兮，靡所与同[7]。	叔叔啊，伯伯啊，你我感情不相通。
琐兮尾兮[8]，流离之子[9]。	我们渺小又卑贱，流离失所望人怜。
叔兮伯兮，褎如充耳[10]。	叔叔啊，伯伯啊，充耳不闻很傲慢。

【注解】

①旄丘：前高后低的土山。
②诞：同“覃”，延长。节：指葛藤的枝节。
③叔、伯：当时人对贵族的尊称。
④与：指同伴或盟国。
⑤蒙戎：蓬乱的样子。
⑥匪：同“非”。
⑦靡：没有。
⑧琐：细小。尾：卑微。
⑨流离：漂散流亡。
⑩褎如：即褎然，态度傲慢的样子。充耳：塞耳，即充耳不闻的意思。

简兮

《简兮》，刺不用贤也。卫之贤者仕于伶官，皆可以承事王者也。

——毛诗序

简兮简兮[1]，方将万舞[2]。　鼓声咚咚震天响，舞师将表演万舞。
日之方中，在前上处[3]。　日头高照正中央，舞师正在排前头。
硕人俣俣[4]，公庭万舞。　身材高大又魁梧，公庭里面当众舞。
有力如虎，执辔如组[5]。　强壮有力如猛虎，手执缰绳赛丝组。
左手执籥[6]，右手秉翟[7]。　左手握着笛儿吹，右手挥动野鸡尾。
赫如渥赭[8]，公言锡爵[9]。　面色通红如土色，国君赐他一杯酒。
山有榛[10]，隰有苓[11]。　榛树长在高山上，草苓长在低湿地。
云谁之思，西方美人[12]。　心里思念是谁人，正是西方那美人。
彼美人兮，西方之人兮。　西方美人真英俊，他是西方来的人。

【注解】

①简：鼓声。
②方将：将要。万舞：一种大规模的舞蹈，分为文舞、武舞两部分。
③在前上处：在行列前方。
④硕人：身材高大魁梧的人。俣俣：大而美的样子。
⑤辔：马缰绳。组：编织的一排排丝线。
⑥籥：古时一种乐器的名称。
⑦秉：持。翟：野鸡尾。
⑧赫：红色。渥：厚。赭：红褐色的土。
⑨公：指卫国国君。锡：赐。爵：古时的酒器。
⑩榛：树名，一种落叶乔木，果仁可食。
⑪隰：低湿的地方。苓：药名。
⑫美人：指舞师。

泉水

《泉水》，卫女思归也，嫁于诸侯，父母终，思归宁而不得，故作是诗以自见也。

——毛诗序

毖彼泉水[①]，亦流于淇[②]。	泉水清清不停流，一直流到淇水中。
有怀于卫，靡日不思[③]。	思念卫国我故土，没有一天不想念。
娈彼诸姬[④]，聊与之谋。	同来姬姓好姑娘，姑且与她细商量。
出宿于泲[⑤]，饮饯于祢[⑥]。	出门曾在泲地住，还在祢地曾饯行。
女子有行[⑦]，远父母兄弟。	姑娘出嫁到远方，远离父母和兄弟。
问我诸姑，遂及伯姊[⑧]。	回家问候姑姑们，莫忘我那好大姐。
出宿于干[⑨]，饮饯于言[⑩]。	出门曾在干地住，还在言地曾饯行。
载脂载舝[⑪]，还车言迈[⑫]。	涂上车油上好键，掉转车头行得快。
遄臻于卫[⑬]，不瑕有害[⑭]。	迫不及待回卫国，回去看看又何妨。
我思肥泉[⑮]，兹之永叹[⑯]。	思念卫国的肥泉，不禁长叹心更忧。
思须与漕[⑰]，我心悠悠。	思念故乡须和漕，心中愁思剪不断。
驾言出游，以写我忧[⑱]。	驾上大车去出游，聊以宣泄心中愁。

【注解】

①毖：泉水流淌的样子。
②淇：河的名称。
③靡：无。
④娈：美好的样子。诸姬：随嫁的姬姓女子。
⑤泲：地名。
⑥饯：饯行。祢：地名。
⑦有行：出嫁。
⑧伯姊：大姐。
⑨干：地名。
⑩言：地名。
⑪载：语气助词，没有实义。脂：涂在车轴上的油脂。
⑫还：返回，回转。还车：掉转车头。迈：行。
⑬遄：迅速。臻：至，到达。
⑭不瑕：不无。
⑮肥泉：卫国的水名。
⑯兹：同“滋”，更加。
⑰须、漕：都是卫国地名。
⑱写：同“泻”，意思是宣泄。

北门

《北门》，刺士不得志也。言卫之忠臣不得其志尔。——毛诗序

出自北门，忧心殷殷①。 缓步走出城北门，深深忧虑涌心头。
终窭且贫②，莫知我艰。 生活贫寒又不顺，没人知道我艰难。
已焉哉③！天实为之， 算了算了算了吧！这是上天的安排，
谓之何哉！ 对此我能说什么！
王事适我④，政事一埤益我⑤。 王室差事交给我，官府杂事全给我。
我入自外，室人交遍谪我⑥。 我从外面回家来，家人全都责难我。
已焉哉！天实为之， 算了算了算了吧！这是上天的安排，
谓之何哉！ 对此我能说什么！
王事敦我⑦，政事一埤遗我⑧。 王室差事逼迫我，官府杂事全给我。
我入自外，室人交遍摧我⑨。 我从外面回家来，家人全都讥讽我。
已焉哉！天实为之， 算了算了算了吧！这是上天的安排，
谓之何哉！ 对此我能说什么！

【注解】

①殷殷：忧伤的样子。
②窭：贫寒。
③已焉哉：算了吧。
④王事：王室的差事。适：掷，扔。
⑤一：完全。埤益：增加。
⑥交：更迭，轮流。谪：同“谪”，指责，责备。
⑦敦：催促，逼迫。
⑧遗：加。
⑨摧：讽刺，嘲讽。

北 风

《北风》，刺虐也。卫国并为威虐，百姓不亲，莫不相携持而去焉。

——毛诗序

北风其凉，雨雪其雱[①]。	北风吹来全身凉，漫天雪花纷纷扬。
惠而好我[②]，携手同行。	承蒙恩惠对我好，携手并肩一起走。
其虚其邪[③]？既亟只且[④]。	走路岂能慢悠悠？事已紧急快快走。
北风其喈[⑤]，雨雪其霏[⑥]。	北风喈喈来势猛，纷飞雪花漫天飘。
惠而好我，携手同归。	承蒙相爱对我好，携手并肩一起回。
其虚其邪？既亟只且。	走路岂能慢悠悠？事已紧急快快走。
莫赤匪狐[⑦]，莫黑匪乌。	天下赤狐尽狡狯，天下乌鸦一般黑。
惠而好我，携手同车。	承蒙恩宠对我好，并肩驾车踏归途。
其虚其邪？既亟只且。	走路岂能慢悠悠？事已紧急快快走。

【注解】

①雨雪：作动词，下雪。雱：雪盛的样子。
②惠而：惠然。
③虚：徐缓。邪：通“徐”，慢的意思。
④亟：急。只且：语气助词，与“也哉”相同。
⑤其喈：即喈喈，北风刮得快的声音。
⑥霏：大雪纷飞。
⑦莫：无。匪：非。

静 女

《静女》，刺时也。卫君无道，夫人无德。

——毛诗序

静女其姝[①]，俟我于城隅[②]。 姑娘温柔又静雅，等我幽会在城隅。
爱而不见[③]，搔首踟蹰[④]。 故意隐藏不露面，徘徊不前急挠头。
静女其娈，贻我彤管[⑤]。 姑娘漂亮又静雅，送我一束红管草。
彤管有炜[⑥]，说怿女美[⑦]。 红管细看亮闪闪，姑娘美丽真喜悦。
自牧归荑[⑧]，洵美且异[⑨]。 野外送我香嫩芽，嫩芽美丽又奇异。
匪女之为美，美人之贻。 不是嫩芽本身美，只因它是美人赠。

【注解】

①静：娴雅贞洁。姝：美好的样子。
②城隅：城边隐蔽处。
③爱：同“薆”，隐藏。
④踟蹰：心思不定，徘徊不前。
⑤贻：赠。彤管：指红管草。
⑥炜：光彩。
⑦说怿：喜悦。
⑧牧：旷野，野外。归：赠送。荑：初生的柔嫩白芽，男女相赠表示结下姻缘。
⑨洵：实在。异：奇特，别致。

新 台

《新台》，刺卫宣公也。纳伋之妻，作新台于河上而要之。国人恶之，而作是诗也。

——毛诗序

新台有泚[①]，河水弥弥[②]。 新台呀新台真辉煌，河水涨满白茫茫。
燕婉之求[③]，籧篨不鲜[④]。 本想嫁个如意郎君，碰上个丑汉似蛤蟆。
新台有洒[⑤]，河水浼浼[⑥]。 新台呀新台真高呀，河水涨满浪滔滔。
燕婉之求，籧篨不殄[⑦]。 本想嫁个如意郎君，碰上个蛤蟆没好样。
鱼网之设，鸿则离之[⑧]。 本想布网儿捕大鱼，谁知那蛤蟆硬进网。
燕婉之求，得此戚施[⑨]。 本想嫁个如意郎君，碰上个蛤蟆四不像。

【注解】

①新台：台名，卫宣公为纳宣姜所筑。有泚：鲜明的样子。

②河：黄河。弥弥：水满的样子。

③燕：安。婉：顺。指夫妇和好。

④籧篨：癞蛤蟆、蟾蜍一类的东西。鲜：善。

⑤有洒：高峻的样子。

⑥浼浼：水盛的样子。

⑦殄：善。

⑧鸿：蛤蟆。离：通“罹”，附着，获得。

⑨戚施：指蛤蟆。

二子乘舟

《二子乘舟》，思伋、寿也。卫宣公之二子，争相为死，国人伤而思之，作是诗也。

——毛诗序

二子乘舟，泛泛其景[1]。　两位公子同乘舟，顺江漂流去远游。

愿言思子[2]，中心养养[3]。　每每挂念远游子，心中不安无限愁。

二子乘舟，泛泛其逝[4]。　两位公子同乘舟，顺江漂流未归来。

愿言思子，不瑕有害[5]。　每每挂念远游子，此行是否遭祸殃。

【注解】

①泛泛：船在水上漂浮的样子。景：同“憬”，远行。

②愿：每。言：语气助词，没有实义。

③中心：心中。养养：心神不安的样子。

④逝：往。

⑤不瑕：不无。

鄘风

邶、鄘、卫，三国名，在《禹贡》冀州，西阻太行，北逾衡漳，东南跨河，以及兖州桑土之野。及商之季，而纣都焉。武王克商，分自纣城朝歌。而北谓之邶，南谓之鄘，东谓之卫，以封诸侯。邶、鄘，不详其始封。卫则武王弟康叔之国也。卫，本都河北，朝歌之东，淇水之北，百泉之南。其后不知何时并得邶、鄘之地，至懿公为狄所灭。戴公东徙渡河，野处漕邑。文公又徙居于楚丘。朝歌故城在今卫州卫县西二十二里，所谓殷墟。卫故都即今卫县。漕、楚丘，皆在滑州，大抵今怀、卫、澶、相、滑、濮等州，开封大名府界，皆卫境也。但邶、鄘地既入卫，其诗皆为卫事，而犹系其故国之名，则不可晓。而旧说以此下十三国皆为变风焉。

（南宋朱熹《诗集传》）

柏舟

《柏舟》，共姜自誓也。卫世子共伯蚤死，其妻守义，父母欲夺而嫁之，誓而弗许，故作是诗以绝之。

——毛诗序

泛彼柏舟，在彼中河。	轻轻摇动柏木舟，慢慢漂到河中央。
髧彼两髦[①]，实维我仪[②]。	头发下垂那少年，是我心中好侣伴。
之死矢靡它[③]！	发誓至死无二心！
母也天只[④]，不谅人只[⑤]！	我的母亲我的天，为何对我不体谅！
泛彼柏舟，在彼河侧。	轻轻摇动柏木舟，慢慢漂到河岸边。
髧彼两髦，实维我特[⑥]。	头发下垂那少年，才能和我配得上。
之死矢靡慝[⑦]！	发誓至死不变心！
母也天只，不谅人只！	我的母亲我的天，为何对我不体谅！

【注解】

①两髦：古时未成年男子的发式，头发向两边分流。髦，头发下垂的样子。

②实：是。维：为。仪：配偶。

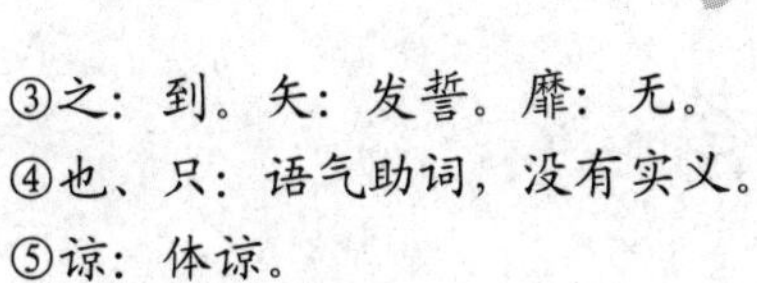

③之：到。矢：发誓。靡：无。
④也、只：语气助词，没有实义。
⑤谅：体谅。
⑥特：匹配。
⑦慝：改变，变心。

墙有茨

《墙有茨》，卫人刺其上也。公子顽通乎君母，国人疾之，而不可道也。

——毛诗序

墙有茨[1]，不可埽也[2]。	墙头长满蒺藜草，不可除去根儿牢。
中冓之言[3]，不可道也。	宫室之中有些话，不可向外对人说。
所可道也，言之丑也。	如可向外去传道，说来说去觉害臊。
墙有茨，不可襄也[4]	墙头长满蒺藜草，不可除去根儿牢。
中冓之言，不可详也[5]。	宫室之中有些话，不可向外详细讲。
所可详也，言之长也。	如可向外详细讲，说来话长讲不完。
墙有茨，不可束也。	墙头长满蒺藜草，不可捆扎无处放。
中冓之言，不可读也[6]。	宫室之中有些话，不可向外去宣扬。
所可读也，言之辱也。	如可向外去宣扬，说来说去觉耻辱。

【注解】

①茨：蒺藜，草本植物，果实有刺。
②埽：同“扫”，意思是扫除。
③中冓：宫室内部。
④襄：通“攘”，消除。
⑤详：详细讲述。
⑥读：宣扬。

君子偕老

《君子偕老》，刺卫夫人也。夫人淫乱，失事君子之道，故陈人君之德，服饰之盛，宜与君子偕老也。

——毛诗序

君子偕老①，副笄六珈②。	誓和君子到白首，玉簪首饰插满头。
委委佗佗，如山如河，	举止雍容又大方，稳重深沉似山河，
象服是宜③。	穿上礼服很适合。
子之不淑④，云如之何⑤。	谁知德行太丑恶，对她真是无奈何。
玼兮玼兮⑥，其之翟也⑦。	服饰鲜艳又绚丽，礼服华丽耀人眼。
鬒发如云⑧，不屑髢也⑨。	黑亮头发似云霞，无需假头发装饰。
玉之瑱也⑩，象之揥也⑪，	美玉耳饰摇又摆，象牙簪子头上戴，
扬且之皙也⑫。	额头白净溢光彩。
胡然而天也⑬？	莫非尘世降天仙？
胡然而帝也？	莫非帝子到人间？
瑳兮瑳兮⑭，其之展也⑮。	服饰鲜艳又绚丽，软软轻纱做外衣。
蒙彼绉絺⑯，是绁袢也⑰。	罩上绉纱轻且薄，凉爽内衣夏日宜。
子之清扬⑱，扬且之颜也。	看她眉目多清秀，容貌艳丽额宽广。
展如之人兮⑲，	但是如此盛装女，
邦之媛也⑳。	倾城倾国差淑仪。

【注解】

①君子：指卫宣公。

②副：妇人的一种首饰。笄：簪。六珈：笄饰，用玉做成，六颗垂珠饰之。

③象服：是镶有珠宝绘有花纹的礼服。宜：合身。

④子：指宣姜。淑：善。

⑤云：句首发语词。如之何：奈之何。

⑥玼：鲜明的样子。

⑦翟：用野鸡毛装饰的衣服。
⑧鬒：黑发。
⑨髢：假发。
⑩瑱：冠冕上垂在两耳旁的玉。
⑪象之揥：象牙制成的簪。
⑫扬：形容脸色之美。且：助词，无实义。皙：白净。
⑬胡：为什么。然：这样。而：如，像。
⑭瑳：鲜明的样子。
⑮展：古代的一种礼服，是古代夏天穿的一种纱衣。
⑯絺：细葛布。
⑰绁袢：夏天穿的亵衣、内衣。
⑱清：指眼神清秀。扬：指眉宇宽广。
⑲展：诚，的确。
⑳媛：美女。

桑　中

《桑中》，刺奔也。卫之公室淫乱，男女相奔，至于世族在位，相窃妻妾，期于幽远，政散民流而不可止。

——毛诗序

爰采唐矣[①]？沬之乡矣[②]。	采摘蔓草在哪里？就在卫国之沬乡。
云谁之思[③]？美孟姜矣[④]。	思念之人又是谁？美丽动人的孟姜。
期我乎桑中[⑤]，要我乎上宫[⑥]，	约我来到这桑中，邀我相会于上宫，
送我乎淇之上矣[⑦]。	与我告别淇水旁。
爰采麦矣？沬之北矣。	采摘麦子在哪里？就在沬乡之北边。
云谁之思？美孟弋矣。	思念之人又是谁？美丽动人的孟弋。
期我乎桑中，要我乎上宫，	约我来到这桑中，邀我相会于上宫，
送我乎淇之上矣。	与我告别淇水旁。

爰采葑矣[8]？沫之东矣。　采摘芜菁在哪垄？就在卫国沫乡东。
云谁之思？美孟庸矣。　思念之人又是谁？美丽动人的孟庸。
期我乎桑中，要我乎上宫，　约我来到这桑中，邀我相会于上宫，
送我乎淇之上矣。　与我告别淇水旁。

【注解】

①爰：在哪里。唐：植物名。即菟丝子，寄生蔓草。
②沫：卫邑名，即牧野，在今河南淇县北。乡：郊外。
③谁之思：思念的是谁。
④孟姜：姜家的大姑娘。姜、弋、庸，皆贵族姓。
⑤桑中：地名，也说泛指桑林中。
⑥要：通“邀”，邀约。上宫：楼名。
⑦淇：淇水。
⑧葑：芜菁。

鹑之奔奔

《鹑之奔奔》，刺卫宣姜也。卫人以为，宣姜，鹑鹊之不若也。

——毛诗序

鹑之奔奔[1]，鹊之彊彊[2]。　鹌鹑双双齐飞翔，喜鹊对对共飞舞。
人之无良[3]，我以为兄。　那人不善又无耻，我竟尊他为兄长。
鹊之彊彊，鹑之奔奔。　喜鹊双双齐飞翔，鹌鹑对对共飞舞。
人之无良，我以为君[4]。　那人不善又无耻，我竟尊他为国君。

【注解】

①鹑：鸟名，即鹌鹑。奔奔：飞翔的样子。
②鹊：喜鹊。彊彊：翩翩飞翔。

③无良：不善。

④君：指君主。

定之方中

《定之方中》，美卫文公也。卫为狄所灭，东徙渡河，野处漕邑。齐桓公攘戎狄而封之。文公徙居楚丘，始建城市而营宫室，得其时制，百姓说之，国家殷富焉。

——毛诗序

定之方中①，作于楚宫②。	定星十月照空中，动土楚丘筑新宫。
揆之以日③，作于楚室。	根据日影测方向，楚丘造房正开工。
树之榛栗④，椅桐梓漆⑤，	栽种榛树和栗树，还有椅桐与梓漆。
爰伐琴瑟。	成材伐来造琴瑟。
升彼虚矣⑥，以望楚矣。	登临漕邑废墟上，把那楚丘来眺望。
望楚与堂⑦，景山与京⑧。	望了楚丘望堂邑，走遍山陵与高冈。
降观于桑，卜云其吉。	走向田地看农桑，占卜凶吉显吉兆。
终然允臧⑨。	结果必然很安康。
灵雨既零⑩，命彼倌人⑪，	好雨夜间已不落，吩咐驾车小倌人。
星言夙驾⑫，说于桑田⑬。	天晴早早把车赶，歇在桑田劝农耕。
匪直也人⑭，秉心塞渊⑮，	既为百姓也为国，内心踏实又深远，
骒牝三千⑯。	良马三千可备战。

【注解】

①定：定星，又叫营室星。

②于：古音义与“为”通。楚：楚丘，地名，在今河南滑县东。

③揆：测度。日：日影。

④榛栗：树木名。
⑤椅桐梓漆：树木名，都是制琴瑟的材料。
⑥虚：通“墟”，这里指漕墟。
⑦堂：楚丘的堂邑。
⑧京：高丘。
⑨臧：好，善。
⑩灵雨：好雨。零：落。
⑪倌：驾车小官。
⑫星：晴。夙：早上。
⑬说，通“税”，歇息。
⑭匪直：不仅。
⑮秉心：用心，操心。塞渊：踏实深远。
⑯騋：七尺以上的马。牝：母马。三千：约数，表示众多。

蝃　蝀

《蝃蝀》，止奔也。卫文公能以道化其民，淫奔之耻，国人不齿也。

——毛诗序

蝃蝀在东[1]，莫之敢指。	彩虹出现在东方，没人胆敢将它指。
女子有行[2]，远父母兄弟。	一个女子要出嫁，远离父母和兄弟。
朝隮于西[3]，崇朝其雨[4]。	彩虹出现在西方，一早上阴雨不停。
女子有行，远兄弟父母。	一个女子要出嫁，远离兄弟和父母。
乃如之人也[5]，怀昏姻也[6]。	就是这样一个人，破坏婚姻乱礼教。
大无信也[7]，不知命也[8]。	太没诚信太无理，父母之命不知依。

【注解】

①蝃蝀：彩虹，爱情与婚姻的象征。在东：在东方。
②有行：指出嫁。
③隮：虹。

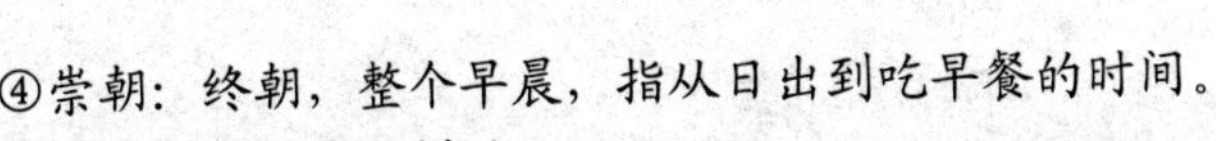

④崇朝：终朝，整个早晨，指从日出到吃早餐的时间。

⑤乃如之人：像这样的人。

⑥怀：古与“坏”通用，败坏，破坏。昏姻：婚姻。

⑦信：诚信。

⑧命：父母之命。

相　鼠

《相鼠》，刺无礼也。卫文公能正其群臣，而刺在位承先君之化无礼仪也。

——毛诗序

原文	译文
相鼠有皮[①]，人而无仪[②]。	看那老鼠都有皮，做人怎能没威仪。
人而无仪，不死何为？	要是做人没威仪，为何不死还活着？
相鼠有齿，人而无止[③]。	看那老鼠有牙齿，做人怎能不节止。
人而无止，不死何俟[④]？	要是做人不节止，不死还想等什么？
相鼠有体，人而无礼。	看那老鼠有肢体，做人怎能不守礼。
人而无礼，胡不遄死[⑤]？	要是做人不守礼，为何不去快快死？

【注解】

①相：察看。

②仪：威仪，使人尊敬的仪表。

③止：节止，控制嗜欲，使行为合乎礼。

④俟：等待。

⑤遄：迅速。

干旄

《干旄》，美好善也。卫文公臣子多好善，贤者乐告以善道也。

——毛诗序

孑孑干旄[①]，在浚之郊。	高扬旗帜垂牦尾，驾车郊外行如飞。
素丝纰之[②]，良马四之。	白色丝线镶旗边，好马四匹后相随。
彼姝者子[③]，何以畀之[④]？	那位美好的贤人，该拿什么来相赠？
孑孑干旟[⑤]，在浚之都[⑥]。	高扬旗上画鸟隼，驾车已经在近郊。
素丝组之，良马五之。	白色丝线织旗上，好马五匹后面跟。
彼姝者子，何以予之？	那位美好的贤人，该拿什么来相赠？
孑孑干旌[⑦]，在浚之城。	高扬旗上垂鸟羽，驾车已经到城区。
素丝祝之[⑧]，良马六之。	白色丝线缝旗上，好马六匹后驰驱。
彼姝者子，何以告之[⑨]？	那位美好的贤人，该用什么建议他？

【注解】

①孑孑：指旗显眼，高挂于干上。干旄：以旄牛尾饰旗杆，旄，用牦牛尾做装饰的旗帜。干，同“竿”，竹竿。

②纰：在衣冠或旗帜上镶边。

③姝：美好。

④畀：给予。

⑤旟：画有鸟隼的旗。

⑥都：下邑，近郊。

⑦旌：旗的一种。挂旄牛尾于竿顶，下有五彩鸟羽。

⑧祝：属的假借字。编连缝合。

⑨告：作名词用，建议。

载 驰

《载驰》，许穆夫人作也。闵其宗国颠覆，自伤不能救也。卫懿公为狄人所灭，国人分散，露于漕邑。许穆夫人闵卫之亡，伤许之小，力不能救，思归唁其兄，又义不得，故赋是诗也。

——毛诗序

载驰载驱①，归唁卫侯②。	驾起马车快奔走，回国慰问我卫侯。
驱马悠悠，言至于漕③。	赶马归国路悠悠，行旅匆匆到漕邑。
大夫跋涉，我心则忧。	大夫跋涉来追赶，我心哀伤又忧愁。
既不我嘉④，不能旋反⑤。	没人赞成我赴卫，要我返回万不能。
视尔不臧⑥，我思不远。	你们想法都不好，我的想法近可求。
既不我嘉，不能旋济⑦。	没人赞成我回卫，想要阻止也不能。
视尔不臧，我思不閟⑧。	你们想法都不好，我的想法很谨慎。
陟彼阿丘⑨，言采其蝱⑩。	登上高高的山冈，采集贝母以解忧。
女子善怀⑪，亦各有行⑫。	女子多愁又善感，自有道理和主张。
许人尤之⑬，众稚且狂⑭。	许国大夫责怪我，不但幼稚且张狂。
我行其野，芃芃其麦⑮。	我在郊野忙行驶，麦子繁盛又茂密。
控于大邦，谁因谁极⑯。	前往大国去求援，依靠谁来帮我忙。
大夫君子，无我有尤。	许国大夫君子们，不要再把我责备。
百尔所思，不如我所之。	你们纵有百般计，也不如我亲自去。

【注解】

①载：语气助词，没有实义。驰、驱：快马加鞭的意思。

②唁：慰问死者家属。

③漕：卫国的邑名。

④嘉：嘉许，赞成。

⑤旋反：返回。

⑥臧：善。

⑦济：停止，阻止。

⑧閟：同“毖”，意思是谨慎。
⑨阿丘：一边高的山丘。
⑩蝱：药名，贝母。
⑪善怀：多愁善感。
⑫行：道路，指主张。
⑬许人：许大夫们。尤：怨恨，责备。
⑭众：古与“终”通用，既。
⑮芃芃：草木茂盛的样子。
⑯因：亲近，依靠。极：至，到。

卫风

邶、鄘、卫，三国名，在《禹贡》冀州，西阻太行，北逾衡漳，东南跨河，以及兖州桑土之野。及商之季，而纣都焉。武王克商，分自纣城朝歌。而北谓之邶，南谓之鄘，东谓之卫，以封诸侯。邶、鄘，不详其始封。卫则武王弟康叔之国也。卫，本都河北，朝歌之东，淇水之北，百泉之南。其后不知何时并得邶、鄘之地，至懿公为狄所灭。戴公东徙渡河，野处漕邑。文公又徙居于楚丘。朝歌故城在今卫州卫县西二十二里，所谓殷墟。卫故都即今卫县。漕、楚丘，皆在滑州，大抵今怀、卫、澶、相、滑、濮等州，开封大名府界，皆卫境也。但邶、鄘地既入卫，其诗皆为卫事，而犹系其故国之名，则不可晓。而旧说以此下十三国皆为变风焉。

（南宋朱熹《诗集传》）

淇奥

《淇奥》，美武公之德也。有文章，又能听其规谏，以礼自防，故能入相于周，美而作是诗也。

——毛诗序

瞻彼淇奥[①]，绿竹猗猗[②]。	看那淇水弯弯岸，碧绿竹林片片连。
有匪君子[③]，如切如磋[④]，	才华横溢的君子，似被切磋更精湛，
如琢如磨[⑤]。瑟兮僩兮[⑥]，	似被琢磨更良善。仪容庄重胸怀广，
赫兮咺兮。	地位显赫很威严。
有匪君子，终不可谖兮[⑦]。	才华横溢真君子，一见难忘记心上。
瞻彼淇奥，绿竹青青[⑧]。	看那淇水弯弯岸，绿竹茂盛连一片。
有匪君子，充耳琇莹[⑨]，	才华横溢的君子，美丽玉石垂耳边，
会弁如星[⑩]。瑟兮僩兮，	宝石镶帽如星闪。仪容庄重胸怀广，
赫兮咺兮。	地位显赫更威严。
有匪君子，终不可谖兮。	才华横溢的君子，一见难忘记心上。
瞻彼淇奥，绿竹如箦[⑪]。	看那淇水弯弯岸，绿竹葱茏连一片。
有匪君子，如金如锡，	才华横溢的君子，学问才识如金锡，

如圭如璧[12]。宽兮绰兮，	品行高洁如圭璧。宽宏大量真旷达，
猗重较兮[13]。	倚靠横木驰向前。
善戏谑兮[14]，不为虐兮[15]。	谈吐幽默真风趣，不刻薄待人宽厚。

【注解】

①瞻：远望。淇：淇水。奥：水边弯曲的地方。
②猗猗：茂盛的样子。
③匪：通“斐”，才华，文采。
④切：切制。磋：锉平。
⑤琢：雕刻。磨：磨光。切、磋、琢、磨都是制造玉器、骨器的工艺，常用以比喻人有修养、学问精深。
⑥瑟：仪容庄重，有才华。
⑦谖：忘记。
⑧青青：茂盛的样子。
⑨充耳：贵族冠的左右两旁以丝悬挂至耳的玉石。琇：宝石。
⑩会弁：帽子缝合处。缝合之处用玉装饰。
⑪箦：聚积，形容众多。
⑫圭：玉器，长方形，上端尖。璧：圆形玉器，正中有小圆孔。
⑬猗：通“倚”，依靠。重较：古代车上的横木，供人扶着、靠着。
⑭戏谑：开玩笑。
⑮虐：刻薄伤人。

考槃

《考槃》，刺庄公也。不能继先公之业，使贤者退而穷处。——毛诗序

考槃在涧[1]，硕人之宽[2]。	木屋筑在溪谷旁，贤人心宽又悠闲。
独寐寤言[3]，永矢弗谖[4]。	独睡醒来独自语，其中乐趣誓不忘。
考槃在阿[5]，硕人之薖[6]。	木屋筑在山坡上，贤人心宽又快活。

独寐寤歌，永矢弗过[7]。　　独睡醒来独自歌，发誓跟人不来往。
考槃在陆[8]，硕人之轴[9]。　　木屋筑在高原上，贤人游玩不离去。
独寐寤宿，永矢弗告[10]。　　独睡醒来独自居，发誓永远不告诉。

【注解】

①考：筑成。槃：木屋。
②硕人：贤人。宽：放宽，放松。
③寐：睡着。寤：醒来。
④矢：发誓。谖：忘记。
⑤阿：山坡。
⑥莛：窠的假借字，空。
⑦弗过：不和外人来往。
⑧陆：高而平的地方。
⑨轴：游玩不愿离去。
⑩告：告诉。

硕　人

《硕人》，闵庄姜也。庄公惑于嬖妾，使骄上僭，庄姜贤而不答，终以无子，国人闵而忧之。

——毛诗序

硕人其颀[1]，衣锦褧衣[2]。　　高高身材一美女，穿着锦衣罩布衣。
齐侯之子，卫侯之妻。　　她是齐庄公的女，又是卫庄公的妻。
东宫之妹[3]，邢侯之姨，　　齐国太子的妹妹，邢国诸侯的小姨，
谭公维私[4]。　　谭公还是她妹夫。
手如柔荑[5]，肤如凝脂。　　手指纤纤如嫩荑，肌肤细滑如脂膏。
领如蝤蛴[6]，齿如瓠犀[7]。　　脖子雪白如蝤蛴，牙齿齐整如瓠子。
螓首蛾眉[8]，巧笑倩兮[9]，　　前额方正眉细弯，轻轻一笑酒窝生，

美目盼兮[10]。	两眼顾盼似秋波。
硕人敖敖[11]，说于农郊[12]。	美人身材很高挑，停车休息在近郊。
四牡有骄[13]，朱幩镳镳[14]。	四匹公马多健壮，红绸挂在马嚼旁。
翟茀以朝[15]，大夫夙退，	雉羽饰车到朝堂，大夫无事早退朝，
无使君劳。	莫使君主太疲劳。
河水洋洋[16]，北流活活[17]。	黄河之水浩荡荡，激越奔流向北方。
施罛濊濊[18]，鳣鲔发发[19]。	撒网入河沙沙响，鲤鱼鳝鱼捕在网。
葭菼揭揭[20]，庶姜孽孽[21]，	初生芦荻长又长，随嫁姑娘身材好，
庶士有朅[22]。	陪送男子也威武。

【注解】

①硕：美。颀：身材修长的样子。
②褧：麻布制的罩衣，用来遮灰尘。
③东宫：指齐国的太子。
④私：姊妹的丈夫。
⑤荑：初生白茅的嫩芽。
⑥领：脖子。蝤蛴：天牛的幼虫，身体长而白。
⑦瓠犀：瓠瓜的子，因其洁白整齐常以比喻好的牙齿。
⑧螓：蝉类，前额宽广方正。蛾：蚕蛾，其触须细长而弯曲。
⑨倩：笑时脸颊现出酒窝的样子。
⑩盼：眼睛里黑白分明的样子。
⑪敖敖：身材高挑的样子。
⑫说：同“税”，休息。农郊：近郊。
⑬牡：雄，这里指雄马。骄：指马身体健壮。
⑭朱：红色。幩：马嚼旁挂的绸子。镳镳：盛美的样子。
⑮翟茀：车后遮挡用的野鸡毛，用作装饰。
⑯洋洋：河水盛大的样子。
⑰活活：水流声。
⑱施：设，张。罛：大鱼网。濊濊：撒网入水的声音。
⑲鳣：大鲤鱼，一说是黄鱼。鲔：鳝鱼。发发：鱼尾动的声音。
⑳葭：初生的芦苇。菼：初生的荻。揭揭：长的样子。
㉑庶姜：众姜，指随嫁的姜姓女子。
㉒士：指随从庄姜的媵臣。朅：威武健壮的样子。

氓

《氓》，刺时也。宣公之时，礼义消亡，淫风大行，男女无别，遂相奔诱。华落色衰，复相背弃。或乃困而自悔，丧其妃耦，故序其事以风焉。美反正，刺淫泆也。

——毛诗序

氓之蚩蚩[①]，抱布贸丝[②]。	农家小伙笑嘻嘻，拿着布匹来换丝。
匪来贸丝[③]，来即我谋[④]。	不是为了来换丝，借机找我谈婚事。
送子涉淇[⑤]，至于顿丘[⑥]。	谈完送你过淇水，一直送你到顿丘。
匪我愆期[⑦]，子无良媒。	不是我要延婚期，是那媒人不靠谱。
将子无怒[⑧]，秋以为期。	请你不要生我气，定下秋天为婚期。
乘彼垝垣[⑨]，以望复关[⑩]。	登上残破的墙垣，心中念你望复关。
不见复关，泣涕涟涟。	遥望复关不见你，伤心哭泣泪满面。
既见复关，载笑载言。	但见你从复关来，喜笑颜开话不断。
尔卜尔筮，体无咎言[⑪]。	你又占卜又问卦，卦象吉利没恶言。
以尔车来，以我贿迁[⑫]。	把你大车赶过来，我带嫁妆随你迁。
桑之未落，其叶沃若[⑬]。	桑树叶儿未落时，枝叶繁茂色泽润。
于嗟鸠兮，无食桑葚。	小斑鸠啊小斑鸠，不要贪嘴吃桑葚。
于嗟女兮，无与士耽[⑭]。	好姑娘啊好姑娘，不要痴情迷男人。
士之耽兮，犹可说也[⑮]。	男人沉迷于爱情，想走就走可脱身。
女之耽兮，不可说也。	女子沉迷于爱情，想要脱身不可能。
桑之落矣，其黄而陨。	待到桑叶飘落时，颜色枯黄落满地。
自我徂尔[⑯]，三岁食贫。	从我嫁进你家门，多年吃苦受贫寒。
淇水汤汤，渐车帷裳[⑰]。	淇水滔滔不停流，打湿我的车帷幔。
女也不爽[⑱]，士贰其行[⑲]。	我做妻子没过错，你做丈夫差错多。
士也罔极[⑳]，二三其德。	男人真心不可测，三心二意没品德。
三岁为妇，靡室劳矣。	当你妻子许多年，终日忙碌活全干。

夙兴夜寐，靡有朝矣。　　起早贪黑做家务，没有一天休息过。
言既遂矣[21]，至于暴矣。　　生活安定无忧愁，你却粗暴又专横。
兄弟不知，咥其笑矣[22]。　　亲兄亲弟不知情，见我总是笑嘻嘻。
静言思之，躬自悼矣。　　静心思前又想后，只能独自暗悲伤。
及尔偕老，老使我怨。　　当初相约同到老，到老却是多愁怨。
淇则有岸，隰则有泮[23]。　　淇水虽宽也有岸，沼泽再阔也有岸。
总角之宴[24]，言笑晏晏[25]。　　犹记少时同游乐，有说有笑多温雅。
信誓旦旦[26]，不思其反。　　海誓山盟还在耳，哪知从此已改变。
反是不思，亦已焉哉！　　过去时光不留恋，一刀两断不再谈！

【注解】

①氓：农民。蚩蚩：笑嘻嘻的样子。
②贸：交换，交易。
③匪：非，不是。
④即我：到我这里来，接近我。谋：商议，这里指商谈婚事。
⑤涉：渡过。
⑥顿丘：地名。
⑦愆：拖延。
⑧将：请。
⑨乘：登上。垝垣：毁坏了的土墙。
⑩复关：地名，诗中男子居住的地方。
⑪体：卦体。咎言：不吉利的话。
⑫贿：财物。这里指嫁妆。
⑬沃若：润泽柔嫩的样子。
⑭耽：沉迷，迷恋。
⑮说：同“脱”，摆脱。
⑯徂：去，往。
⑰渐：沾湿，浸湿。
⑱爽：差错，过失。
⑲贰：差错。
⑳罔极：无常，没有定准。
㉑遂：安定无忧。

㉒咥：大笑的样子。
㉓泮：岸。
㉔总角：古时儿童的发式，借指童年。宴：安乐。
㉕晏晏：温柔的样子。
㉖旦旦：诚恳的样子。

竹　竿

《竹竿》，卫女思归也。适异国而不见答，思而能以礼者也。——毛诗序

籊籊竹竿①，以钓于淇。　竹竿细长尖又尖，当年垂钓淇水边。
岂不尔思②？远莫致之。　心中哪能不想你，只因路远难回去。
泉源在左③，淇水在右。　泉水清清在左边，淇水滔滔在右边。
女子有行④，远兄弟父母。　女子无奈出了嫁，远离父母和兄弟。
淇水在右，泉源在左。　淇水滔滔在右边，泉水清清在左边。
巧笑之瑳⑤，佩玉之傩⑥。　嫣然一笑玉齿露，身着佩玉有风姿。
淇水滺滺⑦，桧楫松舟⑧。　淇水潺潺水悠悠，桧木作桨松作舟。
驾言出游⑨，以写我忧⑩。　驾着小船水中游，排解心中重重忧。

【注解】

①籊籊：长而尖的样子。
②尔思：想念你。尔，你。
③泉源：水名，即百泉，在卫之西北，自东南流入淇水。
④行：远嫁。
⑤瑳：玉色洁白，这里指露齿巧笑状。
⑥傩：女子身上挂着佩玉，走起路来，腰身婀娜而有节奏。
⑦滺：水流的样子。
⑧楫：船桨。
⑨言：语气助词，相当“而”字。
⑩写：通“泻”，排解。

芄 兰

《芄兰》，刺惠公也。骄而无礼，大夫刺之。——毛诗序

芄兰之支[1]，童子佩觿[2]。	芄兰有枝尖又尖，儿童用来解结锥。
虽则佩觿，能不我知。	虽然用来斛结锥，可他不解我是谁。
容兮遂兮[3]，垂带悸兮[4]。	大摇大摆佩玉动，飘带长垂难收拾。
芄兰之叶，童子佩韘。	芄兰有叶似半圆，儿童扳指带在身。
虽则佩韘[5]，能不我甲[6]。	虽然扳指带在身，不愿近我把话讲。
容兮遂兮，垂带悸兮。	大摇大摆佩玉动，飘带长垂难收拾。

【注解】

①芄兰：蔓生植物，既萝摩。支：同“枝”。

②觿：解结的用具，用象骨制成，供成年男子使用和佩带。

③容：容仪可观，形容成年贵族走路摇摆的样子。遂：形容走路摇摆使佩玉摇动的样子。

④悸：带子下垂摇动有节奏的样子。

⑤佩韘：也是已经成年的表征。韘，拉弓弦的用具，俗称“扳指”。

⑥甲：同“狎”，亲近。

河 广

《河广》，宋襄公母归于卫，思而不止，故作是诗也。——毛诗序

谁谓河广[1]？一苇杭之[2]。	谁说黄河宽又广？一支苇筏可去渡。
谁谓宋远？跂予望之[3]。	谁说宋国路遥远？踮起脚尖可眺望。

谁渭河广？曾不容刀[4]。　谁说黄河宽又广？一条小船容不下。
谁谓宋远？曾不崇朝[5]。　谁说宋国路遥远？一个早上可走到。

【注解】

①河：指黄河。
②苇：指用芦苇制成的小筏子。杭：通“航”。
③跂：踮起脚站着。
④刀：通“舠”，小船。
⑤崇：结束，终结。朝：一个早上。

伯兮

《伯兮》，刺时也。言君子行役，为王前驱，过时而不反焉。——毛诗序

伯兮朅兮[1]，邦之桀兮[2]。　阿哥健壮又威威，保卫邦国是英雄。
伯也执殳[3]，为王前驱。　阿哥手执杖二殳，为了国王打先锋。
自伯之东，首如飞蓬。　自从哥哥去征东，无心梳洗发蓬乱。
岂无膏沐[4]，谁适为容[5]？　难道没有润发油，好好打扮取悦谁？
其雨其雨，杲杲出日[6]。　好比久旱把雨盼，偏偏老是大晴天。
愿言思伯，甘心首疾！　一心盼望阿哥回，想得头痛也心甘！
焉得谖草[7]？言树之背[8]。　如何得到忘忧草？种在北堂比较好。
愿言思伯，使我心痗[9]！　魂牵梦萦想哥回，心病难治意难通！

【注解】

①伯：女子称她的丈夫。朅：偈的假借字，英武健壮的样子。
②桀：同“杰”，才智出众的人。
③殳：古兵器，杖类，形如竿，竹制，长一丈二尺。
④膏：妇女润发的油脂。
⑤适：悦。
⑥杲：明亮的样子。
⑦谖草：萱草，忘忧草，俗称黄花菜。
⑧背：屋子北面，指北堂。
⑨痗：忧思成病。

有狐

《有狐》，刺时也。卫之男女失时，丧其妃耦焉。古者国有凶荒，则失礼而多昏，会男女之无夫家者，所以育人民也。

——毛诗序

有狐绥绥[①]，在彼淇梁[②]。　男子独自慢慢走，走在淇水石桥上。
心之忧矣，之子无裳。　我的心中多伤悲，他连裤子都没有。
有狐绥绥，在彼淇厉[③]。　男子独自慢慢走，走在淇水浅滩上。
心之忧矣，之子无带。　我的心中多伤悲，他连衣带也没有。
有狐绥绥，在彼淇侧。　男子独自慢慢走，走在淇水岸上头。
心之忧矣，之子无服。　我的心中多伤悲，他连衣服都没有。

【注解】

①狐：这里比喻男子。绥绥：独自慢走的样子。
②梁：桥梁。
③厉：水边浅滩。

木 瓜

《木瓜》，美齐桓公也。卫国有狄人之败，出处于漕，齐桓公救而封之，遗之车马器服焉。卫人思之，欲厚报之，而作是诗也。 ——毛诗序

投我以木瓜[①]，报之以琼琚[②]。	你把木瓜送给我，我用美玉回报你。
匪报也，永以为好也。	这样不单是回报，也是为求永相好。
投我以木桃，报之以琼瑶[③]。	你把木桃送给我，我用琼瑶回报你。
匪报也，永以为好也。	这样不单是回报，也是为求永相好。
投我以木李，报之以琼玖[④]。	你用木李送给我，我用琼玖作回报。
匪报也，永以为好也。	这样不单是回报，也是为求永相好。

【注解】

①投：赠送。
②琼琚：美玉。
③琼瑶：美玉。
④玖：黑色次等的玉。

王　风

王，谓周东都洛邑王城畿内方六百里之地，在《禹贡》豫州大华外方之间，北得河阳，渐冀州之南也。周室之初，文王居丰，武王居镐；至成王时，周公始营洛邑，为时会诸侯之所。以其土中，四方来者道里均故也。自是谓丰、镐为西都，而洛邑为东都。至幽王嬖褒姒生伯服，废申后及太子宜臼，宜臼奔申。申侯怒，与犬戎攻宗周，弑幽王于戏。晋文侯郑武公迎宜臼于申而立之，是为平王，徙居东都王城。于是王室遂卑，与诸侯无异，故其诗不为雅而为风。然其王号未替也，故不曰周，而曰王。其地则今河南府及怀孟等州是也。

（南宋朱熹《诗集传》）

黍　离

《黍离》，闵宗周也。周大夫行役至于宗周，过故宗庙宫室，尽为黍离。闵宗周之颠覆，彷徨不忍去，而作是诗也。

——毛诗序

彼黍离离[①]，彼稷之苗[②]。	地里黍子长成排，稷苗长得绿油油。
行迈靡靡[③]，中心摇摇[④]。	前行步子多缓慢，心中不安很愁闷。
知我者谓我心忧，	理解我的说我忧，
不知我者谓我何求。	不理解的说我有所求。
悠悠苍天，此何人哉！	苍天高高在头上，是谁造成这景象！
彼黍离离，彼稷之穗。	地里黍子长成排，稷谷开花正吐穗。
行迈靡靡，中心如醉。	前行步子多缓慢，心中迷乱如醉酒。
知我者谓我心忧，	理解我的说我忧，
不知我者谓我何求。	不理解的说我有所求。
悠悠苍天，此何人哉！	苍天高高在头上，是谁造成这景象！
彼黍离离，彼稷之实。	地里黍子长成排，稷谷已经结了果。
行迈靡靡，中心如噎[⑤]。	前行步子多缓慢，心中郁闷难喘息。
知我者谓我心忧，	理解我的说我忧，

不知我者谓我何求。　不理解的说我有所求。

悠悠苍天，此何人哉！　苍天高高在头上，是谁造成这景象！

【注解】

①黍：谷物名。离离：成排茂盛的样子。

②稷：谷物名。

③行迈：前行，远行的意思。靡靡：步行缓慢的样子。

④中心：心中。摇摇：心中不安的样子。

⑤噎：食物堵住食管，喘息困难。

君子于役

《君子于役》，刺平王也。君子行役无期度，大夫思其危难以风焉。

——毛诗序

君子于役[①]，不知其期。　丈夫服役在远方，不知期限心忧伤。

曷至哉[②]？鸡栖于埘[③]，　不知何时回家乡？鸡儿纷纷回鸡舍，

日之夕矣，羊牛下来。　西天暮霭遮夕阳，牛羊下坡进栏忙。

君子于役，如之何勿思[④]！　丈夫服役在远方，叫我怎能不思念！

君子于役，不日不月。　丈夫服役在远方，没日没月别离长。

曷其有佸[⑤]？鸡栖于桀[⑥]，　几时团圆聚一堂？鸡儿纷纷上木桩，

日之夕矣，羊牛下括[⑦]。　西天暮霭遮夕阳，牛羊下坡进栏忙。

君子于役，苟无饥渴[⑧]！　丈夫服役在远方，或许不会饥和渴！

【注解】

①君子：指丈夫。役：服役。

②曷：何时。至：归家。

③埘：鸡舍。

④勿：不。
⑤佸：聚会，相会。
⑥桀：鸡栖的木桩。
⑦括：通“佸”，聚集，此指牛羊回来后被关在一起。
⑧苟：尚，或许。

君子阳阳

《君子阳阳》，闵周也。君子遭乱，相招为禄仕，全身远害而已。

——毛诗序

君子阳阳[1]，左执簧[2]，
右招我由房[3]。其乐只且[4]！
君子陶陶[5]，左执翿[6]。
右招我由敖。其乐只且！

夫君得意喜洋洋，左手拿簧高声唱。
右手招我去游乐，快快乐乐舞一场！
夫君得意乐陶陶，左手拿羽舞起来。
右手招我去游乐，快快乐乐共舞蹈！

【注解】

①阳阳：快乐得意的样子。
②簧：古时的一种吹奏乐器。
③由房：同“游敖”，游乐。
④只且：语气助词，义同“也哉”。
⑤陶陶：和乐舒畅的样子。
⑥翿：羽毛做成的舞具。

扬之水

《扬之水》，刺平王也。不抚其民，而远屯戍于母家，周人怨思焉。

——毛诗序

扬之水[1]，
不流束薪[2]。
彼其之子[3]，
不与我戍申[4]。
怀哉怀哉[5]，
曷月予还归哉[6]？
扬之水，
不流束楚[7]。
彼其之子，
不与我戍甫[8]。
怀哉怀哉，
曷月予还归哉？
扬之水，
不流束蒲[9]。
彼其之子，
不与我戍许[10]。
怀哉怀哉，
曷月予还归哉？

河水缓缓流啊流，
冲不走成捆的木柴。
那个远方的人儿啊，
不能和我驻守申国城寨。
想念你啊想念你，
我何时才能回到故里？
河水缓缓流啊流，
飘不起成捆的荆条。
那个远方的人儿啊，
不能与我守卫甫国城堡。
想念你啊想念你，
我何时才能回到故里？
河水缓缓流啊流，
流不动成捆的柳枝。
那个远方的人儿啊，
不能与我守卫许国城池。
想念你啊想念你，
我何时才能回到故里？

【注解】

①扬：水缓缓流动的样子。
②束薪：成捆的柴，古代用这个词表示新婚。
③彼其之子：（远方的）那个人，指作者所思念的人。
④不与我：不能和我。戍申：在申地防守。
⑤怀：思念，怀念。
⑥曷：何。
⑦束楚：成捆的荆条。
⑧甫：甫国，即吕国。
⑨蒲：蒲柳。
⑩许：许国。

中谷有蓷

《中谷有蓷》，闵周也。夫妇日以衰薄，凶年饥馑，室家相弃尔。

——毛诗序

中谷有蓷①，暵其干矣②。	山谷长有益母草，根儿叶儿都枯槁。
有女仳离③，嘅其叹矣。	有个女子被抛弃，长叹一声感慨深。
嘅其叹矣，遇人之艰难矣！	长叹一声感慨深，嫁人艰难谁知道！
中谷有蓷，暵其脩矣④。	山谷长有益母草，根儿叶儿都干燥。
有女仳离，条其歗矣⑤。	有个女子被抛弃，长长叹息声声哀。
条其歗矣，遇人之不淑矣！	长长叹息声声哀，不幸嫁个负心汉！
中谷有蓷，暵其湿矣⑥。	山谷长有益母草，根叶干燥似火烤。
有女仳离，啜其泣矣。	有个女子被抛弃，呜咽抽泣极伤心。
啜其泣矣，何嗟及矣！	呜咽抽泣极伤心，追悔莫及有何用！

【注解】

①中谷：山谷之中。蓷：益母草。
②暵：干枯。
③仳离：妇女被夫家抛弃逐出，后世亦指离婚。
④脩：干燥。
⑤条：长。歗：长嘘出声，这里也指长叹。
⑥湿：曝的假借字，晒干。

兔爰

《兔爰》，闵周也。桓王失信，诸侯背叛，构怨连祸，王师伤败，君子不乐其生焉。

——毛诗序

有兔爰爰[1]，雉离于罗[2]。	野兔往来任逍遥，山鸡落网惨凄凄。
我生之初，尚无为[3]。	在我幼年那时候，人们不用服兵役。
我生之后，逢此百罹[4]。	偏偏在我成年后，各种苦难齐齐来。
尚寐无吪[5]！	但愿长睡嘴闭起！
有兔爰爰，雉离于罦[6]。	野兔往来任逍遥，山鸡落网悲戚戚。
我生之初，尚无造[7]。	在我幼年那时候，人们不用服兵役。
我生之后，逢此百忧。	偏偏在我成年后，各种忧患接连来。
尚寐无觉[8]！	长睡但把眼合起！
有兔爰爰，雉离于罿[9]。	野兔往来任逍遥，山鸡落网战栗栗。
我生之初，尚无庸[10]。	在我幼年那时候，人们不用服劳役。
我生之后，逢此百凶。	偏偏在我成年后，各种灾祸来遭遇。
尚寐无聪！	但愿长睡把耳塞！

【注解】

①爰：逍遥自在。

②离：同“罹”，陷，遭难。罗：罗网。

③为：指服兵役之事。

④罹：忧患，苦难。

⑤无吪：不说话。

⑥罦：一种设机关的网，能自动捕鸟兽，又叫覆车网。

⑦造：与上文“为”字同义。

⑧觉：清醒，指眼睁开。

⑨罿：捕鸟兽的网。

⑩庸：指劳役。

葛藟

《葛藟》，王族刺平王也。周室道衰，弃其九族焉。——毛诗序绵绵葛藟[1]，在河之浒[2]。　野葡萄藤长又长，蔓延河边湿地上。
终远兄弟，谓他人父。　远离我的兄弟们，称呼他人为父亲。
谓他人父，亦莫我顾[3]！　虽然称他为父亲，他却对我不理睬！
绵绵葛藟，在河之涘[4]。　野葡萄藤长又长，蔓延河滨湿地上。
终远兄弟，谓他人母。　远离我的兄弟们，称呼他人为母亲。
谓他人母，亦莫我有！　虽然称她为母亲，她却当我不存在！
绵绵葛藟，在河之漘[5]。　野葡萄藤长又长，蔓延河旁湿地上。
终远兄弟，谓他人昆[6]。　远离我的兄弟们，称呼他人为哥哥。
谓他人昆，亦莫我闻[7]！　虽然称他为哥哥，他却对我不恤问！

【注解】

①绵绵：连绵不断的样子。
②浒：水边。
③顾：理睬。
④涘：水边。
⑤漘：深水边。
⑥昆：兄长，哥哥。
⑦闻：同“问”，救助慰问的意思。

采　葛

《采葛》，惧谗也。　　——毛诗序

彼采葛兮，一日不见，　心上人啊去采葛，一天不见她的影，
如三月兮。　好像隔了三月久。
彼采萧兮[1]，一日不见，　心上人啊去采蒿，一天不见她的影，
如三秋兮[2]。　好像隔了三秋久。

彼采艾兮，一日不见，　心上人啊去采艾，一天不见她的影，
如三岁兮。　好像隔了三年久。

【注解】

①萧：蒿类，用火烧有香气，古时用来祭祀。
②三秋：这里指三季。

大　车

《大车》，刺周大夫也。礼义陵迟，男女淫奔，故陈古以刺今大夫不能听男女之讼焉。

——毛诗序

大车槛槛[①]，毳衣如菼[②]。　大车上路声槛槛。毛织衣服色如菼。
岂不尔思？畏子不敢。　难道我不思念你？怕你不敢和我好。
大车啍啍[③]，毳衣如璊[④]。　大车上路声迟缓，毛织衣服红如玉。
岂不尔思？畏子不奔。　难道我不思念你？怕你不敢奔我来。
穀则异室[⑤]，死则同穴。　活着虽然不同室，但愿死后同穴埋。
谓予不信，有如皦日[⑥]！　如若说我不诚信，对着太阳敢发誓！

【注解】

①槛槛：车辆行驶的声音。
②毳衣：用动物毛织的衣服。菼：初生的芦荻。
③啍啍：车行迟缓而笨重的声音。
④璊：红色的玉。
⑤穀：活着。
⑥皦：同“皎”，意思是明亮。

丘中有麻

《丘中有麻》，思贤也。庄王不明，贤人放逐，国人思之，而作是诗也。

——毛诗序

原文	译文
丘中有麻①，彼留子嗟②。	山坡上面种着麻，刘家有儿名子嗟。
彼留子嗟，将其来施③。	刘家有儿名子嗟，请他来我家帮忙。
丘中有麦④，彼留子国⑤。	山坡上面种着麦，刘家有儿名子国。
彼留子国，将其来食⑥。	刘家有儿名子国，请他吃饭来我家。
丘中有李⑦，彼留之子⑧。	山坡上面种着李，刘家子嗟就是他。
彼留之子，贻我佩玖⑨。	刘家子嗟就是他，送我佩玉想成家。

【注解】

①丘：土山。

②留：通“刘”，姓。

③将：请，愿。施：帮助。

④麦：麦田。

⑤子国：留行，字子国，贤人。

⑥食：共餐。

⑦李：李（树）园。

⑧留之子：指留子嗟。

⑨贻：赠送，遗留。佩：佩戴。玖：似玉的黑色美石。

郑风

郑，邑名。本在西都畿内咸林之地。宣王以封其弟友为采地，后为幽王司徒，而死于犬戎之难，是为桓公。其子武公掘突，定平王于东都，亦为司徒。又得虢、桧之地，乃徙其封，而施旧号于新邑，是为新郑。咸林，在今华州郑县。新郑，即今之郑州是也。其封域山川详见《桧风》。

（南宋朱熹《诗集传》）

缁衣

《缁衣》，美武公也。父子并为周司徒，善于其职，国人宜之，故美其德，以明有国善善之功焉。

——毛诗序

缁衣之宜兮[1]，敝[2]，予又改为兮。	黑色官服真合适，破了我再来缝制。
适子之馆兮[3]，	你到官署去办事，
还，予授子之粲兮[4]。	回来，我送你新衣。
缁衣之好兮，敝，予又改造兮。	黑色官服真美好，破了我再来改制。
适子之馆兮，	你到官署去办事，
还，予授子之粲兮。	回来，我送你新袍。
缁衣之席兮[5]，敝，予又改作兮。	黑色官服宽又长，破了我再做新装。
适子之馆兮，	你到官署去办事，
还，予授子之粲兮。	回来，送你新衣裳。

【注解】

①缁衣：黑色的衣服，当时卿大夫到官署所穿的衣服。

②敝：破。

③适：往。馆：官舍。

④粲：形容新衣华美的样子。

⑤席：宽大舒适。

将仲子

《将仲子》，刺庄公也。不胜其母，以害其弟。弟叔失道而公弗制，祭仲谏而公弗听，小不忍以致大乱焉。

——毛诗序

将仲子兮[①]！无逾我里[②]，	仲子哥啊听我讲！不要翻进我住宅，
无折我树杞[③]。岂敢爱之[④]？	不要攀折杞树枝。哪里是我吝惜它？
畏我父母。仲可怀也，	只是害怕我爹娘。仲子哥啊我想你，
父母之言，亦可畏也！	爹娘知道要责骂，想想心里真害怕！
将仲子兮！无逾我墙，	仲子哥啊听我讲！不要翻进我围墙，
无折我树桑。岂敢爱之？	不要攀折桑树枝。哪里是我吝惜它？
畏我诸兄。仲可怀也，	只是害怕我兄长。仲子哥啊我想你，
诸兄之言，亦可畏也！	兄长知道要责骂，想想心里真害怕！
将仲子兮！无逾我园，	仲子哥啊听我讲！不要翻进我园子，
无折我树檀[⑤]。岂敢爱之？	不要攀折檀树枝。哪里是我吝惜它？
畏人之多言。仲可怀也，	只是害怕他人说。仲子哥啊我想你，
人之多言，亦可畏也！	别人知道要乱说，想想心里真害怕！

【注解】

①将：请，愿。仲子：诗中男子的名字。

②逾：越过。里：住宅。

③杞：树木名，即杞树。

④爱：吝惜，痛惜。

⑤檀：檀树。

叔于田

《叔于田》，刺庄公也。叔处于京，缮甲治兵，以出于田，国人说而归之。

——毛诗序

叔于田[①]，巷无居人。	三哥外出去打猎，大街小巷没有人。
岂无居人？不如叔也，	难道真的没有人？却是无人比阿叔，
洵美且仁[②]。	他是英俊又谦逊。
叔于狩[③]，巷无饮酒。	三哥外出去狩猎，街巷无人来饮酒。
岂无饮酒？不如叔也，	难道真无饮酒人？却是无人比阿叔，
洵美且好。	他是英俊又清秀。
叔适野[④]，巷无服马[⑤]。	三哥外出去打猎，街巷无人驾车马。
岂无服马？不如叔也，	难道真无车马行？却是无人比阿叔，
洵美且武。	他是英俊又威武。

【注解】

①田：打猎。

②洵：实在，确实。仁：仁爱谦让。

③狩：冬猎。

④适：往。野：郊外。

⑤服马：驾马。

大叔于田

《大叔于田》，刺庄公也。叔多才而好勇，不义而得众也。 ——毛诗序

原文	译文
叔于田[1]，乘乘马[2]。	三哥出发去打猎，驾起大车四马奔。
执辔如组[3]，两骖如舞[4]。	手拉缰绳如执组，骖马齐奔似跳舞。
叔在薮[5]，火烈具举[6]。	三哥冲进深草地，点燃烈火阻野兽。
袒裼暴虎[7]，献于公所[8]。	赤膊勇猛捉老虎，从容献到主公前。
将叔无狃[9]，戒其伤女。	三哥请勿太大意，老虎伤人得提防。
叔于田，乘乘黄[10]。	三哥出发去打猎，驾车四马毛色黄。
两服上襄[11]，两骖雁行。	服马马头高抬起，骖马整齐如雁行。
叔在薮，火烈具扬。	三哥冲进深草地，四面烈火阻野兽。
叔善射忌，又良御忌[12]。	三哥射箭箭法准，驾车本领也高强。
抑磬控忌[13]，抑纵送忌[14]。	勒马止步弯下腰，纵马奔驰松马僵。
叔于田，乘乘鸨[15]。	三哥出发去打猎，驾车四马杂色毛。
两服齐首，两骖如手。	服马齐头又并进，骖马如手相协调。
叔在薮，火烈具阜[16]。	三哥冲进深草地，熊熊烈火阻野兽。
叔马慢忌，叔发罕忌[17]，	三哥控马渐行慢，三哥放箭渐稀少。
抑释掤忌[18]，抑鬯弓忌[19]。	打开箭筒箭收起，拉过弓袋弓放好。

【注解】

①田：同“畋”，打猎。

②乘乘：前一乘为动词，后为名词。古时一车四马叫一乘。

③执辔如组：手执整齐如丝带的马缰。

④骖：驾车的四马中外侧的两匹。

⑤薮：低湿多草木的地方。

⑥火烈：打猎时放火烧草，断绝野兽的逃路。烈，迾的假借字。具：同“俱”。举：起。

⑦袒裼：脱衣露体，赤膊。暴：搏虎。

⑧公所：君王的宫室。

⑨将：请，愿。狃：习以为常而掉以轻心。

⑩黄：黄马。

⑪服：驾车的四马中中间的两匹。襄：同“骧”，马抬起头。

⑫忌：语尾助词。良御：驾马很在行。

⑬抑：发语词。磬控：弯腰如磬，勒马使其缓行或停步。
⑭纵送：纵马奔跑。
⑮鸨：有黑白杂毛的马，其色如鸨，故称。
⑯阜：旺盛。
⑰罕：稀少。
⑱释：打开。掤：箭筒盖。
⑲鬯：弓袋，此处用作动词，将弓放进弓袋里。

清　人

《清人》，刺文公也。高克好利而不顾其君，文公恶而欲远之不能。使高克将兵而御狄于竟，陈其师旅，翱翔河上。久而不召，众散而归，高克奔陈。公子素恶高克进之不以礼，文公退之不以道，危国亡师之本，故作是诗也。

——毛诗序

清人在彭①，　　清邑的军队驻守在彭地，
驷介旁旁②。　　披甲的四马真呀真强壮。
二矛重英③，　　两支矛上饰重重红羽毛，
河上乎翱翔。　　驾车遨游于河边多欢畅。
清人在消④，　　清邑的军队驻守在消地，
驷介麃麃⑤。　　披甲的四马真呀真威武。
二矛重乔⑥，　　两支矛上饰重重野鸡毛，
河上乎逍遥。　　驾车闲逛于河边真逍遥。
清人在轴⑦，　　清邑的军队驻守在轴地，
驷介陶陶⑧。　　披甲的四马真是很威风。
左旋右抽⑨，　　士兵们左转身子右抽刀，
中军作好⑩。　　领兵的主将练武姿态好。

【注解】

①清人：指郑国大臣高克带领的清邑的士兵。清，郑国之邑，在今河南省中牟县西。彭：郑国地名，在黄河边上。

②驷介：一车驾四匹披甲的马。介，甲。旁旁：马强壮的样子。

③二矛：酋矛、夷矛。重英：以两重朱羽为矛饰。

④消：黄河边上的郑国地名。

⑤麃麃：英勇威武的样子。

⑥乔：又作"鷮"，长尾野鸡，此指以鷮羽为矛缨。

⑦轴：黄河边上的郑国地名。

⑧陶陶：马奔驰的样子。

⑨左旋右抽：御者在车左，执辔御马；勇士在车右，执兵击刺。旋，转动身子。抽，拔刀。形容练习击刺的样子。

⑩中军：古三军为上军、中军、下军，中军之将为主帅。作好：做好表面工作。

羔裘

《羔裘》，刺朝也。言古之君子，以风其朝焉。

——毛诗序

羔裘如濡①，　他的羔羊皮袄柔又亮，
洵直且侯②。　他的为人正直又美好。
彼其之子，　他是这样的一个人啊，
舍命不渝③。　舍弃生命也要保节操。
羔裘豹饰④，　羔羊皮袄以豹皮为装饰，
孔武有力⑤。　他的为人既威武又有毅力。
彼其之子，　他是这样的一个人啊，
邦之司直⑥。　国家的司直能够主持正义。
羔裘晏兮⑦，　羔羊皮袄光洁又鲜艳，
三英粲兮⑧。　三道豹皮装饰真漂亮。

彼其之子，　他是这样的一个人啊，
邦之彦兮[⑨]。　称得上是国家的真贤良。

【注解】

①羔裘：羔羊皮袄，古大夫的朝服。濡：柔而有光泽。
②洵：信，诚然，的确。侯：美。
③渝：改变。
④豹饰：用豹皮装饰皮袄的袖口。
⑤孔：甚，很。
⑥司直：负责劝谏君主过失的官吏。
⑦晏：鲜艳的样子。
⑧三英：装饰袖口的三道豹皮镶边。粲：鲜明，华美。
⑨彦：美士，模范。

遵大路

《遵大路》，思君子也。庄公失道，君子去之，国人思望焉。——毛诗序

遵大路兮[①]，掺执子之袪兮[②]。　沿着大路跟你走，紧紧拉住你袖口。
无我恶兮，不寁故也[③]。　千万不要厌弃我，多年故人别分开。
遵大路兮，掺执子之手兮。　沿着大路跟你走，紧紧拉住你的手。
无我魗兮[④]，不寁好也[⑤]。　千万不要厌弃我，多年相好不要丢。

【注解】

①遵：循，沿着。
②掺执：拉着，牵着。袪：袖口。
③寁：快，迅速。故：故人，老伴。
④魗：同“丑”，厌恶。
⑤好：相好，爱人。

女曰鸡鸣

《女曰鸡鸣》，刺不说德也。陈古义以刺今，不说德而好色也。

——毛诗序

原文	译文
女曰："鸡鸣。"	女说："公鸡已鸣唱。"
士曰："昧旦[①]。"	男说："天还没有亮。"
"子兴视夜[②]，明星有烂[③]。"	"快起推窗看夜色，启明星儿在闪光。"
"将翱将翔，弋凫与雁[④]。"	"宿巢鸟雀将翱翔，要把野鸡大雁射。"
"弋言加之[⑤]，与子宜之[⑥]。	"野鸭大雁射下来，为你烹调做好菜。
宜言饮酒，与子偕老。	佳肴做成共饮酒，白头偕老永相爱。
琴瑟在御[⑦]，莫不静好。"	女弹琴来男鼓瑟，和谐美满在一起。"
"知子之来之[⑧]，	"知你对我真关怀呀，
杂佩以赠之[⑨]。	送你杂佩答你爱呀。
知子之顺之[⑩]，杂佩以问之[⑪]。	知你对我体贴入微，送你杂佩表谢意呀。
知子之好之，杂佩以报之。"	知你爱我是真心呀，送你杂佩表爱意呀。"

【注解】

①昧旦：天快要亮的时候。
②兴：起。
③明星：启明星。烂：明亮。
④弋：射。凫：野鸭。
⑤加：射中
⑥宜：烹调菜肴。
⑦御：弹奏。
⑧来：慰勉。
⑨杂佩：女子佩戴的装饰物。
⑩顺：顺从，体贴。
⑪问：赠送。

有女同车

《有女同车》，刺忽也。郑人刺忽之不昏于齐。太子忽尝有功于齐，齐侯请妻之齐女。贤而不取，卒以无大国之助，至于见逐，故国人刺之。

——毛诗序

有女同车，颜如舜华[①]。	我同姑娘同乘车，姑娘颜如木槿花。
将翱将翔，佩玉琼琚。	我们快乐同游玩，她的美玉闪光华。
彼美孟姜，洵美且都[②]。	美丽姑娘她姓姜，真是漂亮又端庄。
有女同行，颜如舜英[③]。	我同姑娘一道行，姑娘颜如木槿花。
将翱将翔，佩玉将将[④]。	我们快乐同游玩，她的美玉响叮当。
彼美孟姜，德音不忘[⑤]。	美丽姑娘她姓姜，德行高尚人难忘。

【注解】

①舜华：木槿花。
②洵：实在。都：体面，娴雅。
③舜英：木槿花。
④将将：佩玉互相碰击的声音。
⑤德音：好声誉，即品德好的意思。

山有扶苏

《山有扶苏》，刺忽也。所美非美然。

——毛诗序

山有扶苏[①]，	山上有茂盛的扶苏，
隰有荷华[②]。	洼地有美艳的荷花。
不见子都[③]，	没见到子都美男子啊，
乃见狂且[④]。	偏遇见你这个小狂徒。

山有桥松[⑤]，　　山上有挺拔的青松，
隰有游龙[⑥]。　　洼地有丛生的马蓼。
不见子充[⑦]，　　没见到子充好男儿啊，
乃见狡童。　　偏遇见你这个小狡童。

【注解】

①扶苏：树木名。指枝叶茂盛的大树。
②隰：洼地。华：同“花”。
③子都：古代美男子。
④狂：狂妄的人。且：助词。一说拙、钝也。
⑤桥：通“乔”，高大。
⑥游龙：水草名。又名红草、马蓼。
⑦子充：古代良人名。

萚　兮

《萚兮》，刺忽也。君弱臣强，不倡而和也。——毛诗序

萚兮萚兮[①]，风其吹女[②]！　　枯叶枯叶往下掉，风儿把你轻轻吹！
叔兮伯兮，倡予和女[③]！　　叔呀伯呀大家来，我先唱来你和调！
萚兮萚兮，风其漂女[④]！　　枯叶枯叶往下掉，你随风儿舞起来！
叔兮伯兮，倡予要女[⑤]！　　叔呀伯呀大家来，我们一起来唱歌！

【注解】

①萚：脱落的树叶。
②女：同“汝”。
③倡：同“唱”，带头唱。
④漂：同“飘”。
⑤要：相约。

狡　童

《狡童》，刺忽也。不能与贤人图事，权臣擅命也。——毛诗序

彼狡童兮[1]，不与我言兮。　那个狡猾小坏蛋，不肯与我把话谈。
维子之故[2]，使我不能餐兮！　说来都是因为你，害我不能吃下饭！
彼狡童兮，不与我食兮。　那个狡猾小坏蛋，不肯与我同吃饭。
维子之故，使我不能息兮[3]！　说来都是因为你，害我总是睡不安！

【注解】

①狡童：小滑头。
②维：因为。
③息：安，安宁。

褰　裳

《褰裳》，思见正也。狂童恣行，国人思大国之正己也。——毛诗序

子惠思我，褰裳涉溱[1]。　要是你还思念我，提起衣裳过溱河。
子不我思，岂无他人。　要是你不思念我，难道就没人爱我。
狂童之狂也且[2]！　你真是个狂妄傻小子！
子惠思我，褰裳涉洧[3]。　要是你还思念我，提起衣裳过洧河。
子不我思，岂无他士。　要是你不思念我，难道就没人爱我。
狂童之狂也且！　你真是个狂妄傻小子！

【注解】

①褰：用手提起。裳：下身的衣服，裙。溱：河名。

②也且：语气助词，没有实义。

③洧：河名。

丰

《丰》，刺乱也。婚姻之道缺，阳倡而阴不和，男行而女不随。

——毛诗序

子之丰兮[1]，	你的容貌真标致，
俟我乎巷兮[2]。	在巷口等我去成婚。
悔予不送兮[3]！	我真后悔当时没跟从！
子之昌兮[4]，	你的体魄多健壮，
俟我乎堂兮。	在堂上等我去结亲。
悔予不将兮[5]！	我真后悔当时没相随！
衣锦褧衣[6]，	身穿锦缎嫁衣裳，
裳锦褧裳。	外披薄薄纱罩衫。
叔兮伯兮[7]，	叔呀伯呀快快来，
驾予与行[8]！	驾车接我把路赶！
裳锦褧裳，	外披薄薄纱罩衫，
衣锦褧衣。	身穿锦缎嫁衣裳。
叔兮伯兮，	叔呀伯呀快快来，
驾予与归[9]。	驾车接我去你家。

【注解】

①丰：丰满，标致。

②俟：等候。
③送：从行。
④昌：健壮。
⑤将：同行，或曰出嫁时的迎送。
⑥锦：锦衣，翟衣。褧：妇女出嫁时御风尘用的麻布罩衣，即披风。
⑦叔、伯：此指迎亲之人。
⑧行：往。
⑨归：指女子出嫁。

东门之墠

《东门之墠》，刺乱也。男女有不待礼而相奔者也。 ——毛诗序

东门之墠[1]，茹藘在阪[2]。	东门附近有广场，茜草沿着山坡长。
其室则迩[3]，其人甚远！	他家离我近咫尺，人却仿佛在远方！
东门之栗，有践家室[4]。	东门附近栗树下，那里有个好人家。
岂不尔思？子不我即[5]！	哪会对你不想念？只是你却不亲近！

【注解】

①墠：平坦的广场。
②茹藘：草名。即茜草，可染红色。阪：小土坡。
③迩：近。
④有践：“践践”，好好。
⑤即：就，接近。

风雨

《风雨》，思君子也。乱世则思君子，不改其度焉。 ——毛诗序

风雨凄凄，鸡鸣喈喈[①]。　风吹雨打多凄凄，雄鸡啼叫叫不停。
既见君子，云胡不夷[②]？　既已见到意中人，心中为何不平静？
风雨潇潇，鸡鸣胶胶[③]。　风吹雨打多潇潇，雄鸡啼叫叫不停。
既见君子，云胡不瘳[④]？　既已见到意中人，心病为何还不好？
风雨如晦[⑤]，鸡鸣不已。　风吹雨打天地昏，雄鸡啼叫声不停。
既见君子，云胡不喜？　既已见到意中人，为何心中不欢喜？

【注解】

①喈喈：鸡叫的声音。
②云：语气助词，无实义。胡：为什么。夷：平。
③胶胶：鸡叫的声音。
④瘳：病痊愈。
⑤晦：昏暗。

子衿

《子衿》，刺学校废也。乱世则学校不修焉。　——毛诗序

青青子衿[①]，　青青的是你的衣领，
悠悠我心。　悠悠地存于我心中。
纵我不往，　纵然我不曾去找你，
子宁不嗣音[②]？　难道你就此断音信？
青青子佩[③]，　青青的是你的佩带，
悠悠我思。　悠悠地让我很想念。
纵我不往，　纵然我不曾去找你，
子宁不来？　难道你不能主动来？
挑兮达兮[④]，　来来往往张眼望啊，

在城阙兮[⑤]。　　在这高高城楼上啊。
一日不见，　　一天不见你的面啊，
如三月兮！　　好像已有三月长啊！

【注解】

①子衿：周代读书人的服装。子，男子的美称，这里即指“你”。衿，即襟，衣领。
②嗣音：传音讯。
③佩：这里指系佩玉的带。
④挑兮达兮：独自走来走去的样子。
⑤城阙：城门两边的观楼。

扬之水

《扬之水》，闵无臣也。君子闵忽之无忠臣良士，终以死亡，而作是诗也。

——毛诗序

扬之水[①]，不流束楚[②]。　　河中之水缓缓流，成捆荆条冲不走。
终鲜兄弟[③]，维予与女[④]。　　少了亲兄和亲弟，世间只有我和你。
无信人之言，人实迋女[⑤]。　　别信他人的谗言，他们其实在骗你。
扬之水，不流束薪[⑥]。　　河中之水缓缓流，成捆木柴冲不走。
终鲜兄弟，维予二人。　　少了亲兄和亲弟，世间只有我和你。
无信人之言，人实不信[⑦]。　　别信他人的谗言，他人的话不可信。

【注解】

①扬：水流缓慢的样子。
②束：捆扎。楚：荆条。
③鲜：少。
④女：同“汝”，你。

⑤迋：同“诳”，意思是欺骗。
⑥薪：柴。
⑦不信：不可靠的意思。

出其东门

《出其东门》，闵乱也。公子五争，兵革不息，男女相弃，民人思保其室家焉。
——毛诗序

出其东门，有女如云。　信步走出东城门，外面美女多如云。
虽则如云，匪我思存[①]。　虽然美女多如云，不是我的意中人。
缟衣綦巾[②]，聊乐我员[③]。　只有白衣绿佩巾，才能赢得我的心。
出其闉阇[④]，有女如荼[⑤]。　信步走出城门外，外面美女如茅花。
虽则如荼，匪我思且[⑥]。　虽然美女如茅花，不是我的意中人。
缟衣茹藘[⑦]，聊可与娱。　只有白衣红佩巾，才能同我共欢娱。

【注解】

①匪：非。存：心中想念。
②缟衣：白色的绢制衣服。綦巾：淡绿色佩巾。
③聊：姑且，暂且。员：同“云”，语气助词，没有实义。
④闉阇：曲折的城墙重门。这里指城门。
⑤荼：白色茅花。
⑥且：语气助词，没有实义。
⑦茹藘：茜草。这里借指红色佩巾。

野有蔓草

《野有蔓草》，思遇时也。君之泽不下流，民穷于兵革，男女失时，思不期而会焉。

——毛诗序

野有蔓草[①]，零露漙兮[②]。　郊野青草遍地生，露珠盈盈满草叶。
有美一人，清扬婉兮[③]。　有个美丽的姑娘，眉清目秀好动人。
邂逅相遇[④]，适我愿兮。　不期而遇见到她，正好符合我心意。
野有蔓草，零露瀼瀼[⑤]。　郊野青草遍地生，露珠盈盈满草叶。
有美一人，婉如清扬。　有个美丽的姑娘，眉清目秀好动人。
邂逅相遇，与子偕臧[⑥]。　不期而遇见到她，情投意合两心欢。

【注解】

①蔓：蔓延。
②零：滴落。漙：露水多的样子。
③清扬：眉清目秀的样子。婉：柔美，妩媚。
④邂逅：无意中相见。
⑤瀼：露水多的样子。
⑥臧：善，美好。

溱　洧

《溱洧》，刺乱也。兵革不息，男女相弃，淫风大行，莫之能救焉。

——毛诗序

溱与洧[①]，方涣涣兮[②]。　溱水和洧水，水波荡漾尽情流。
士与女[③]，方秉蕑兮[④]。　男男和女女，手拿兰草去春游。

女曰："观乎？"	姑娘说："去看看？"
士曰："既且[5]。"	小伙说："已去过。"
"且往观乎[6]！"	"请你再陪我去！"
洧之外，洵訏且乐[7]。	洧水那边，真是宽敞又好玩。
维士与女[8]，	男男女女喜洋洋，
伊其相谑[9]，赠之以勺药[10]。	互相调笑好开心，送枝芍药表心意。
溱与洧，浏其清矣[11]。	溱水和洧水，水波荡漾多清澈。
士与女，殷其盈兮[12]。	男男和女女，看着游人逐渐多。
女曰："观乎？"	姑娘说："去看看？"
士曰："既且。"	小伙说："已去过。"
"且往观乎！"	"请你再陪我去！"
洧之外，洵訏且乐。	洧水那边，真是宽敞又好玩。
维士与女，	男男女女喜洋洋，
伊其将谑[13]，赠之以勺药。	互相调笑多开心，送枝芍药表心意。

【注解】

①溱、洧：郑国二水名。
②方：正。涣涣：水盛的样子。
③士与女：此处泛指男男女女。后文"士""女"则特指某青年男女。
④秉：执。蕑：一种兰草。又名大泽兰，与兰花有别。
⑤既：已经。且：同"徂"，去，往。
⑥且：再。
⑦洵：诚然，确实。訏：大。
⑧维：发语词。
⑨相谑：互相调笑。
⑩勺药：即芍药，一种香草，与今之木芍药不同。
⑪浏：水深而清之状。
⑫殷：众多。盈：满。
⑬将谑：同"相谑"。

齐风

齐，国名，本少昊时爽鸠氏所居之地，在《禹贡》为青州之域，周武王以封太公望，东至于海，西至于河，南至于穆陵，北至于无棣。太公，姜姓，本四岳之后，既封于齐，通工商之业，便鱼盐之利，民多归之，故为大国。今青、齐、淄、潍、德、棣等州是其地也。

（南宋朱熹《诗集传》）

鸡鸣

《鸡鸣》，思贤妃也。哀公荒淫怠慢，故陈贤妃贞女夙夜警戒相成之道焉。

——毛诗序

“鸡既鸣矣，朝既盈矣[①]。” “公鸡喔喔开始叫，上朝官员都已到。”
“匪鸡则鸣[②]，苍蝇之声。” “原来不是公鸡叫，是那苍蝇嗡嗡闹。”
“东方明矣，朝既昌矣[③]。” “东方蒙蒙天已亮，官员已经满朝堂。”
“匪东方则明，月出之光。” “原来不是东方亮，是那明月有光芒。”
“虫飞薨薨[④]，甘与子同梦[⑤]。” “虫子飞来嗡嗡闹，乐意与你入梦乡。”
“会且归矣[⑥]，无庶予子憎[⑦]。” “上朝官员快散了，你我不要让人厌。”

【注解】

①朝：朝堂。
②匪：同“非”。
③昌：盛，意指人多。
④薨薨：飞虫的振翅声。
⑤甘：愿。
⑥会：朝会，上朝。且：将。
⑦无庶：同“庶无”。庶：但愿，希望。予：给。憎：憎恶，讨厌。

还

《还》，刺荒也。哀公好田猎，从禽兽而无厌。国人化之，遂成风俗，习于田猎谓之贤，闲于驰逐谓之好焉。

——毛诗序

子之还兮①，遭我乎峱之间兮②。　你的行动多敏捷，咱们相遇在峱山。
并驱从两肩兮③，揖我谓我儇兮④。　共同追赶两野兽，向我作揖夸奖我。
子之茂兮⑤，遭我乎峱之道兮。　你的技术多完美，相遇峱山小道上。
并驱从两牡兮⑥，揖我谓我好兮。　共同追赶两雄兽，向我作揖夸我好。
子之昌兮⑦，遭我乎峱之阳兮⑧。　你的身体多强壮，相遇峱山小道上。
并驱从两狼兮，揖我谓我臧兮。　共同追赶两只狼，向我作揖赞我好。

【注解】

①还：通“旋”，敏捷。
②遭：相遇。峱：山名。
③从：追赶。肩：三岁的兽。
④揖：相见时做拱手状的礼节。儇：敏捷，灵便。
⑤茂：美好。赞赏猎手技术完美。
⑥牡：雄兽。
⑦昌：强壮勇武。
⑧阳：山的南面。

著

《著》，刺时也。时不亲迎也。

——毛诗序

俟我于著乎而[①]，充耳以素乎而[②]，
尚之以琼华乎而[③]！
俟我于庭乎而，充耳以青乎而，
尚之以琼莹乎而！
俟我于堂乎而，充耳以黄乎而，
尚之以琼英乎而！

他等我在屏风前，帽垂白丝在耳边，
加上美玉多明艳哟！
他等我在庭院里，帽垂青丝在耳际，
加上美玉多华丽哟！
他等我在厅堂上，帽垂黄丝在耳旁，
加上美玉多漂亮哟！

【注解】

①俟：等待。著：通“宁”。古代富贵人家正门内有屏风，正门与屏风之间叫著。古代婚娶在此处亲迎。乎而：齐方言。语尾助词。

②充耳：饰物，悬在冠之两侧。古代男子冠帽两侧各系一条丝带，在耳边打个圆结，圆结中穿上一块玉饰，丝带称紞，饰玉称瑱，因紞上圆结与瑱正好塞着两耳，故称“充耳”。素、丝线，代指紞。下文“青”“黄”义同。

③尚：加上。琼：赤玉，指系在紞上的瑱。华：形容玉瑱的光彩。下文“莹”“英”义同。

东方之日

《东方之日》，刺衰也。君臣失道，男女淫道，不能以礼化也。

——毛诗序

东方之日兮，彼姝者子[①]，
在我室兮。
在我室兮，履我即兮[②]。
东方之月兮，彼姝者子，
在我闼兮[③]。
在我闼兮，履我发兮[④]。

太阳升起在东方，有位姑娘真漂亮，
进我家门在我房。
进我家门在我房，踩我膝儿诉衷肠。
月亮升起在东方，有位姑娘真娇艳，
来到门内进我房。
来到门内进我房，踩我脚儿表情长。

【注解】

①姝：貌美。

②履：踩。即：通“膝”，古人席地而坐，安坐则膝在身前。

③闼：内门。

④发：指脚。

东方未明

《东方未明》，刺无节也。朝廷兴居无节，号令不时，挈壶氏不能掌其职焉。

——毛诗序

东方未明，颠倒衣裳[①]。　东方黑暗天没亮，颠来倒去穿衣裳。

颠之倒之，自公召之[②]。　颠来倒去穿不好，只因国君命令到。

东方未晞[③]，颠倒裳衣。　东方黑暗天没亮，颠来倒去穿衣裳。

倒之颠之，自公令之。　颠来倒去穿不好，只因国君召唤忙。

折柳樊圃[④]，狂夫瞿瞿[⑤]。　折柳编篱围菜园，狂夫监工瞪着眼。

不能辰夜[⑥]，不夙则莫[⑦]。　夜里不能陪伴我，不是起早就睡晚。

【注解】

①衣：上身穿的衣服。裳：下身穿的衣服。

②公：指王公贵族。

③晞：破晓。

④樊：篱笆。圃：菜园。

⑤瞿瞿：瞪着眼睛看的样子。

⑥辰夜：守夜。辰，同“时”，这里当动词“守”用。

⑦夙：早。莫：同“暮”，晚。

南 山

《南山》，刺襄公也。鸟兽之行，淫乎其妹，大夫遇是恶，作诗而去之。

——毛诗序

南山崔崔[1]，雄狐绥绥[2]。	南山巍峨高峻，雄狐缓行求偶。
鲁道有荡[3]，齐子由归[4]。	鲁国大道平坦，文姜由此嫁人。
既曰归止[5]，曷又怀止[6]？	既然嫁给鲁侯，为何思念难止？
葛屦五两[7]，冠緌双止[8]。	葛鞋摆列成对，冠帽垂带成双。
鲁道有荡，齐子庸止[9]。	鲁国大道平坦，文姜由此嫁人。
既曰庸止，曷又从止[10]？	既然已经嫁人，何必眷恋故乡？
艺麻如之何[11]？衡从其亩[12]。	种麻应当怎样？纵横耕耘田亩。
取妻如之何[13]？必告父母[14]。	娶妻应当如何？定要先告父母。
既曰告止，曷又鞠止[15]？	既已禀告父母，怎容她再放纵？
析薪如之何[16]？匪斧不克[17]。	劈柴应当如何？没有利斧不行。
取妻如之何？匪媒不得。	娶妻应当怎样？少了媒人不行。
既曰得止，曷又极止[18]？	既然姻缘已结，为何由她回家？

【注解】

①南山：齐国山名，又名牛山。崔崔：山高峻的样子。

②绥绥：缓缓行走，追求配偶相随的样子。

③有荡：平坦。

④齐子：齐国的女儿（古代不论对男女，美称均可称子），此处指齐襄公的同父异母妹文姜。由归：从这儿去出嫁。

⑤止：语气词，无义。

⑥怀：怀念，想念。

⑦屦：麻、葛等制成的单底鞋。五两：五，通“伍”，并列。说两只葛鞋必定并排地摆着。

⑧緌：帽带下垂的部分。帽带为丝绳所制，一左一右从耳边垂下，必要时可系

在下巴上。
⑨庸：用，指文姜嫁与鲁侯。
⑩从：相从，跟从。
⑪艺麻：种麻。
⑫衡从：即横纵，东西曰横，南北曰纵。亩：田垅。
⑬取：通“娶”。
⑭告：告于祖庙。
⑮鞠：放任无束。
⑯析薪：砍柴。
⑰匪：通“非”。克：能，成功。
⑱极：至，来到。

甫田

《甫田》，大夫刺襄公也，无礼义而求大功，不修德而求诸侯，志大心劳，所以求者非其道也。

——毛诗序

无田甫田[1]，维莠骄骄[2]。　别去耕种那大田，杂草长得多么乱。
无思远人，劳心忉忉[3]。　不要思念远行人，思念起来心忧愁。
无田甫田，维莠桀桀[4]。　别去耕种那大田，杂草长得多么高。
无思远人，劳心怛怛[5]。　不要思念远行人，思念起来心伤悲。
婉兮娈兮[6]，总角丱兮[7]。　当初年少多清秀，小辫翘起像羊角。
未几见兮，突而弁兮[8]。　几年没见他的面，突然成人戴上帽。

【注解】

①甫田：很大的田地。
②莠：田间的杂草。骄骄：杂乱茂盛的样子。
③忉忉：忧愁的样子。
④桀桀：高高的样子。
⑤怛怛：悲伤的样子。

⑥娈：清秀。
⑦总角：小孩头两侧上翘的小辫。丱：象形字，像羊两角，指像羊两角的样子。
⑧弁：帽子，这里用作动词，戴帽子。古时男子成人才戴帽子。

卢　令

《卢令》，刺荒也。襄公好田猎毕弋而不修民事，百姓苦之，故陈古以风焉。

——毛诗序

卢令令[①]，其人美且仁[②]。　黑犬颈圈叮当响，猎人英俊又友好。
卢重环[③]，其人美且鬈[④]。　黑犬脖上套双环，猎人英俊又勇敢。
卢重鋂[⑤]，其人美且偲[⑥]。　黑犬脖上环套环，猎人英俊又多才。

【注解】

①卢：黑毛猎犬。令令：象声词，猎犬颈下套环发出的响声。
②其人：指猎人。仁：和蔼友好。
③重环：大环套小环，又称子母环。
④鬈：勇壮。
⑤重鋂：一个大环套两个小环。
⑥偲：多才多艺。

敝　笱

《敝笱》，刺文姜也。齐人恶鲁桓公微弱，不能防闲文姜，使至淫乱，为二国患焉。

——毛诗序

敝笱在梁[①]，其鱼鲂鳏[②]。　破篓放在鱼梁上，鳊鱼鲲鱼不惊慌。
齐子归止[③]，其从如云[④]。　齐国文姜回娘家，随从人员多如云。
敝笱在梁，其鱼鲂屿[⑤]。　破篓放在鱼梁上，鳊鱼鲢鱼不惊慌。
齐子归止，其从如雨。　齐国文姜回娘家，随从人员多如雨。
敝笱在梁，其鱼唯唯[⑥]。　破篓放在鱼梁上，鱼儿出入多自如。
齐子归止，其从如水。　齐国文姜回娘家，随从人员多如水。

【注解】

①敝：破。笱：竹制的鱼篓。梁：鱼梁，捕鱼水坝。河中筑堤，中留缺口，嵌入笱，使鱼能进不能出。

②鲂：鳊鱼。鳏：鲲鱼。

③齐子：指文姜。

④其从如云：随从众多。

⑤屿：鲢鱼。

⑥唯唯：形容鱼儿出入自如。陆得明《经典释文》："唯唯，《韩诗》作遗遗，言不能制也。"

载　驱

《载驱》，齐人刺襄公也。无礼义，故盛其车服，疾驱于通道大都，与文姜淫，播其恶于万民焉。

——毛诗序

载驱薄薄[①]，簟笰朱鞹[②]。　马车疾驰声隆隆，竹帘红盖好气象。
鲁道有荡[③]，齐子发夕[④]。　鲁国大道多平坦，文姜傍晚才上车。
四骊济济[⑤]，垂辔沵沵[⑥]。　四匹黑马真整齐，缰绳柔软垂两旁。
鲁道有荡，齐子岂弟[⑦]。　鲁国大道多平坦，文姜乘车天刚亮。
汶水汤汤[⑧]，行人彭彭[⑨]。　汶水不停水势大，众多行人纷纷望。

鲁道有荡，齐子翱翔[10]。	鲁国大道多平坦，文姜回齐去遨游。
汶水滔滔[11]，行人儦儦[12]，	汶水日夜浪滔滔，众多行人闹哄哄。
鲁道有荡，齐子游敖[13]。	鲁国大道多平坦，文姜回齐去游遨。

【注解】

①载：发语词，犹“乃”。驱：车马疾走。薄薄：象声词，形容车轮转动声。
②簟：方纹竹席。茀：车帘。鞹：光滑的皮革。
③有荡：平坦。
④齐子：指文姜。发夕：傍晚出发。
⑤骊：黑色的马。济济：整齐美好的样子。
⑥辔：马缰。沵沵：柔软的样子。
⑦岂弟：天刚亮。
⑧汶水：水名，流经齐鲁两国，又名大汶河或大汶水。汤汤：水势浩大的样子。
⑨彭彭：行人众多的样子。
⑩翱翔：指遨游。
⑪滔滔：水流浩荡。
⑫儦儦：行人往来的样子。
⑬游敖：即遨游，与“翱翔”同义。

猗　嗟

《猗嗟》，刺鲁庄公也。齐人伤鲁庄公有威仪技艺，然而不能以礼防闲其母，失子之道，人以为齐侯之子焉。

——毛诗序

猗嗟昌兮[1]！	这人多么健壮！
颀而长兮，抑若扬兮[2]。	身材高大又修长，额角饱满容颜好。
美目扬兮，巧趋跄兮[3]。	双目有神多漂亮，行走自如动作巧。
射则臧兮！	射技实在太厉害！
猗嗟名兮[4]！	这人多么精神！

美目清兮，仪既成兮[⑤]。	眼睛美丽又清澈，一切仪式已完成。
终日射侯[⑥]，不出正兮[⑦]。	终日射靶不曾停，箭无虚发中靶心。
展我甥兮[⑧]！	真是我的好外甥！
猗嗟娈兮[⑨]！	这人多么英俊！
清扬婉兮，舞则选兮[⑩]。	眼睛清澈又明亮，舞姿整齐节奏强。
射则贯兮[⑪]，四矢反兮[⑫]。	每箭全都中靶心，四箭同中靶中央。
以御乱兮[⑬]！	抵御外患有力量！

【注解】

①猗嗟：赞叹声。

②抑：同“懿”，美好。扬：指额角饱满。

③趋：快步。跄：行走有节奏，摇曳生姿。

④名：昌盛。

⑤仪：射仪，射手在射箭之前先表演射法的各种姿势。成：完备。

⑥射侯：射靶。

⑦正：靶心。

⑧展：诚然，真是。甥：外甥。

⑨娈：美好。

⑩选：整齐。

⑪贯：穿透。

⑫反：箭皆射中一个点。《集传》：“四矢，射礼每发四矢。反，复也，中皆得其故处也。”

⑬御：抵抗。

魏 风

魏，国名，本舜禹故都，在《禹贡》冀州雷首之北，析城之西，南枕河曲，北涉汾水。其地狭隘，而民贫俗俭，盖有圣贤之遗风焉。周初以封国姓，后为晋献公所灭，而取其地，今河中府解州即其地也。苏氏曰：魏地，入晋久矣。其诗疑皆为晋而作，故列于唐风之前。犹邶、鄘之于卫也。今按篇中公行、公路、公族皆晋官，疑实晋诗，又恐魏亦尝有此官，盖不可考矣。

（南宋朱熹《诗集传》）

葛 屦

《葛屦》，刺褊也。魏地狭隘，其民机巧趋利，其君俭啬褊急，而无德以将之。

——毛诗序

纠纠葛屦[①]，　脚上穿着葛绳编的破凉鞋，
可以履霜？　怎么能走在满地的寒霜上？
掺掺女手[②]，　可怜我这双纤细柔弱的手，
可以缝裳？　又怎么能替别人缝制衣裳？
要之襋之[③]，　做完后还要提着衣带衣领，
好人服之。　恭候那女主人来试穿新装。
好人提提[④]，　女主人试穿后觉得很舒服，
宛然左辟[⑤]，　却左转身对我完全不理睬，
佩其象揥[⑥]。　又自顾在头上戴象牙簪子。
维是褊心[⑦]，　因为这女主人心胸如此窄，
是以为刺[⑧]。　所以我要作诗把她狠狠刺。

【注解】

①纠纠：缠绕，纠缠交错。葛屦：指夏天所穿葛绳编制的鞋。

②掺掺：同“纤纤”，形容女子的手很柔弱纤细。
③要：系衣的衣带。襋：衣领，作动词用，提领。
④好人：美人，此指富家的女主人。提提：同“媞媞”，安详的样子。
⑤宛然：回转身子的样子。左辟：即左避，向左闪开。辟，同“避”。
⑥揥：古首饰，象牙制的簪子。
⑦维：因。褊心：心胸狭窄。
⑧刺：讽刺。

汾沮洳

《汾沮洳》，刺俭也。其君俭以能勤，刺不得礼也。 ——毛诗序

彼汾沮洳①，言采其莫②。	在那汾水低湿地，欢欢喜喜采酸模。
彼其之子，美无度③。	瞧我那位意中人，英俊潇洒没法讲。
美无度，殊异乎公路④。	英俊潇洒没法讲，公路哪能比得上。
彼汾一方，言采其桑。	在那汾水河流旁，欢欢喜喜采桑叶。
彼其之子，美如英⑤。	瞧我那位意中人，外貌英俊如鲜花。
美如英，殊异乎公行⑥。	外貌英俊如鲜花，公行哪能比得上。
彼汾一曲⑦，言采其藚⑧。	在那汾水弯弯处，欢欢喜喜采泽泻。
彼其之子，美如玉。	瞧我那位意中人，仪表堂堂美如玉。
美如玉，殊异乎公族⑨。	仪表堂堂美如玉，公族哪能比得上。

【注解】

①汾：汾水，在今山西省中部地区，西南汇入黄河。沮洳：水边低湿的地方。
②莫：野菜名。即酸模，又名羊蹄，有酸味。
③美无度：即其美无比。
④殊异：优异出众。公路：官名。掌管诸侯的路车。
⑤英：花。
⑥公行：官名。掌管诸侯的兵车。

⑦曲：河道弯曲之处。
⑧荬：草名，即泽泻。
⑨公族：官名。掌管诸侯的宗族。

园有桃

《园有桃》，刺时也。大夫忧其君，国小而迫，而俭以啬，不能用其民，而无德教，日以侵削，故作是诗也。 ——毛诗序

园有桃，其实之殽[1]。	园中有桃树，结下桃子鲜可尝。
心之忧矣，我歌且谣[2]。	心中真忧闷呀，姑且放声把歌唱。
不知我者，谓我士也骄。	有人对我不了解，说我这人太傲慢。
彼人是哉，子曰何其[3]？	那人是对还是错，你说我该怎么做？
心之忧矣，其谁知之？	心中真忧闷呀，还有谁能了解我？
其谁知之，盖亦勿思[4]。	既然没人了解我，何不将忧全抛掉。
园有棘[5]，其实之食。	园中有枣树，结下枣子甜可食。
心之忧矣，聊以行国[6]。	心中真忧闷呀，姑且散步去遨游。
不知我者，谓我士也罔极[7]。	有人对我不了解，说我这人太无常。
彼人是哉，子曰何其？	那人是对还是错，你说我该怎么做？
心之忧矣，其谁知之？	心中真忧闷呀，还有谁能了解我？
其谁知之，盖亦勿思。	既然没人了解我，何不将忧全抛掉。

【注解】
①殽：吃。
②歌：有乐调配唱的歌。谣：没有乐调配唱的歌。
③其：语气助词，没有实义。
④盖：何不。

⑤棘：酸枣树。
⑥行国：在国内周游。
⑦罔极：没有准则。

陟　岵

《陟岵》，孝子之行役，思念父母也。国迫而数侵削，役乎大国，父母兄弟离散，而作是诗也。

——毛诗序

陟彼岵兮[1]，瞻望父兮。	登临葱茏的山岗，远远把我爹爹望。
父曰："嗟，予子行役[2]，	似闻我爹对我说："我的儿啊去服役，
夙夜无已。	日夜思念不停止。
上慎旃哉[3]，犹来无止[4]。"	你可要多保重呀，归来莫要留远方。"
陟彼屺兮[5]，瞻望母兮。	登临荒芜的山岗，远远把我妈妈望。
母曰："嗟！予季行役[6]，	似闻我妈对我道："我的儿啊去服役，
夙夜无寐。	日夜牵挂睡不香。
上慎旃哉，犹来无弃。"	你可要多保重呀，归来莫要将娘忘。"
陟彼冈兮，瞻望兄兮。	登临那座高山岗，远远把我哥哥望。
兄曰："嗟！予弟行役，	似闻我哥对我讲："我的弟啊去服役，
夙夜必偕[7]。	哥哥与你在一起。
上慎旃哉，犹来无死。"	你可要多保重呀，归来莫要死他乡。"

【注解】

①陟：登上。岵：有草木的山。
②予子：歌者想象中其父对他的称呼。
③上：通"尚"，希望。慎：谨慎。旃：语气助词。
④犹来：还是归来。

⑤屺：无草木的山。
⑥季：小儿子。
⑦偕：俱，在一起。

十亩之间

《十亩之间》，刺时也。言其国削小，民无所居焉。——毛诗序

十亩之间兮，桑者闲闲兮[①]。	十亩田间是桑园，采桑人儿真悠闲。
行与子还兮[②]！	与你一起把家还！
十亩之外兮，桑者泄泄兮[③]。	十亩田外是桑林，采桑人儿一群群。
行与子逝兮[④]！	与你一起回家去！

【注解】

①桑者：采桑的人。闲闲：悠闲的样子。
②行：且，将要。
③泄泄：人多的样子。
④逝：往，回去。

伐　檀

《伐檀》，刺贪也。在位贪鄙，无功而受禄，君子不得进仕尔。

——毛诗序

坎坎伐檀兮[①]，寘之河之干兮[②]，	叮叮当当砍檀树，把树堆在河岸上，
河水清且涟猗[③]。	河水清清起波纹。

原文	译文
不稼不穑[4]，胡取禾三百廛兮[5]？	既不耕种不收割，为何粮仓三百间？
不狩不猎，胡瞻尔庭有县貆兮[6]？	又不上山去打猎，为何庭中挂貉肉？
彼君子兮，不素餐兮[7]！	那些贵族大老爷，从来不会白吃饭！
坎坎伐辐兮[8]，寘之河之侧兮，	叮当砍树做车轮，把树堆在河旁边，
河水清且直猗[9]。	河水清清起波浪。
不稼不穑，胡取禾三百亿兮[10]？	既不耕种不收割，为何取稻三百捆？
不狩不借，胡瞻尔庭有县特兮[11]？	又不上山去打猎，为何庭中挂兽肉？
彼君子兮，不素食兮！	那些贵族大老爷，从来不会白吃饭！
坎坎伐轮兮，寘之河之漘兮[12]，	叮当砍树做车轮，把树堆放在河边，
河水清且沦猗[13]。	河水清清起微波。
不稼不穑，胡取禾三百囷兮[14]？	既不耕种不收割，为何粮仓三百间？
不狩不猎，胡瞻尔庭有县鹑兮[15]？	又不上山去打猎，为何庭中挂鹌鹑？
彼君子兮，不素飧兮[16]！	那些贵族大老爷，从来不会白吃饭！

【注解】

①坎坎：用力伐木的声音。

②干：河岸。

③涟：风吹水面形成的波纹。猗：同“兮”，语气助词，没有实义。

④稼：种田。穑：收割。

⑤禾：稻谷。廛：古代一户人家所占的房地。

⑥县：同“悬”，挂。貆：小貉。

⑦素：空，白。素餐：意思是白吃饭不干活。

⑧辐：车轮中的直木。

⑨直：河水呈直条状的波纹。

⑩亿：束，捆。

⑪特：三岁的兽。

⑫漘：水边。

⑬沦：微波。

⑭囷：圆形的粮仓。

⑮鹑：鹌鹑。

⑯飧：熟食。

硕 鼠

《硕鼠》，刺重敛也。国人刺其君重敛，蚕食于民，不修其政，贪而畏人，若大鼠也。

——毛诗序

硕鼠硕鼠[①]，无食我黍[②]！	大老鼠呀大老鼠，不许吃我种的黍！
三岁贯女[③]，莫我肯顾。	多年辛勤养活你，你却对我不照顾。
逝将去女[④]，适彼乐土。	发誓定要离开你，去那美好的乐土。
乐土乐土，爰得我所[⑤]！	那乐土啊那乐土，才是我的好去处！
硕鼠硕鼠，无食我麦！	大老鼠呀大老鼠，不许吃我种的麦！
三岁贯女，莫我肯德[⑥]。	多年辛勤养活你，你却对我不感激。
逝将去女，适彼乐国。	发誓定要离开你，去那美好的乐国。
乐国乐国，爰得我直[⑦]！	那乐国啊那乐国，劳动才算有价值！
硕鼠硕鼠，无食我苗！	大老鼠呀大老鼠，不许吃我种的苗！
三岁贯女，莫我肯劳[⑧]。	多年辛勤养活你，你却不愿慰劳我。
逝将去女，适彼乐郊。	发誓定要离开你，去那美好的乐郊。
乐郊乐郊，谁之永号[⑨]！	那乐郊啊那乐郊，去那谁会永叹息！

【注解】

①硕鼠：大老鼠。
②无：不要。黍：黍子，也叫黄米，谷类，是重要粮食作物之一。
③三岁：多年。三，非实数。贯：借作“宦”，侍奉，养活。
④逝：同“誓”。去：离开。女：同“汝”。
⑤爰：乃，就。所：处所。
⑥德：感激。
⑦直：同“值”。
⑧劳：慰劳。
⑨永号：长叹。

唐风

唐，国名，本帝尧旧都，在《禹贡》冀州之域，大行、恒山之西，大原、大岳之野。周成王以封弟叔虞为唐侯。南有晋水，至子燮，乃改国号曰晋。后徙曲沃，又徙居绛。其地土瘠民贫，勤俭质朴，忧深思远，有尧之遗风焉。其诗不谓之晋而谓之唐，盖仍其始封之旧号耳。唐叔所都，在今太原府。曲沃及绛，皆在今绛州。

（南宋朱熹《诗集传》）

蟋蟀

《蟋蟀》，刺晋僖公也。俭不中礼，故作是诗以闵之，欲其及时以礼自娱乐也。此晋也，而谓之唐，本其风俗，忧深思远，俭而用礼，乃有尧之遗风焉。

——毛诗序

蟋蟀在堂，岁聿其莫[①]。	蟋蟀在堂屋，一年快要完。
今我不乐，日月其除[②]。	今天不寻乐，时光去不返。
无已大康[③]，职思其居[④]。	不可太享乐，工作要做好。
好乐无荒，良士瞿瞿[⑤]。	好乐事不误，贤士当谨慎。
蟋蟀在堂，岁聿其逝。	蟋蟀在堂屋，一年将到头。
今我不乐，日月其迈[⑥]。	今天不寻乐，时光去不留。
无已大康，职思其外。	不可太享乐，其他得兼求。
好乐无荒，良士蹶蹶[⑦]。	好乐事不误，贤士该奋斗。
蟋蟀在堂，役车其休[⑧]。	蟋蟀在堂屋，役车将收藏。
今我不乐，日月其慆[⑨]。	今天不寻乐，一年快过去。
无已大康，职思其忧。	不可太享乐，多将忧患想。
好乐无荒，良士休休[⑩]。	好乐事不误，贤士应安闲。

【注解】

①聿：语气助词。莫：同“暮”。
②除：去。
③无：勿。已：甚。大：同“泰”，泰康，安乐。
④职：尚，还要。居：处，指所任职位。
⑤瞿瞿：小心谨慎的样子。
⑥迈：义同“逝”，去，流逝。
⑦蹶蹶：动作勤敏的样子。
⑧役车：服役的车子。
⑨慆：逝去。
⑩休休：安闲的样子。

山有枢

《山有枢》，刺晋昭公也。不能修道以正其国，有财不能用，有钟鼓不能以自乐，有朝廷不能洒埽，政荒民散，将以危亡。四邻谋取其国家而不知，国人作诗以刺之也。——毛诗序

山有枢[①]，隰有榆[②]。	刺榆生长在山上，榆树长在洼地中。
子有衣裳，弗曳弗娄[③]。	你又有衣又有裳，不牵不拖放在箱。
子有车马，弗驰弗驱。	你又有车又有马，不乘不骑任其闲。
宛其死矣[④]，他人是愉。	到你死去那一天，别人占有尽享乐。
山有栲，隰有杻。	栲树生长在山上，檍树长在洼地中。
子有廷内[⑤]，弗洒弗扫。	你有庭院和房屋，不去打扫随其脏。
子有钟鼓，弗鼓弗考[⑥]。	你又有钟又有鼓，不敲不打没乐趣。
宛其死矣，他人是保[⑦]。	到你死去那一天，别人占有乐陶陶。
山有漆，隰有栗。	漆树生长在山上，栗树长在洼地中。
子有酒食，何不日鼓瑟？	你有酒喝又有食，何不每天来弹琴？
且以喜乐，且以永日。	姑且用来寻欢乐，姑且用来度时光。
宛其死矣，他人入室。	到你死去那一天，别人进室将其占。

【注解】

①枢：树名，即刺榆树。
②隰：潮湿的低地。榆：树名。
③曳：拖。娄：牵。
④宛：光阴流逝。
⑤廷内：庭院和房屋。
⑥考：敲击。
⑦保：占有，据为己有。

扬之水

《扬之水》，刺晋昭公也。昭公分国以封沃，沃盛强，昭公微弱，国人将叛而归沃焉。

——毛诗序

扬之水[1]，　　清澈的河水缓缓流淌，
白石凿凿[2]。　水底的白石更显鲜明。
素衣朱襮[3]，　想起身穿白衫红衣领，
从子于沃[4]。　跟从你到那沃城一行。
既见君子[5]，　既然见了桓叔这贤者，
云何不乐[6]。　怎不从心底感到高兴。
扬之水，　　　清澈的河水缓缓流淌，
白石皓皓[7]。　河底石块显得多洁白。
素衣朱绣，　　想起身穿白衫红衣领，
从子于鹄[8]。　跟从你到那鹄城一游。
既见君子，　　既然见了桓叔这贵人，
云何其忧。　　还有什么值得去忧愁。
扬之水，　　　清澈的河水缓缓流淌，
白石粼粼[9]。　水底的白石更显明净。

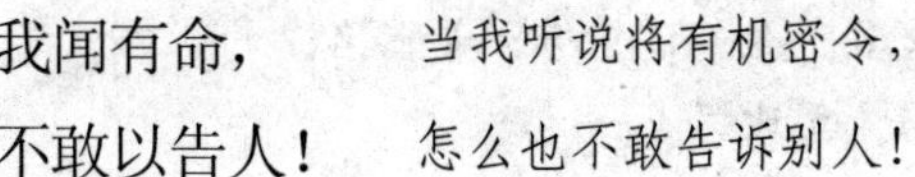

我闻有命，　当我听说将有机密令，

不敢以告人！　怎么也不敢告诉别人！

【注解】

①扬：水缓缓而流的样子。

②凿凿：鲜明的样子。

③襮：绣有黼文的衣领。

④沃：曲沃，地名，在今山西闻喜县东。

⑤既：已。君子：指桓叔。

⑥云：语气助词。

⑦皓皓：洁白的样子。

⑧鹄：地名，即曲沃。

⑨粼粼：清澈、明净的样子。

椒　聊

《椒聊》，刺晋昭公也。君子见沃之盛强，能修其政，知其蕃衍盛大，子孙将有晋国焉。

——毛诗序

椒聊之实[1]，蕃衍盈升[2]。　树上花椒一串串，如此繁多满一升。

彼其之子，硕大无朋[3]。　妇人的儿子呀，身材多么高大。

椒聊且[4]，远条且[5]。　一串串花椒呀，香气传得远长。

椒聊之实，蕃衍盈匊[6]。　树上花椒一串串，如此繁多满一捧。

彼其之子，硕大且笃[7]。　妇人的儿子呀，身材多么粗壮淳厚。

椒聊且，远条且。　一串串花椒呀，香气传得远长。

【注解】

①椒：花椒，果实呈暗红色，可做调料。聊：同“莍”，亦作“朻”“梂”，草木结成的一串串果实。

②蕃衍：生长众多。盈：满。升：量器名。
③硕：大。无朋：无比。
④且：语末助词。
⑤远条：指香气远而长。
⑥匊：掬，两手合捧。
⑦笃：淳厚，诚信。

绸 缪

《绸缪》，刺晋乱也。国乱则婚姻不得其时焉。 ——毛诗序

绸缪束薪[①]，三星在天[②]。 捆捆柴草扎得紧，天上三星亮晶晶。
今夕何夕，见此良人[③]？ 今夜究竟是哪夜，见这丈夫欢不欢？
子兮子兮[④]，如此良人何？ 要问你啊要问你，将这丈夫怎么办？
绸缪束刍[⑤]，三星在隅[⑥]。 捆捆青草扎得多，东南三星正闪烁。
今夕何夕，见此邂逅[⑦]？ 今夜究竟是哪夜，见这爱人甜不甜？
子兮子兮，如此邂逅何？ 要问你啊要问你，将这爱人怎么办？
绸缪束楚[⑧]，三星在户[⑨]。 一束荆条紧紧捆，天边三星照在门。
今夕何夕，见此粲者[⑩]？ 今夜究竟是哪夜，见这美人恋不恋？
子兮子兮，如此粲者何？ 要问你啊要问你，将这美人怎么办？

【注解】

①绸缪：紧紧缠绕。束薪：喻夫妇同心，情意缠绵。
②三星：即参星，主要由三颗星组成。
③良人：丈夫，指新郎。
④子兮：你呀。
⑤刍：喂牲口的青草。
⑥隅：指东南角。
⑦邂逅：原意指男女不期而会，这里指志趣相投的人，可简称为“爱人”。

⑧楚：荆条。
⑨户：门。
⑩粲：漂亮的人，指新娘。

杕　杜

《杕杜》，刺时也。君不能亲其宗族，骨肉离散，独居而无兄弟，将为沃所并尔。

——毛诗序

有杕之杜[1]，其叶湑湑[2]。	有棵孤独杜梨树，树叶长得很繁盛。
独行踽踽[3]，岂无他人？	孤身一人在行走，难道没人愿同行？
不如我同父[4]。	不如同胞兄弟亲。
嗟行之人，胡不比焉[5]？	路上行人真可叹，为何不同他亲近？
人无兄弟，胡不佽焉[6]？	这人独行没兄弟，为何没人帮助他？
有杕之杜，其叶菁菁[7]。	有棵孤独杜梨树，树叶苍翠又茂盛。
独行睘睘[8]，岂无他人？	孤身行走无依靠，难道没人愿同行？
不如我同姓[9]。	不如同胞兄弟亲。
嗟行之人，胡不比焉？	路上行人真可叹，为何不同他亲近？
人无兄弟，胡不佽焉？	这人独行没兄弟，为何没人帮助他？

【注解】

①有杕：即“杕杕”，孤立生长的样子。杜：树木名，杜梨。
②湑：形容树叶茂盛。
③踽踽：独行、孤独无依的样子。
④同父：指同胞兄弟。
⑤比：亲近。
⑥佽：资助，帮助。
⑦菁菁：树叶茂盛的样子。

⑧睘睘：同“茕茕”，孤独无依的样子。
⑨同姓：一母所生的兄弟。

羔　裘

《羔裘》，刺时也。晋人刺其在位，不恤其民也。——毛诗序

羔裘豹祛[①]，　穿着豹皮袖口羔袍，
自我人居居[②]。　对我们傲慢又无礼。
岂无他人？　难道没有他人可交？
维子之故[③]。　只是顾念以往情义。
羔裘豹褎[④]，　豹皮袖口的确贵气，
自我人究究[⑤]。　对我们却态度恶劣。
岂无他人？　难道没有别人可交？
维子之好。　只是顾念以往情义。

【注解】

①豹祛：镶着豹皮的袖口。祛，袖口。
②自我人：对我们。自，对。我人，我们。居居：即“倨倨”，傲慢无礼。
③子：你。故：指爱。或作故旧，也通。
④褎：同“袖”。
⑤究究：恶也，指态度傲慢。

鸨　羽

《鸨羽》，刺时也。昭公之后，大乱五世，君子下从征役，不得养其父母，而作是诗也。——毛诗序

肃肃鸨羽[①]，集于苞栩[②]。	大雁簌簌拍翅膀，落在丛生柞树上。
王事靡盬[③]，不能艺稷黍[④]。	王室差事做不完，无法去种粱和黍。
父母何怙[⑤]？悠悠苍天！	爹娘有谁可依靠？高高在上老天爷！
曷其有所？	何时才能回家乡？
肃肃鸨翼，集于苞棘[⑥]。	大雁簌簌展翅飞，落在丛生棘树上。
王事靡盬，不能艺黍稷。	王室差事做不完，无法去种黍和粱。
父母何食？悠悠苍天！	爹娘有何粮可食？高高在上的老天爷！
曷其有极[⑦]？	做到何时才算完？
肃肃鸨行，集于苞桑。	大雁簌簌飞成行，落在丛生桑树上。
王事靡盬，不能艺稻粱。	王室差事做不完，无法去种稻和粱。
父母何尝？悠悠苍天！	爹娘有何物可尝？高高在上老天爷！
曷其有常[⑧]？	生活何时能正常？

【注解】

①肃肃：鸟翅扇动的响声。鸨：鸟名，似雁而大，群居于水草地区，性不善栖木。
②苞：草木丛生。栩：柞树。
③靡：无，没有。盬：休止。
④艺：种植。稷：高粱。黍：黍子，黄米。
⑤怙：依靠。
⑥棘：酸枣树，落叶灌木。
⑦极：尽头。
⑧常：正常。

无　衣

《无衣》，美晋武公也。武公始并晋国，其大夫为之请命乎天子之使，而作是诗也。

——毛诗序

岂曰无衣，七兮[①]。	难道说我没衣裳，至少也有七套衣。
不如子之衣，安且吉兮[②]。	它们不比你做的，又舒适来又漂亮。
岂曰无衣，六兮。	难道说我没衣裳，至少也有六套衣。
不如子之衣，安且燠兮[③]。	它们不比你做的，又舒适来又暖和。

【注解】

①七：表示衣服很多。

②安：舒适。吉：好，漂亮。

③燠：暖和。

有杕之杜

《有杕之杜》，刺晋武公也。武公寡特，兼其宗族，而不求贤以自辅焉。

——毛诗序

有杕之杜，生于道左[①]。	那棵杜梨真孤独，长在路左偏僻处。
彼君子兮，噬肯适我[②]？	那君子啊有风度，可愿迁就来我这？
中心好之，曷饮食之[③]？	心里既然爱着他，何不请他去酒食？
有杕之杜，生于道周[④]。	那棵杜梨真孤独，长在路右偏僻处。
彼君子兮，噬肯来游[⑤]？	那君子啊有风度，可愿迁就来看我？
中心好之，曷饮食之？	心里既然爱着他，何不请他去酒食？

【注解】

①道左：道路左边，古人以东为左。

②噬：发语词。适：到，往。

③曷：同“盍”，何不。饮食：喝酒吃饭。

④周：右的假借字。

⑤来游：来看我。

葛 生

《葛生》，刺晋献公也。好攻战，则国人多丧矣。 ——毛诗序

葛生蒙楚[1]，蔹蔓于野[2]。	葛藤覆盖着荆树，蔹草蔓延于山野。
予美亡此[3]，谁与独处。	我的爱人葬在此，谁来与他同居住。
葛生蒙棘，蔹蔓于域[4]。	葛藤覆盖着枣树，蔹草蔓延于坟地。
予美亡此，谁与独息。	我的爱人葬在此，谁来与他同安息。
角枕粲兮[5]，锦衾烂兮[6]。	角枕颜色光灿灿，锦被鲜艳亮闪闪。
予美亡此，谁与独旦。	我的爱人葬在此，谁来与他到天亮。
夏之日，冬之夜。	夏日炎炎日子长，冬夜漫漫寒难耐。
百岁之后，归于其居[7]。	待到百年我死后，到你墓室去见你。
冬之夜，夏之日。	冬夜漫漫寒难耐，夏日炎炎日子长。
百岁之后，归于其室[8]。	待到百年我死后，到你墓穴去见你。

【注解】

①蒙：覆盖。楚：荆条。
②蔹：草名，即白蔹。
③予美：指所爱的人。
④域：坟地。
⑤角枕：用兽角装饰的枕头。粲：色彩鲜明。
⑥锦衾：锦缎褥子，裹尸用。烂：色彩鲜明。
⑦居：指坟墓。
⑧室：指墓穴。

采 苓

《采苓》，刺晋献公也。献公好听谗焉。 ——毛诗序

采苓采苓[①]，首阳之颠[②]。	采甘草啊采甘草，首阳山顶遍地找。
人之为言[③]，苟亦无信[④]。	有人专爱造谣言，切莫轻易去相信。
舍旃舍旃[⑤]，苟亦无然[⑥]。	放弃它呀放弃它，流言蜚语不可靠。
人之为言，胡得焉[⑦]？	有人专爱造谣言，到头什么能捞到？
采苦采苦[⑧]，首阳之下。	采苦菜啊采苦菜，首阳山脚遍地找。
人之为言，苟亦无与[⑨]。	有人专爱造谣言，切莫跟他在一起。
舍旃舍旃，苟亦无然。	放弃它呀放弃它，流言蜚语不可靠。
人之为言，胡得焉？	有人专爱造谣言，到头什么能捞到？
采葑采葑[⑩]，首阳之东。	采芜菁啊采芜菁，首阳山东遍地找。
人之为言，苟亦无从。	有人专爱造谣言，切莫随便跟他跑。
舍旃舍旃，苟亦无然。	放弃它呀放弃它，流言蜚语不可靠。
人之为言，胡得焉？	有人专爱造谣言，到头什么能捞到？

【注解】

①苓：一种药草，即甘草

②首阳：山名，在今山西永济县南，即雷首山。

③为言：即“伪言”，谎话。为，通“伪”。

④苟亦无信：不要轻信。

⑤舍旃：放弃它吧。舍，放弃。

⑥无然：不正确。

⑦胡：何，什么。

⑧苦：野生苦菜，可食。

⑨无与：指不要理会。

⑩葑：芜菁，大头菜之类的蔬菜。

秦风

秦，国名，其地在《禹贡》雍州之域，近鸟鼠山。初，伯益佐禹治水有功，赐姓嬴氏。其后中潏居西戎以保西垂。六世孙大骆生成及非子，非子事周孝王，养马于汧渭之间，马大繁息，孝王封为附庸而邑之秦。至宣王时，犬戎灭成之族，宣王遂命非子曾孙秦仲为大夫，诛西戎，不克，见杀。及幽王为西戎犬戎所杀，平王东迁，秦仲孙襄公以兵送之。王封襄公为诸侯，曰能逐犬戎，即有岐、丰之地，襄公遂有周西都畿内八百里之地。至玄孙德公又徙于雍。秦即今之秦州。雍，今京兆府兴平县是也。

（南宋朱熹《诗集传》）

车邻

《车邻》，美秦仲也。秦仲始大，有车马礼乐侍御之好焉。

——毛诗序

原文	译文
有车邻邻[1]，有马白颠[2]。	大车疾驰辚辚响，马儿白毛生额顶。
未见君子[3]，寺人之令[4]。	来访君子未见面，等候寺人来传令。
阪有漆[5]，隰有栗[6]。	山坡上面有漆树，低湿之地有栗树。
既见君子，并坐鼓瑟。	已经见到那君子，同坐弹瑟喜相逢。
“今者不乐，逝者其耋[7]！”	“今朝不乐待几时，转眼衰老成老人！”
阪有桑，隰有杨。	山坡上面有桑树，低湿地里有杨树。
既见君子，并坐鼓簧。	已经见到那君子，同坐吹笙喜盈盈。
“今者不乐，逝者其亡！”	“今朝不乐待几时，转眼死去见阎王！”

【注解】

①邻邻：同“辚辚”，车行声。

②白颠：白颠马，一种良马。

③君子：对友人的尊称，这里指秦君。

④寺人：宫中近侍，类似后代的宦官。

⑤阪：山坡。
⑥隰：低湿的地。
⑦耋：八十岁，此处泛指老人。

驷　驖

《驷驖》，美襄公也。始命有田狩之事，园囿之乐焉　　——毛诗序

驷驖孔阜[①]，六辔在手[②]。　四马健壮黑似铁，缰绳六根手上握。
公之媚子[③]，从公于狩[④]。　公爷宠儿一帮子，跟随公爷去狩猎。
奉时辰牡[⑤]，辰牡孔硕[⑥]。　猎官驱出大公兽，膘肥体壮满地走。
公曰左之[⑦]，舍拔则获[⑧]。　公爷命令朝左射，放箭射中那野兽。
游于北园[⑨]，四马既闲[⑩]。　狩猎归来游北园，熟练驾车马悠闲。
輶车鸾镳[⑪]，载猃歇骄[⑫]。　轻便副车铃铛响，车上息着众猎犬。

【注解】

①驷：四马。驖：毛色黑似铁的好马。阜：肥硕。
②辔：马缰绳。四马应有八根缰绳，由于中间两匹马的内侧两辔系在御者前面的车杠上，所以只有六辔在手。
③媚子：亲信，宠爱的人。
④狩：冬猎。古代帝王打猎，四季各有专称，分别为春蒐、夏苗、秋狝、冬狩。
⑤奉：猎人驱赶野兽以供射猎。时：是的假借字，这个。牡：公兽。
⑥硕：肥大。
⑦左之：从左面射它。
⑧舍：放，发。拔：箭的尾部。放开箭的尾部，箭即被弓弦弹出。
⑨北园：秦君狩猎休息的园囿。
⑩闲：通“娴”，熟练。

⑪辅车：用于驱赶堵截野兽的轻便车。鸾：通“銮”，车铃。镳：马衔铁。
⑫猃：长嘴巴的猎狗。歇骄：短嘴巴的猎狗。

小戎

《小戎》，美襄公也。备其兵甲以讨西戎，西戎方强而征伐不休，国人则矜其车甲，妇人能闵其君子焉。

——毛诗序

小戎俴收①，五楘梁辀②。	小小兵车车厢浅，五条皮带扎辕上。
游环胁驱③，阴靷鋈续④。	马背有环又有扣，引车带环白铜镶。
文茵畅毂⑤，驾我骐馵⑥。	虎皮垫子车毂长，花马驾车白蹄扬。
言念君子⑦，温其如玉⑧。	思念我的好夫君，性情温和如美玉。
在其板屋⑨，乱我心曲⑩。	他去从军住板屋，使我心乱真惆怅。
四牡孔阜⑪，六辔在手⑫。	四匹公马壮又高，六条缰绳攥在手。
骐骝是中⑬，騧骊是骖⑭。	青马红马中间驾，黄马黑马两边跑。
龙盾之合⑮，鋈以觼軜⑯。	龙纹盾牌挂车上，内侧缰绳环儿套。
言念君子，温其在邑⑰。	思念我的好夫君，从军戎地性温和。
方何为期⑱，胡然我念之⑲？	不知他将几时回，怎能想他不心焦？
俴驷孔群⑳，厹矛鋈錞㉑。	四马合群披甲轻，三棱矛柄套金套。
蒙伐有苑㉒，虎韔镂膺㉓。	盾牌上面有花纹，虎皮弓囊雕花纹。
交韔二弓㉔，竹闭绲縢㉕。	两弓相交插囊中，竹制弓架缠紧绳。
言念君子，载寝载兴㉖。	思念我的好夫君，睡下坐起心不定。
厌厌良人㉗，秩秩德音㉘。	温良文静我夫君，来往有礼传美名。

【注解】

①小戎：兵车。因车厢较小，故称小戎。俴收：浅的车厢。
②楘：有花纹的皮条。梁辀：弯曲的车辕。

③游环：活动的环，设于辕马背上。胁驱：一根皮条，上系于衡，后系于轸，限制骖马入内。
④靷：引车前行的皮革。鋈续：以白铜制的环紧紧扣住皮条。
⑤文茵：虎皮坐垫。畅毂：长毂。毂，车轮中心的圆木，中有圆孔，用以插轴。
⑥骐：青黑色有花纹的马。馵：左后蹄白或四蹄皆白的马。
⑦言：乃。君子：指从军的丈夫。
⑧温其如玉：女子形容丈夫性情温和如玉。
⑨板屋：用木板建造的房屋。此处代指西戎（今甘肃一带）。
⑩心曲：心灵深处。
⑪牡：公马。孔：甚。阜：肥大。
⑫辔：缰绳。一车四马，内二马各一辔，外二马各二辔，共六辔。
⑬骝：赤身黑鬣的马，即红黑色的马。
⑭騧：黑嘴黄马。骊：黑马。骖：车辕外侧二马称骖。
⑮龙盾：画龙的盾牌。合：两只盾合挂于车上。
⑯觼：有舌的环。軜：内侧二马的辔。以舌穿过皮带，使骖马内辔固定。
⑰邑：秦国的属邑。
⑱方：将。期：指归期。
⑲胡然：为什么。
⑳俴驷：披薄金甲的四马。孔群：群马很协调。
㉑厹矛：头有三棱锋刃的长矛。錞：矛柄下端的金属套。
㉒伐：盾。苑：花纹。
㉓虎韔：虎皮弓囊。镂膺：在弓囊前刻花纹。
㉔交韔二弓：两张弓，一弓向左，一弓向右，交错放在袋中。
㉕闭：通“柲”。竹柲，纠正弓弩的竹制工具。绲：绳。縢：缠束。
㉖载寝载兴：又寝又兴，起卧不宁。
㉗厌厌：安静柔和的样子。良人：指女子的丈夫。
㉘秩秩：进退有礼节。德音：好声誉。

蒹　葭

《蒹葭》，刺襄公也。未能用周礼，将无以固其国焉。　　——毛诗序

蒹葭苍苍[1]，白露为霜。	芦苇茂盛水边长，深秋白露结成霜。
所谓伊人[2]，在水一方。	心中思念那个人，她在河水那一方。
溯洄从之[3]，道阻且长。	逆流而上去追寻，不怕道路曲而长。
溯游从之[4]，宛在水中央。	顺流而下去追寻，仿佛就在水中央。
蒹葭凄凄[5]，白露未晞[6]。	芦苇茂盛水边长，太阳初升露未干。
所谓伊人，在水之湄[7]。	心中思念那个人，她在河水那岸边。
溯洄从之，道阻且跻[8]。	逆流而上去追寻，不怕道路险而攀。
溯游从之，宛在水中坻[9]。	顺流而下去追寻，仿佛就在水中滩。
蒹葭采采[10]，白露未已[11]。	芦苇茂密水边长，太阳初升露珠滴。
所谓伊人，在水之涘[12]。	心中思念那个人，她在河水岸边待。
溯洄从之，道阻且右[13]。	逆流而上去追寻，不怕道路险而曲。
溯游从之，宛在水中沚[14]。	顺流而下去追寻，仿佛就在水中洲。

【注解】

①蒹葭：芦苇。苍苍：茂盛的样子。
②伊人：那个人。
③溯洄：逆流而上。从：追寻。
④溯游：顺流而下。
⑤凄凄：茂盛的样子。
⑥晞：干。
⑦湄：岸边。
⑧跻：登高。
⑨坻：水中的小沙洲。
⑩采采：众多的样子。
⑪已：止，干。
⑫涘：水边。
⑬右：弯曲，迂回。
⑭沚：水中的小沙洲。

终　南

《终南》，戒襄公也。能取周地，始为诸侯，受显服，大夫美之，故作是诗以戒劝之。

——毛诗序

终南何有[①]？有条有梅[②]。　　终南山上有什么？有那山楸和梅树。
君子至止，锦衣狐裘[③]。　　有位君子到此地，身穿绣衣和狐裘。
颜如渥丹[④]，其君也哉？　　脸儿红润像涂丹，莫非他是我君主？
终南何有？有纪有堂[⑤]。　　终南山上有什么？有那杞树和赤棠。
君子至止，黻衣绣裳[⑥]。　　有位君子到此地，身穿黻衣和绣裳。
佩玉将将[⑦]，寿考不亡[⑧]！　　身上佩玉锵锵响，祝你长寿莫相忘！

【注解】

①终南：终南山，在今陕西西安市郊外。
②条：树名，即山楸。材质好，可制车板。
③锦衣狐裘：当时诸侯的礼服。
④渥：涂。丹：赤石制的红色颜料，今名朱砂。
⑤纪：杞的假借字，杞柳。堂：棠的假借字，赤棠树。
⑥黻衣：黑色青色花纹相间的上衣。绣裳：五彩绣成的下裳。当时都是贵族服装。
⑦将将：同“锵锵”，象声词。
⑧考：高寿。亡：通“忘”。

黄　鸟

《黄鸟》，哀三良也。国人刺穆公以人从死，而作是诗也。　——毛诗序

交交黄鸟[①]，止于棘[②]。　　黄鸟交交鸣声哀，停在酸枣树上头。
谁从穆公[③]？子车奄息[④]。　　是谁殉葬从穆公？子车奄息命不好。

维此奄息，百夫之特[5]。	谁不赞许奄息好，百夫之中一俊才。
临其穴，惴惴其栗[6]。	众人走近那墓穴，胆战心惊要活埋。
彼苍者天[7]，歼我良人[8]！	苍天在上请开眼，杀我好人真不该！
如可赎兮，人百其身[9]！	如若可以赎他人，愿死百次赴黄泉！
交交黄鸟，止于桑[10]。	黄鸟交交鸣声哀，停在那桑树上头。
谁从穆公？子车仲行。	是谁殉葬伴穆公？子车仲行遭祸灾。
维此仲行，百夫之防[11]。	谁不称赞仲行好，百夫之中一干才。
临其穴，惴惴其栗。	众人走近那墓穴，胆战心惊要活埋。
彼苍者天，歼我良人！	苍天在上请开眼，杀我好人真不该！
如可赎兮，人百其身！	如若可以赎他人，愿死百次赴黄泉！
交交黄鸟，止于楚[12]。	黄鸟交交鸣声哀，停在荆树条上头。
谁从穆公？子车铖虎。	是谁殉葬陪穆公？子车铖虎遭残害。
维此铖虎，百夫之御。	谁不夸奖铖虎好，百夫之中辅弼才。
临其穴，惴惴其栗。	众人走近那墓穴，胆战心惊要活埋。
彼苍者天，歼我良人！	苍天在上请开眼，杀我好人真不该！
如可赎兮，人百其身！	如若可以赎他人，愿死百次赴黄泉！

【注解】

①交交：鸟鸣声。黄鸟：即黄雀。
②棘：酸枣树。
③从：从死，即殉葬。穆公：春秋时秦国国君，姓嬴，名任好。
④子车：复姓。奄息：人名。下文子车仲行、子车铖虎同此。
⑤特：杰出。
⑥“临其穴”二句：靠近墓穴，十分害怕。
⑦彼苍者天：悲哀至极的呼号之语，犹今语“老天爷哪”。
⑧良人：好人。
⑨人百其身：死一百次，也说用一百人赎其一人。
⑩桑：桑树。
⑪防：当。
⑫楚：荆树条。

晨风

《晨风》，刺康公也。忘穆公之业，始弃其贤臣焉。 ——毛诗序

鴥彼晨风[①]，郁彼北林[②]。	鹯鸟如箭疾飞行，飞入北边茂密林。
未见君子，忧心钦钦[③]。	未见我那意中人，忧心忡忡难忘他。
如何如何？忘我实多！	怎么办啊怎么办？你竟把我忘干净！
山有苞栎[④]，隰有六驳[⑤]。	山坡栎树一丛丛，洼地梓榆真是多。
未见君子，忧心靡乐。	未见我那意中人，忧心忡忡难快乐。
如何如何？忘我实多！	怎么办啊怎么办？你竟把我忘干净！
山有苞棣[⑥]，隰有树檖[⑦]。	山坡长满那唐棣，洼地挺立那山梨。
未见君子，忧心如醉。	未见我那意中人，忧心忡忡似醉酒。
如何如何？忘我实多！	怎么办啊怎么办？你竟把我忘干净！

【注解】

①鴥：鸟疾飞的样子。晨风：鸟名，即鹯鸟，属于鹰鹞一类的猛禽。

②郁：郁郁葱葱，形容茂密。

③钦钦：忧思难忘的样子。

④苞：丛生的样子。栎：树名。

⑤驳：树名，梓榆树。

⑥棣：唐棣，也叫郁李，果实色红。

⑦树：形容树木直立的样子。檖：山梨。

无衣

《无衣》，刺用兵也。秦人刺其君好攻战，亟用兵，而不与民同欲焉。

——毛诗序

岂曰无衣？与子同袍[1]。
王于兴师[2]，修我戈矛，
与子同仇[3]！
岂曰无衣？与子同泽[4]。
王于兴师，修我矛戟，
与子偕作[5]！
岂曰无衣？与子同裳[6]。
王于兴师，修我甲兵[7]，
与子偕行[8]！

谁说我们没衣穿？与你同穿一件袍。
君王发兵去交战，修整我那戈与矛，
杀敌与你同目标！
谁说我们没衣穿？与你同穿一件衫。
君王发兵去交战，修整我那矛与戟，
出发与你一起干！
谁说我们没衣穿？与你同穿那战裙。
君王发兵去交战，修整铠甲与刀枪，
杀敌与你共前进！

【注解】

①袍：长袍，形状像斗篷。
②王：指秦君。
③同仇：共同对敌。
④泽：通“襗”，内衣，如今的汗衫。
⑤偕作：共同干。
⑥裳：下衣，此指战裙。
⑦甲兵：铠甲与兵器。
⑧行：往。

渭　阳

《渭阳》，康公念母也。康公之母，晋献公之女也。文公遭丽姬之难，未反而秦姬卒，穆公纳文公。康公时为太子，赠送文公于渭之阳，念母之不见也。我见舅氏，如母存焉。及其即位，思而作是诗也。

——毛诗序

我送舅氏，曰至渭阳[①]。　　我送舅舅回家去，转眼来到渭水北。
何以赠之？路车乘黄[②]。　　有何礼物赠与他？一辆大车四黄马。
我送舅氏，悠悠我思。　　我送舅舅回家去，忧思悠悠想娘亲。
何以赠之？琼瑰玉佩[③]。　　用何礼物赠与他？宝石美玉表心意。

【注解】

①曰：发语词。阳：水之北曰阳。
②路车：古代诸侯乘的车子。
③琼瑰：美玉。

权舆

《权舆》，刺康公也。忘先君之旧臣与贤者，有始而无终也。——毛诗序

於[①]，我乎！夏屋渠渠[②]，　　唉，我呀我呀！从前住那大宅院，
今也每食无余。于嗟乎！　　如今吃饭无剩余。啊，可叹啊！
不承权舆[③]！　　再也无法比当初！
於，我乎！每食四簋[④]，　　唉，我呀我呀！从前每顿四道菜，
今也每食不饱。于嗟乎！　　如今每顿吃不饱。啊，可叹啊！
不承权舆！　　再也无法比当初！

【注解】

①於：感叹词。
②夏屋：大房子。渠渠：深而大的样子。
③权舆：起初，开始。
④簋：古时盛食物的器皿。

陈　风

陈，国名，大皞伏羲氏之墟，在《禹贡》豫州之东。其地广平，无名山大川，西望外方，东不及孟诸。周武王时，帝舜之后有虞阏父为周陶正。武王赖其利器用，与其神明之后，以元女大姬妻其子满，而封之于陈，都于宛丘之侧，与黄帝、帝尧之后，共为三恪，是为胡公。大姬妇人尊贵，好乐巫觋歌舞之事，其民化之。今之陈州，即其地也。

（南宋朱熹《诗集传》）

宛　丘

《宛丘》，刺幽公也。淫荒昏乱，游荡无度焉。——毛诗序

子之汤兮①，宛丘之上兮②。	你起舞热情奔放，在宛丘高地之上。
洵有情兮③，而无望兮。	我诚然倾心爱慕，可惜不敢有奢望。
坎其击鼓④，宛丘之下。	你击鼓坎坎声响，宛丘下欢舞翩然。
无冬无夏⑤，值其鹭羽⑥。	无论寒冬和炎夏，持那鹭羽尽情舞。
坎其击缶⑦，宛丘之道。	你击缶坎坎声响，欢舞在宛丘道上。
无冬无夏，值其鹭翿⑧。	无论寒冬和炎夏，头戴鹭羽尽情舞。

【注解】

①子：你，这里指跳舞的女巫。汤：荡的假借字。游荡形容跳舞身体摇摆的样子。
②宛丘：陈国丘名，四周高中间平坦的土山。
③洵：确实，实在是。
④坎：击鼓声。
⑤无：不管，不论。
⑥值：持。鹭羽：用白鹭羽毛做成的舞蹈道具。
⑦缶：瓦盆，可敲击发声。
⑧翿：伞形舞蹈道具。集鸟羽于柄头，下垂如盖。

东门之枌

《东门之枌》，疾乱也。幽公淫荒，风化之所行。男女弃其旧业，亟会于道路，歌舞于市井尔。

——毛诗序

东门之枌[①]，宛丘之栩[②]。　东门种的是白榆，宛丘种的是柞树。
子仲之子[③]，婆娑其下[④]。　子仲家中好女儿，大树底下来跳舞。
穀旦于差[⑤]，南方之原[⑥]。　挑选一个好时机，同往南方平原处。
不绩其麻[⑦]，市也婆娑[⑧]。　搁下手中纺的麻，闹市当中舞一场。
穀旦于逝[⑨]，越以鬷迈[⑩]。　趁着良辰同前往，屡次前往已相熟。
视尔如荍[⑪]，贻我握椒[⑫]。　看你好像锦葵花，送我花椒一大把。

【注解】

①枌：白榆树。
②栩：柞树。
③子仲：陈国的姓氏。
④婆娑：跳舞。
⑤穀旦：良辰，好日子。差：选择。
⑥原：高而平坦之地。
⑦绩：把麻搓成线。
⑧市：集市，闹市。
⑨逝：往，赶。
⑩鬷：屡次。迈：往，去。
⑪荍：锦葵。草本植物，夏季开紫色或白色花。
⑫贻：赠送。握：一把。椒：花椒。

衡门

《衡门》，诱僖公也。愿而无立志，故作是诗以诱掖其君也。——毛诗序衡门之下[1]，可以栖迟[2]。　横门做成简陋屋，可以当作安身处。
泌之洋洋[3]，可以乐饥[4]。　泉水流淌不停息，可以快乐忘饥饿。
岂其食鱼[5]，必河之鲂[6]？　难道我们想吃鱼，定要吃那黄河鲂？
岂其取妻，必齐之姜[7]？　难道我们想娶妻，定要娶那姓姜女？
岂其食鱼，必河之鲤？　难道我们想吃鱼，定要吃那黄河鲤？
岂其取妻，必宋之子[8]？　难道我们想娶妻，定要娶那姓子女？

【注解】

①衡门：横木为门衡，通“横”。
②栖迟：栖息，安身。
③洋洋：水势浩荡的样子。
④乐饥：乐而忘饥。
⑤岂：难道。
⑥河：黄河。
⑦齐之姜：齐国的姜姓美女为贵族女子。
⑧宋之子：宋国的子姓女子为贵族女子。

东门之池

《东门之池》，刺时也。疾其君子淫昏，而思贤女以配君子也。

——毛诗序

东门之池[1]，可以沤麻[2]。　东门外有护城河，可以久久浸泡麻。
彼美淑姬[3]，可与晤歌[4]。　温柔美丽的姑娘，可以和她相对唱。
东门之池，可以沤纻[5]。　东门外有护城河，可以久久泡苎麻。
彼美叔姬，可与晤语。　温柔美丽的姑娘，可以和她相倾谈。

东门之池，可以沤菅[6]。　　东门外有护城河，可以久久浸泡菅。
彼美叔姬，可与晤言。　　温柔美丽的姑娘，可以和她说说话。

【注解】

①池：护城河。
②沤：长时间用水浸泡。
③姬：古代对妇女的美称。
④晤歌：对唱。
⑤纻：纻麻。茎皮含纤维质，可做绳，织夏布。
⑥菅：菅草。叶子细长，可做绳。

东门之杨

《东门之杨》，刺时也。昏姻失时，男女多违，亲迎，女犹有不至者也。
——毛诗序

东门之杨，其叶牂牂[1]。　　东门有那大白杨，叶儿茂密长得好。
昏以为期[2]，明星煌煌[3]。　　约好黄昏来会面，等到启明星儿亮。
东门之杨，其叶肺肺[4]。　　东门有那大白杨，叶儿密密又葱葱。
昏以为期，明星晢晢[5]。　　约好黄昏来会面，等到启明星儿亮。

【注解】

①牂牂：茂盛的样子。
②昏：黄昏。期：约定的时间。
③明星：启明星。煌煌：明亮。
④肺肺：茂盛的样子。
⑤晢晢：明亮。

墓　门

《墓门》，刺陈佗也。陈佗无良师傅，以至于不义，恶加于万民焉。

——毛诗序

墓门有棘[①]，斧以斯之[②]。　墓门前有酸枣树，拿起斧头砍掉它。
夫也不良，国人知之。　这人是个不良徒，国中之人无不晓。
知而不已，谁昔然矣[③]。　恶行暴露他不改，从前就是这个样。
墓门有梅[④]，有鸮萃止[⑤]。　墓门前有酸枣树，猫头鹰聚在树上。
夫也不良，歌以讯止[⑥]。　这人是个不良徒，唱支歌儿劝诫他。
讯予不顾，颠倒思予[⑦]。　只是劝诫他不顾，灾难临头才想我。

【注解】

①墓门：陈国城门，也说墓道之门。棘：酸枣树。
②斯：砍。
③谁昔：往昔，从前。然：这样。
④梅：与“棘”同义。
⑤鸮：猫头鹰。萃：聚集。止：语气助词，没有实义。
⑥讯：劝诫。
⑦颠倒：指国家纷乱。

防有鹊巢

《防有鹊巢》，忧谗贼也。宣公多信谗，君子忧惧焉。　——毛诗序

防有鹊巢[①]，邛有旨苕[②]。　堤坝怎会有鹊巢，土丘怎会长鲜苕。
谁侜予美[③]？心焉忉忉[④]。　是谁欺骗我爱人？我心忧愁很烦恼。

中唐有甓[⑤]，邛有旨鹝[⑥]。　路上怎会有砖瓦，土丘怎会长绶草。
谁侜予美？心焉惕惕[⑦]。　是谁欺骗我爱人？我心恐惧又担忧。

【注解】

①防：堤坝。
②邛：山丘。旨：味美的，鲜嫩的。苕：一种水草。
③侜：欺骗。予美：美人儿，心上人，指作者所爱的人。
④忉忉：忧虑的样子。
⑤中唐：泛指庭院中的主要道路。甓：砖瓦。
⑥鹝：绶草，一般生长在阴湿处。
⑦惕惕：提心吊胆的样子。

月　出

《月出》，刺好色也。在位不好德，而说美色焉。——毛诗序

月出皎兮[①]，佼人僚兮[②]。　月亮出来多明亮，美人美人真娇美。
舒窈纠兮[③]，劳心悄兮[④]！　徐徐行走多轻盈，让我思念心烦忧！
月出皓兮，佼人懰兮[⑤]。　月亮出来多洁白，美人美人真妩媚。
舒忧受兮，劳心慅兮[⑥]！　徐徐行走多婀娜，让我思念心忧愁！
月出照兮[⑦]，佼人燎兮[⑧]。　月亮出来真明亮，美人美人真漂亮。
舒夭绍兮，劳心惨兮[⑨]！　徐徐行走多窈窕，让我思念心烦躁！

【注解】

①皎：洁白明亮。
②佼：同“姣”，美好。僚：娇美。
③舒：舒缓，指从容娴雅。窈纠：与下文“忧受”“夭绍”义同，皆形容女子

行走时体态的美丽。
④劳心：忧心。悄：忧愁的样子。
⑤懰：美好。
⑥慅：忧愁，心神不宁。
⑦照：这里当形容词用，指光明。
⑧燎：漂亮的意思。
⑨惨：当为“懆”，忧愁而烦躁不安的样子。

株　林

《株林》，刺灵公也。淫乎夏姬，驱驰而往，朝夕不休息焉。

——毛诗序

胡为乎株林[1]？从夏南[2]。	为何去株邑之郊？只为把夏南寻找。
匪适株林？从夏南。	不是到株邑之郊？只想把夏南寻找。
驾我乘马[3]，说于株野[4]。	驾大车驱赶四马，停车在株邑之野。
乘我乘驹[5]，朝食于株[6]。	驾大车驱赶四驹，抵达株邑吃早餐。

【注解】

①胡为：为什么。株：陈国邑名。林：郊野。
②从：跟，与，此指找人。夏南：即夏姬之子夏征舒（字子南）。
③乘马：四匹马。古以一车四马为一乘。
④说：通“税”，停息。株野：株邑之郊野。
⑤驹：马高五尺以上、六尺以下称“驹”，大夫所乘；马高六尺以上称“马”，诸侯国君所乘。
⑥朝食：吃早饭。

泽陂

《泽陂》，刺时也。言灵公君臣淫于其国，男女相说，忧思感伤焉。

——毛诗序

彼泽之陂[1]，有蒲与荷[2]。	在那清清池塘旁，长着蒲草与荷花。
有美一人，伤如之何[3]？	有个美丽的人儿，让我思念怎么办？
寤寐无为，涕泗滂沱[4]。	朝思暮想没办法，眼泪鼻涕如雨下。
彼泽之陂，有蒲与间[5]。	在那清清池塘旁，长着蒲草与莲子。
有美一人，硕大且卷[6]。	有个美丽的人儿，身材修长头发卷。
寤寐无为，中心悁悁[7]。	朝思暮想没办法，心中忧愁苦难言。
彼泽之陂，有蒲菡萏[8]。	在那清清池塘旁，长着蒲草与荷花。
有美一人，硕大且俨[9]。	有个美丽的人儿，身材修长多端庄。
寤寐无为，辗转伏枕。	朝思暮想没办法，翻来覆去难入眠。

【注解】

①泽之陂：池塘堤岸。

②蒲：一种水草。

③伤：因思念而忧伤。

④涕泗：眼泪鼻涕。

⑤间：莲子。

⑥卷：头发卷。

⑦悁悁：忧伤愁闷的样子。

⑧菡萏：荷花。

⑨俨：端庄。

桧 风

桧，国名，高辛氏火正祝融之墟，在《禹贡》豫州外方之北，荥波之南，居溱洧之间。其君妘姓，祝融之后。周衰，为郑桓公所灭而迁国焉。今之郑州，即其地也。苏氏以为桧诗皆为郑作，如邶、鄘之于卫也，未知是否。

（南宋朱熹《诗集传》）

羔 裘

《羔裘》，大夫以道去其君也。国小而迫，君不用道，好洁其衣服，逍遥游燕，而不能自强于政治，故作是诗也。

——毛诗序

羔裘逍遥①，　　穿着羊羔皮袄去逍遥，
狐裘以朝②。　　穿着狐皮袍子去上朝。
岂不尔思③？　　怎不叫人为你费心思？
劳心忉忉④。　　想起你来整日心里愁。
羔裘翱翔⑤，　　穿着羊羔皮袄去游逛，
狐裘在堂⑥。　　穿着狐皮袍子去朝堂。
岂不尔思？　　怎不叫人为你费心思？
我心忧伤。　　想起你来时时心忧伤。
羔裘如膏⑦，　　羊羔皮袄色泽亮如膏，
日出有曜⑧。　　太阳一照闪闪放金光。
岂不尔思？　　怎不叫人为你费心思？
中心是悼⑨。　　想起你来恐惧又发慌。

【注解】

①羔裘：羊羔皮袄。逍遥：从容漫步，悠闲自在的样子。

②朝：上朝。
③不尔思：即“不思尔”。
④忉忉：忧愁的样子。
⑤翱翔：鸟儿回旋飞，比喻人行动悠闲自得。
⑥在堂：站在朝堂上。
⑦膏：油。
⑧曜：照耀。
⑨悼：惧，害怕。

素冠

《素冠》，刺不能三年也。——毛诗序

庶见素冠兮[①]，棘人栾栾兮[②]， 幸而见人戴白帽，身体瘦弱面容憔，
劳心慱慱兮[③]！ 心中忧愁又悲痛！
庶见素衣兮，我心伤悲兮！ 幸而见人穿白衣，我的心中多伤悲！
聊与子同归兮。 甘愿同你共归天。
庶见素韠兮[④]，我心蕴结兮[⑤]！ 幸而见人穿白裙，我心忧郁无法解！
聊与子如一兮。 甘愿与你赴黄泉。

【注解】

①庶：有幸。
②棘：瘦。栾栾：身体瘦弱的样子。
③慱慱：愁苦不安的样子。
④韠：蔽膝，古代遮蔽在衣裳前面的一种皮制服饰。
⑤蕴结：心里忧郁未解的意思。

隰有苌楚

《隰有苌楚》，疾恣也。国人疾其君主淫恣，而思无情欲者也。

——毛诗序

隰有苌楚[1]，猗傩其枝[2]。　　洼地长着猕猴桃，枝条柔美随风摇。
夭之沃沃[3]，乐子之无知！　　鲜嫩润泽长得好，羡慕你无知没烦恼！
隰有苌楚，猗傩其华[4]。　　洼地长着猕猴桃，花儿鲜艳春光好。
夭之沃沃，乐子之无家！　　鲜嫩润泽长得好，羡慕你无家无牵挂！
隰有苌楚，猗傩其实。　　洼地长着猕猴桃，果实累累挂枝上。
夭之沃沃，乐子之无室！　　鲜嫩润泽长得好，羡慕你无室无牵挂！

【注解】

①隰：低湿的地方。苌楚：一种蔓生植物，今称羊桃、猕猴桃。
②猗傩：同“婀娜”，柔美的样子。
③夭：少，鲜嫩。沃沃：润泽的样子。
④华：同“花”。

匪　风

《匪风》，思周道也。国小政乱，忧及祸难，而思周道焉。

——毛诗序

匪风发兮[1]，匪车偈兮[2]。　　大风刮得呼呼响，大车疾驰尘飞扬。
顾瞻周道[3]，中心怛兮[4]。　　回头向着大道望，心中突然好悲伤。
匪风飘兮，匪车嘌兮[5]。　　大风刮起直打旋，大车飞驰如掣电。

顾瞻周道，中心吊兮[⑥]。	回头向着大道望，心中突然就悲伤。
谁能亨鱼[⑦]？溉之釜鬵[⑧]。	哪位将要煮鱼尝？请把锅子洗干净。
谁将西归？怀之好音[⑨]。	哪位将要回西方？请他帮我报平安。

【注解】

①发：犹“发发”，象声词。
②偈：车马疾驰的样子。
③周道：大道。
④怛：痛苦，悲伤。
⑤嘌：疾速。
⑥吊：悲伤。
⑦亨：通“烹”。
⑧溉：清洗。釜：锅子。鬵：大锅。
⑨怀：遗，送。好音：平安的消息。

曹风

曹，国名。其地在《禹贡》兖州陶丘之北，雷夏菏泽之野。周武王以封其弟振铎。今之曹州，即其地也。

（南宋朱熹《诗集传》）

蜉蝣

《蜉蝣》，刺奢也。昭公国小而迫，无法以自守。好奢而任小人，将无所依焉。

——毛诗序

蜉蝣之羽①，衣裳楚楚。	蜉蝣羽翼薄又亮，像你衣服真漂亮。
心之忧矣，于我归处。	我心日日多忧伤，我们归宿都一样。
蜉蝣之翼，采采衣服。	蜉蝣羽翼薄又亮，像那衣服真华丽。
心之忧矣，于我归息。	我心日日多忧伤，与我归宿一个样
蜉蝣掘阅②，麻衣如雪③。	蜉蝣初生穿穴出，像那麻衣白如雪。
心之忧矣，于我归说。	我心日日多忧伤，我们归宿都相同。

【注解】

①蜉蝣：一种寿命极短的昆虫，其羽翼极薄并有光泽。

②掘：穿，挖。阅：穴，洞。

③麻衣：指蜉蝣半透明的羽翼。

候人

《候人》，刺近小人也。共公远君子而好近小人焉。

——毛诗序

彼候人兮[1]，何戈与祋[2]。　迎宾送客那小官，肩扛长戈和木杖。
彼其之子[3]，三百赤芾[4]。　像他那样的小官，三百朝官不屑顾。
维鹈在梁[5]，不濡其翼[6]。　鹈鹕停在鱼梁上，翅膀竟然未沾湿。
彼其之子，不称其服[7]。　像他那样的小官，不配穿那好衣服。
维鹈在梁，不濡其咮[8]。　鹈鹕停在鱼梁上，嘴巴竟然未沾湿。
彼其之子，不遂其媾[9]。　像他那样的小官，不配享受那富贵。
荟兮蔚兮[10]，南山朝隮[11]。　云雾弥漫多朦胧，南山早晨彩虹现。
婉兮娈兮[12]，季女斯饥[13]。　候人幼女虽娇好，少女忍饥又挨饿。

【注解】

①候人：官名，是看守边境、迎送宾客和治理道路、掌管禁令的小官。

②何：通“荷”，扛着。祋：同“殳”，古代一种兵器。

③其：语气助词。

④三百：可以指人数，即穿芾的有三百人，也可指芾的件数，即有三百件芾。赤芾：赤色的芾。芾，祭祀服饰，即用革制的蔽膝，上窄下宽，上端固定在腰部衣上，按官品不同而有不同的颜色。赤芾乘轩是大夫以上官爵的待遇。

⑤鹈：即鹈鹕，水禽，体型较大，喙下有囊，食鱼为生。梁：伸向水中用于捕鱼的堤坝。

⑥濡：沾湿。

⑦称：相称，相配。服：官服。

⑧咮：禽鸟的喙。

⑨遂：称心。媾：宠爱。

⑩荟、蔚：云雾弥漫的样子。

⑪朝：早上。

⑫婉：年轻。娈：貌美。

⑬季女：少女，这里指候人的幼女。

鸤 鸠

《鸤鸠》，刺不壹也。在位无君子，用心之不壹也。——毛诗序

鸤鸠在桑[1]，其子七兮。 布谷筑巢在桑林，七只小鸟是他儿。
淑人君子[2]，其仪一兮[3]。 品性善良好君子，仪容端庄终如一。
其仪一兮，心如结兮[4]。 仪容端庄终如一，内心操守坚如磐。
鸤鸠在桑，其子在梅。 布谷筑巢在桑林，小鸟嬉戏在梅树。
淑人君子，其带伊丝[5]。 品性善良好君子，丝带束腰真不凡。
其带伊丝，其弁伊骐[6]。 丝带束腰真不凡，玉饰皮帽花色鲜。
鸤鸠在桑，其子在棘[7]。 布谷筑巢在桑林，小鸟嬉戏酸枣树。
淑人君子，其仪不忒[8]。 品性善良好君子，仪容端庄不走样。
其仪不忒，正是四国[9]。 仪容端庄不走样，各国有了好模范。
鸤鸠在桑，其子在榛[10]。 布谷筑巢在桑林，小鸟翻飞栖在榛。
淑人君子，正是国人。 品性善良的好君子，百姓敬仰作为榜样。
正是国人，胡不万年？ 百姓敬仰作为榜样，为何他没能活万年？

【注解】

①鸤鸠：布谷鸟，又称杜鹃，一种常见的鸟，上体灰褐色，下体白色而具暗色斑点，多把卵产于别的鸟巢中。
②淑人：善人。
③仪：仪容。
④心如结：比喻用心专一。
⑤伊：是。
⑥弁：皮帽。
⑦棘：酸枣树。
⑧忒：差错。
⑨正：模范，法则。
⑩榛：丛生的树，树丛。

下泉

《下泉》，思治也。曹人疾共公侵刻，下民不得其所，忧而思明王贤伯也。

——毛诗序

冽彼下泉[①]，浸彼苞稂[②]。	地下涌出冷泉水，把那丛丛童粱浸。
忾我寤叹[③]，念彼周京[④]。	我乍醒来长叹息，怀念周朝的京都。
冽彼下泉，浸彼苞萧[⑤]。	地下涌出冷泉水，把那丛丛蒿草浸。
忾我寤叹，念彼京周。	我乍醒来长叹息，怀念周朝的京城。
冽彼下泉，浸彼苞蓍[⑥]。	地下涌出冷泉水，把那丛丛蓍草浸。
忾我寤叹，念彼京师。	我乍醒来长叹息，怀念周朝的京师。
芃芃黍苗[⑦]，阴雨膏之[⑧]。	茂盛黍苗长势旺，一场好雨滋润它。
四国有王[⑨]，郇伯劳之[⑩]。	四方诸侯终有主，护送敬王郇伯忙。

【注解】

①冽：寒冷。下泉：地下涌出的泉水。

②苞：丛生。稂：童粱，一种野草。也有人说稂是长穗而不饱实的禾。

③忾：叹息。寤：睡醒。

④周京：周朝的京都，天子所居，下文“京周”“京师”同义。

⑤萧：蒿草。

⑥蓍：一种用于占卦的草。

⑦芃芃：茂盛茁壮。

⑧膏：滋润，润泽。

⑨有王：指周天子。

⑩郇伯：指郇国君。

豳风

豳，国名，在《禹贡》雍州岐山之北，原隰之野。虞、夏之际，弃为后稷而封于邰。及夏之衰，弃稷不务，弃子不窋失其官守，而自窜于戎狄之间。不窋生鞠陶，鞠陶生公刘，能复修后稷之业，民以富实，乃相土地之宜，而立国于豳之谷焉。十世而大王徙居岐山之阳，十二世而文王始受天命。十三世而武王遂为天子。武王崩，成王立，年幼不能莅阼，周公旦以冢宰摄政，乃述后稷、公刘之化，作诗一篇以戒成王，谓之《豳风》。而后人又取周公所作，乃凡为周公而作之诗以附焉。豳，在今邠州三水县。邰，在今京兆府武功县。

（南宋朱熹《诗集传》）

七　月

《七月》，陈王业也。周公遭变，故陈后稷先公风化之所由，致王业之艰难也。

——毛诗序

七月流火[①]，九月授衣[②]。	七月火星向下落，九月女工缝衣裳。
一之日觱发[③]，二之日栗烈[④]。	十一月北风呼啸，十二月寒气袭人。
无衣无褐[⑤]，何以卒岁[⑥]？	没有好衣和粗衣，怎么度过这年底？
三之日于耜[⑦]，四之日举趾[⑧]。	正月开始修理耜，二月下地去耕种。
同我妇子，馌彼南亩[⑨]，	带着妻儿一同去，把饭送到南边地，
田畯至喜[⑩]。	农官欢喜赶来吃。
七月流火，九月授衣。	七月火星向下落，九月女工缝衣裳。
春日载阳[⑪]，有鸣仓庚[⑫]。	春天阳光暖融融，黄莺叽叽把歌唱。
女执懿筐[⑬]，遵彼微行[⑭]，	姑娘提着深竹筐，一路沿着小道走，
爰求柔桑。	伸手采摘嫩桑叶。
春日迟迟，采蘩祁祁[⑮]。	春来日子渐渐长，人人都去采白蒿。
女心伤悲，殆及公子同归[⑯]。	姑娘心中好伤悲，就要嫁给那公子。
七月流火，八月萑苇[⑰]。	七月火星向下落，八月要把芦苇割。

原文	译文
蚕月条桑[18]，取彼斧斨[19]，	三月修剪桑树枝，取来锋利的斧头，
以伐远扬[20]，猗彼女桑[21]。	砍掉高高长枝条，攀折细枝摘嫩桑。
七月鸣䴗[22]，八月载绩[23]。	七月伯劳不停叫，八月开始织麻忙。
载玄载黄，我朱孔阳[24]，	颜色有黑又有黄，我染红色更鲜艳，
为公子裳。	献给公子做衣裳。
四月秀葽[25]，五月鸣蜩[26]。	四月葽草已结子，五月知了声声叫。
八月其获，十月陨萚[27]。	八月田间收获忙，十月树叶开始落。
一之日于貉，取彼狐狸，	十一月上山猎貉，猎取狐狸得皮毛，
为公子裘。	送给公子做皮袄。
二之日其同[28]，载缵武功[29]。	十二月猎人会合，继续操练打猎功。
言私其豵[30]，献豜于公[31]。	打到小猪归自已，猎到大猪献王公。
五月斯螽动股[32]，	五月蚱蜢弹腿叫，
六月莎鸡振羽[33]。	六月莎鸡振翅膀。
七月在野，八月在宇，	七月蟋蟀在田野，八月来到屋檐下，
九月在户，十月蟋蟀入我床下。	九月蟋蟀进屋里，十月钻进我床下。
穹室熏鼠[34]，塞向墐户[35]。	堵塞鼠洞熏老鼠，封好北窗堵门缝。
嗟我妇子，	叹我妻儿好可怜，
曰为改岁[36]，入此室处。	新年很快就要到，迁入这屋把身安。
六月食郁及薁[37]，	六月食郁李葡萄，
七月亨葵及菽[38]。	七月煮葵又煮豆。
八月剥枣，十月获稻。	八月开始打红枣，十月下田收稻谷。
为此春酒，以介眉寿[39]。	稻谷酿酒香喷喷，以求主人能长寿。
七月食瓜，八月断壶[40]。	七月可以吃好瓜，八月到来摘葫芦。
九月叔苴[41]。	九月到来拾麻子。
采荼薪樗[42]，食我农夫。	采摘苦菜又砍柴，养活农夫把心安。
九月筑场圃，十月纳禾稼，	九月修筑打谷场，十月庄稼收进仓，
黍稷重穋[43]，禾麻菽麦。	有那黍子和高粱，还有禾麻和豆麻。

嗟我农夫！
我稼既同，上入执宫功[44]。
昼尔于茅[45]，宵尔索绹[46]，
亟其乘屋[47]，其始播百谷。
二之日凿冰冲冲[48]，
三之日纳于凌阴[49]。
四之日其蚤[50]，献羔祭韭。
九月肃霜[51]，十月涤场[52]。
朋酒斯飨[53]，曰杀羔羊，
跻彼公堂[54]，称彼兕觥[55]，
万寿无疆！

叹我农夫真辛苦！
刚把庄稼收拾完，又为官家筑宫室。
白天忙着割茅草，夜里赶着搓绳索，
赶紧修理好房屋，开春还得种百谷。
十二月凿冰冲冲响，
正月里搬冰进冰窖。
二月早早祭祖先，献上羊羔和韭菜。
九月寒来始降霜，十月清扫打谷场。
两壶美酒敬宾客，宰杀羊羔大家尝，
登上主人的庙堂，共同举杯敬主人，
祝福他万寿无疆！

【注解】

①流：落下。火：星名，又称大火。
②授衣：妇女缝制冬衣。
③一之日：周历一月，夏历十一月。以下二之日、三之日、四之日可类推。觱发：寒风吹起触物的声音。
④栗烈：寒气袭人。
⑤褐：粗布衣服。
⑥卒岁：终岁，年底。
⑦于：为，修理。耜：古代的一种农具。
⑧举趾：抬足，这里指下地种田。
⑨馌：往田里送饭。
⑩田畯：农官。
⑪载阳：天气开始暖和。
⑫仓庚：黄莺。
⑬懿筐：深筐。
⑭遵：沿着。微行：小路。
⑮蘩：白蒿。祁祁：人多的样子。
⑯归：出嫁。
⑰萑苇：荻草和芦苇。
⑱蚕月：养蚕的月份，即三月。条：修剪。

⑲斧斨：装柄处为圆孔的叫斧，方孔的叫斨。
⑳远扬：过长过高的桑树枝。
㉑猗：攀折。女桑：嫩桑。
㉒鵙：伯劳鸟，叫声响亮。
㉓绩：纺织。
㉔朱：红色。孔阳：很鲜艳。
㉕葽：植物名。
㉖蜩：蝉，知了。
㉗陨萚：枝叶脱落。
㉘同：会合。
㉙缵：继续。武功：指打猎。
㉚豵：一岁的野猪，泛指小兽。
㉛豜：三岁的野猪，泛指大兽。
㉜斯螽：一种昆虫。动股：昆虫鸣叫时要弹动腿。
㉝莎鸡：纺织娘（虫名）。
㉞穹：治除，打扫。窒：堵塞。
㉟向：朝北的窗户。墐：用泥涂抹。
㊱改岁：除岁，过年。
㊲郁：郁李。薁：野葡萄。
㊳亨：烹。葵：一种蔬菜。菽：豆子。
㊴介：求取。眉寿：长寿。
㊵壶：同“瓠”，葫芦。
㊶叔：拾取。苴：麻子。
㊷荼：苦菜。樗：臭椿树。
㊸重：晚熟作物。穋：早熟作物。
㊹上：同“尚”。宫功：修缮建筑宫室。
㊺于茅：割取茅草。
㊻索绹：搓绳子。
㊼亟：急忙。乘屋：爬上房顶去修理。
㊽冲冲：用力敲冰的声音。
㊾凌阴：藏冰的地窖。
㊿蚤：同“早”，一种祭祖仪式。
51肃霜：降霜。
52涤场：打扫场院。
53朋酒：两壶酒。飨：用酒食招待客人。
54跻：登上。公堂：庙堂。
55称：举起。兕觥：古时的酒器。

鸱　鸮

《鸱鸮》，周公救乱也。成王未知周公之志，公乃为诗以遗王，名之曰《鸱鸮》焉。

——毛诗序

鸱鸮鸱鸮[1]，既取我子[2]，
无毁我室[3]。恩斯勤斯[4]，
鬻子之闵斯[5]。
迨天之未阴雨[6]，
彻彼桑土[7]，绸缪牖户[8]。
今女下民[9]，或敢侮予！
予手拮据[10]，予所捋荼[11]，
予所蓄租[12]，予口卒瘏[13]，
曰予未有室家。
予羽谯谯[14]，予尾翛翛[15]。
予室翘翘[16]，风雨所漂摇，
予维音哓哓[17]。

鸱鸮啊鸱鸮，你已夺走我孩子，
别再毁坏我的巢。尽心尽力多辛苦，
养育孩子我病倒。
趁着天上没下雨，
寻取桑树的根皮，赶快修理窗和门。
如今你们这些人，谁敢把我来欺侮！
我手操劳已麻木，我采苦菜把巢补，
我把粮食藏起来，我嘴积劳已成疾，
我的巢儿未筑起。
我的羽毛已稀少，我的尾巴已残破。
我的巢儿太危险，风吹雨打晃又摇，
我心恐惧大声叫。

【注解】

①鸱鸮：猫头鹰一类的鸟，头大，嘴短而弯曲。
②子：指幼鸟。
③室：鸟窝。
④恩：尽心之意。斯：语气助词。
⑤鬻：养育。闵：病。
⑥迨：及，趁着。
⑦彻：削取。
⑧绸缪：缠缚，密密缠绕。牖：窗。户：门。
⑨女：同“汝”。
⑩拮据：操作劳苦、忙乱的样子。

⑪捋：成把地摘取。荼：菜名，苦菜。
⑫蓄：积蓄。租：指鸟食。
⑬卒瘏：口病。
⑭谯谯：羽毛稀疏脱落的样子。
⑮翛翛：羽毛残破的样子。
⑯翘翘：高而危险的样子。
⑰哓哓：惊恐的叫声。

东 山

《东山》，周公东征也。周公东征，三年而归。劳归士，大夫美之，故作是诗也。

——毛诗序

我徂东山[①]，慆慆不归[②]。　自我远征去东山，回家愿望久成空。
我来自东，零雨其濛。　如今我从东山回，蒙蒙小雨落下来。
我东曰归，我心西悲。　才说要从东山归，我心忧伤早西飞。
制彼裳衣，勿士行枚[③]。　家常衣服做一件，不再衔枚上沙场。
蜎蜎者蠋[④]，烝在桑野[⑤]。　野蚕缓缓树上爬，野外桑林是它家。
敦彼独宿[⑥]，亦在车下。　露宿将身缩一团，睡在野外车底下。
我徂东山，慆慆不归。　自我远征去东山，回家愿望久成空。
我来自东，零雨其濛。　如今我从东山回，蒙蒙小雨落下来。
果臝之实[⑦]，亦施于宇[⑧]。　栝楼藤上结了瓜，藤蔓爬到屋檐下。
伊威在室[⑨]，蠨蛸在户[⑩]。　屋内潮湿伊威爬，蜘蛛结网当门挂。
町畽鹿场[⑪]，熠耀宵行[⑫]。　田地变成野鹿场，萤火虫儿点点亮。
不可畏也，伊可怀也。　家园荒凉不可怕，越是如此越想家。
我徂东山，慆慆不归。　自我远征去东山，回家愿望久成空。
我来自东，零雨其濛。　如今我从东山回，蒙蒙小雨落下来。

鹳鸣于垤[13]，妇叹于室。	鹳于丘上轻叫唤，我妻屋里把气叹。
洒埽穹窒，我征聿至[14]。	打扫房舍塞鼠洞，盼我征夫回家乡。
有敦瓜苦[15]，烝在栗薪。	团团苦瓜结得多，撂在栗木柴堆上。
自我不见，于今三年。	自从我们不相见，算来至今已三年。
我徂东山，慆慆不归。	自我远征去东山，回家愿望久成空。
我来自东，零雨其濛。	如今我从东山回，蒙蒙小雨落下来。
仓庚于飞，熠耀其羽。	当年黄莺正飞翔，羽毛闪闪有光泽。
之子于归，皇驳其马。	这个姑娘要出嫁，迎亲骏马白透黄。
亲结其缡[16]，九十其仪[17]。	娘为女儿结佩巾，仪式繁多求吉祥。
其新孔嘉，其旧如之何？	新婚甭提有多美，久别重逢该怎样？

【注解】

①徂：去，往。
②慆慆：长久。
③士：通“事”。行枚：行军时将竹棍衔在口中以保证不出声。
④蜎蜎：幼虫蠕动的样子。蠋：一种野蚕。
⑤烝：乃。
⑥敦彼：身体蜷缩成团。
⑦果裸：一种蔓生攀援植物，又名栝楼。
⑧施：蔓延。
⑨伊威：一种小虫，一般生长在阴暗潮湿的地方。
⑩蟏蛸：一种蜘蛛。
⑪町畽：兽迹。
⑫熠耀：闪闪发光的样子。宵行：萤火虫。
⑬垤：小土丘。
⑭聿：语气助词，有将要的意思。
⑮瓜苦：苦瓜。
⑯亲：此指女方的母亲。结缡：将佩巾结在带子上。
⑰九十：形容繁多。

破　斧

《破斧》，美周公也。周大夫以恶四国焉。——毛诗序

既破我斧，又缺我斨。　我的斧头裂缝长，满是裂痕缺口多。
周公东征，四国是皇[①]。　周公率师去东征，四国得信很恐惧。
哀我人斯，亦孔之将[②]！　可怜我们从军者，死里逃生真幸运！
既破我斧，又缺我锜。　我的斧头裂缝长，我的凿儿已破损。
周公东征，四国是吪[③]。　周公率师去东征，四国臣民都悔悟。
哀我人斯，亦孔之嘉！　可怜我们从军者，能够活下是喜事！
既破我斧，又缺我銶。　我的圆孔斧战破，我的凿子已残缺。
周公东征，四国是遒[④]。　周公率师去东征，四国局势已安定。
哀我人斯，亦孔之休[⑤]！　可怜我们从军者，能够存活真完美！

【注解】

①四国：指全天下。皇：同“惶”，恐惧。
②孔：很，甚。将：大，好。
③吪：感化，教化。
④遒：安定，坚固。
⑤休：完美。

伐　柯

《伐柯》，美周公也。周大夫刺朝廷之不知也。——毛诗序

伐柯如何[①]？匪斧不克。　要砍斧柄怎奈何？没有斧子可不行。
取妻如何？匪媒不得。　要娶妻子怎奈何？没有媒人娶不成。

伐柯伐柯，其则不远[②]。　砍斧柄啊砍斧柄，这个法则在眼前。

我觏之子[③]，笾豆有践[④]。　遇见一位好姑娘，果实菜肴整齐排。

【注解】

①柯：斧头的柄。

②则：法则、准则。

③觏：遇见。

④笾：古时举行祭祀、宴会时用以盛果脯等食品。豆：古时木制的盛食物的器具。践：排成行列，排列整齐。

九　罭

《九罭》，美周公也。周大夫刺朝廷之不知也。　——毛诗序

九罭之鱼[①]，鳟鲂[②]。　细眼渔网去捕鱼，鳟鱼鲂鱼都齐全。

我觏之子[③]，衮衣绣裳[④]。　归途遇见贵宾客，华丽礼服真贵气。

鸿飞遵渚[⑤]，公归无所，　大雁高飞沿沙洲，您若归去没住处，

于女信处[⑥]。　逗留两夜在此处。

鸿飞遵陆[⑦]，公归不复，　大雁高飞沿河岸，您若离去将不回，

于女信宿[⑧]。　留您在此住两晚。

是以有衮衣兮[⑨]，无以我公归兮[⑩]，　把您礼服藏好啊，我的贵客请别走，

无使我心悲兮！　不要让我伤心啊！

【注解】

①九罭：附有囊的鱼网。九，虚数，表示网眼很多。

②鳟鲂：鱼的两个种类，肉皆鲜美。

③觏：遇见。

④衮：古代帝王或公侯穿的绣龙的礼服。

⑤遵：沿着。渚：水中小块陆地，沙洲。
⑥女：你。信处：住两夜。
⑦陆：水边的陆地。
⑧信宿：同“信处”，连宿两夜。
⑨有：藏，保留。
⑩无以：不让。

狼 跋

《狼跋》，美周公也。周公摄政，远则四国流言，近则王不知。周大夫美其不失其圣也。

——毛诗序

狼跋其胡[①]，载疐其尾[②]。　老狼前行踩下巴，后退又踩长尾巴。
公孙硕肤[③]，赤舄几几[④]。　诸侯子孙体肥胖，脚蹬朱鞋光彩耀。
狼疐其尾，载跋其胡。　老狼后退踩尾巴，前行又将下巴踩。
公孙硕肤，德音不瑕[⑤]？　诸侯子孙体肥胖，品德名誉无瑕疵？

【注解】

①跋：踩。胡：老狼颔下的垂肉。
②载：同“再”，又。疐：同“踬”，脚踩。
③公孙：诸侯之孙对贵族的称呼。硕肤：大腹便便，肥胖的意思。
④赤舄：用金做配饰的红色鞋。
⑤瑕：玉的赤斑，此指瑕疵。

雅

雅者，正也，正乐之歌也。其篇本有大小之殊，而先儒说又各有正变之别。以今考之，正小雅，燕飨之乐也；正大雅，朝会之乐，受厘陈戒之辞也。故或欢欣和说，以尽群下之情；或恭敬齐庄，以发先王之德。辞气不同，音节亦异，多周公制作时所定也。及其变也，则事未必同，而各以其声附之。其次序时，世则有不可考者矣。

雅有《小雅》、《大雅》，合称“二雅”。其中《小雅》七十四篇，（另有六篇“笙诗”有目无辞），《大雅》三十一篇，共计一百零五篇。“二雅”以十篇为一组，以这一组的第一篇诗命名，如《小雅》从《鹿鸣》到《南陔》十篇，称为《鹿鸣》之什。零数的诗，便包含在最后的“什”内，如《大雅·荡之什》就有十一篇。

小　雅

小雅·《鹿鸣》之什

鹿　鸣

《鹿鸣》，燕群臣嘉宾也。既饮食之，又实币帛筐篚，以将其厚意，然后忠臣嘉宾得尽其心矣。

——毛诗序

原文	译文
呦呦鹿鸣[1]，食野之苹[2]。	一群鹿儿叫不停，在那原野吃藾蒿。
我有嘉宾，鼓瑟吹笙。	我有好宾客在家，弹琴吹笙很欢乐。
吹笙鼓簧[3]，承筐是将[4]。	笙管吹起振簧片，奉上礼品礼周到。
人之好我，示我周行[5]。	人们待我真宽厚，教我道理乐遵循。
呦呦鹿鸣，食野之蒿[6]。	一群鹿儿叫不停，在那原野吃野草。
我有嘉宾，德音孔昭[7]。	我有好宾客在家，品德声誉真是好。
视民不恌[8]，君子是则是效[9]。	做人榜样不轻佻，君子贤人均仿效。
我有旨酒[10]，嘉宾式燕以敖[11]。	我有美酒香而醇，宴请宾客很愉悦。
呦呦鹿鸣，食野之芩[12]。	一群鹿儿叫不停，在那原野吃芩草。
我有嘉宾，鼓瑟鼓琴。	我有好宾客在家，弹瑟弹琴很欢乐。
鼓瑟鼓琴，和乐且湛。	弹瑟弹琴奏乐调，气氛和谐乐融融。
我有旨酒，以燕乐嘉宾之心。	我有美酒香而醇，宴请宾客乐陶陶。

【注解】

①呦呦：鹿的叫声。

②苹：草名，藾蒿。

③簧：此指笙中有弹性的用以振动发声的薄片。

④承筐：指奉上礼品。将：送，献。

⑤周行：大道理。
⑥蒿：野草名，艾类。有青蒿、牡蒿、白蒿、茵陈蒿等。
⑦德音：好的品德声誉。
⑧视：同“示”。恌：同“佻”，轻薄、轻佻。
⑨则：榜样。
⑩旨：甘甜美酒。
⑪式：语气助词。燕：同“宴”。敖：舒畅愉悦。
⑫芩：草名，蒿类植物。

四　牡

《四牡》，劳使臣之来也。有功而见知则说矣。　　——毛诗序

四牡騑騑[1]，周道倭迟[2]。　四匹公马跑不停，道路绵延又曲折。
岂不怀归？　难道不想把家回？
王事靡盬[3]，我心伤悲。　官家公务做不完，我的心里好伤悲。
四牡騑騑，啴啴骆马[4]。　四匹公马跑不停，累得骆马喘不停。
岂不怀归？　难道不想把家回？
王事靡盬，不遑启处[5]。　官家公务做不完，哪有时间家中息。
翩翩者鵻[6]，载飞载下，　鹁鸪飞翔无拘束，忽高忽低多舒服，
集于苞栩[7]。　累了停歇在柞树。
王事靡盬，不遑将父[8]。　官家公务做不完，哪有时间养老父。
翩翩者鵻，载飞载止，　鹁鸪飞翔无拘束，飞飞停停真欢愉，
集于苞杞[9]。　累了歇在枸杞树。
王事靡盬，不遑将母。　官家公务做不完，哪有时间养老母。
驾彼四骆，载骤骎骎[10]。　四骆马车扬鞭赶，车儿急驰马疾行。
岂不怀归？　难道不想把家回？
是用作歌，将母来谂[11]。　将这编首歌儿唱，儿将母亲来思念。

【注解】

①四牡：四匹公马。骓骓：马行走不停的样子。
②周道：大路。倭迟：同“威迟”，绵延曲折的样子。
③靡：无。盬：停止。
④啴啴：喘息。骆：鬣尾黑而身白的马。
⑤启处：指在家安居。启，伸直腰股跪坐。
⑥骓：鸟名，即鹁鸪。
⑦苞：茂密。栩：柞树。
⑧将：奉养。
⑨杞：树名，枸杞。
⑩骎骎：马疾行的样子。
⑪谂：想念。

皇皇者华

《皇皇者华》，君遣使臣也。送之以礼乐，言远而有光华也。——毛诗序

皇皇者华[①]，于彼原隰[②]。	花儿鲜艳遍地开，开在高原与洼地。
駪駪征夫[③]，每怀靡及[④]。	出征之人何其多，纵有考虑来不及。
我马维驹，六辔如濡[⑤]。	我马少壮有力气，六根缰绳多润泽。
载驰载驱[⑥]，周爰咨诹[⑦]。	驱车驰马奔于道，跑遍四处寻良策。
我马维骐[⑧]，六辔如丝[⑨]。	我马青白跑得快，六条缰绳如丝柔。
载驰载驱，周爰咨谋[⑩]。	驱车驰马奔于道，跑遍四处寻谋略。
我马维骆[⑪]，六辔沃若[⑫]。	我马青黑跑得快，六根缰绳粗又滑。
载驰载驱，周爰咨度[⑬]。	驱车驰马奔于道，跑遍四处询良方。
我马维骃[⑭]，六辔既均[⑮]。	我马浅黑有白毛，六根缰绳很谐调。
载驰载驱，周爰咨询。	驱车驰马奔于道，跑遍四处勤探索。

【注解】

①皇皇：鲜明的样子。
②原隰：原野上高平之处为原，低湿之处为隰。
③駪駪：众多的样子。征夫：远行或出征的人。
④靡及：不及，未及。
⑤六辔：古代一车四马，马各二辔，其中两骖马的内辔，系在轼前不用，故称六辔。濡：滑润。
⑥载：语气助词。
⑦周：遍。爰：于。诹：询问，咨询。
⑧骐：有青黑色花纹的马。
⑨如丝：形容四马六辔的调匀。
⑩咨谋：与"咨诹"同义。
⑪骆：鬣尾黑而身白的马。
⑫沃若：润泽的样子。
⑬咨度：与"咨诹"同义。
⑭骃：浅黑杂白色的马。
⑮均：协调。

常 棣

《常棣》，燕兄弟也。闵管、蔡之失道，故作《常棣》焉。 ——毛诗序

常棣之华[①]，鄂不韡韡[②]。 棠梨树上花朵朵，花草茂盛放光彩。
凡今之人，莫如兄弟。 试看如今世上人，无人亲密如兄弟。
死丧之威[③]，兄弟孔怀[④]。 死亡到来最恐惧，只有兄弟最关心。
原隰裒矣[⑤]，兄弟求矣。 高低地里堆白骨，只有兄弟来相寻。
脊令在原[⑥]，兄弟急难。 鹡鸰飞落原野上，兄弟相救困难中。
每有良朋，况也永叹[⑦]。 平日虽有好朋友，遭遇灾难只感叹。
兄弟阋于墙[⑧]，外御其务[⑨]。 兄弟在家虽争吵，遇上外侮同抵抗。
每有良朋，烝也无戎[⑩]。 平日虽有好朋友，事到临头难相助。

丧乱既平，既安且宁。	死丧祸乱既平定，日子安乐又宁静。
虽有兄弟，不如友生[11]。	平日虽有好兄弟，相亲反不如朋友。
傧尔笾豆[12]，饮酒之饫[13]。	摆好碗儿和杯盘，宴饮吃饱又喝足。
兄弟既具，和乐且孺[14]。	兄弟亲人在一起，融洽和乐相亲近。
妻子好合，如鼓瑟琴。	妻子儿女很和睦，就像琴瑟声和谐。
兄弟既翕[15]，和乐且湛[16]。	兄弟亲人在一起，欢快和睦长相守。
宜尔室家，乐尔妻帑[17]。	你的家庭安排好，妻子儿女乐陶陶。
是究是图[18]，亶其然乎[19]。	仔细考虑认真想，道理还真是这样。

【注解】

①常棣：棠梨树。华：花。
②鄂：同"萼"，花萼。韡韡：鲜明茂盛的样子。
③威：畏惧。
④孔怀：很关心。
⑤裒：聚。
⑥脊令：水鸟名。
⑦况：增加。永叹：长叹。
⑧阋：争斗，争吵。
⑨务：同"侮"，欺侮。
⑩戎：相助。
⑪生：语气助词。
⑫傧：摆设，陈列。
⑬饫：吃饱喝足。
⑭孺：亲近。
⑮翕：同"合"，和睦。
⑯湛：通"耽"，喜乐，沉迷。
⑰帑：儿女。
⑱究：思考探究。图：考虑。
⑲亶：诚然，确实。

伐木

《伐木》，燕朋友故旧也。自天子至于庶人，未有不须友以成者。亲亲以睦，友贤不弃，不遗故旧，则民德归厚矣。

——毛诗序

伐木丁丁[①]，鸟鸣嘤嘤[②]。	咚咚作响伐木声，嘤嘤群鸟相和鸣。
出自幽谷，迁于乔木。	鸟儿来自深谷里，飞往高高大树顶。
嘤其鸣矣，求其友声。	小鸟嘤嘤啼不住，只是为了求同类。
相彼鸟矣[③]，犹求友生。	仔细端详那小鸟，尚且求友不断唱。
矧伊人矣[④]，不求友生？	何况我们这些人，岂能不知重友情？
神之听之[⑤]，终和且平[⑥]。	天上神灵请听好，烦请赐我乐与平。
伐木许许[⑦]，酾酒有藇[⑧]。	伐木阵阵斧声急，滤酒清纯无杂质。
既有肥羜[⑨]，以速诸父[⑩]。	既有肥美羊羔在，请来叔伯享美食。
宁适不来[⑪]，微我弗顾[⑫]。	恰巧他们没能来，不能说我没顾念。
于粲洒扫[⑬]，陈馈八簋[⑭]。	打扫房屋真干净，佳肴八盘桌上齐。
既有肥牡[⑮]，以速诸舅[⑯]。	既有肥美公羊肉，请来舅亲来品尝。
宁适不来，微我有咎[⑰]。	恰巧他们没能来，不能说我有过错。
伐木于阪，酾酒有衍[⑱]。	伐木就在山坡边，滤酒清清醇又香。
笾豆有践[⑲]，兄弟无远。	果品肉食整齐排，兄弟聚谈莫疏远。
民之失德[⑳]，干糇以愆[㉑]。	有人早已失友情，饭菜不周致埋怨。
有酒湑我[㉒]，无酒酤我[㉓]。	有酒滤清让我饮，没酒我买献殷勤。
坎坎鼓我[㉔]，蹲蹲舞我[㉕]。	咚咚鼓声为我响，翩翩舞姿令我欢。
迨我暇矣，饮此湑矣。	等到我有闲暇时，一定再把酒喝完。

【注解】

①丁丁：砍树的声音。

②嘤嘤：鸟叫的声音。

③相：审视，端详。

④矧：况且，何况。
⑤神之听之：谨慎听从。神，谨慎。
⑥终……且……：既……又……。
⑦许许：伐木时共同用力的叫喊声。
⑧酾：酒，滤酒。有藇：藇藇，形容酒味美。
⑨羜：小羊羔。
⑩速：邀请。
⑪宁：宁可。适：恰巧。
⑫微：非。顾：顾念。
⑬于：叹词。粲：鲜明干净。
⑭陈：陈列。馈：食物。簋：古代盛食物的器皿。
⑮牡：雄性的鸟兽，这里指公羊。
⑯诸舅：异姓亲友长辈。
⑰咎：过错。
⑱有衍：即“衍衍”，酒多而美的样子。
⑲笾豆：古代的礼器，笾盛果品，豆盛肉食，借指祭祀时的礼仪等。践：陈列。
⑳民：人。
㉑干糇：干粮，这里指粗薄的点心。愆：罪过，过失。
㉒湑：滤酒。
㉓酤：买酒。
㉔坎坎：击鼓声。
㉕蹲蹲：起舞的样子。

天保

《天保》，下报上也。君能下下以成其政，臣能归美以报其上焉。

——毛诗序

天保定尔，亦孔之固[①]。　　上天保佑你安定，江山稳固又太平。
俾尔单厚[②]，何福不除[③]。　　使你国家变强大，有何福分未赐予。
俾尔多益，以莫不庶[④]。　　使你得益多又多，没有东西不丰盛。
天保定尔，俾尔戬穀[⑤]。　　上天保佑你安定，降你福禄与太平。

罄无不宜[6]，受天百禄。	一切称心又如愿，接受天赐福禄多。
降尔遐福，维日不足[7]。	给你远处的福分，唯恐一天有缺少。
天保定尔，以莫不兴。	上天保佑你安定，没有事业不振兴。
如山如阜[8]，如冈如陵，	上天恩情如山土，上天恩情如丘陵，
如川之方至[9]，以莫不增。	恩情如潮滚滚来，一直增多真幸运。
吉蠲为饎[10]，是用孝享[11]。	吉日沐浴备酒食，用它呈给上天用。
禴祠烝尝[12]，于公先王[13]。	四季祭祀祖庙里，先公先王在一起。
君曰卜尔[14]，万寿无疆。	祖宗说要给你福，千秋万代无尽时。
神之吊矣[15]，诒尔多福[16]。	神灵受祭降福泽，送给君王多福庆。
民之质矣[17]，日用饮食。	人民纯朴又善良，有吃有穿真高兴。
群黎百姓，遍为尔德[18]。	天下所有老百姓，受你感化有德行。
如月之恒[19]，如日之升，	你像上弦月渐满，又像太阳正东升，
如南山之寿，不骞不崩[20]。	你像南山寿无穷，江山万年不塌崩。
如松柏之茂，无不尔或承。	你像松柏长茂盛，子子孙孙相传承。

【注解】

①孔：很，甚。
②俾：使。单厚：亦作“亶厚”，强大。
③除：给予，赠予。
④庶：富庶，丰盛。
⑤戬穀：幸福、吉祥。
⑥罄：所有。
⑦维：通“惟”，唯恐。
⑧阜：土山。
⑨川之方至：河水涨潮。
⑩吉：吉日。蠲：祭祀前沐浴斋戒使清洁。饎：祭祀用的酒食。
⑪是用：即用是，用此。
⑫禴祠烝尝：古代一年四季在宗庙里举行的祭祀的名称，即春祠，夏禴，秋尝，冬烝。
⑬公：先公，周的远祖。
⑭君：祭祀中扮演先王的活人。卜：畀的假借字，赐予。

⑮吊：降临。
⑯诒：通“贻”，赠予。
⑰质：质朴。
⑱为：通“讹”，感化。
⑲恒：上弦月渐趋盈满。
⑳骞：亏损。

采薇

《采薇》，遣戍役也。文王之时，西有昆夷之患，北有玁狁之难。以天子之命，命将率遣戍役，以守卫中国。故歌《采薇》以遣之。——毛诗序

采薇采薇[①]，薇亦作止[②]。	采薇菜啊采薇菜，薇菜刚刚生长开。
曰归曰归，岁亦莫止[③]。	说回家啊说回家，一年眼看过去了。
靡室靡家，玁狁之故[④]。	没有妻室没有家，都是因为玁狁呀。
不遑启居[⑤]，玁狁之故。	没有空闲来坐定，都是因为玁狁呀。
采薇采薇，薇亦柔止[⑥]。	采薇菜啊采薇菜，薇菜初生正柔嫩。
曰归曰归，心亦忧止。	说回家啊说回家，心里郁闷又烦心。
忧心烈烈，载饥载渴。	心中忧愁如火烧，又饥又渴真难熬。
我戍未定，靡使归聘[⑦]。	我的住所无定处，没法托人送问候。
采薇采薇，薇亦刚止[⑧]。	采薇菜啊采薇菜，薇菜已老叶已硬。
曰归曰归，岁亦阳止[⑨]。	说回家啊说回家，十月已是小阳春。
王事靡盬[⑩]，不遑启处。	官家差事没个完，没有空闲歇下来。
忧心孔疚[⑪]，我行不来。	心中忧愁积成病，害怕有家更难还。
彼尔维何[⑫]？维常之华。	艳丽开放为何花？棠梨开花真烂漫。
彼路斯何[⑬]？君子之车。	又高又大什么车？将帅乘坐的战车。
戎车既驾，四牡业业[⑭]。	兵车早已驾好了，四匹雄马真强健。

岂敢定居？一月三捷。	哪敢安然定住处？一月要争几回胜。
驾彼四牡，四牡骙骙[15]。	驾驭拉车四雄马，四匹雄马甚强壮。
君子所依，小人所腓[16]。	乘坐这车是将帅，兵士用马作掩护。
四牡翼翼[17]，象弭鱼服[18]。	四匹雄马排整齐，鱼皮箭袋象牙弭。
岂不日戒？玁狁孔棘[19]。	怎不天天严防范？玁狁侵犯情势急。
昔我往矣，杨柳依依[20]。	当初离家出征时，杨柳茂盛随风舞。
今我来思，雨雪霏霏[21]。	如今战罢可回家，大雪纷纷盖天空。
行道迟迟，载渴载饥。	行路艰难走得慢，饥渴交加真难熬。
我心伤悲，莫知我衷。	我的心中多伤悲，没人知道心中悲。

【注解】

①薇：野菜名。
②亦：语气助词，含有“又”的意思。作：生长。止：语气助词。
③莫：同“暮”，晚。
④玁狁：我国古代北方的一个民族。
⑤遑：空闲。启：跪。居：坐。
⑥柔：草木始生，稚嫩。
⑦聘：问候。
⑧刚：坚硬。指薇菜长老，叶变硬。
⑨阳：指农历四月到十月。
⑩盬：停止。
⑪疚：久病。
⑫尔：花生长茂盛的样子。
⑬路：通“辂”，大车。
⑭业业：强健的样子。
⑮骙骙：马强壮的样子。
⑯腓：隐蔽，掩护。
⑰翼翼：排列整齐的样子。
⑱弭：弓两头的弯曲处。鱼服：鱼皮制的箭袋。
⑲棘：危急，紧急。
⑳依依：茂盛的样子。
㉑霏霏：雪多的样子。

出　车

《出车》，劳还率也。

——毛诗序

我出我车，于彼牧矣[1]。
自天子所，谓我来矣。
召彼仆夫，谓之载矣。
“王事多难，维其棘矣[2]。”
我出我车，于彼郊矣。
设此旐矣[3]，建彼旄矣[4]。
彼旟旐斯[5]，胡不旆旆[6]？
忧心悄悄[7]，仆夫况瘁[8]。
王命南仲，往城于方。
出车彭彭[9]，旂旐央央[10]。
天子命我，城彼朔方。
赫赫南仲[11]，玁狁于襄[12]。
昔我往矣，黍稷方华[13]。
今我来思[14]，雨雪载涂[15]。
王事多难，不遑启居[16]。
岂不怀归？畏此简书。
喓喓草虫[17]，趯趯阜螽[18]。
未见君子[19]，忧心忡忡。
既见君子，我心则降[20]。
赫赫南仲，薄伐西戎[21]。
春日迟迟，卉木萋萋[22]。
仓庚喈喈[23]，采蘩祁祁[24]。

推出兵车和战马，待命在那郊外。
将士从王那里来，让我来到此地。
召集马夫与武士，为我来驾车前驱。
“国家多事又多难，战事确实挺危急。”
推出兵车和战马，待命在那外郊。
插上龟蛇大旗，竖起干旄飘扬。
鹰蛇龟旗交错，何不顺风飘扬？
忧心忡忡为战事，何况马夫也憔悴。
周王命令南仲，去往北方筑城。
驾车四马多强健，旗帜鲜明而缤纷。
周王传令给我，去往北方筑城。
南仲将军很威武，扫荡玁狁以求胜。
先前我去之时，麦苗正值茂盛。
今日来战西戎，大雪落满路途。
国家多灾多难，闲居哪有功夫。
难道我不想家？但有紧急战书。
草虫咕咕鸣叫，蚱蜢蹦蹦跳跳。
没见出征将士，内心忧思无比。
见到出征将士，心中郁闷全消。
威风凛凛南仲，将那西戎打跑。
春天日子渐长，花木丰茂葱郁。
黄莺唧唧鸣叫，女子群聚采蒿。

执讯获丑，薄言还归。　押着俘虏审讯，高高兴兴归去。

赫赫南仲，玁狁于夷。　威风凛凛南仲，玁狁全被扫除。

【注解】

①牧：郊外。
②棘：危急，紧急。
③旐：画有龟蛇的旗子。
④建：竖立。旄：旗竿上用作装饰的旗子。
⑤旟：画有鹰隼图案的旗子。
⑥旆旆：旗帜飘扬的样子。
⑦悄悄：忧愁的样子。
⑧况瘁：辛苦憔悴。
⑨彭彭：形容马强健的样子。
⑩旂：画有蛟龙图案的旗子。央央：声音和谐的样子。
⑪赫赫：威武显赫的样子。
⑫襄：即“攘”，扫除。
⑬方：正值。华：茂盛。
⑭思：语气助词。
⑮涂：通“途”，道路。
⑯遑：空闲。
⑰喓喓：昆虫的叫声。
⑱趯趯：蹦蹦跳跳的样子。阜螽：蚱蜢。
⑲君子：指南仲等出征之人。
⑳降：安心，放心。
㉑西戎：古代西北少数民族总称。
㉒萋萋：草木茂盛的样子。
㉓喈喈：鸟的叫声。
㉔蘩：白蒿。祁祁：众多的样子。

杕　杜

《杕杜》，劳还役也。　　——毛诗序

有杕之杜[①]，有睆其实[②]。
王事靡盬[③]，继嗣我日[④]。
日月阳止[⑤]，女心伤止，
征夫遑止[⑥]！
有杕之杜，其叶萋萋[⑦]。
王事靡盬，我心伤悲。
卉木萋止，女心悲止，
征夫归止！
陟彼北山[⑧]，言采其杞[⑨]。
王事靡盬，忧我父母[⑩]。
檀车幝幝[⑪]，四牡痯痯[⑫]，
征夫不远！
匪载匪来[⑬]，忧心孔疚[⑭]。
期逝不至[⑮]，而多为恤[⑯]。
卜筮偕止[⑰]，会言近止，
征夫迩止[⑱]！

孤零零的棠梨，枝头结满滚圆的果实。
官家公务做不完，服役期限又延长。
光阴已临十月，女子满心忧伤想我郎，
远征的人有空应回乡！
孤零零的棠梨，叶子正生长茂盛。
官家公务做不完，心中充满哀伤。
草木还那么茂盛，女子心里无限悲伤，
远征的人有空可以归乡！
登上那北山山顶，且去采摘枸杞。
官家公务做不完，使我父母忧愁不已。
檀木的役车已破，拉车四马早已疲惫，
远征的人该归来了！
车子没载你归来，忧心忡忡苦想念。
服役期过仍没回，我的忧郁最惆怅。
求卜问筮说吉凶，团聚之期不太长，
远征的人往家乡就要归来！

【注解】

①有：语气助词。杕：树木孤独的样子。杜：一种果木，又名赤棠梨。
②睆：果实滚圆的样子。实：果实。
③靡：没有。盬：停止。
④嗣：延长、延续。
⑤阳：农历十月。止：句尾语气助词。
⑥遑：空闲。
⑦萋萋：草木茂盛的样子。
⑧陟：登。
⑨言：语气助词。杞：即枸杞。
⑩忧：此为使动用法，使父母忧。也说忧父母无人供养。
⑪檀车：役车。幝幝：车破烂的样子。
⑫痯痯：因疲劳而生病的样子。

⑬匪：非。载：装。
⑭孔：甚，很。疚：病痛。
⑮期：服役的期限。逝：过去。
⑯恤：忧虑。
⑰卜：占卜。筮：用蓍草算卦。
⑱迩：近。

鱼丽

《鱼丽》，美万物盛多，能备礼也。文武以《天保》以上治内，《采薇》以下治外，始于忧勤，终于逸乐，故美万物盛多，可以告于神明矣。

——毛诗序

鱼丽于罶①，鲿鲨②。	鱼儿落入捕鱼篓，有鲿鱼啊有小鲨。
君子有酒，旨且多。	君子家中备美酒，酒味醇香种类多。
鱼丽于罶，鲂鳢③。	鱼儿落入捕鱼篓，有鲂鱼啊有鳢鱼。
君子有酒，多且旨。	君子家中备美酒，酒类多呀又甘醇。
鱼丽于罶，鰋鲤④。	鱼儿落入捕鱼篓，有鰋鱼啊有鲤鱼。
君子有酒，旨且有。	君子家中备美酒，酒味醇呀样样有。
物其多矣⑤，维其嘉矣。	食物种类多又多，全是美味与佳肴。
物其旨矣，维其偕矣。	食物口味真美啊，味道真是好极了。
物其有矣，维其时矣⑥。	食物样样都有啊，全部都是很新鲜。

【注解】

①丽：同“罹”，陷入。罶：竹制的捕鱼工具。
②鲿：鱼名。
③鲂：鱼名。鳢：鱼名。
④鰋：鱼名。
⑤多：指应有尽有。
⑥时：及时。

小雅·《南有嘉鱼》之什

南有嘉鱼

《南有嘉鱼》，乐与贤也。太平君子至诚，乐与贤者共之也。——毛诗序

南有嘉鱼，烝然罩罩①。	南国有好鱼，群游把尾摇。
君子有酒，嘉宾式燕以乐②。	君子有好酒，宴饮宾客乐陶陶。
南有嘉鱼，烝然汕汕③。	南国有好鱼，群游随水流。
君子有酒，嘉宾式燕以衎④。	君子有好酒，宴饮宾客乐融融。
南有樛木⑤，甘瓠累之⑥。	南国树弯弯，葫芦藤蔓紧绕树。
君子有酒，嘉宾式燕绥之⑦。	君子有好酒，宴饮宾客真欢畅。
翩翩者鵻⑧，烝然来思⑨。	鹁鸪翩翩飞，群飞来这边。
君子有酒，嘉宾式燕又思⑩。	君子有好酒，宴饮宾客又劝酒。

【注解】

①烝：众多。罩罩：很多鱼一起游的样子。
②式：语气助词。燕：通“宴”，宴会，以酒食待客。
③汕汕：鱼在水中游的样子。
④衎：快乐。
⑤樛：树木枝条向下弯曲。
⑥瓠：葫芦。累：相互缠绕。
⑦绥：安乐。
⑧鵻：鸟名，即鹁鸪。
⑨思：句尾助词。
⑩又：通“侑”，劝酒。

南山有台

《南山有台》，乐得贤也，得贤则能为邦家立太平之基矣。——毛诗序

原文	译文
南山有台[①]，北山有莱[②]。	南山长莎草，北山生藜草。
乐只君子[③]，邦家之基。	君子很快乐，为国打根基。
乐只君子，万寿无期。	君子真快乐，万年无穷期。
南山有桑，北山有杨。	南山生嫩桑，北山长白杨。
乐只君子，邦家之光。	君子很快乐，为国增荣光。
乐只君子，万寿无疆。	君子真快乐，万年永无疆。
南山有杞[④]，北山有李。	南山生枸杞，北山长李树。
乐只君子，民之父母。	君子很快乐，人民好父母。
乐只君子，德音不已[⑤]。	君子真快乐，美名永流传。
南山有栲[⑥]，北山有杻[⑦]。	南山生山樗，北山长檍树。
乐只君子，遐不眉寿[⑧]。	君子真快乐，高寿与天齐。
乐只君子，德音是茂[⑨]。	君子真快乐，德名充天地。
南山有枸[⑩]，北山有楰[⑪]。	南山生枳椇，北山长苦楸。
乐只君子，遐不黄耇[⑫]。	君子很快乐，哪能不长寿。
乐只君子，保艾尔后[⑬]。	君子真快乐，后代天保佑。

【注解】

①台：通“苔”，草名，莎草。
②莱：草名，藜草。
③只：语气助词。
④杞：即枸杞。
⑤德音：好的德行名誉。
⑥栲：木名，即山樗。
⑦杻：树名，即檍树。
⑧遐：何。眉寿：高寿。

⑨茂：美好繁盛。
⑩枸：树名，即枳椇。
⑪楰：树名，即鼠梓，也叫苦楸。
⑫黄耇：高寿。
⑬艾：养，养育。

蓼萧

《蓼萧》，泽及四海也。

——毛诗序

蓼彼萧斯①，零露湑兮②。	又高又长艾蒿，露珠凝聚很美。
既见君子，我心写兮③。	既然见到天子，心中十分欢愉。
燕笑语兮④，是以有誉处兮⑤。	有宴会笑盈盈，气氛和谐愉悦。
蓼彼萧斯，零露瀼瀼⑥。	又高又长艾蒿，露珠滴滴闪亮。
既见君子，为龙为光⑦。	既然见到天子，感受恩宠荣光。
其德不爽⑧，寿考不忘。	天子美德不变，长寿永远无疆。
蓼彼萧斯，零露泥泥⑨。	又高又长艾蒿，露珠凝聚很湿。
既见君子，孔燕岂弟⑩。	既然见到天子，盛宴其乐融融。
宜兄宜弟，令德寿岂。	兄弟互爱和睦，美德长寿齐集。
蓼彼萧斯，零露浓浓。	又高又长艾蒿，露珠团团浓重。
既见君子，鞗革冲冲⑪。	既然见到天子，揽辔垂饰摆动。
和鸾雝雝⑫，万福攸同⑬。	铜铃声响当当，万福聚于圣躬。

【注解】

①蓼：长而大的样子。萧：艾蒿，一种有香气的植物。
②零：滴落。湑：露水很美的样子。
③写：愉悦。

④燕：通“宴”，宴会，以酒食待客。

⑤誉处：安乐愉悦。处，安。

⑥瀼瀼：形容露水很多。

⑦为龙为光：因被天子宠爱而感到高兴。

⑧爽：破坏。

⑨泥泥：沾濡的样子。

⑩孔燕：盛大的宴会。岂弟：即“恺悌”，平易近人。

⑪冲冲：饰物下垂的样子。

⑫和鸾：鸾，与銮均为铜铃，系在轼上的叫“和”，系在衡上的叫“銮”。雝雝：铜铃的声音。

⑬攸：所。同：聚集。

湛　露

《湛露》，天子燕诸侯也。

——毛诗序

湛湛露斯[1]，匪阳不晞[2]。	浓浓的露水呀，不见太阳不蒸发。
厌厌夜饮[3]，不醉无归。	祥和的宴饮呀，不到大醉不回家。
湛湛露斯，在彼丰草。	浓浓的露水呀，沾在茂盛芳草上。
厌厌夜饮，在宗载考[4]。	祥和的宴饮呀，宗庙洋溢着孝道。
湛湛露斯，在彼杞棘[5]。	浓浓的露水呀，沾在枸杞酸枣上。
显允君子[6]，莫不令德[7]。	坦荡诚信的君子，无不具有好品德。
其桐其椅[8]，其实离离[9]。	桐树椅树到深秋，果实累累挂枝头。
岂弟君子[10]，莫不令仪[11]。	平易近人的君子，很有风度有礼仪。

【注解】

①湛湛：浓重的样子。斯：语气助词。

②匪：通“非”。晞：干。
③厌厌：闲适的样子。
④宗：宗庙。
⑤杞棘：枸杞和酸枣。
⑥显允：光明磊落而诚信忠厚。显，高贵；允，忠厚诚实。
⑦令：好。
⑧桐：油桐树。椅：山桐子树。
⑨离离：繁茂、多的样子。
⑩岂弟：同“恺悌”，平易近人的样子。
⑪令仪：好的举止礼节。

彤弓

《彤弓》，天子锡有功诸侯也。——毛诗序

彤弓弨兮①，受言藏之②。　红漆弓儿弦松松，赐给功臣家中藏。
我有嘉宾③，中心贶之④。　我有好宾客在家，赠给他们表恩宠。
钟鼓既设，一朝飨之⑤。　钟鼓乐器陈列好，从早设宴到日中。
彤弓弨兮，受言载之⑥。　红漆弓儿弦松松，赐给功臣家中收。
我有嘉宾，中心喜之。　我有好宾客在家，喜欢他们在心头。
钟鼓既设，一朝右之⑦。　钟鼓乐器陈列好，从早饮酒到日中。
彤弓弨兮，受言櫜之⑧。　红漆弓儿弦松松，赐予功臣装袋中。
我有嘉宾，中心好之。　我有好宾客在家，赏爱他们喜气浓。
钟鼓既设，一朝酬之⑨。　钟鼓乐器陈列好，从早敬酒到日中。

【注解】

①彤弓：红色的弓，天子将它赏赐给有功诸侯。
②言：句中助词。
③嘉宾：有功诸侯。

④贶：赐与，赏赐。
⑤一朝：整个上午。飨：用酒食款待宾客。
⑥载：藏。
⑦右：通“侑”，劝酒。
⑧櫜：装弓的袋，此处指装入弓袋。
⑨酬：互相敬酒。

菁菁者莪

《菁菁者莪》，乐育材也。君子能长育人材，则天下喜乐之矣。

——毛诗序

菁菁者莪[①]，在彼中阿[②]。　　莪蒿葱茏真茂密，丛丛生长在山坡。
既见君子，乐且有仪[③]。　　已经见到了君子，心情舒畅好榜样。
菁菁者莪，在彼中沚[④]。　　莪蒿葱茏真茂密，簇簇生长在小洲。
既见君子，我心则喜。　　已经见到了君子，我的心里乐滋滋。
菁菁者莪，在彼中陵。　　莪蒿葱茏真茂密，团团生长在丘陵。
既见君子，锡我百朋[⑤]。　　已经见到了君子，心情胜过赐钱财。
泛泛杨舟，载沉载浮。　　杨木船儿水中荡，小舟上下随波浪。
既见君子，我心则休[⑥]。　　已经见到了君子，我的心里多欢畅。

【注解】

①菁菁：草木茂盛的样子。莪：莪蒿，又名萝蒿，多生长在水边，嫩叶可食。
②阿：大土山。
③有仪：有榜样。仪，气度。
④沚：水中小洲。
⑤锡：同“赐”。朋：古代货币单位。上古以贝壳为单位，相传五贝为一朋。
⑥休：喜。

六　月

《六月》，宣王北伐也。《鹿鸣》废则和乐缺矣。《四牡》废则君臣缺矣。《皇皇者华》废则忠信缺矣。《常棣》废则兄第缺矣。《伐木》废则朋友缺矣。《天保》废则福禄缺矣。《采薇》废则征伐缺矣。《出车》废则功力缺矣。《杕杜》废则师黼缺矣。《鱼丽》废则法度缺矣。《南陔》废则孝友缺矣。《白华》废则廉耻缺矣。《华黍》废则蓄积缺矣。《由庚》废则阴阳失其道理矣。《南有嘉鱼》废则贤者不安，下不得其所矣。《崇丘》废则万物不遂矣。《南山有台》废则为国之基队矣。《由仪》废则万物失其道理矣。《蓼萧》废则恩泽乖矣。《湛露》废则万国离矣。《彤弓》废则诸夏衰矣。《菁菁者莪》废则无礼仪矣。小雅尽废则四夷交侵，中国微矣。

——毛诗序

六月栖栖[1]，戎车既饬[2]。	六月出兵紧急，兵车已经整顿。
四牡骙骙[3]，载是常服[4]。	公马强壮威武，人人穿起军服。
玁狁孔炽[5]，我是用急[6]。	玁狁来势凶猛，为此边境告急。
王于出征，以匡王国[7]。	周王令我出征，救助国家莫辞。
比物四骊[8]，闲之维则[9]。	四匹黑马选好，进退训练有素。
维此六月，既成我服。	正值盛夏六月，制好我军军服。
我服既成，于三十里[10]。	我军军服已成，日行卅里有余。
王于出征，以佐天子。	周王令我出征，辅佐天子保国。
四牡修广，其大有颙[11]。	四匹公马高大，大头大脑威风。
薄伐玁狁，以奏肤公[12]。	只为讨伐玁狁，建立无上功勋。
有严有翼[13]，共武之服[14]。	严整威武小心，管战事守国防。
共武之服，以定王国。	管战事守国防，使我国家安定。
玁狁匪茹[15]，整居焦获[16]。	玁狁来势不弱，占据焦获驻防。
侵镐及方[17]，至于泾阳。	又犯我镐与方，不久就到泾阳。
织文鸟章[18]，白旆央央[19]。	旗有凤鸟纹样，白色大旗鲜亮。
元戎十乘[20]，以先启行。	我军兵车十乘，先行冲锋扫荡。

戎车既安，如轾如轩[21]。　兵车已经驶稳，前后俯仰前行。
四牡既佶[22]，既佶且闲[23]。　公马四匹强健，雄壮而且驯良。
薄伐玁狁，至于大原[24]。　只为讨伐玁狁，进军猛攻大原。
文武吉甫，万邦为宪[25]。　文武双全吉甫，国家楷模英雄。
吉甫燕喜，既多受祉[26]。　吉甫宴饮欢喜，接受许多恩泽。
来归自镐，我行永久。　从那镐京归来，经历许多日子。
饮御诸友，炰鳖脍鲤[27]。　设席招待朋友，蒸鳖脍鲤美食。
侯谁在矣[28]，张仲孝友[29]。　宴会还有谁在，忠孝张仲在此。

【注解】

①栖栖：忙碌而不能安居的样子。
②饬：整顿，整治。
③骙骙：马强壮的样子。
④常服：军服。
⑤孔：甚，很。炽：昌盛，势盛。
⑥是用：为此。
⑦匡：扶助，救助。
⑧比：选择。物：指马。骊：纯黑色马。
⑨闲：训练。则：法则。
⑩于：往。
⑪颙：大的样子。
⑫肤公：大功。
⑬严：威严。
⑭武之服：关于战争的事。
⑮匪：同“非”。茹：弱。
⑯焦获：地名。
⑰镐：地名。
⑱织：旗帜。鸟章：将帅的旗子，旗上面画有鸟隼。文、章：均指花纹。
⑲央央：鲜明的样子。
⑳元戎：大的战车。
㉑轾、轩：车身前俯后仰。
㉒佶：强健的样子。

㉓闲：驯服的样子。
㉔大原：地名。
㉕宪：楷模。
㉖祉：福泽。
㉗炰：蒸煮。脍鲤：切成细条的鲤鱼。
㉘侯：语气助词。
㉙张仲：吉甫的朋友。

采　芑

《采芑》，宣王南征也。

——毛诗序

薄言采芑[1]，于彼新田[2]，	急急忙忙采苦菜，在郊外的新田里，
于此菑亩[3]。方叔涖止[4]，	采到这边初垦田。大将方叔来检验，
其车三千，师干之试[5]。	战车就有三千辆，战士舞盾操练忙。
方叔率止，乘其四骐[6]，	方叔统帅自有方，驾起战车驱四马，
四骐翼翼[7]。路车有奭[8]，	四马排齐气昂昂。大车红漆作彩饰，
簟茀鱼服[9]，钩膺鞗革[10]。	竹席帘子鱼箭袋，牛皮胸带与马缰。
薄言采芑，于彼新田，	急急忙忙采苦菜，在郊外的新田里，
于此中乡[11]。方叔涖止，	采到村庄的中央。大将方叔来此地，
其车三千，旂旐央央[12]。	战车就有三千辆，龙蛇大旗又鲜亮。
方叔率止，约軧错衡[13]，	方叔统帅自有方，车毂车衡皮饰装，
八鸾玱玱[14]。服其命服[15]，	八个马铃响叮当。官府礼服穿身上，
朱芾斯皇[16]，有玱葱珩[17]。	红色蔽膝很闪亮，绿色佩玉玱玱响。
鴥彼飞隼[18]，其飞戾天[19]，	鹰隼振翅快速飞，迅猛直上冲云天，
亦集爰止[20]。方叔涖止，	忽而落下栖树上。大将方叔来此地，

其车三千，师干之试。	战车便有三千辆，战士舞盾操练忙。
方叔率止，钲人伐鼓[21]，	方叔统帅自有方，钲人击鼓传号令，
陈师鞠旅[22]。显允方叔，	摆阵操练军容壮。威风凛凛我方叔，
伐鼓渊渊[23]，振旅阗阗[24]。	击鼓声声阵容强，整军退兵气势壮。
蠢尔蛮荆，大邦为仇。	愚蠢无知那蛮荆，与我大国结仇怨。
方叔元老，克壮其犹[25]。	想那方叔为元老，雄才谋略堪比神。
方叔率止，执讯获丑[26]。	方叔统帅自有方，俘虏敌军必凯旋。
戎车啴啴[27]，啴啴焞焞[28]，	战车行进响隆隆，声音阵阵不间断，
如霆如雷。显允方叔，	如那雷霆响彻天。威风凛凛我方叔，
征伐玁狁，蛮荆来威。	曾征玁狁于北边，也能以威服荆蛮。

【注解】

①薄言：语气助词。芑：一种野菜。
②新田：新开垦的田。
③菑亩：与“新田”同义。
④涖：来到。止：语气助词。
⑤干：盾。试：操练。
⑥骐：青底黑纹的马。
⑦翼翼：整齐的样子。
⑧路车：大车。奭：鲜红的样子。
⑨簟茀：竹席做的车帘。鱼服：鱼兽皮制的箭袋。
⑩钩膺：套在马颈上和胸前的带饰。
⑪中乡：田中。
⑫旂旐：画有蛟龙和龟蛇图案的旗子。
⑬约軧：用皮革缠绕车轴露出车轮的部分。
⑭玱玱：象声词，金玉撞击的声音。
⑮服：穿起。命服：礼服。
⑯芾：通“韨”，皮制的蔽膝，类似围裙。
⑰有玱：即“玱玱”。葱珩：翠绿色的佩玉。
⑱鴥：鸟快速飞行的样子。
⑲戾：到达。

⑳止：停下休息。
㉑伐：击，敲。
㉒陈：列队。鞫：誓师。
㉓渊渊：象声词，击鼓发出的声音。
㉔振旅：整顿军队。阗阗：击鼓发出的声音。
㉕克：能。犹：通“猷”，谋略。
㉖获丑：俘虏。
㉗啴啴：兵车行走的声音。
㉘焞焞：声势浩大的样子。

车 攻

《车攻》，宣王复古也。宣王能内修政事，外攘夷狄，复文、武之境土。修车马，备器械，复会诸侯于东都，因田猎而选车徒焉。——毛诗序

我车既攻[①]，我马既同[②]。　猎车修理已完成，马儿行动速度同。
四牡庞庞[③]，驾言徂东[④]。　四匹公马壮又高，驾车向着东方驶。
田车既好[⑤]，四牡孔阜[⑥]。　猎车修补已完成，四匹公马势威猛。
东有甫草[⑦]，驾言行狩。　东方甫田茂草长，驾车打猎行动快。
之子于苗[⑧]，选徒嚣嚣[⑨]。　天子打猎在野郊，清点士卒声嘈杂。
建旐设旄[⑩]，薄狩于敖[⑪]。　树起旗子插上旄，敖山打猎意气豪。
驾彼四牡，四牡奕奕[⑫]。　驾起四马驰原野，四马神采也飞扬。
赤芾金舄[⑬]，会同有绎[⑭]。　红色蔽膝金头鞋，会合诸侯真和谐。
决拾既佽[⑮]，弓矢既调[⑯]。　扳指护臂已戴好，弓箭配得很相称。
射夫既同[⑰]，助我举柴[⑱]。　打猎猎手聚一堂，搬运猎物相帮助。
四黄既驾[⑲]，两骖不猗[⑳]。　四匹黄马已出发，两旁骖马无偏差。
不失其驰[㉑]，舍矢如破[㉒]。　驾车驰骋有章法，能射中的技艺佳。
萧萧马鸣[㉓]，悠悠旆旌[㉔]。　凯旋萧萧马儿鸣，迎风飘扬是旆旗。

徒御不惊[25]，大庖不盈[26]。　　驭手谨慎又严肃，猎毕厨房野味浓。
之子于征，有闻无声。　　天子猎罢上归程，但见队伍不闻声。
允矣君子[27]，展也大成[28]。　　勇武圣明真天子，确实成功有才能。

【注解】

①攻：修缮。
②同：齐，指行走的速度相当。
③庞庞：高大壮健的的样子。
④言：语气助词。徂：往。东：东方。
⑤田车：猎车。
⑥孔：甚，很。阜：高大肥壮的样子。
⑦甫：通“圃”，地名。
⑧之子：指天子。苗：夏季打猎。
⑨选：通“算”，清点。嚣嚣：声音嘈杂。
⑩旐：绘有龟蛇图案的旗子。旄：修饰牦牛尾的旗帜。
⑪敖：山名。
⑫奕奕：盛美的样子。
⑬赤芾：红色蔽膝。金舄：黄红色的金头鞋子。
⑭会同：古代诸侯会盟和共同朝见天子。有绎：绎绎，和谐的样子。
⑮决：古代射箭时，套在拇指上用以钩弦的骨制工具。拾：皮制的护臂，射箭时缚在左臂上。佽：齐的假借字，齐备。
⑯调：指弓和矢配得很合适。
⑰射夫：弓箭手。
⑱举：取。柴：骴的假借字，动物尸体。
⑲四黄：四匹黄色的马。
⑳两骖：四匹马驾车时两边的马叫骖。猗：通“倚”，偏差。
㉑驰：驾车的章法。
㉒舍矢：放箭。如：而。破：射中。
㉓萧萧：马鸣声。
㉔悠悠：旌旗轻轻飘动的样子。
㉕徒御：驭手。惊：警的假借字，谨慎严肃。
㉖大庖：天子的厨房。
㉗允：确实。君子：指天子。
㉘展：诚。

吉　日

《吉日》，美宣王田也。能慎微接下，无不自尽，以奉其上焉。

——毛诗序

吉日维戊[1]，既伯既祷[2]。	戊日吉利好时辰，祭了马神又祈祷。
田车既好[3]，四牡孔阜[4]。	田车坚固真漂亮，四匹公马肥又壮。
升彼大阜[5]，从其群丑[6]。	驱车登上大山岗，追逐群兽急速走。
吉日庚午，既差我马[7]。	庚午吉日好时光，匹匹良马精挑选。
兽之所同[8]，麀鹿麌麌[9]。	找寻群兽聚居处，雄鹿雌鹿满处是。
漆沮之从[10]，天子之所[11]。	驱赶野兽到漆沮，天子猎场在此处。
瞻彼中原[12]，其祁孔有[13]。	极目远望原野处，地域辽阔群兽多。
儦儦俟俟[14]，或群或友[15]。	或是快行或慢行，三五成群结伴游。
悉率左右[16]，以燕天子。	左面右面都围赶，为让天子心欢喜。
既张我弓，既挟我矢。	我的弓已拉满弦，我的箭已握在手。
发彼小豝[17]，殪此大兕[18]。	射中那边小野猪，射死这边大野牛。
以御宾客[19]，且以酌醴[20]。	烹调猎物宴宾客，举座欢呼且饮酒。

【注解】

①维：是。戊：天干的第五位。与地支相配，用以纪年、日。刚日宜外事，柔日宜内事。田猎为外事，故以刚之戊为吉日。

②伯：祃的假借字，祭祀马神。祷：祈祷。

③田车：猎车。田，同“畋”，打猎。

④孔：甚，很。阜：强壮高大的样子。

⑤阜：山岗。

⑥从：追逐。群丑：指兽群。

⑦差：选择。

⑧同：聚集。

⑨麀：母鹿。麌麌：鹿众多的样子。

⑩漆沮：古代二水名。
⑪所：指打猎场所。
⑫中原：原中，指原野。
⑬祁：盛，大。有：多，指野兽多。
⑭儦儦：快速行走的样子。俟俟：缓慢行走的样子。
⑮群：兽三只在一起为群。友：兽二只在一起为友。
⑯悉：尽，全。率：驱逐。
⑰豝：小猪。
⑱殪：死。兕：大野牛。
⑲御：招待。
⑳醴：甜酒。

小雅·《鸿雁》之什

鸿　雁

《鸿雁》，美宣王也。万民离散，不安其居，而能劳来还定安集之，至于矜寡，无不得其所焉。

——毛诗序

鸿雁于飞，肃肃其羽[①]。	大雁成群天上飞，翅膀沙沙在作响。
之子于征[②]，劬劳于野[③]。	那人离家出远门，劳累辛苦在郊野。
爰及矜人[④]，哀此鳏寡[⑤]。	可怜都是穷苦人，鳏寡孤独心悲伤。
鸿雁于飞，集于中泽[⑥]。	大雁成群天上飞，停落在那水中央。
之子于垣[⑦]，百堵皆作。	那人筑墙服苦役，百堵高墙全筑起。
虽则劬劳，其究安宅[⑧]。	虽然劳累又辛苦，终究安民居宅中。
鸿雁于飞，哀鸣嗷嗷。	大雁成群天上飞，声声哀鸣好凄凉。
维此哲人，谓我劬劳。	只有那些明白人，说我辛苦又劳累。
维彼愚人，谓我宣骄[⑨]。	唯有那些愚昧人，说我骄傲又逞强。

【注解】

①肃肃：鸟飞时翅膀扇动的声音。

②之子：那人，指服劳役的人。征：远行。

③劬劳：辛苦劳累。

④爰：语助词。矜人：穷苦的人。

⑤鳏：年老无妻叫鳏。寡：年老无夫叫寡。

⑥中泽：水的中间。

⑦垣：墙。

⑧究：终。宅：居住。

⑨宣骄：外表骄奢、逞强。

庭燎

《庭燎》，美宣王也。因以箴之。

——毛诗序

夜如何其[①]？	已是夜间什么时候？
夜未央[②]，庭燎之光[③]。	还是半夜没到天明，庭中火炬熊熊闪光。
君子至止，鸾声将将[④]。	早朝诸侯开始来到，旗上鸾铃叮当作响。
夜如何其？	已是夜间什么时候？
夜未艾[⑤]，庭燎晣晣[⑥]。	黎明之前夜色未尽，庭中火炬一片通明。
君子至止，鸾声哕哕[⑦]。	早朝诸侯陆续来到，旗上鸾铃叮当齐鸣。
夜如何其？	已是夜间什么时辰？
夜乡晨[⑧]，庭燎有辉。	夜色消退将近清晨，庭中火炬光芒渐暗。
君子至止，言观其旂[⑨]。	早朝诸侯已经来到，抬头同看旗在飘扬。

【注解】

①其：语尾助词。
②央：尽。
③庭燎：古代宫廷中照明用的火炬。
④鸾：也作“銮”，铃。将将：铃声。
⑤艾：尽。
⑥晣晣：明亮。
⑦哕哕：铃声。
⑧乡：同“向”。
⑨旂：上面画有蛟龙、竿顶有铃的旗，诸侯树旂。

沔水

《沔水》，规宣王也。

——毛诗序

沔彼流水[①]，朝宗于海[②]。	流水盈盈不停息，百川奔腾入大海。
鴥彼飞隼[③]，载飞载止。	鹰隼空中迅捷飞，时而飞翔时停留。
嗟我兄弟，邦人诸友。	可叹我的亲兄弟，还有乡亲和朋友。
莫肯念乱，谁无父母？	无人考虑止丧乱，谁无父母任心忧？
沔彼流水，其流汤汤[④]。	流水盈盈不停息，水流滔滔奔腾急。
鴥彼飞隼，载飞载扬。	鹰隼空中迅捷飞，时而翱翔时高飞。
念彼不迹[⑤]，载起载行。	想到有人不循法，坐立不安独悲凄。
心之忧矣，不可弭忘[⑥]。	我的心中多忧伤，终日愁苦不能忘。
鴥彼飞隼，率彼中陵[⑦]。	鹰隼空中迅捷飞，沿着山陵高飞翔。
民之讹言[⑧]，宁莫之惩[⑨]。	流言蜚语四处起，无人制止和反对。
我友敬矣[⑩]，谗言其兴。	我的朋友要警惕，谗言兴起要提防。

【注解】

①沔：水流盛满的样子。

②朝宗：本意是指诸侯朝见天子，后来借指百川入海。

③鴥：鸟快速飞的样子。

④汤汤：水势盛大的样子。

⑤不迹：不循法度。

⑥弭：停止。

⑦率：沿。

⑧讹言：谣言。

⑨惩：禁止。

⑩敬：通“警”，警惕。

鹤 鸣

《鹤鸣》，诲宣王也。——毛诗序

鹤鸣于九皋[1]，声闻于野。	白鹤在沼泽地鸣，鸣声四野都传遍。
鱼潜在渊，或在于渚[2]。	鱼儿在深渊中游，时而游到小洲边。
乐彼之园，爰有树檀[3]，	可爱园林惹人爱，种着高大的檀树，
其下维萚[4]。	树下铺满枯树叶。
他山之石[5]，可以为错[6]。	其他山上的石块，可以用来雕玉石。
鹤鸣于九皋，声闻于天。	白鹤在沼泽地鸣，鸣声响亮上云天。
鱼在于渚，或潜在渊。	鱼儿在小渚边游，时而潜游在深渊。
乐彼之园，爰有树檀，	可爱园林惹人爱，种着高大的檀树，
其下维榖[7]。	树下长的是楮树。
他山之石，可以攻玉。	其他山上的石块，可以用来雕玉石。

【注解】

①皋：沼泽。
②渚：水中的小洲。
③爰：语气助词。
④萚：酸枣一类的灌木。也说枯落的枝叶。
⑤他：别的，其他。
⑥错：雕刻玉的工具。
⑦榖：树木名，即楮树。

祈　父

《祈父》，刺宣王也。 ——毛诗序

祈父[1]，予王之爪牙。	司马，我是君王的爪牙。
胡转予于恤[2]，靡所止居[3]。	为何调我去征戍，没有住所不安定。
祈父，予王之爪士。	司马，我是君王的武士。

胡转予于恤，靡所厎止[4]。 为何调我去征戍，跑来跑去无休止。
祈父，亶不聪[5]。 司马，确实不了解下情。
胡转予于恤，有母之尸饔[6]。 为何调我去征戍，家中老母谁喂养。

【注解】

①祈父：官名，即司马。
②恤：忧郁，忧愁。
③靡所：没有处所。
④厎：停止。
⑤亶：确实。
⑥饔：熟食。

白驹

《白驹》，大夫刺宣王也。 ——毛诗序

皎皎白驹[1]，食我场苗[2]。 马驹浑身白如雪，吃我菜园嫩豆苗。
絷之维之[3]，以永今朝[4]。 绊住马脚拴大绳，尽情欢乐在今朝。
所谓伊人[5]，于焉逍遥[6]。 心想那人终来临，在此作客乐逍遥。
皎皎白驹，食我场藿[7]。 马驹浑身白如雪，吃我菜园嫩豆叶。
絷之维之，以永今夕。 绊住马脚拴大绳，尽情欢乐在今夜。
所谓伊人，于焉嘉客。 心想那人终来临，在此作客心意惬。
皎皎白驹，贲然来思[8]。 马驹浑身白如雪，快速奔驰飘然至。
尔公尔侯[9]，逸豫无期[10]。 你是朝堂的公侯，为何安乐无终期。
慎尔优游[11]，勉尔遁思[12]。 悠闲度日宜谨慎，避世隐遁太可惜。
皎皎白驹，在彼空谷[13]。 马驹浑身白如雪，空旷深谷留身影。
生刍一束[14]，其人如玉[15]。 喂马一束青青草，那人品德美如玉。
毋金玉尔音[16]，而有遐心[17]。 书信不要太吝惜，切莫疏远忘友情。

【注解】

①皎皎：毛色洁白的样子。
②场：菜园。
③絷：用绳索栓住或绊住马脚。
④永：长。
⑤伊人：那人，指白驹的主人。
⑥于焉：在此。
⑦藿：豆叶。
⑧贲然：马快速跑的样子。思：语气助词。
⑨尔：你，即“伊人”。公、侯：古代的爵位名。
⑩逸豫：安乐。无期：没有终期。
⑪慎：慎重。
⑫遁：避世、隐遁。
⑬空谷：深谷。
⑭生刍：青草。
⑮其人：亦即“伊人”。如玉：品德美好如玉。
⑯音：音信。
⑰遐心：疏远之心。

黄　鸟

《黄鸟》，刺宣王也。——毛诗序

黄鸟黄鸟[1]，	黄鸟黄鸟听我说，
无集于穀[2]，无啄我粟。	不要聚在穀树上，别把我的粟啄光。
此邦之人，不我肯穀[3]。	住在这个国的人，对我实在不友好。
言旋言归[4]，复我邦族[5]。	常常思念回家去，回到亲爱的故乡。
黄鸟黄鸟，	黄鸟黄鸟听我说，
无集于桑，无啄我粱。	不要桑树枝上集，不要啄我黄粱米。
此邦之人，不可与明[6]。	住在这个国的人，不可与他讲诚信。

言旋言归，复我诸兄。　常常思念回家去，与我兄弟在一起。
黄鸟黄鸟，　黄鸟黄鸟听我说，
无集于栩[⑦]，无啄我黍。　不要聚在柞树上，别把我的黍啄光。
此邦之人，不可与处。　住在这个国的人，不可与他长相处。
言旋言归，复我诸父。　常常思念回家去，回到我的父辈旁。

【注解】

①黄鸟：黄雀。
②榖：木名，即楮木。
③榖：善良。
④旋：通“还”，回去。
⑤复：回去。邦：国。族：家族。
⑥明：通“盟”，讲信用。
⑦栩：柞树。

我行其野

《我行其野》，刺宣王也。　——毛诗序

我行其野，蔽芾其樗[①]。　独自行走在郊野，臭椿树枝叶茂盛。
昏姻之故，言就尔居[②]。　因为结婚成姻缘，才来与你过生活。
尔不我畜[③]，复我邦家[④]。　你不好好赡养我，只好回乡当弃妇。
我行其野，言采其蓫[⑤]。　独自行走在郊野，采摘羊蹄来充饥。
昏姻之故，言就尔宿[⑥]。　因为结婚成姻缘，日夜与你一同住。
尔不我畜，言归斯复[⑦]。　你不好好赡养我，回乡我决不再来。
我行其野，言采其葍[⑧]。　独自行走在郊野，采摘葍草心儿寒。
不思旧姻，求尔新特[⑨]。　不念结发的旧妻，却把新欢来找寻。
成不以富[⑩]，亦祇以异[⑪]。　确实她呀不富有，恰是你已然变心。

【注解】

①蔽芾：树木枝叶细小而密的样子。樗：臭椿树。
②就：从。
③畜：养。
④邦家：故乡。
⑤蓫：草名，一种野菜，又名羊蹄菜。
⑥宿：居住。
⑦斯：语气助词。
⑧葍：一种野草，花相连，根白色，可蒸食。
⑨新特：新配偶。
⑩成：借为“诚”，确实。
⑪祇：恰恰。

斯　干

《斯干》，宣王考室也。　　——毛诗序

秩秩斯干[①]，幽幽南山[②]。　涧水缓缓流不停，南山深远而清静。
如竹苞矣[③]，如松茂矣。　有那丛生的竹子，有那茂盛的松林。
兄及弟矣，式相好矣[④]，　哥哥弟弟在一起，和睦相处情最亲，
无相犹矣[⑤]。　互相之间无指责。
似续妣祖[⑥]，筑室百堵[⑦]，　祖先事业得继承，修筑房屋上百栋，
西南其户[⑧]。　向西向南开大门。
爰居爰处[⑨]，爰笑爰语。　在此生活与相处，说说笑笑真和谐。
约之阁阁[⑩]，椓之橐橐[⑪]。　绳捆筑板声咯咯，大力夯土响咚咚。
风雨攸除[⑫]，鸟鼠攸去，　风风雨雨都挡住，麻雀老鼠被赶走，
君子攸芋[⑬]。　君子住得好悠哉。
如跂斯翼[⑭]，如矢斯棘，　宫室如跂甚端正，檐角如箭很齐整，

如鸟斯革[15]，如翚斯飞[16]，
君子攸跻[17]。
殖殖其庭[18]，有觉其楹[19]。
哙哙其正[20]，哕哕其冥，
君子攸宁。
下莞上簟[21]，乃安斯寝[22]。
乃寝乃兴[23]，乃占我梦[24]。
吉梦维何？
维熊维罴[25]，维虺维蛇[26]。
大人占之[27]：
“维熊维罴，男子之祥[28]；
维虺维蛇，女子之祥。”
乃生男子[29]，载寝之床[30]。
载衣之裳[31]，载弄之璋[32]。
其泣喤喤[33]，
朱芾斯皇[34]，室家君王。
乃生女子，载寝之地。
载衣之裼[35]，载弄之瓦[36]。
无非无仪[37]，
唯酒食是议，无父母诒罹[38]。

既像大鸟展双翅，又像野鸡正飞腾，
君子踏阶可上登。
庭院宽广平又正，高大直立有柱楹。
正殿大厅宽又亮，殿后幽室也光明，
君子住处真安宁。
下铺蒲席上铺簟，这里睡觉真安详。
早早睡下早早起，来将我梦细解释。
做的好梦是什么？
是熊是罴梦中见，也有虺蛇一同现。
卜官前来解我梦：
“有熊有罴是何意，预示男婴要降生；
有虺有蛇是何意，产下女婴吉兆呈。”
如若生了个儿郎，就要让他睡床上。
给他穿上好衣裳，让他把玩白玉璋。
他的哭声多洪亮，
红色蔽膝真鲜艳，将来准是诸侯王。
如若生了个姑娘，就要让她睡地上。
把她裹在襁褓中，给她把玩纺锤棒。
慎勿多言要顺从，
料理家务你该忙，别给父母添麻烦。

【注解】

①秩秩：涧水缓缓流淌的样子。干：通“涧”，山间流水。
②幽幽：深远的样子。
③苞：竹木稠密丛生的样子。
④式：语气助词。好：友好和睦。
⑤犹：指责。
⑥似：同“嗣”，继承。妣祖：先妣、先祖，统指祖先。

⑦堵：一面墙为一堵。
⑧户：门。
⑨爰：于是。
⑩约：用绳索捆扎。
⑪椓：用杵捣土，犹今之打夯。橐橐：象声词，夯土的声音。
⑫除：去。
⑬芋：居住。
⑭跂：通“企”，踮起脚跟。翼：端庄肃敬的样子。
⑮革：翅膀。
⑯翚：野鸡。
⑰跻：登。
⑱殖殖：平正的样子。庭：庭院。
⑲有：语气助词。觉：高大而直立的样子。楹：殿堂前大厦下的柱子。
⑳哙哙：宽敞明亮的样子。
㉑莞：蒲草，可用来编席，此指蒲席。簟：竹席。
㉒寝：睡觉。
㉓兴：起床。
㉔我：指宫殿的主人。
㉕罴：一种野兽。
㉖虺：一种毒蛇。
㉗大人：占卜的官员。
㉘祥：吉祥的征兆。古人认为熊罴是阳物，故为生男之兆；虺蛇为阴物，故为生女之兆。
㉙乃：如果。
㉚载：则、就。
㉛衣：穿衣。
㉜璋：一种玉器。
㉝喤喤：哭声洪亮的样子。
㉞朱芾：古代礼服上的蔽膝，为诸侯、天子的服饰。
㉟裼：婴儿用的褓衣。
㊱瓦：纺锤。
㊲非：违背。
㊳诒：同“贻”，赠与。罹：忧愁。

无羊

《无羊》，宣王考牧也。

——毛诗序

谁谓尔无羊？三百维群。	是谁说你没有羊？一群就有三百只。
谁谓尔无牛？九十其犉[①]。	是谁说你没有牛？七尺黄牛九十头。
尔羊来思，其角濈濈[②]。	你的羊群走过来，只见羊角齐簇集。
尔牛来思，其耳湿湿[③]。	你的牛群走过来，只见牛耳齐聚集。
或降于阿[④]，或饮于池，	有的牛羊下山坡，有的饮水水池边，
或寝或讹[⑤]。尔牧来思，	有的睡觉有的走。你到这里来放牧，
何蓑何笠[⑥]，或负其𩛾[⑦]。	身披蓑衣头戴笠，随身带着些干粮。
三十维物[⑧]，尔牲则具。	牛羊毛色三十种，祭祖牲畜全备齐。
尔牧来思，以薪以蒸[⑨]，	你到这里来放牧，砍来细柴与粗柴，
以雌以雄。尔羊来思，	带来雌雄天上禽。你的羊群走过来，
矜矜兢兢，不骞不崩[⑩]。	只只肥硕又强壮，没有生病没亏损。
麾之以肱[⑪]，毕来既升。	只要轻轻手一挥，羊儿全都进了圈。
牧人乃梦，众维鱼矣[⑫]，	牧人做了一个梦，梦见蝗虫变成鱼，
旐维旟矣。大人占之：	又见龟旗变鹰旗。太卜为他占卦说：
“众维鱼矣，实维丰年；	“梦见蝗虫变成鱼，预兆丰年好兆头；
旐维旟矣[⑬]，室家溱溱。”	梦见龟旗变鹰旗，家族兴旺人丁多。”

【注解】

①犉：牛七尺为犉。

②濈濈：聚集的样子。

③湿湿：耳朵摇动的样子。

④阿：小土山。

⑤讹：动，醒。

⑥何：同“荷”，披戴。

⑦餱：干粮。
⑧物：牛羊的毛色。
⑨薪：粗柴。蒸：细柴。
⑩骞：亏损。
⑪麾：同“挥”。肱：手臂。
⑫众：指蝗虫。
⑬旐：龟蛇旗。旟：鹰隼旗。

小雅·《节南山》之什

节南山

《节南山》，家父刺幽王也。 ——毛诗序

节彼南山[①]，维石岩岩[②]。 那高峻终南山上，巨石高峻而堆积。
赫赫师尹[③]，民具尔瞻[④]。 权势显赫尹太师，民众对他侧目看。
忧心如惔[⑤]，不敢戏谈。 忧国之心如火烧，谁也不敢发牢骚。
国既卒斩[⑥]，何用不监[⑦]！ 国脉眼看已全断，为何没有觉察到！
节彼南山，有实其猗[⑧]。 那高峻终南山上，丘陵地多么广阔。
赫赫师尹，不平谓何？ 权势显赫尹太师，执政不公竟为何？
天方荐瘥[⑨]，丧乱弘多。 苍天屡次降灾荒，死丧祸乱太动乱。
民言无嘉，憯莫惩嗟[⑩]！ 民怨纷纷没好话，还不惩戒来反省！
尹氏大师，维周之氐[⑪]； 尹太师啊尹太师，本是周室的柱石；
秉国之均[⑫]，四方是维。 朝廷大权握手中，四方靠你来维系。
天子是毗[⑬]，俾民不迷。 天子靠你来辅佐，百姓靠你把路指。
不吊昊天[⑭]，不宜空我师[⑮]。 老天实在没长眼，民脂民膏被他刮。
弗躬弗亲，庶民弗信。 国事从不亲自办，百姓对你不信赖。
弗问弗仕， 不咨询耆旧不任用少俊，
勿罔君子。 岂不是欺罔了君子贤人。
式夷式已， 施政应当平等应当躬来，

无小人殆。	不应该与那些小人亲近。
琐琐姻亚[16]，则无朊仕[17]。	裙带姻亲既无能，不应偏袒委重任。
昊天不傭[18]，降此鞠訩[19]！	老天真是不公平，降下如此大祸乱！
昊天不惠，降此大戾[20]！	老天实在不仁爱，降下如此大灾难！
君子如届[21]，俾民心阕[22]。	君子如果能执政，民众愤怒可平息。
君子如夷，恶怒是违。	君子如果被排除，民众反抗怒火烧。
不吊昊天，乱靡有定。	老天实在不良善，祸乱从来不曾停。
式月斯生[23]，俾民不宁。	生灵涂炭命难保，百姓生活不安宁。
忧心如酲，谁秉国成[24]？	忧国之心如醉酒，究竟谁能掌好权？
不自为政，卒劳百姓[25]。	如不躬亲去施政，憔悴仍是众百姓。
驾彼四牡[26]，四牡项领[27]。	驾上四匹大公马，四马都有大脖颈。
我瞻四方，蹙蹙靡所骋[28]！	举目四处是祸乱，道路狭窄难驰骋！
方茂尔恶[29]，相尔矛矣[30]。	你们作恶真不少，恰似一柄杀人矛。
既夷既怿[31]，如相酬矣。	除去恶人开心时，举杯欢庆乐融融。
昊天不平，我王不宁。	老天降祸显不平，我朝天子也不宁。
不惩其心，覆怨其正[32]。	君王不惩尹氏恶，反而怨怒谏劝臣。
家父作诵[33]，以究王訩。	家父作诗自长诵，追究王朝祸乱根。
式讹尔心[34]，以畜万邦[35]。	希望君王心意转，以德治国享太平。

【注解】

①节：高峻的样子。

②岩岩：山石堆积的样子。

③赫赫：地位显盛的样子。

④具：通“俱”。

⑤惔：火烧。

⑥卒：尽，全。

⑦何用：何以，何因。

⑧有实：实实，广大的样子。

⑨瘥：疫病。
⑩憯：曾，乃。
⑪氐：柢，根柢。
⑫均：通“钧”，古代制造陶器所用的转轮盘。
⑬毗：犹“裨”，辅助。
⑭吊：通“叔”，善。昊天：皇天，上天。
⑮空：穷困。师：众民。
⑯琐琐：卑微渺小的样子。
⑰朊仕：厚任。
⑱傭：公平的意思。
⑲鞠訩：极乱。訩，祸乱，昏乱。
⑳戾：灾难。
㉑届：临。
㉒阕：平息，止息。
㉓月：折断、扼杀。生：生灵，指老百姓。
㉔成：平。
㉕卒：终于，最后。
㉖牡：雄性禽兽，此指公马。
㉗项领：肥大的脖颈。
㉘蹙蹙：局促不得舒展的样子。
㉙茂：盛。
㉚相：视。
㉛怿：喜悦。
㉜覆：反而。正：规劝纠正。
㉝家父：此诗作者。诵：诗。
㉞讹：改变。
㉟畜：养。

正　月

《正月》，大夫刺幽王也。　　——毛诗序

原文	译文
正月繁霜[1]，我心忧伤。	四月下霜不正常，使得我啊心忧伤。
民之讹言[2]，亦孔之将[3]。	民心已乱谣言起，谣言流传沸沸扬。
念我独兮，忧心京京[4]。	独我一人愁当世，忧心忡忡萦绕长。
哀我小心，癙忧以痒[5]。	可怜担惊又受怕，忧思成疾病难当。
父母生我，胡俾我瘉[6]？	父母生我不逢时，为何令我遭祸殃？
不自我先，不自我后。	祸乱不早也不晚，此时恰巧我碰上。
好言自口，莠言自口[7]。	好话都从嘴里出，坏话也全口中讲。
忧心愈愈，是以有侮。	忧心忡忡不合时，因此受侮遭中伤。
忧心惸惸[8]，念我无禄[9]。	郁郁不乐心里忧，想我无福可消受。
民之无辜，并其臣仆。	平民百姓无罪过，却成奴仆居末流。
哀我人斯，于何从禄？	可悲我们这些人，利禄功名哪里求？
瞻乌爰止，于谁之屋？	看那乌鸦将止息，飞落谁家屋檐头？
瞻彼中林，侯薪侯蒸[10]。	远望树林成一片，粗细只能当柴烧。
民今方殆，视天梦梦。	百姓正在危难中，老天糊涂不知道。
既克有定，靡人弗胜。	如果天命已确定，没人胆敢违你命。
有皇上帝，伊谁云憎？	上帝老爷我问你，究竟恨谁请相告？
谓山盖卑[11]，为冈为陵。	山丘为何如此低，实为高峰耸半空。
民之讹言，宁莫之惩[12]。	民间谣言纷纷起，不去制止哪能行。
召彼故老，讯之占梦[13]。	但见老臣受征召，请他占梦测吉凶。
具曰“予圣”[14]，谁知乌之雌雄？	都说自己最灵验，乌鸦雌雄谁分清？
谓天盖高？不敢不局[15]。	人说天空多么高？我却不敢不弯腰。
谓地盖厚？不敢不蹐[16]。	人说大地多么厚？我却不敢不蹑脚。

维号斯言，有伦有脊[17]。　　高声说出这些话，有条有理不瞎编。
哀今之人，胡为虺蜴[18]？　　我要悲叹今世人，为何像蛇一样毒？
瞻彼阪田[19]，有菀其特[20]。　　请看山坡田地里，一片禾苗长得茂。
天之扤我[21]，如不我克。　　上天这样折磨我，唯恐无法打倒我。
彼求我则[22]，如不我得。　　当初朝廷需要我，唯恐推辞不应召。
执我仇仇[23]，亦不我力。　　得到我后搁一边，不再重用与倚靠。
心之忧矣，如或结之。　　心中忧愁无法解，好像绳结不能解。
今兹之正，胡然厉矣？　　当今政治真难说，为何越来越暴虐？
燎之方扬[24]，宁或威之[25]？　　大火熊熊烧正旺，难道有谁能扑灭？
赫赫宗周，褒姒威之！　　辉煌显赫周王朝，褒姒竟然将它灭！
终其永怀[26]，又窘阴雨。　　忧伤满怀将终身，又遇天阴雨绵绵。
其车既载，乃弃尔辅[27]。　　车箱已经装载满，竟然抽去车挡板。
载输尔载，将伯助予[28]。　　等到货物遍地撒，才将大哥来叫唤。
无弃尔辅，员于尔辐[29]。　　车上挡板不要扔，加固辐福牢又安。
屡顾尔仆，不输尔载。　　时常关照你车夫，装载货物莫丢失。
终逾绝险，曾是不意[30]！　　这样终能过险境，莫将此事不在乎！
鱼在于沼，亦匪克乐。　　池沼之中鱼成群，并非快乐能安宁。
潜虽伏矣，亦孔之炤[31]。　　即使深潜不敢出，水面清澈看得清。
忧心惨惨[32]，念国之为虐。　　愁思满怀很不安，忧虑国家多虐政。
彼有旨酒，又有嘉殽。　　他有美酒醇又香，山珍海味任品尝。
洽比其邻，昏姻孔云。　　四邻五党多融洽，姻亲裙带联结广。
念我独兮，忧心慇慇[33]。　　想我孤独无依靠，郁郁不乐心忧伤。
佌佌彼有屋[34]，蔌蔌方有谷[35]。　　卑鄙小人居好屋，庸劣之徒有五谷。
民今之无禄，天夭是椓[36]。　　今世黎民太不幸，老天降灾伤无辜。
哿矣富人[37]，哀此惸独！　　富贵人家多欢乐，可怜这里却孤独！

【注解】

①正月：正阳之月，夏历四月。
②讹言：谣言。
③孔：甚，很。将：大。
④京京：非常忧虑的样子。
⑤瘋：幽闷。痒：病。
⑥俾：使。瘉：灾祸、患难。
⑦莠言：坏话。
⑧惸：忧郁不快。
⑨无禄：不幸。
⑩侯：语气助词。薪、蒸：木柴。
⑪盖：通“盍”，为什么。
⑫惩：警戒，制止。
⑬讯：问。
⑭具：通“俱”，都。
⑮局：弯曲。
⑯蹐：轻步走路。
⑰伦、脊：条理，道理。
⑱虺蜴：毒蛇与蜥蜴，古人把无毒的蜥蜴也视为毒虫。
⑲阪田：山坡上的田。
⑳有菀：菀菀，茂盛。
㉑扤：动摇。
㉒则：语尾助词。
㉓执：执持，指得到。
㉔扬：旺盛。
㉕宁：岂。
㉖终：既。怀：忧伤。
㉗辅：车两侧的挡板。
㉘将：请。伯：对男子的敬称，相当于现在的“大哥”。
㉙员：增益，指加固。
㉚不意：不在乎。
㉛炤：明晰易见。
㉜惨惨：忧愁不安的样子。
㉝慇慇：忧愁的样子。
㉞佌佌：渺小，卑微。
㉟蔌蔌：鄙陋。
㊱椓：打击。
㊲哿：欢乐。

十月之交

《十月之交》，大夫刺幽王也。——毛诗序

十月之交[1]，朔日辛卯[2]。九月底来十月初，十月初一辛卯日。
日有食之，亦孔之丑。天上太阳已被食，这真是个大凶兆。
彼月而微，此日而微。此前月亮才被蚀，如今太阳光芒失。
今此下民，亦孔之哀。如今天下众黎民，非常哀痛难抑制。
日月告凶，不用其行[3]。日食月食示凶兆，运行法则不遵照。
四国无政[4]，不用其良。全因天下无廉政，空置贤才用不了。
彼月而食，则维其常[5]。此前月食也曾有，习以为常心不扰。
此日而食，于何不臧[6]！现在日食又出现，此事不善怎奈何！
烨烨震电[7]，不宁不令[8]。电闪雷鸣轰隆隆，天不安来地不宁。
百川沸腾[9]，山冢崒崩[10]。江河条条如沸腾，山峰座座尽坍崩。
高岸为谷，深谷为陵。高山竟然成深谷，深谷却又变高峰。
哀今之人，胡憯莫惩[11]！可叹当世执政者，何曾将此当警戒！
皇父卿士[12]，番维司徒[13]，皇父显要为卿士，番氏官职是司徒，
家伯维宰[14]，仲允膳夫[15]，朝廷典籍家伯掌，仲允御前做膳夫，
聚子内史[16]，蹶维趣马[17]，内史聚子管人事，蹶氏身居养马职，
楀维师氏[18]，艳妻煽方处[19]。楀氏掌教官师氏，美妻惑王势力盛。
抑此皇父[20]，岂曰不时[21]？叹息一声这皇父，难道真不识农时？
胡为我作[22]，不即我谋？为何调我去服役，事先未曾与我议？
彻我墙屋[23]，田卒汙莱[24]。拆我墙来毁我屋，田被水淹终荒芜。
曰“予不戕[25]，礼则然矣”。还说：“不是我凶残，礼法如此不含糊。”
皇父孔圣，作都于向[26]。皇父实在很圣明，远建向都避灾殃。
择三有事[27]，亶侯多藏[28]。选择亲信作三卿，确实富豪多珍藏。
不慭遗一老[29]，俾守我王。不愿留下一老臣，让他守卫我君王。

择有车马，以居徂向[30]。　　看中富家有车马，迁往向邑来居住。
黾勉从事[31]，不敢告劳。　　任劳任怨做公事，辛苦劳烦不敢言。
无罪无辜，谗口嚣嚣。　　本来无错更无罪，七嘴八舌将我谗。
下民之孽[32]，匪降自天。　　黎民百姓受灾难，灾难并非从天降。
噂沓背憎[33]，职竞由人[34]。　　当面融洽背后恨，罪责应由小人担。
悠悠我里[35]，亦孔之痗[36]。　　绵绵愁思长又长，劳心伤神病恹恹。
四方有羡，我独居忧。　　天下之人多欢悦，独我忧深心不安。
民莫不逸，我独不敢休。　　众人全都享安逸，唯我劳苦不敢闲。
天命不彻，我不敢效我友自逸。　　天命无常难预料，不敢效友苟偷安。

【注解】

①交：刚刚进入。
②朔日：农历每月初一日叫朔，这天是辛卯日。
③行：轨道，规律，法则。
④四国：泛指天下。
⑤则：犹。
⑥臧：善。
⑦震：雷。
⑧宁：皆指安宁。
⑨川：江河。
⑩冢：山顶。崒：通“碎”，坍塌。
⑪憯：曾。惩：警戒。
⑫卿：官名，总管王朝政事。
⑬番：姓。
⑭家伯：人名。
⑮仲允：人名。膳夫：掌管周王饮食的官。
⑯棸子：姓棸的人。
⑰蹶：姓。趣马：养马的官。
⑱楀：姓。
⑲艳妻：指周幽王的宠妃褒姒。
⑳抑：通“噫”，感叹词。
㉑不时：不顾农时。

㉒我作：让我服役。
㉓彻：拆除。
㉔卒：尽，都。
㉕戕：残害。
㉖向：邑名。
㉗三有事：即三卿。
㉘亶：诚然，确实。侯：助词，维。
㉙慭：愿意。
㉚徂：到，去。
㉛黾勉：努力。
㉜孽：灾害。
㉝背憎：背后相互憎恨。
㉞职：主要。
㉟里：悝的假借字，忧愁。
㊱痗：病。

雨无正

《雨无正》，大夫刺幽王也。雨自上下者也，众多如雨，而非所以为政也。

——毛诗序

浩浩昊天[1]，不骏其德[2]。
降丧饥馑，斩伐四国[3]。
旻天疾威[4]，弗虑弗图。
舍彼有罪，既伏其辜[5]。
若此无罪，沦胥以铺[6]。
周宗既灭[7]，靡所止戾[8]。
正大夫离居[9]，莫知我勚[10]。

浩浩苍天广阔无边，你的恩德太不长久。
降下那些丧乱饥荒，全国百姓都遭祸殃。
皇天大帝太过暴虐，思虑图谋总不周全。
放掉那些真正罪人，将其罪行全部掩盖。
而像这些无罪好人，反而陷入痛苦无限。
周室如今惨遭灭亡，人们已无定所可去。
正官大夫早已离散，有谁知道我的苦劳。

三事大夫[11]，莫肯夙夜。　三事大夫虽然还在，不肯早晚辅佐君王。
邦君诸侯[12]，莫肯朝夕[13]。　封国国君各方诸侯，不为国家早起晚息。
庶曰式臧[14]，覆出为恶[15]。　希望他们改过迁善，谁知恶事反都做到。
如何昊天！辟言不信[16]。　皇天大帝该怎么办！恨王不听正确谏言。
如彼行迈[17]，则靡所臻[18]。　就像路上乱跑的人，不知他要走到哪边。
凡百君子，各敬尔身[19]。　所有君子众卿大夫，各自谨慎小心一点。
胡不相畏[20]，不畏于天？　为何互相不知畏惧，难道不畏天命尊严？
戎成不退，饥成不遂。　战祸已起恐难排除，天降饥荒总难消亡。
曾我暬御[21]，憯憯日瘁[22]。　为何我这小小侍臣，天天这么劳苦忧伤。
凡百君子，莫肯用讯[23]。　所有君子众卿大夫，都不愿去劝谏我王。
听言则答[24]，谮言则退[25]。　顺耳的话爱听可说，批评的却遭斥难说。
哀哉不能言，匪舌是出，　可悲可怨忠言难进，并非是我舌拙嘴笨，
维躬是瘁[26]。哿矣能言[27]，　实在身心憔悴多病。能说会道会得赞许，
巧言如流，俾躬处休。　口若悬河巧言逢迎，享受福禄身处优势。
维曰于仕[28]，孔棘且殆[29]。　如今要说出仕做官，实在非常艰难危险。
云不可使，得罪于天子。　若说这事不能去做，得罪天子多多不便。
亦云可使，怨及朋友。　若说这事可以办好，又会遭到朋友埋怨。
谓尔迁于王都，曰予未有室家。　我劝你们迁往王都，你们却说没有家住。
鼠思泣血[30]，无言不疾[31]。　只有忧伤泪中带血，没有话不遭到嫉恨。
昔尔出居，谁从作尔室？　当初你们各自出走，谁为你们建造房屋？

【注解】

①浩浩：广大的样子。昊天：皇天。
②骏：长久。
③斩伐：残害。
④疾威：暴虐。
⑤既：尽。辜：罪。
⑥铺：同“痡”，痛苦。

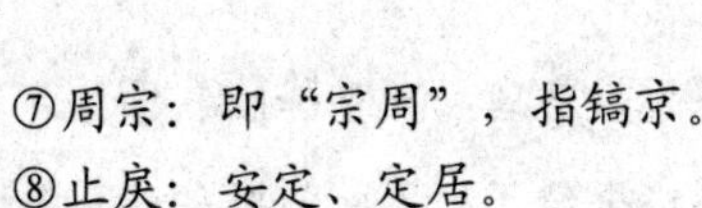

⑦周宗：即“宗周”，指镐京。
⑧止戾：安定、定居。
⑨正大夫：上大夫。
⑩勚：劳苦。
⑪三事：指三司，古代的三个官署。
⑫邦君：封国的君主。
⑬莫肯朝夕：不肯为国事早起晚息。
⑭庶：表希望。式：语首助词。臧：好，善。
⑮覆：反。
⑯辟言：合乎法度的话。
⑰行迈：出走，行走。
⑱臻：至。所臻，要到达的地方。
⑲敬：谨慎。
⑳胡：为何。
㉑暬御：国王左右亲近之臣。
㉒憯憯：忧伤、忧愁的样子。瘁：劳苦，憔悴。
㉓讯：劝谏。
㉔听言：顺耳之话。
㉕谮言：进谏的话。
㉖躬：亲身。
㉗哿：赞许。能言：指能说会道的人。
㉘维：句首助词。于仕：去做官。
㉙殆：危险。
㉚鼠：通“癙”，忧伤。
㉛疾：通“嫉”，嫉恨。

小 旻

《小旻》，大夫刺幽王也。

——毛诗序

旻天疾威[1]，敷于下土[2]。
谋犹回遹[3]，何日斯沮[4]？
谋臧不从[5]，不臧覆用[6]。
我视谋犹，亦孔之邛[7]！
潝潝訿訿[8]，亦孔之哀。
谋之其臧，则具是违[9]；
谋之不臧，则具是依[10]。
我视谋犹，伊于胡底[11]！
我龟既厌[12]，不我告犹[13]。
谋夫孔多，是用不集[14]。
发言盈庭，谁敢执其咎[15]？
如匪行迈谋[16]，是用不得于道。
哀哉为犹，
匪先民是程[17]，匪大犹是经[18]；
维迩言是听[19]，维迩言是争[20]！
如彼筑室于道谋，是用不溃于成[21]。
国虽靡止[22]，或圣或否。
民虽靡朊[23]，
或哲或谋，或肃或艾[24]。
如彼泉流，无沦胥以败[25]！
不敢暴虎[26]，不敢冯河[27]。
人知其一，莫知其他。
战战兢兢，
如临深渊，如履薄冰。

苍天苍天太暴虐，灾难降临我国土。
政策谋略全错了，不知何时能停止？
善谋良策难采用，歪门邪道反而用。
我看朝廷的策谋，确是弊病多了些！
小人吼喳相诋毁，是非不分我悲伤。
若有什么好谋略，他们全都相违背；
若有什么坏计策，他们全都会同意。
我看朝廷的谋划，不知弄到何境地！
我的灵龟已厌恶，谋划再不与我谈。
谋臣策士实在多，议来议去无结果。
议论纷纷满庭中，指出弊病有谁敢？
就像谋划要实行，真到路上没效果。
如此谋划我悲痛，
古圣先贤不效法，常规大道不遵从；
近僻谗言王爱听，肤浅之见还争辩！
就像宫室建路上，当然不会获成功。
国家虽然没法度，人有聪明有糊涂。
人民虽然不富足，
还有明哲有善谋，有能治国有干才。
国运就像那流水，终将败亡拦不住！
不敢空手打虎去，不敢徒步渡江河。
人们只知这危险，不知其他灾祸临。
战战兢兢过日子，
就像面临那深渊，就像脚踏那薄冰。

【注解】

①旻天：苍天、皇天。疾威：暴虐。

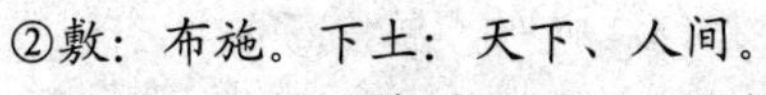
②敷：布施。下土：天下、人间。
③谋犹：谋划、策谋。回遹：邪僻。
④沮：停止。
⑤臧：善、好。从：听从、采用。
⑥覆：反而。
⑦邛：弊病、忧患。
⑧潝潝：低声附和的样子。訿訿：诋毁、诽谤。
⑨具：同“俱”，都。
⑩依：依从。
⑪于：往、到。胡：何。
⑫龟：指占卜用的灵龟。厌：厌恶。
⑬犹：策谋。
⑭用：犹“以”。
⑮咎：罪责。
⑯匪：彼。
⑰匪：非。先民：古贤者。程：效法。
⑱大犹：大道、正道。
⑲迩言：近言，指肤浅而无远见的话。
⑳争：争辩、争论。
㉑溃：通“遂”，顺利、成功。
㉒靡：没有。止：礼。靡止，犹言没有礼法、没有法度。
㉓朊：肥。靡朊，不富足、尚贫困。
㉔艾：有治理国家才能的人。
㉕败：败亡。
㉖暴虎：空手打虎。
㉗冯河：徒步渡河。

小　宛

《小宛》，大夫刺幽王也。

——毛诗序

宛彼鸣鸠①，翰飞戾天②。	小小斑鸠在鸣叫，展翅高飞上云天。
我心忧伤，念昔先人。	我的心中很忧伤，想起故去的祖先。
明发不寐③，有怀二人④。	直到天亮睡不着，心中想念父母亲。
人之齐圣⑤，饮酒温克⑥。	有人正直又聪明，饮酒克制又从容。
彼昏不知，壹醉日富⑦。	也有糊涂无知者，沉醉酒中难自拔。
各敬尔仪，天命不又⑧。	各自作风要慎重，国运一去不再来。
中原有菽，庶民采之。	田野长着野豆苗，人民一齐去采摘。
螟蛉有子⑨，蜾蠃负之⑩。	螟蛾生子长成虫，细腰土蜂捉回巢。
教诲尔子，式穀似之⑪。	教导你的亲生子，使他向善继承好。
题彼脊令⑫，载飞载鸣。	看看那些小鹡鸰，一边飞翔一边鸣。
我日斯迈，而月斯征。	我要天天去奔波，你要月月在外奔。
夙兴夜寐，无忝尔所生⑬。	早起晚睡不停歇，切莫辱没父母名。
交交桑扈⑭，率场啄粟。	青雀叽叽叫不停，沿着禾场啄米粒。
哀我填寡⑮，宜岸宜狱⑯。	可怜穷困无依靠，还吃官司进牢房。
握粟出卜，自何能穀？	抓把小米去占卜，何时才能得吉利？
温温恭人⑰，如集于木。	温和恭顺的人们，好像栖身大树上。
惴惴小心，如临于谷。	惴惴不安多小心，就像面临那深谷。
战战兢兢，如履薄冰。	恐惧谨慎战兢兢，就像双脚踏薄冰。

【注解】

①宛：小的样子。

②翰：高。戾：到达。

③明发：天亮。

④二人：指父母。

⑤齐圣：聪明正直。

⑥温：同“蕴”，自制。克：克制。

⑦壹：语气助词。

⑧不又：不再。

⑨螟蛉：螟蛾的幼虫。

⑩蜾蠃：细腰土蜂。
⑪穀：善。似：通“嗣”，继承。
⑫题：看。
⑬忝：辱没。
⑭桑扈：鸟名。
⑮填：穷困。
⑯岸：牢房。
⑰温温：柔和的样子。

小弁

《小弁》，刺幽王也。太子之傅作焉。——毛诗序

弁彼鸒斯[1]，归飞提提[2]。	乌鸦乌鸦多快活，安闲飞翔向巢窠。
民莫不穀[3]，我独于罹[4]。	人们生活都美好，独独是我遇灾祸。
何辜于天[5]？我罪伊何？	我对苍天有何罪？我的罪名是什么？
心之忧矣，云如之何[6]？	心中无比地忧伤，对此我又能如何？
踧踧周道[7]，鞫为茂草[8]。	平平坦坦那大道，到处长满那青草。
我心忧伤，惄焉如捣[9]。	我的内心很忧伤，忧伤如同棒槌捣。
假寐永叹[10]，维忧用老[11]。	和衣而卧长声叹，忧伤使我容颜老。
心之忧矣，疢如疾首[12]。	心中无比地忧伤，头疼心烦真焦躁。
维桑与梓[13]，必恭敬止[14]。	看到桑树梓树林，恭敬顿生敬爱心。
靡瞻匪父[15]，靡依匪母[16]。	无时不尊我父亲，无时不恋我母亲。
不属于毛[17]，不罹于里[18]。	谁非爹生皮和毛，谁非和娘血肉连。
天之生我，我辰安在[19]？	老天如今生下我，哪里有我好时运？
菀彼柳斯[20]，鸣蜩嘒嘒[21]。	株株柳树真茂盛，上面蝉鸣声声急。
有漼者渊[22]，萑苇淠淠[23]。	一潭池水深又深，周围芦苇真密集。

譬彼舟流，不知所届㉔。	我像漂流的小舟，不知漂流到哪里。
心之忧矣，不遑假寐。	我的内心很忧伤，无法安心睡个觉。
鹿斯之奔，维足伎伎㉕。	看那野鹿奔跑快，舒展四蹄真轻巧。
雉之朝雊㉖，尚求其雌。	听那野鸡早晨叫，雄鸟尚且求雌鸟。
譬彼坏木㉗，疾用无枝㉘。	我就像那有病树，病得长不出枝条。
心之忧矣，宁莫之知。	我的内心很忧伤，无人知晓我悲伤。
相彼投兔㉙，尚或先之㉚。	看那野兔入罗网，尚且有人把它放。
行有死人㉛，尚或墐之㉜。	尸体若横在路上，尚且有人把他葬。
君子秉心㉝，维其忍之㉞。	父亲大人却狠心，为何残忍这模样。
心之忧矣，涕既陨之㉟。	我的内心很悲伤，使我眼泪落千行。
君子信谗，如或酬之㊱。	父亲大人信谗言，竟然任人把酒劝。
君子不惠，不舒究之㊲。	父亲大人不慈爱，不究谣言何由生。
伐木掎矣㊳，析薪扡矣㊴。	伐树得用绳牵引，砍柴刀顺纹理间。
舍彼有罪，予之佗矣㊵。	竟然放过有罪人，罪加我身任意编。
莫高匪山，莫浚匪泉㊶。	不高就不是山峦，不深就不是水潭。
君子无易由言㊷，耳属于垣㊸。	君子不能轻发言，有人耳朵贴墙边。
无逝我梁㊹，无发我笱㊺。	不要把我鱼梁拆，不要打开我鱼笼。
我躬不阅㊻，遑恤我后㊼。	自身已经无处去，后事哪有心忧虑。

【注解】

①弁：快乐。鸒：鸟名，今名乌鸦。斯：语气词。
②提提：群鸟安闲翻飞的样子。
③穀：美好。
④罹：忧愁。
⑤辜：罪过。
⑥云：语气词。
⑦踧踧：平坦的状态。
⑧鞫：堵塞。
⑨惄：想。

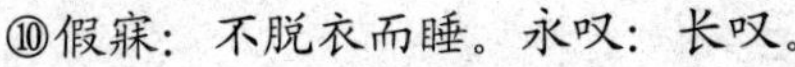

⑩假寐：不脱衣而睡。永叹：长叹。

⑪用：而。

⑫疢：热病。疾首：头疼。

⑬桑梓：桑树、梓树是古代宅边常见的树，因以比喻家乡。

⑭止：语气助词。

⑮靡：不。瞻：尊敬、敬仰。匪：不是。

⑯依：依恋。

⑰属：连。

⑱罹：通“丽”，附着。

⑲辰：时运。

⑳菀：茂盛的样子。

㉑蜩：蝉。嘒嘒：蝉鸣的声音。

㉒漼：水深的样子。

㉓萑苇：芦苇。淠淠：茂盛的样子。

㉔届：至、到。

㉕伎伎：舒展的样子。

㉖雉：野鸡。雊：野鸡鸣。

㉗坏木：有病的树。

㉘疾：病。

㉙相：看。投兔：入网的兔子。

㉚先：开、放。

㉛行：道路。

㉜墐：埋葬。

㉝秉心：居心、用心。

㉞忍：残忍。

㉟陨：落。

㊱酬：劝酒、敬酒。

㊲舒：缓慢。究：追究。

㊳掎：牵引。

㊴析薪：劈柴。扡：顺着纹理劈开。

㊵佗：加。

㊶浚：深。

㊷由：于。

㊸属：连接。垣：墙。

㊹梁：拦水捕鱼的堤坝，亦称鱼梁。

㊺发：打开。笱：捕鱼用的竹笼。

㊻躬：自身。阅：收容。

㊼恤：忧虑。

巧 言

《巧言》，刺幽王也。大夫伤于谗，故作是诗也。　　——毛诗序

悠悠昊天[1]，曰父母且[2]。	辽阔高远的苍天，说是人们的父母。
无罪无辜，乱如此幠[3]。	人们无罪无过错，祸乱大得真可怕。
昊天已威，予慎无罪[4]。	苍天在上太威严，我确实没有罪过。
昊天泰幠，予慎无辜。	苍天在上太暴虐，我确实是真无辜。
乱之初生，僭始既涵[5]。	祸乱刚刚出现时，谗言传开被听取。
乱之又生，君子信谗。	祸乱再次发生时，君子又信进谗人。
君子如怒[6]，乱庶遄沮[7]；	君子若怒斥谗人，祸乱很快会停止；
君子如祉[8]，乱庶遄已。	君子如能用贤人，祸乱也能快平息。
君子屡盟[9]，乱是用长。	君子谗人屡结盟，祸乱因此越增长。
君子信盗，乱是用暴。	君子如若信谗言，祸乱因此更凶暴。
盗言孔甘，乱是用餤[10]。	谗人巧言又巧语，祸乱因此越增加。
匪其止共，维王之邛[11]。	不是他们尽职守，是为君王造忧患。
奕奕寝庙[12]，君子作之。	高大官室和宗庙，是由先王来建造。
秩秩大猷[13]，圣人莫之[14]。	明智治国的大计，是由圣人来谋划。
他人有心，予忖度之。	他人心中的诡计，我能揣度来得知。
跃跃毚兔[15]，遇犬获之。	蹦蹦跳跳的狡兔，遇上猎犬命难逃。
荏染柔木[16]，君子树之。	这边柔软的树木，是由君子把它栽。
往来行言[17]，心焉数之。	传来传去的流言，心中明了分得清。
蛇蛇硕言[18]，出自口矣。	轻率无信的大话，都是谗人口中出。
巧言如簧，颜之厚矣。	花言巧语如吹簧，脸皮太厚真痛恨。
彼何人斯？居河之麋[19]。	他是怎样一个人？住在河流的岸边。
无拳无勇，职为乱阶[20]。	没有才能没智勇，祸乱根源就是他。

“既微且尰[21]，
尔勇伊何？
为犹将多，尔居徒几何？”

“腿上生疮脚肿大，
你的勇气怎不见？
玩弄诡计真可恶，你的同伙有几个？”

【注解】

①悠悠：遥远的样子。
②且：语气助词。
③怃：大。
④慎：诚然，确实。
⑤僭：谗言。涵：容纳。
⑥怒：指怒责谗人。
⑦遄：快。沮：终止。
⑧祉：福，指任用贤人以致福。
⑨盟：结盟。
⑩餤：增加。
⑪邛：病。
⑫奕奕：高大美盛的样子。寝庙：宫室和宗庙。
⑬大猷：治国的大道；指典章制度、谋略。
⑭莫：谋划，筹划。
⑮跃跃：跳跃的样子。毚兔：狡猾的兔子。
⑯荏染：柔软的样子。
⑰行言：流言。
⑱蛇蛇：欺骗的样子。硕言：大话。
⑲麋：水边。
⑳职：主要。
㉑微：小腿生疮。尰：脚肿。

何人斯

《何人斯》，苏公刺暴公也。暴公为卿士，而谮苏公焉，故苏公作是而绝之。

——毛诗序

彼何人斯[1]？其心孔艰[2]。	那究竟是什么人？阴险狡诈真可恶。
胡逝我梁[3]，不入我门？	为何去看我鱼梁，却不进入我家门？
伊谁云从[4]？维暴之云[5]。	现在还有谁跟他？只有他那暴虐心。
二人从行[6]，谁为此祸？	他跟暴公齐同行，究竟是谁惹此祸？
胡逝我梁，不入唁我[7]？	为何去看我鱼梁，却不进门来慰问？
始者不如今[8]，云不我可[9]！	当初可不像现在，竟骂我不是好人！
彼何人斯？胡逝我陈[10]？	那究竟是什么人？怎会与我穿堂行？
我闻其声，不见其身。	只听见他脚步音，却总不见他身影。
不愧于人？不畏于天？	你不愧对于他人？连上天也不畏惧？
彼何人斯？其为飘风。	那究竟是什么人？一阵暴风由此过。
胡不自北，胡不自南？	为何不从北边走，为何不从南边行？
胡逝我梁，只搅我心！	为何去看我鱼梁，只是搅乱我的心！
尔之安行，亦不遑舍[11]。	车行缓缓你出行，竟然没空住一晚。
尔之亟行[12]，遑脂尔车[13]。	急急忙忙你要走，却又添油把车停。
壹者之来，云何其盱[14]！	为了你这来一遭，心中盼望眼望穿！
尔还而入，我心易也[15]。	归家你入我房来，我的心儿就愉悦。
还而不入，否难知也[16]。	归家你不入我房，原因又有谁知道。
壹者之来，俾我祇也[17]。	为了盼你来一次，简直使我忧病了。
伯氏吹埙[18]，仲氏吹篪[19]。	长兄吹奏那陶埙，二哥吹奏那竹篪。
及尔如贯[20]，谅不我知[21]！	我与你呀心相连，你却不知我真心！
出此三物[22]，以诅尔斯[23]！	我愿神前供三牲，诅咒你竟背盟誓！
为鬼为蜮，则不可得。	倘若真是那鬼蜮，行径也就难猜测。
有靦面目，视人罔极[24]。	你有脸面是人样，行为表现没准则。
作此好歌，以极反侧。	我只能作这好歌，揭穿反复无常人。

【注解】

①斯：语气助词。

②艰：此指用心险恶难测。
③梁：鱼梁。
④伊：他。从：跟从。
⑤维：只是。
⑥二人：指暴公和他的一个党徒，即上面所说的“何人”。
⑦唁：慰问。
⑧如：像。
⑨可：通“哿”，嘉、好。
⑩陈：由正房到院门的通道，俗称穿堂。
⑪遑：空闲。舍：止息。
⑫亟：急。
⑬脂：用油脂涂车轴，即给车轴上油。
⑭盱：忧、病。
⑮易：悦。
⑯否：不。
⑰俾：使。祇：病。
⑱埙：古陶制吹奏乐器。
⑲篪：古竹制乐器。
⑳及：与。
㉑谅：诚。
㉒三物：猪、犬、鸡。
㉓诅：诅咒，求神降祸于别人。
㉔罔极：无准则，指其心多变难测。

巷伯

《巷伯》，刺幽王也。寺人伤于谗，故作是诗也。——毛诗序

萋兮斐兮[①]，成是贝锦[②]。 五彩丝啊色缤纷，织成贝纹图锦缎。
彼谮人者，亦已大甚！ 爱造谣的害人精，坏事做绝太过分！
哆兮侈兮[③]，成是南箕[④]。 张开嘴巴何其大，好比夜空簸箕星。

彼谮人者，谁适与谋！　爱造谣的害人精，谁愿和他去搭腔！
缉缉翩翩[5]，谋欲谮人。　往来窃窃私语声，一心想把人来害。
慎尔言也，谓尔不信。　劝你说话负点责，不然往后无人信。
捷捷幡幡[6]，谋欲谮言。　唧唧喳喳信口编，一心造谣又说谎。
岂不尔受，既其女迁[7]。　并非没人来上当，总有一天现真相。
骄人好好[8]，劳人草草[9]。　捣鬼的人竟得逞，受害的人却消沉。
苍天苍天！　苍天苍天快开眼！
视彼骄人，矜此劳人！　管管那些害人精，可怜可怜受害人！
彼谮人者，谁适与谋！　嚼舌头的害人精，谁愿和他去搭腔！
取彼谮人，投畀豺虎[10]！　抓住长舌害人精，丢给荒山豺虎吞！
豺虎不食，投畀有北；　如果豺虎不肯食，丢到北极喂野人；
有北不受，投畀有昊[11]。　如果北极也不要，交给苍天来严惩。
杨园之道，猗于亩丘[12]。　一条道路通杨园，小路越过山坡顶。
寺人孟子[13]，作为此诗。　我是宦官名孟子，受人陷害编首诗。
凡百君子，敬而听之。　诸位君子大老爷，请君为我倾耳听。

【注解】

①萋、斐：文采交错的样子。
②贝锦：织有贝纹图案的锦缎。
③哆：张口。
④南箕：星名，即箕宿。四星相联成梯形，形如簸箕，夏秋之间出现于南方，故称南箕。
⑤缉缉：交头接耳小声说话。
⑥捷捷：信口雌黄的样子。
⑦女：同“汝”。
⑧骄人：指得志的谗人。
⑨劳人：指被谗者。
⑩畀：给予。
⑪有昊：苍天。
⑫亩丘：丘名。
⑬寺人：阉人，宦官。

小雅·《谷风》之什

谷　风

《谷风》，刺幽王也。天下俗薄，朋友道绝焉。　　——毛诗序

习习谷风[1]，维风及雨。　　山谷呼呼刮大风，大风夹带阵阵雨。
将恐将惧[2]，维予与女[3]。　　当初艰难困顿时，只有我来救助你。
将安将乐，女转弃予！　　如今已安乐无忧，你却把我狠抛弃！
习习谷风，维风及颓[4]。　　山谷呼呼刮大风，大风旋转不停息。
将恐将惧，寘予于怀。　　当初艰难困顿时，把我抱在你怀里。
将安将乐，弃予如遗！　　如今已安乐无忧，把我抛弃全忘记！
习习谷风，维山崔嵬[5]。　　大风呼呼吹不停，呼呼吹过高山岭。
无草不死，无木不萎。　　吹得百草全枯死，刮得树木都凋零。
忘我大德，思我小怨。　　忘掉我的大恩德，专把小错记在心。

【注解】

①习习：连续不断的风声。谷风：来自山谷的大风。
②将：方、当。
③与：帮助。
④颓：旋风。
⑤崔嵬：山高峻的样子。

蓼莪

《蓼莪》，刺幽王也。民人劳苦，孝子不得终养尔。——毛诗序

蓼蓼者莪[①]，匪莪伊蒿[②]。	看那莪蒿长得高，却非莪蒿是蒿草。
哀哀父母，生我劬劳[③]。	可怜我的爹与娘，抚养我大很辛苦。
蓼蓼者莪，匪莪伊蔚[④]。	看那莪蒿相依偎，却非莪蒿是牡蒿。
哀哀父母，生我劳瘁。	可怜我的爹与娘，抚养我大太劳累。
瓶之罄矣[⑤]，维罍之耻[⑥]。	汲水瓶儿空了底，装水坛子应羞耻。
鲜民之生[⑦]，不如死之久矣！	孤独活着没意思，不如早点就死去！
无父何怙[⑧]，无母何恃！	没有亲爹可依靠，没有亲妈可扶持！
出则衔恤[⑨]，入则靡至！	出门行走心儿悲，入门却不见双亲！
父兮生我，母兮鞠我[⑩]。	爹爹呀你生下我，妈妈呀你喂养我。
拊我畜我[⑪]，长我育我，	你们护我疼爱我，养我长大培育我，
顾我复我[⑫]，出入腹我[⑬]。	反复挂念照顾我，出入家门抱着我。
欲报之德，昊天罔极[⑭]！	想报爹妈大恩德，老天降灾难预测！
南山烈烈[⑮]，飘风发发[⑯]。	南山高峻难逾越，暴风凄厉令人怯。
民莫不穀[⑰]，我独何害！	别人都能养爹娘，独我为何遭此劫！
南山律律[⑱]，飘风弗弗[⑲]。	南山高峻难迈过，暴风凄厉人哆嗦。
民莫不穀，我独不卒[⑳]！	别人都能养爹娘，独我不能去奔丧！

【注解】

①蓼蓼：长又大的样子。莪：一种草，即莪蒿。

②匪：同“非”。伊：是。

③劬劳：劳累。

④蔚：一种草，即牡蒿。

⑤瓶：汲水器具。罄：尽。

⑥罍：盛水器具。

⑦民：人。
⑧怙：依靠。
⑨衔恤：含忧。
⑩鞠：养。
⑪拊：通“抚”，抚摸。畜：通“慉”，喜爱。
⑫顾：顾念。
⑬腹：抱在怀里。
⑭罔：无。极：准则。
⑮烈烈：山高峻险阻的样子。
⑯飘风：暴风。发发：大风呼啸的声音。
⑰穀：赡养。
⑱律律：山高耸突起。
⑲弗弗：大风扬尘的样子。
⑳卒：终，指养老送终。

大　东

《大东》，刺乱也。东国困于役而伤于财，谭大夫作是诗以告病焉。

——毛诗序

有饛簋飧[1]，有捄棘匕[2]。　篡里熟食已装满，枣木勺儿弯又长。
周道如砥[3]，其直如矢。　大路平坦如磨石，大路笔直像箭杆。
君子所履[4]，小人所视。　贵人走在这路上，民众只能瞪眼望。
眷言顾之[5]，潸焉出涕[6]！　转过头来心悲伤，不禁伤心泪汪汪！
小东大东[7]，杼柚其空[8]。　东方远近诸侯国，织机布帛被搜刮。
纠纠葛屦[9]，可以履霜[10]？　葛麻草鞋缠又绑，怎么能够踏冰霜？
佻佻公子[11]，行彼周行[12]；　轻佻得意贵公子，走在那条大路上；
既往既来，使我心疚。　来来往往收赋税，使我心痛如断肠。
有冽氿泉[13]，无浸获薪[14]！　泉水横流清又急，不要浸湿那木柴！
契契寤叹[15]，哀我惮人[16]。　忧愁难眠长叹息，可悲我们劳苦人。

薪是获薪，尚可载也。　　砍下树枝当柴烧，还要装车往回运。
哀我惮人，亦可息也。　　可怜我们劳苦人，何时才能得休息。
东人之子，职劳不来[17]；　　东方各国的子弟，辛苦服役没人问；
西人之子[18]，粲粲衣服。　　西方各国的子弟，衣服华丽多鲜艳。
舟人之子[19]，熊罴是裘[20]；　　大人子弟福气好，熊罴皮袍穿在身；
私人之子[21]，百僚是试[22]。　　那些家奴的孩子，干这干那像奴才。
或以其酒，不以其浆[23]。　　有人饮用香醇酒，有人喝不上米浆。
鞙鞙佩璲[24]，不以其长。　　漂亮宝玉佩身上，有人嫌它不够长。
维天有汉[25]，监亦有光[26]。　　看那天上的银河，亮堂堂呀闪亮光。
跂彼织女[27]，终日七襄[28]。　　鼎足三颗织女星，一天七次移位忙。
虽则七襄，不成报章。　　虽然织女移动忙，没有织出好花样。
睆彼牵牛[29]，不以服箱。　　牵牛星儿亮闪闪，不能拉车难载箱。
东有启明，西有长庚。　　星儿在东叫启明，星儿在西叫长庚。
有捄天毕[30]，载施之行[31]。　　天毕八星长柄弯，斜挂在那天空上。
维南有箕[32]，不可以簸扬。　　南天有那簸箕星，不能簸米不扬糠。
维北有斗[33]，不可以挹酒浆[34]。　　往北有那南斗星，不能用它舀酒浆。
维南有箕，载翕其舌[35]。　　南天有那簸箕星，张开大嘴吐舌头。
维北有斗，西柄之揭[36]。　　往北有那南斗星，举着柄儿向西方。

【注解】

①饛：装满食物的样子。簋：古代食器。飧：熟食。
②捄：长而弯曲的样子。
③周道：大路。砥：磨刀石，这里形容道路平坦。
④君子：统治阶级，与下句的“小人”相对。小人指被统治的民众。
⑤眷言：同“睠然”，回头的样子。
⑥潸：流泪的样子。
⑦小东大东：指东方各诸侯国。
⑧杼柚：织布机。
⑨纠纠：缠结的样子。

⑩可：岂可，表示反向。
⑪佻佻：轻佻的样子。
⑫周行：同“周道”。行，道路。
⑬氿泉：泉水上涌受阻，从侧面流出，称为氿泉。
⑭获薪：砍下的木柴。
⑮契契：愁苦的样子。寤叹：睡不着而叹气。
⑯惮：同“瘅”，劳苦成病。
⑰职劳：从事劳役。来：勑的假借字，慰勉。
⑱西人：指周人。
⑲舟人：指上层的人。
⑳熊罴是裘：用熊皮、马熊皮为料制的皮袍。
㉑私人：家奴。
㉒百僚：差役奴隶。
㉓浆：薄酒。
㉔璲：贵族佩带上镶的宝玉。
㉕汉：银河。
㉖监：同“鉴”，照。
㉗跂：同“歧”，分叉状。织女：三星组成的星座名，隔银河与牵挂牛星相望，位于银河北侧。
㉘七襄：七次移易位置。
㉙睆：明亮的样子。牵牛：三颗星组成的星座名，又名河鼓星，俗名牛郎星，在银河南侧。
㉚天毕：毕星，八星组成的星座。
㉛施：斜行。
㉜箕：俗称簸箕星，四星联成的星座。
㉝斗：南斗星座，位置在箕星之北。
㉞挹：舀。
㉟翕：向内收敛的意思。
㊱西柄之揭：南斗星座呈斗形有柄，天体运行，其柄常在西方。

四 月

《四月》，大夫刺幽王也。在位贪残，下国构祸，怨乱并兴焉。

——毛诗序

四月维夏①，六月徂暑②。	四月已经是夏天，六月酷暑将过完。
先祖匪人③，胡宁忍予④？	祖先不是别家人，为何让我受苦难？
秋日凄凄，百卉俱腓⑤。	秋日萧瑟风凄凄，百草凋零百花稀。
乱离瘼矣⑥，爰其适归⑦？	世道动乱痛苦深，何时才能回家里？
冬日烈烈⑧，飘风发发⑨。	冬日寒风真凛冽，狂风呼啸声声响。
民莫不穀⑩，我独何害⑪！	没有一家不快活，只有我惨真凄凉！
山有嘉卉，侯栗侯梅⑫。	好树好花满山栽，既有栗树也有梅。
废为残贼⑬，莫知其尤⑭。	大受破坏与残害，却不知是谁过错。
相彼泉水⑮，载清载浊⑯。	看那山间泉水流，一会清来一会浊。
我日构祸⑰，曷云能穀⑱？	我却天天遇祸患，哪能做个有福人？
滔滔江汉⑲，南国之纪⑳。	长江汉水浪滔滔，总揽南方诸河道。
尽瘁以仕㉑，宁莫我有㉒。	鞠躬尽瘁走仕途，可是没人说我好。
匪鹑匪鸢㉓，翰飞戾天㉔。	为人不如鹰和雕，振翅高飞冲云霄。
匪鳣匪鲔㉕，潜逃于渊。	为人不如鲤和鲟，潜入深水真快活。
山有蕨薇㉖，隰有杞桋。	蕨菜薇菜长山里，杞树桋树长洼地。
君子作歌，维以告哀！	我今作首歌儿唱，心中忧愁从此说！

【注解】

①四月：指农历四月。下句“六月”同。

②徂：往。徂暑，酷暑即将过去。

③匪人：不是别人。

④胡宁：为什么。

⑤卉：草的总称。腓：痱的假借字，（草木）枯萎。

⑥瘼：痛苦。

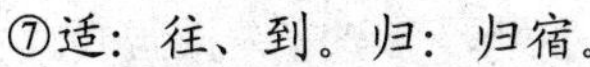

⑦适：往、到。归：归宿。
⑧烈烈：严寒的样子。
⑨飘风：疾风。发发：狂风呼啸发出的声音。
⑩穀：善、好。
⑪何：通“荷”，承受。
⑫侯：有。
⑬残贼：残害。
⑭尤：过错，罪过。
⑮相：看。
⑯载：又。
⑰构：遘的假借字，遇。
⑱曷：何。云：语气助词。
⑲江汉：长江、汉水。
⑳南国：指南方各河流。纪：纲纪。
㉑尽瘁：尽心尽力以致憔悴。仕：任职。
㉒有：通“友”，友爱，相亲。
㉓鹑：雕。鸢：老鹰。
㉔翰飞：高飞。戾：至。
㉕鳣：大鲤鱼。鲔：鲟鱼。
㉖蕨、薇：两种野菜。

北 山

《北山》，大夫刺幽王也。役使不均，己劳于从事，而不得养其父母焉。

——毛诗序

陟彼北山，言采其杞[①]。	登上高高的北山，采摘枸杞在山上。
偕偕士子[②]，朝夕从事。	身强力壮的士子，从早到晚忙不停。
王事靡盬，忧我父母。	官家公务无停息，心中忧伤念父母。
溥天之下[③]，莫非王土；	普天之下的土地，没有不属于君王；
率土之滨[④]，莫非王臣。	四海以内的人们，没有不是王的臣。

大夫不均，我从事独贤⑤。	大夫差遣不公平，独把苦差派给我。
四牡彭彭，王事傍傍⑥。	四匹马儿很强健，差事多得没有完。
嘉我未老⑦，鲜我方将⑧。	夸我年龄正相当，说我身强力又壮。
旅力方刚⑨，经营四方⑩。	还说我富力又强，奔走四方理当然。
或燕燕居息⑪，或尽瘁国事。	有人安闲地休息，有人鞠躬而尽瘁。
或息偃在床⑫，或不已于行。	有人终日床上躺，有人奔走不停息。
或不知叫号，或惨惨劬劳⑬。	有人不知民间苦，有人劳累多愁苦。
或栖迟偃仰⑭，或王事鞅掌⑮。	有人闲游又安乐，有人公事太繁忙。
或湛乐饮酒⑯，或惨惨畏咎。	有人享乐沉于酒，有人愁苦怕遭祸。
或出入风议⑰，或靡事不为。	有人信口夸夸谈，有人无事不动手。

【注解】

①言：语气助词。
②偕偕：身体强壮的样子。
③溥：通“普”，普遍。
④滨：水边。
⑤贤：劳累。
⑥傍傍：繁忙、紧急的样子。
⑦嘉：嘉许、称赞。
⑧将：强壮。
⑨旅力：同“膂力”，体力，精力。
⑩经营：往来奔走劳作。
⑪燕燕：安闲的样子。
⑫偃：卧。
⑬惨惨：忧虑不安的样子。
⑭栖迟：休息游乐。
⑮鞅掌：指公事繁忙。
⑯湛乐：沉溺于享乐之中。
⑰风议：发议论。

无将大车

《无将大车》，大夫悔将小人也。 ——毛诗序

无将大车[①]，祇自尘兮[②]。 不要把那大车推，只会惹得满身尘。
无思百忧，祇自疧兮[③]。 不要想那忧心事，只会得病自伤身。
无将大车，维尘冥冥[④]。 不要把那大车推，只会扬起层层灰。
无思百忧，不出于颎[⑤]。 不要想那忧心事，只会越想越不明。
无将大车，维尘雍兮[⑥]。 不要把那大车推，尘土飞扬遮天日。
无思百忧，祇自重兮[⑦]。 不要想那忧心事，只会忧伤把病生。

【注解】

①将：用手推车。大车：用牛拉的货车。
②祇：只是。
③疧：生病伤身。
④冥冥：昏暗的样子。
⑤颎：同“炯”，火光，亮光。
⑥雍：遮掩。
⑦重：同“腫”，病累。

小　明

《小明》，大夫悔仕于乱世也。 ——毛诗序

明明上天，照临下土。 昭昭上天亮堂堂，普照宽广大地上。
我征徂西[①]，至于艽野[②]。 想我出征去西方，直到荒凉的边地。
二月初吉[③]，载离寒暑[④]。 十二月初吉日走，至今寒来又暑往。

心之忧矣，其毒大苦[5]。	心里想起真忧愁，好像吃药苦难奈。
念彼共人[6]，涕零如雨。	想起那位老同事，不禁涕泪如雨下。
岂不怀归？畏此罪罟[7]。	难道不想回家去？只怕犯罪触法网。
昔我往矣，日月方除[8]。	回想往日我动身，正是新年好时光。
曷云其还[9]？岁聿云莫[10]。	何时才能回家乡？一年将近似无望。
念我独兮，我事孔庶[11]。	想想只有我一人，事情多得脑发涨。
心之忧矣，惮我不暇[12]。	心里实在太忧伤，整年劳累天天忙。
念彼共人，睠睠怀顾[13]。	思念那位老同事，无限眷念不能忘。
岂不怀归？畏此谴怒。	难道不想回家去？怕人动怒说短长。
昔我往矣，日月方奥[14]。	回想当初我动身，天气正暖不太凉。
曷云其还？政事愈蹙[15]。	何日才能回家去？政事越来越繁忙。
岁聿云莫，采萧获菽[16]。	一年很快将过完，采摘艾蒿收豆类。
心之忧矣，自诒伊戚[17]。	心里想起真忧愁，自寻烦恼徒悲伤。
念彼共人，兴言出宿[18]。	想起那位老同事，难以入眠去外面。
岂不怀归？畏此反覆[19]。	难道不想回家去？只怕无辜遭灾祸。
嗟尔君子！无恒安处[20]。	哎呀劝您老同事！不要安居把福享。
靖共尔位[21]，正直是与[22]。	认真做好本职事，亲近正直贤良人。
神之听之，式穀以女[23]。	神明知道这一切，赐您福禄永吉祥。
嗟尔君子！无恒安息。	哎呀劝您老同事！不要安逸把福享。
靖共尔位，好是正直。	认真做好本职事，亲近正直贤良人。
神之听之，介尔景福[24]。	神明知道这一切，赐您大福寿无疆。

【注解】

①征：行，此指行役。

②艽野：荒凉的边地。

③二月：指周历二月，即夏历的十二月。初吉：上旬的吉日。

④载：乃、则。离：经历。

⑤毒：毒药。
⑥共：通“恭”。
⑦罪罟：指法网。罟，网。
⑧除：除旧，指旧岁辞去、新年将到。
⑨曷：何时。云：语气助词。其：将。还：回去。
⑩聿、云：二字均为语气助词。莫：通“暮”。
⑪孔庶：很多。
⑫惮：通“瘅”，劳苦。
⑬睠睠：通“眷眷”，恋慕。
⑭奥：通“燠”，暖。
⑮蹙：急促。
⑯萧：艾蒿。菽：豆。
⑰诒：通“贻”，留下。伊：此，这。戚：忧伤。
⑱兴：起来。出宿：到外面去过夜。
⑲反覆：指反反覆覆，随便加罪。
⑳恒：常。
㉑靖：谋划。
㉒与：亲近。
㉓式：用。穀：禄。
㉔介：助。

鼓　钟

《鼓钟》，刺幽王也。

——毛诗序

鼓钟将将[①]，淮水汤汤[②]，忧心且伤。	敲起编钟声锵锵，淮水奔流浩荡荡，我心忧愁又悲伤。
淑人君子[③]，怀允不忘[④]。	那些善良好君子，让我思念不能忘。
鼓钟喈喈[⑤]，淮水湝湝[⑥]，忧心且悲。	敲起编钟声喈喈，淮水奔流不停歇，我心忧愁又悲伤。

淑人君子，其德不回[7]。	那些善良好君子，品德高尚不奸邪。
鼓钟伐鼛[8]，淮有三洲，	敲起编钟击大鼓，淮水当中有三洲，
忧心且妯[9]。	我心忧愁又悲伤。
淑人君子，其德不犹[10]。	那些善良好君子，美好品德千古传。
鼓钟钦钦[11]，鼓瑟鼓琴，	敲起编钟声钦钦，边鼓瑟来边弹琴，
笙磬同音[12]。	吹笙击磬声和谐。
以雅以南，以籥不僭[13]。	奏起雅乐和南乐，吹籥伴奏拍分明。

【注解】

①鼓：敲。将将：同“锵锵”，象声词。
②汤汤：水流奔腾的样子。
③淑：善。
④允：诚然，确实。
⑤喈喈：声音和谐悦耳。
⑥湝湝：水流的样子。
⑦回：邪。
⑧伐：敲击。鼛：大鼓。
⑨妯：悲伤，悼念。
⑩犹：訧的假借字，缺点，毛病。
⑪钦钦：钟声。
⑫笙：古代的一种管乐器。磬：古代的一种打击乐器。
⑬籥：古代的一种乐器。僭：乱。

楚茨

《楚茨》，刺幽王也。政烦赋重，田莱多荒，饥馑降丧，民卒流亡，祭祀不飨，故君子思古焉。

——毛诗序

楚楚者茨[1]，言抽其棘[2]。	蒺藜丛生长满地，拿起锄头除荆棘。
自昔何为？我艺黍稷[3]。	从前开垦为了啥？我种高粱和小米。
我黍与与[4]，我稷翼翼[5]。	我的小米多茂盛，我的高粱多整齐。
我仓既盈，我庾维亿[6]。	我那仓库已堆满，粮囤藏粮千百亿。
以为酒食，以享以祀[7]。	用它们来做酒食，用来献神和祭祀。
以妥以侑[8]，以介景福[9]。	请来尸神敬上酒，求神快把大福赐。
济济跄跄[10]，	助祭端庄又恭敬，
絜尔牛羊[11]，以往烝尝[12]。	洗净你的牛与羊，准备拿去做祭享。
或剥或亨[13]，或肆或将[14]。	有的宰杀有的烧，摆开碗杯端上堂。
祝祭于祊[15]，祀事孔明[16]。	太祝祭神庙门里，祭祀之事很完备。
先祖是皇[17]，神保是飨[18]。	祖宗前来受祭祀，神灵来把酒肉尝。
“孝孙有庆[19]，报以介福，	“主祭少爷有吉庆，神明报酬洪福降，
万寿无疆！”	赐您万寿永无疆！”
执爨踖踖[20]，	厨师聪敏做菜肴，
为俎孔硕[21]，或燔或炙[22]。	桌上鱼肉真不少，有的红烧有的烤。
君妇莫莫[23]，	主妇恭敬又谨慎，
为豆孔庶[24]，为宾为客。	端上佳肴一道道，招待宾客很周到。
献酬交错[25]，礼仪卒度[26]，	献酒酬酒杯交错，遵守礼节不喧闹，
笑语卒获[27]。	合乎规矩轻谈笑。
神保是格[28]，	祖先神灵已来到，
“报以介福，万寿攸酢[29]！”	“神灵赐福来酬报，赐您长寿永不老！”
我孔熯矣[30]，式礼莫愆[31]。	我的态度很恭敬，礼节周到没漏洞。
工祝致告[32]：“徂赉孝孙[33]。	太祝传下祖宗话：“快去赐福给孝孙。
苾芬孝祀[34]，神嗜饮食，	祭祀酒菜香喷喷，神灵爱吃心高兴，
卜尔百福[35]。	赐您百福做酬报。
如几如式[36]，既齐既稷[37]，	祭祀及时又适宜，办事快速又齐整，
既匡既敕[38]。	态度谨慎又端正。

永锡尔极[39]，时万时亿[40]。”	赐您永远无限福，福禄亿万数不清。”
礼仪既备，钟鼓既戒[41]。	祭祀仪式都完备，敲响钟鼓近尾声。
孝孙徂位[42]，工祝致告：	主祭走回堂下位，太祝报告祭礼成：
“神具醉止。”	“神灵都已醉醺醺。”
皇尸载起[43]，鼓钟送尸，	尸神告辞便起身，打鼓敲钟送尸神，
神保聿归。	祖宗神灵上归程。
诸宰君妇[44]，废彻不迟[45]。	做饭厨师和主妇，撤去祭品不停留。
诸父兄弟[46]，备言燕私[47]。	伯叔兄弟都到齐，一起宴饮叙天伦。
乐具入奏[48]，以绥后禄[49]。	乐队进庙齐奏起，好好享受祭后食。
尔殽既将[50]，莫怨具庆。	您的菜肴真美味，没有怨言乐开怀。
既醉既饱，小大稽首[51]。	大家喝醉又吃饱，老幼叩头齐致辞。
“神嗜饮食，使君寿考[52]。	“神灵爱吃这饭菜，让您能够永长寿。
孔惠孔时[53]，维其尽之[54]。	祭祀又好又顺利，主人确实尽礼仪。
子子孙孙，勿替引之[55]。”	但愿子孙和后代，都把祭礼来坚持。”

【注解】

①楚楚：植物丛生的样子。茨：蒺藜，草本植物，有刺。

②抽：除去，拔除。棘：刺，指蒺藜。

③艺：种植。

④与与：茂盛的样子。

⑤翼翼：整齐的样子。

⑥庾：露天粮囤，以草席围成圆形。维：是。亿：形容多。也说亿犹“盈”，满。

⑦享：上供，祭献。

⑧妥：安坐。侑：劝进酒食。

⑨介：求。景福：大福。

⑩济济：严肃恭敬的样子。跄跄：走路有节奏的样子。

⑪絜：同“洁”，洗清。

⑫烝：冬祭。尝：秋祭。

⑬剥：宰割支解。亨：同“烹”，烧煮。

⑭肆：陈列。将：捧着献上。

⑮祝：官名，太祝，司祭礼的人。祊：设祭的地方，在宗庙门内。
⑯明：备，指仪式完备。
⑰皇：往。
⑱神保：神灵，指祖先之灵。也说指降神之巫。
⑲孝孙：主祭之人。庆：福。
⑳执：执掌。爨：炊，烧菜煮饭。踖踖：恭谨敏捷的样子。
㉑俎：祭祀时盛牲肉的铜制礼器。硕：大。
㉒燔：烧肉。炙：烤肉。
㉓君妇：主妇，此指天子、诸侯之妻。莫莫：恭谨。
㉔豆：食器，形状为高脚盘。庶：众，多。
㉕献：主人劝宾客饮酒。酬：宾客向主人回敬。
㉖卒：尽，完全。度：法度。
㉗获：恰到好处。也说借为“矱”，规矩。
㉘格：至，来到。
㉙攸：语助词。酢：报酬。
㉚熯：通“戁”，敬惧。
㉛愆：过失，差错。
㉜工祝：太祝。
㉝赉：赐予。
㉞苾：浓香。
㉟卜：给予，赐予。
㊱如：合。几：借为“期”，指如期祭神。式：法，制度。
㊲齐：整齐。稷：敏捷。
㊳匡：正，端正。
㊴锡：赐。极：至，指最大的福气。
㊵时：是。
㊶戒：告。
㊷徂位：指回到原位。
㊸皇：大，赞美之词。载：则，就。
㊹宰：膳夫，厨师。
㊺废彻：撤去祭品。不迟：不慢。
㊻诸父：伯父、叔父等长辈。兄弟：同姓之叔伯兄弟。
㊼备：尽，完全。燕私：祭祀之后在后殿宴饮同姓亲属。燕，通“宴”。
㊽入奏：进入后殿演奏。祭在宗庙前殿，祭后到后面的寝殿举行家族私宴。
㊾绥：安，此指安享。后禄：祭后的口福。禄，福，此指饮食口福。祭后所余之酒肉被认为神所赐之福，故称福酒、胙肉。

㊿将：美好。

(51)小大：指尊卑长幼的各种人。稽首：跪拜礼，双膝跪下，叩头至地。一种最恭敬的礼节。

(52)寿考：长寿。

(53)惠：顺利。时：善，好。

(54)尽之：尽其礼仪，指主人完全遵守祭祀礼节。

(55)替：废。引：延长。之：指祭祀礼节。

信南山

《信南山》，刺幽王也。不能修成王之业，疆理天下，以奉禹功，故君子思古焉。

——毛诗序

信彼南山①，维禹甸之②。	绵延万里终南山，大禹治过的旧疆。
畇畇原隰③，曾孙田之④。	原野整齐又平坦，曾孙在此种食粮。
我疆我理⑤，南东其亩⑥。	划分田界挖沟渠，四方田亩我来治。
上天同云⑦，雨雪雰雰⑧。	天上乌云密层层，雪花飘舞乱纷纷。
益之以霢霂⑨，既优既渥⑩，	加上细雨蒙蒙下，雨水充足好收成，
既霑既足⑪，生我百谷。	土地滋润又潮湿，好让五谷茁壮生。
疆埸翼翼⑫，黍稷彧彧⑬。	疆域齐整划井田，小米高粱连成片。
曾孙之穑⑭，以为酒食。	曾孙收获粮食多，制酒做饭香又甜。
畀我尸宾⑮，寿考万年。	供给神灵和宾客，神灵赐我寿万年。
中田有庐⑯，疆埸有瓜。	田中房子住人家，田边种着青翠瓜。
是剥是菹⑰，献之皇祖⑱。	瓜儿切开腌起来，献给祖先正合适。
曾孙寿考，受天之祜⑲。	曾孙寿命长百岁，皇天赐福保佑他。
祭以清酒，从以骍牡⑳，	神前斟上好清酒，再献赤黄大公牛，
享于祖考。执其鸾刀㉑，	供给祖先来享受。拿起锋利的鸾刀，

以启其毛，取其血膋[22]。	分开公牛颈下毛，取出牛血和脂膏。
是烝是享，苾苾芬芬[23]，	冬祭请神来享受，烧起脂膏香喷喷，
祀事孔明。	祭祀之事很完备。
先祖是皇，报以介福，	祖宗来临把祭享，神明报酬洪福降，
万寿无疆！	赐您万寿永无疆！

【注解】

①信：通“伸”，延伸。南山：即终南山。

②维：是。禹：大禹。甸：治理。

③畇畇：土地经垦辟后平展整齐的样子。原隰：泛指全部田地。原，广平或高平之地。隰，低湿之地。

④曾孙：后代子孙。这里指周王对祖神的自称。田：垦治田地。

⑤疆：田界，此处用作动词，划田界。理：田中的沟渠。

⑥南东：泛指四方。

⑦同云：天空布满阴云。

⑧雨雪：下雪。雰雰：纷纷。

⑨益：加上。霢霂：小雨。

⑩优：充足。渥：湿。

⑪霑：沾湿。

⑫埸：田界。翼翼：整齐的样子。

⑬彧彧：茂盛的样子。

⑭穑：收获庄稼。

⑮畀：给，给以。

⑯庐：房屋。也说芦之假借字，即萝卜。

⑰菹：腌菜。

⑱皇祖：先祖之美称。

⑲祜：福。

⑳骍：赤黄色的马或牛。牡：雄性兽，此指公牛。

㉑鸾刀：带铃的刀。

㉒膋：脂膏，此指牛油。

㉓苾：浓香。

小雅·《甫田》之什

甫　田

《甫田》，刺幽王也。君子伤今而思古焉。　　——毛诗序

倬彼甫田[1]，岁取十千[2]。　　那片田地多宽广，每年能收千万粮。
我取其陈，食我农人。　　我拿其中旧粮食，来把我农夫供养。
自古有年[3]。　　古来全是丰收年。
今适南亩[4]，或耘或耔[5]，　　快去南亩走一趟，锄草培土人不闲，
黍稷薿薿[6]。　　小米高粱多茂盛。
攸介攸止[7]，烝我髦士[8]。　　庄稼长大成熟后，进献给我那俊士。
以我齐明[9]，与我牺羊[10]，　　备好祭祀的谷物，还有纯色的羔羊，
以社以方[11]。　　四方神灵来分享。
我田既臧[12]，农夫之庆。　　我的庄稼获丰收，农夫庆贺喜气扬。
琴瑟击鼓，　　大家弹琴敲起鼓，
以御田祖[13]，以祈甘雨[14]，　　迎来神农表愿望，祈求上苍降甘霖，
以介我稷黍，以穀我士女[15]。　　使这作物更茁壮，温饱老爷小姐们。
曾孙来止[16]，以其妇子，　　曾孙高兴来田间，带着妻子和儿女，
馌彼南亩[17]。　　饭菜亲送南亩旁。
田畯至喜，攘其左右，　　田官见了特高兴，特意叫来各农人，
尝其旨否[18]。　　共把美味细品尝。
禾易长亩[19]，终善且有[20]。　　壮实禾谷覆田亩，长得又好又茂盛。
曾孙不怒，农夫克敏[21]。　　曾孙见了很满意，将农夫的勤勉夸。

曾孙之稼，如茨如梁[22]。 曾孙庄稼堆得高，就像屋顶和桥梁。
曾孙之庾[23]，如坻如京。 曾孙粮仓装得满，就像小丘和山冈。
乃求千斯仓，乃求万斯箱[24]。 快快筑起囤千座，快快造好车万辆。
黍稷稻粱，农夫之庆。 收的谷物全装上，农夫庆贺喜气扬。
报以介福[25]，万寿无疆！ 神灵回报的大福，祝愿万寿永无疆！

【注解】

①倬：广阔。甫：大。
②十千：虚数，指收成多。
③有年：丰收年。
④适：去，至。
⑤耘：锄草。耔：用土培苗根。
⑥薿薿：茂盛的样子。
⑦攸：乃，就。介：长大。止：至。
⑧烝：进。髦士：英俊人士。
⑨齐明：即粢盛，祭祀用的谷物。
⑩牺：祭祀用的纯毛牲口。
⑪以：用作。社：祭土地神。方：祭四方神。
⑫臧：好，此指丰收。
⑬御：迎接。田祖：指神农氏。
⑭祈：祈祷求告。
⑮穀：养活。士女：贵族男女。
⑯曾孙：周王自称，相对神灵和祖先而言。止：语气词。
⑰馌：送饭。
⑱旨：美味。
⑲易：禾苗茂盛的样子。
⑳终：既。
㉑克：能。
㉒茨：茅屋顶。梁：桥梁。
㉓庾：粮仓。
㉔箱：车箱。
㉕介福：大福。

大田

《大田》，刺幽王也。言矜寡不能自存焉。 ——毛诗序

大田多稼[①]，既种既戒[②]，	大田宽广作物多，选了种子修农具，
既备乃事[③]。	事前准备都做好。
以我覃耜[④]，俶载南亩[⑤]。	背起我那条快犁，开始田里忙农活。
播厥百谷[⑥]，既庭且硕[⑦]，	播下黍稷诸谷物，苗儿挺拔又肥大，
曾孙是若[⑧]。	曾孙顺心好快活。
既方既皂[⑨]，既坚既好，	庄稼抽穗已结实，穗粒饱满长势好，
不稂不莠[⑩]。	没有空穗与杂草。
去其螟螣[⑪]，及其蟊贼[⑫]，	除掉害虫螟和螣，还有害虫蟊和贼，
无害我田稚[⑬]。	不许伤害我幼苗。
田祖有神[⑭]，秉畀炎火[⑮]。	多亏农神来保佑，投进大火将虫烧。
有渰萋萋[⑯]，兴雨祁祁[⑰]。	凉风凄凄云满天，小雨蒙蒙慢慢下。
雨我公田[⑱]，遂及我私[⑲]。	雨点落在公田里，同时洒到我私田。
彼有不获稚，	那儿谷嫩不曾割，
此有不敛穧。	这儿几株漏田间。
彼有遗秉，此有滞穗[⑳]，	那儿掉下一束禾，这儿散穗三五点，
伊寡妇之利[㉑]。	让给寡妇任她捡。
曾孙来止，以其妇子，	曾孙视察来这里，碰上农妇孩子们，
馌彼南亩，田畯至喜。	他们送饭到田头，田畯看见好开心。
来方禋祀[㉒]，	曾孙来时正祭神，
以其骍黑[㉓]，与其黍稷。	黄牛黑猪案上陈，配上小米和高粱。
以享以祀，以介景福。	献上祭品行祭礼，祈求神灵赐大福。

【注解】

①大田：面积广阔的农田。

②既：已经。种：指选种子。戒：通“械”，此指修理农具。

③乃事：这些事。

④覃：通“剡”，锋利。耜：原始的犁。

⑤俶载：开始从事。

⑥厥：其。

⑦庭：通“挺”，挺拔。硕：大。

⑧曾孙是若：顺了曾孙的愿望。

⑨方：通“房”，指谷粒已生嫩壳，但还没有合满。皂：指谷壳已经结成，但还未坚实。

⑩稂：指穗粒空瘪的禾。莠：形似禾的杂草，也称狗尾草。

⑪螟：吃禾心的虫。螣：吃禾叶的虫。

⑫蟊：吃禾根的虫。贼：吃禾节的虫。

⑬稚：幼禾。

⑭田祖：农神。

⑮秉：拿。畀：给。炎火：大火。

⑯有渰：即“渰渰”，阴云密布的样子。

⑰祁祁：慢慢的样子。

⑱公田：公家的田。古代井田制，井田九区，中间百亩为公田，周围八区，八家各百亩为私田。八家共养公田。公田收获归农奴主所有。

⑲私：私田。

⑳滞：遗留。

㉑伊：是。

㉒禋祀：升烟以祭，古代祭天的典礼，也泛指祭祀。

㉓黑：指黑色的猪。

瞻彼洛矣

《瞻彼洛矣》，刺幽王也。思古明王能爵命诸侯，赏善罚恶焉。

——毛诗序

瞻彼洛矣，维水泱泱[①]。	瞻望奔流的洛水，水波茫茫无边际。
君子至止，福禄如茨。	天子莅临到这里，福禄如茨多又多。
韎韐有奭[②]，以作六师[③]。	皮蔽膝闪红艳艳，发动六军齐奋起。
瞻彼洛矣，维水泱泱。	瞻望奔流的洛水，水波茫茫无边际。
君子至止，鞞琫有珌[④]。	天子莅临到这里，刀鞘玉饰真堂皇。
君子万年，保其家室。	天子万岁福泽长，保我家室卫我疆。
瞻彼洛矣，维水泱泱。	瞻望奔流的洛水，水波茫茫无边际。
君子至止，福禄既同[⑤]。	天子莅临到这里，福禄聚集到这里。
君子万年，保其家邦。	天子万岁寿无疆，保我家乡卫我邦。

【注解】

①泱泱：水势盛大的样子。

②韎韐：用茜草染成红色的皮制蔽膝。奭：赤色。

③六师：六军，古时天子六军。

④鞞：刀鞘。

⑤同：聚集。

裳裳者华

《裳裳者华》，刺幽王也。古之仕者世禄。小人在位则谗谄并进，弃贤者之类，绝功臣之世焉。

——毛诗序

裳裳者华[①]，其叶湑兮[②]。
我觏之子[③]，我心写兮[④]。
我心写兮，是以有誉处兮[⑤]。
裳裳者华，芸其黄矣。
我觏之子，维其有章矣[⑥]。
维其有章矣，是以有庆矣。
裳裳者华，或黄或白。
我觏之子，乘其四骆[⑦]。
乘其四骆，六辔沃若。
左之左之，君子宜之。
右之右之，君子有之。
维其有之，是以似之[⑧]。

花儿朵朵盛开艳，叶儿繁茂长势旺。
我遇见了那贤人，我的心情真舒畅。
我的心情真舒畅，有了安乐好家邦。
花儿朵朵盛开艳，鲜亮艳丽黄又黄。
我遇见了那贤人，他是那么有才华。
他是那么有才华，有了喜庆大排场。
花儿朵朵盛开艳，有黄有白多娇艳。
我遇见了那贤人，黑鬣白马驾在前。
驾着四马多威风，六条缰绳很柔滑。
要向左啊就向左，君子应付很恰当。
要向右啊就向右，君子发挥有余地。
因他发挥有余地，继承祖业没问题。

【注解】

①裳裳：形容花旺盛鲜艳的样子。华：花。
②湑：茂盛的样子。
③觏：遇见。
④写：通“泻”，心情舒畅。
⑤誉：通“豫”，安乐。
⑥章：文章，有才华。
⑦骆：黑鬃黑尾的白马。
⑧似：通“嗣”，继承祖宗功业。

桑扈

《桑扈》，刺幽王也。君臣上下。动无礼文焉。 ——毛诗序

交交桑扈[1]，有莺其羽。	青雀叫得真动听，彩色羽毛多漂亮。
君子乐胥[2]，受天之祜[3]。	希望君子都快乐，受天保佑得享福。
交交桑扈，有莺其领。	可爱青雀真灵巧，颈间羽毛多漂亮。
君子乐胥，万邦之屏[4]。	希望君子都快乐，各国靠你们屏障。
之屏之翰[5]，百辟为宪[6]。	为国屏障为支柱，诸侯把你当典范。
不戢不难[7]，受福不那。	克制自己守礼节，受福就会多很多。
兕觥其觩[8]，旨酒思柔[9]。	牛角酒杯弯又弯，美酒香甜性又软。
彼交匪敖[10]，万福来求[11]。	不求侥幸不骄傲，求得万福遂心愿。

【注解】

①交交：鸟鸣声。桑扈：鸟名，即青雀。
②君子：此指群臣。胥：语助词。
③祜：福禄。
④万邦：各诸侯国。屏：屏障。
⑤之：是。翰：“干”的假借，支柱。
⑥百辟：各国诸侯。宪：法度，典范。
⑦不：语气助词。戢：克制。难：通“傩”，守礼节。
⑧兕觥：牛角酒杯。觩：弯曲的样子。
⑨旨酒：美酒。思：语气助词。柔：指酒性温和。
⑩彼：通“匪”，非。匪敖：不傲慢。敖，通“傲”，傲慢。
⑪求：通“逑”，聚集。

鸳鸯

《鸳鸯》，刺幽王也。思古明王交于万物有道，自奉养有节焉。

——毛诗序

鸳鸯于飞[①]，毕之罗之[②]。　鸳鸯双双齐飞翔，遭遇小网与大网。
君子万年，福禄宜之[③]。　希望君子寿万年，福禄一同来安享。
鸳鸯在梁[④]，戢其左翼[⑤]。　鸳鸯相偎在鱼梁，喙儿插进左翅膀。
君子万年，宜其遐福[⑥]。　希望君子寿万年，幸福安康到永远。
乘马在厩[⑦]，摧之秣之[⑧]。　拉车四马在马棚，每天喂草又喂粮。
君子万年，福禄艾之[⑨]。　希望君子寿万年，福禄把您来滋养。
乘马在厩，秣之摧之。　拉车四马在马棚，每天喂粮又喂草。
君子万年，福禄绥之[⑩]。　希望君子寿万年，福禄齐享永相保。

【注解】

①于：语助词。
②毕：有长柄的小网。罗：无柄的捕鸟大网。
③宜：安。
④梁：筑在河湖池中拦鱼的水坝。
⑤戢：插。
⑥遐：远。
⑦厩：马棚。
⑧摧：通“莝”，此指铡草喂马。秣：用粮食喂马。
⑨艾：养。
⑩绥：安。

頍弁

《頍弁》，诸公刺幽王也。暴戾无亲，不能宴乐同姓，亲睦九族，孤危将亡，故作是诗也。
——毛诗序

有頍者弁[①]，实维伊何[②]？　礼帽尖尖真漂亮，为何将它戴头顶？
尔酒既旨，尔殽既嘉[③]。　你的酒味很甘醇，你的菜肴也很棒。

岂伊异人？兄弟匪他。	来的哪里有外人？都是兄弟非别人。
茑与女萝[4]，施于松柏。	茑草女萝藤蔓长，依附松柏悄攀援。
未见君子，忧心奕奕[5]；	未曾见到君子来，忧心忡忡神难安；
既见君子，庶几说怿[6]。	如今见到君子面，荣幸相聚真欢喜。
有頍者弁，实维何期[7]？	礼帽尖尖真漂亮，何事将它戴头顶？
尔酒既旨，尔殽既时[8]。	你的酒浆都甘醇，你的菜肴是佳品。
岂伊异人？兄弟具来。	来的哪里有外人？兄弟都来亲更亲。
茑与女萝，施于松上。	茑草女萝藤蔓长，依附松枝悄缠绕。
未见君子，忧心怲怲[9]；	未曾见到君子来，忧思绵绵生烦恼；
既见君子，庶几有臧[10]。	如今见到君子面，满怀喜悦心情好。
有頍者弁，实维在首。	礼帽尖尖真漂亮，端端正正戴头顶。
尔酒既旨，尔殽既阜。	你的酒浆都甘醇，你的菜肴真丰盛。
岂伊异人？兄弟甥舅。	来的哪里有外人？兄弟甥舅是亲戚。
如彼雨雪[11]，先集维霰[12]。	如同雪花飘眼前，雪珠阵阵坠满天。
死丧无日[13]，无几相见[14]。	归西日子难预料，时间不多难相见。
乐酒今夕，君子维宴。	今夜开怀来畅饮，君子行乐在宴会。

【注解】

①頍：皮帽顶上尖尖有角的样子。弁：用白鹿皮制成的圆顶礼帽。

②实：是。伊：语中助词，无义。

③殽：同“肴”，荤菜。

④茑、女萝：都是善于攀缘的蔓生植物。

⑤奕奕：心神不安的样子。

⑥说怿：欢欣喜悦。说，通“悦”。

⑦期，通“其”，语末助词。

⑧时：善，美。

⑨怲怲：忧愁的样子。

⑩臧：善。

⑪雨雪：下雪。

⑫霰：雪珠。
⑬无日：不知哪一天。
⑭无几：没有多久。

车 舝

《车舝》，大夫刺幽王也。褒姒嫉妒，无道并进，谗巧败国，德泽不加于民。周人思得贤女以配君子，故作是诗也。

——毛诗序

间关车之舝兮[1]，思娈季女逝兮[2]。	迎亲车轮间关响，美丽少女要出嫁。
匪饥匪渴，德音来括[3]。	既不饥饿又不渴，盼望姑娘有美德。
虽无好友，式燕且喜[4]。	虽然没有好朋友，宴饮喜庆也欢乐。
依彼平林[5]，有集维鷮[6]。	那片茂密的树林，常有野鸡来栖息。
辰彼硕女[7]，令德来教[8]。	女子长大要出嫁，美德使我受教益。
式燕且誉，好尔无射[9]。	宴饮欢乐又赞誉，爱你永远不厌恶。
虽无旨酒，式饮庶几[10]；	虽然我没有美酒，愿你也能喝几杯；
虽无嘉殽，式食庶几。	虽然我没有佳肴，愿你也能吃几口。
虽无德与女，式歌且舞。	虽无美德与你比，也可吟歌舞一回。
陟彼高冈，析其柞薪[11]；	登上高高的山冈，砍下柞树当柴火；
析其柞薪，其叶湑兮[12]。	砍下柞树当柴火，树叶茂盛多新鲜。
鲜我觏尔[13]，我心写兮[14]。	有幸我把你遇见，我心忧愁全不见。
高山仰止，景行行止[15]。	巍峨高山要仰视，平坦大道能纵驰。
四牡骓骓[16]，六辔如琴。	四马迎亲快快行，六根僵绳如琴弦。
觏尔新昏[17]，以慰我心。	如今新婚遇见你，满怀欣慰称美事。

【注解】

①间关：车轮的摩擦声。舝：车轴两头的铁键。

②季女：少女。

③括：通“佸”，聚会。

④式：语气助词，没有实义。燕：通“宴”，宴饮。

⑤依：树木茂盛的样子。平林：平原上的树林。

⑥鷮：野鸡的一种。

⑦硕女：美女。

⑧令德：好德行，指季女。

⑨射：厌弃。

⑩庶几：一些。

⑪析：砍。柞：树名。

⑫湑：茂盛。

⑬鲜：善。觏：遇见。

⑭写：同“泻”，宣泄，指消除忧愁。

⑮景行：大路。

⑯骓骓：马走不停的样子。

⑰昏：同“婚”。

青　蝇

《青蝇》，大夫刺幽王也。

——毛诗序

营营青蝇[1]，止于樊[2]。	苍蝇飞舞嗡嗡叫，飞上篱笆停下来。
岂弟君子[3]，无信谗言。	平易近人的君子，莫要相信那谗言。
营营青蝇，止于棘。	苍蝇飞舞嗡嗡叫，飞上枣树停下来。
谗人罔极[4]，交乱四国。	谗人说话没定准，祸乱四国不安宁。
营营青蝇，止于榛。	苍蝇飞舞嗡嗡叫，飞上樟树停下来。
谗人罔极，构我二人[5]。	谗人说话没准则，离间咱们两个人。

【注解】

①营营：苍蝇飞来飞去的声音。
②樊：篱笆。
③岂弟：和气、平易近人。
④罔极：没有准则。
⑤构：离间，陷害。

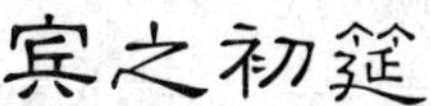

宾之初筵

《宾之初筵》，卫武公刺时也。幽王荒废，媟近小人，饮酒无度。天下化之。君臣上下沉湎淫液。武公既入，而作是诗也。

——毛诗序

宾之初筵[1]，左右秩秩[2]。　宾客来到初入席，主宾入座有秩序。
笾豆有楚[3]，殽核维旅[4]。　食器放置很整齐，鱼肉瓜果摆那里。
酒既和旨[5]，饮酒孔偕[6]。　既有好酒甘又醇，满座宾客快喝起。
钟鼓既设，举酬逸逸[7]。　钟鼓已经架设好，举杯敬酒不停歇。
大侯既抗[8]，弓矢斯张。　大靶已经张挂好，整理弓箭准备射。
射夫既同，献尔发功。　射手已经集合好，献出你们妙射技。
发彼有的[9]，以祈尔爵。　发箭射中那靶心，你饮罚酒我暗喜。
籥舞笙鼓[10]，乐既和奏。　持籥欢舞奏笙鼓，音乐和谐声调柔。
烝衎烈祖[11]，以洽百礼[12]。　进献乐舞乐祖宗，礼数周到情意深。
百礼既至，有壬有林[13]。　各种礼节都完备，隆重盛大说不够。
锡尔纯嘏[14]，子孙其湛[15]。　神灵爱你赐大福，子孙安享乐悠悠。
其湛曰乐，各奏尔能[16]。　和乐欢快喜气扬，各显本领莫保守。
宾载手仇[17]，室人入又[18]。　宾客找到好对手，主人相陪互较量。
酌彼康爵[19]，以奏尔时[20]。　斟酒装满那大杯，献给射中那选手。
宾之初筵，温温其恭。　宾客来到初入席，态度温和又恭谨。

其未醉止[21]，威仪反反[22]；	他们还没喝醉时，威严庄重自非凡；
曰既醉止，威仪幡幡[23]。	他们都已喝醉时，威严庄重全不见。
舍其坐迁[24]，屡舞仙仙[25]。	离开座位乱跑动，手舞足蹈多轻浮。
其未醉止，威仪抑抑[26]；	他们还没喝醉时，威严庄重皆可观；
曰既醉止，威仪怭怭[27]。	他们都已喝醉后，威严庄重尽消失。
是曰既醉，不知其秩[28]。	还说既然已喝醉，不知规矩没关系。
宾既醉止，载号载呶[29]。	宾客已经醉满堂，乱喊乱叫真大声。
乱我笾豆，屡舞僛僛[30]。	把我食器全弄乱，左摇右晃走踉跄。
是曰既醉，不知其邮[31]。	还说既然已喝醉，不知过错真荒唐。
侧弁之俄[32]，屡舞傞傞[33]。	皮帽歪斜在头顶，左摇右晃乱跳舞。
既醉而出，并受其福；	如果醉了便离席，主客托福两无伤；
醉而不出，是谓伐德[34]。	如果醉了不肯走，这叫败德令人厌。
饮酒孔嘉，维其令仪[35]。	喝酒本是大好事，只是仪态要端庄。
凡此饮酒，或醉或否。	所有这种喝酒人，一些醉倒一些醒。
既立之监[36]，或佐之史[37]。	已设酒监来督察，又设酒史来警戒。
彼醉不臧[38]，不醉反耻。	那些醉的虽不好，不醉反而愧在心。
式勿从谓，无俾大怠[39]。	莫再跟着去劝酒，莫使轻慢太随性。
匪言勿言[40]，匪由勿语。	不该发问别说话，不合道法别出声。
由醉之言，俾出童羖。	仗着醉后说胡话，没角公羊哪里寻。
三爵不识，矧敢多又。	不懂饮礼限三杯，怎敢劝他再满斟。

【注解】

①初筵：宾客初入席时。筵，铺在地上的竹席。

②左右：宴席东西两边，主人在东，客人在西。秩秩：恭敬而有序的样子。

③笾、豆：古代食器。有楚：即“楚楚”，陈列整齐的样子。

④殽：豆中所装的食品。核：笾中所装的食品。旅：陈列。

⑤和旨：醇和甜美。

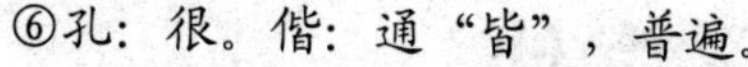

⑥孔：很。偕：通“皆”，普遍。

⑦酬：敬酒。逸逸：同“绎绎”，连续不断的样子。

⑧大侯：周王大射时用的箭靶，用虎、熊、豹三种皮制成。一般的侯也有用布制的。抗：高挂。

⑨有：语助词。

⑩籥舞：执籥而舞。籥，一种竹制管乐器。

⑪烝：进。衎：娱乐。

⑫洽：配合。

⑬有壬：即“壬壬”，礼大的样子。有林：即“林林”，礼多的样子。

⑭锡：赐。纯嘏：大福。

⑮湛：喜悦。

⑯奏：进献。

⑰载：则，便。手：取，选择。仇：匹偶，指对手。

⑱室人：主人。

⑲康爵：大杯。

⑳时：射中的宾客。

㉑止：语气助词。

㉒反反：谨慎凝重的样子。

㉓幡幡：轻浮不庄重的样子。

㉔坐：同“座”，座位。

㉕仙仙：同“跹跹”，轻盈飞舞的样子。

㉖抑抑：谨慎而严肃的样子。

㉗怭怭：轻薄而粗鄙的样子。

㉘秩：规矩。

㉙号：大声乱叫。呶：喧哗。

㉚僛僛：身体歪斜倾倒的样子。

㉛邮：过失。

㉜弁：皮帽。俄：倾斜不正。

㉝傞傞：醉舞不止的样子。

㉞伐德：败德。

㉟令仪：美好的仪表礼节。

㊱监：酒监，宴会上监督礼仪的官。

㊲史：酒史，记录饮酒时言行的官员。

㊳臧：善。

㊴大怠：太轻慢失礼。

㊵匪言：指不该问话。

小雅·《鱼藻》之什

鱼藻

《鱼藻》，刺幽王也。言万物失其性，王居镐京，将不能以自乐，故君子思古之武王焉。

——毛诗序

鱼在在藻，有颁其首①。	鱼在水藻丛中游，肥肥大大头儿摆。
王在在镐②，岂乐饮酒③。	周王你在镐京城，欢饮美酒真自在。
鱼在在藻，有莘其尾④。	鱼在水藻丛中游，长长尾巴摇又摇。
王在在镐，饮酒乐岂。	周王你在镐京城，欢饮美酒真逍遥。
鱼在在藻，依于其蒲⑤。	鱼在水藻丛中游，贴着蒲草多安详。
王在在镐，有那其居⑥。	周王你在镐京城，所居安乐好地方。

【注解】

①颁：头大的样子。

②镐：镐京，西周都城，在今陕西西安市西。

③岂乐：欢乐。

④莘：尾巴长的样子。

⑤蒲：多年生草本植物，叶长而尖，多长在河滩上。

⑥那：安逸的样子。

采 菽

《采菽》，刺幽王也。侮慢诸侯。诸侯来朝，不能锡命以礼数，征会之而无信义。君子见微而思古焉。

——毛诗序

原文	译文
采菽采菽[1]，筐之筥之[2]。	采大豆呀采大豆，方筐圆筐里面盛。
君子来朝，何锡予之？	诸侯远道来朝见，天子用啥赠给他？
虽无予之，路车乘马[3]。	纵没什么赠给他，路车四马给他乘。
又何予之？玄衮及黼[4]。	还用什么赠给他？龙袍绣衣已制成。
觱沸槛泉[5]，言采其芹。	翻腾喷涌泉水边，我去采下水中芹。
君子来朝，言观其旂。	诸侯远道来朝见，看那旗帜渐渐近。
其旂淠淠[6]，鸾声嘒嘒[7]。	看那旗帜随风扬，鸾铃传来真动听。
载骖载驷，君子所届[8]。	三马四马驾大车，远方诸侯已来临。
赤芾在股[9]，邪幅在下[10]。	红色蔽膝垂列股，裹腿下面斜着绑。
彼交匪纾[11]，天子所予。	不急不躁不骄狂，天子因此有赐赏。
乐只君子[12]，天子命之。	诸侯诸侯真快乐，天子策命颁给他。
乐只君子，福禄申之[13]。	诸侯诸侯真快乐，又有福禄赐予他。
维柞之枝，其叶蓬蓬。	柞树枝条一丛丛，它的叶子真密浓。
乐只君子，殿天子之邦[14]。	诸侯诸侯真快乐，镇邦定国助天子。
乐只君子，万福攸同。	诸侯诸侯真快乐，万种福分来聚拢。
平平左右[15]，亦是率从。	左右臣子很能干，于是他们都顺从。
泛泛杨舟，绋纚维之[16]。	杨木船儿水中漂，索缆系住不会跑。
乐只君子，天子葵之[17]。	诸侯诸侯真快乐，天子量才用以道。
乐只君子，福禄膍之[18]。	诸侯诸侯真快乐，福禄厚赐多嘉奖。
优哉游哉[19]，亦是戾矣[20]。	从容不迫很自在，生活安定多逍遥。

【注解】

①菽：大豆。

②筥：圆形的竹筐。

③路车：古时天子或诸侯所乘的车。

④玄衮：画有卷龙的黑色礼服。

⑤觱沸：泉水涌出翻腾的样子。槛泉：正向上涌出之泉。

⑥淠淠：旗帜飘动的样子。

⑦鸾：一种车铃。嘒嘒：车铃声。

⑧届：到。

⑨芾：蔽膝。

⑩邪幅：裹腿。

⑪彼交：不急不躁。彼，通“匪”。纾：缓慢。

⑫只：语气词。

⑬申：重复。

⑭殿：镇定。

⑮平平：口才很好、办事能干的样子。

⑯绋：系船的麻绳。缅：拉船用的竹索。

⑰葵：通“揆”，估量。

⑱膍：厚赐。

⑲优哉游哉：悠闲自得的样子。

⑳戾：安定。

角弓

《角弓》，父兄刺幽王也。不亲九族，而好谗佞，骨肉相怨，故作是诗也。

——毛诗序

骍骍角弓①，翩其反矣②。　角弓精心调整好，弦弛就向反面弯。
兄弟昏姻③，无胥远矣④。　兄弟亲戚一家人，不要相互太疏远。
尔之远矣，民胥然矣⑤。　你和兄弟太疏远，百姓都会跟着学。
尔之教矣，民胥效矣。　你要这样去教导，百姓都会来模仿。

此令兄弟[6]，绰绰有裕[7]；	彼此和睦亲兄弟，感情深厚少怨怒；
不令兄弟，交相为瘉[8]。	彼此不和亲兄弟，相互残害全不顾。
民之无良，相怨一方，	有人心地不善良，相互怨恨另一方，
受爵不让；至于己斯亡[9]。	接受爵位不谦让；轮到自己道理忘。
老马反为驹，不顾其后。	老马当作马驹使，不顾后果会怎样。
如食宜饇[10]，如酌孔取[11]。	就像吃饭要吃饱，就像喝酒要斟满。
毋教猱升木[12]，如涂涂附[13]。	不教猴子会爬树，好比用泥来涂墙。
君子有徽猷[14]，小人与属[15]。	君子如果有美德，小人自然来依附。
雨雪瀌瀌[16]，见晛曰消[17]。	雪花落下满天飘，一见阳光全消失。
莫肯下遗，式居娄骄[18]。	小人不肯示谦恭，反而屡屡现骄傲。
雨雪浮浮[19]，见晛曰流。	雪花落下飘悠悠，一见阳光化水流。
如蛮如髦[20]，我是用忧。	小人无礼又粗鲁，我心因此多烦忧。

【注解】

①骍骍：弦和弓调和的样子。
②翩：指弓卸弦后反过来弯曲的样子。
③昏姻：指异姓的亲戚。
④胥：通“疏”。
⑤胥：都。
⑥令：善，指兄弟关系好。
⑦绰绰：宽裕舒缓的样子。
⑧瘉：病。
⑨亡：通“忘”。
⑩饇：饱。
⑪孔取：多给。
⑫猱：猿类，善攀援。
⑬涂：泥土。
⑭徽：美好。猷：道。
⑮与：从。
⑯瀌瀌：雪很大的样子。
⑰晛：日气。

⑱式：发语词。娄：借为“屡”，屡次。
⑲浮浮：与“瀌瀌”同义。
⑳蛮、髦：皆为古代的少数民族名，此指无知粗鲁的小人。

菀柳

《菀柳》，刺幽王也。暴虐无亲，而刑罚不中，诸侯皆不欲朝。言王者之不可朝事也。

——毛诗序

有菀者柳[1]，不尚息焉[2]。　枝叶茂盛的柳树，莫到树下去歇息。
上帝甚蹈[3]，无自暱焉[4]。　君王喜怒太无常，不要与他太亲近。
俾予靖之[5]，后予极焉[6]。　若使我去辅佐他，结果必定遭诛杀。
有菀者柳，不尚愒焉[7]。　枝叶茂盛的柳树，莫到树下去歇息。
上帝甚蹈，无自瘵焉[8]。　君王喜怒太无常，不要与他太接近。
俾予靖之，后予迈焉[9]。　若使我去辅佐他，结果必定遭放逐。
有鸟高飞，亦傅于天[10]。　鸟儿展翅高高飞，一直向上飞到天。
彼人之心，于何其臻[11]？　那人内心摸不透，何处才会有止境？
曷予靖之[12]，居以凶矜[13]？　为何让我辅佐他，把我置于凶险地？

【注解】

①菀：茂盛的样子。
②尚：庶几，希望。
③蹈：动，指变动无常。
④暱：亲近。
⑤俾：使。靖：治事，办事，辅佐。
⑥极：诛杀，责罚，放逐。
⑦愒：歇息，休息。
⑧瘵：接近。

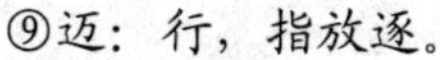

⑨迈：行，指放逐。
⑩傅：到达。
⑪臻：至，到。
⑫曷：为什么。
⑬以：于。矜：危。指危险的境地。

都人士

《都人士》，周人刺衣服无常也。古者长民，衣服不贰，从容有常，以齐其民，则民德归壹。伤今不复见古人也。

——毛诗序

原文	译文
彼都人士，狐裘黄黄。	那个漂亮的先生，狐皮袍子黄罩衫。
其容不改，出言有章。	他的容貌不曾改，出口成章有文采。
行归于周，万民所望。	将要回到镐京去，正是人民所希望。
彼都人士，台笠缁撮[1]。	那个漂亮的先生，头戴草笠黑布帽。
彼君子女，绸直如发[2]。	那个贵族的女儿，密直头发垂两边。
我不见兮，我心不说[3]。	如今我都见不到，心里不快难开颜。
彼都人士，充耳琇实[4]。	那个漂亮的先生，充耳上面有宝石。
彼君子女，谓之尹吉[5]。	那个贵族的女儿，姓尹姓吉名气大。
我不见兮，我心苑结[6]。	如今我都见不到，心中不快好牵挂。
彼都人士，垂带而厉[7]。	那个漂亮的先生，衣带下垂两边飘。
彼君子女，卷发如虿[8]。	那个贵族的女儿，卷发如蝎向上翘。
我不见兮，言从之迈。	如今我都见不到，但愿跟她一起去。
匪伊垂之，带则有余。	不是他要把带垂，衣带本该有多余。
匪伊卷之，发则有旟[9]。	不是她要把发卷，头发本该向上扬。
我不见兮，云何盱矣[10]！	如今我都见不到，为之怎能不忧伤！

【注解】

①缁撮：黑布制成的束发小帽。
②绸：细密。
③说：同“悦”。
④琇：美石。
⑤尹吉：当时的两个大姓，犹晋时称王谢。
⑥苑结：郁结，心中忧郁成结。
⑦垂带：下垂的冠带。
⑧虿：蝎类的一种。长尾曰虿，短尾曰蝎。
⑨旟：上扬。
⑩盱：忧伤。

采 绿

《采绿》，刺怨旷也。幽王之时，多怨旷者也。 ——毛诗序

终朝采绿[1]，不盈一匊[2]。 整个早晨采荩草，采来采去没一捧。
予发曲局，薄言归沐。 头发弯曲乱糟糟，我要回家梳洗好。
终朝采蓝，不盈一襜[3]。 整个早晨采蓝草，围裙还是装不满。
五日为期，六日不詹[4]。 约好五天是归期，如今六天还不回。
之子于狩，言韔其弓[5]。 这人外出去狩猎，我就为他套好弓。
之子于钓，言纶之绳。 这人外出去垂钓，我就为他理丝绳。
其钓维何？维鲂及鱮。 他所钓的是什么？鳊鱼鲢鱼真不错。
维鲂及鱮，薄言观者[6]。 鳊鱼鲢鱼真不错，钓来竟有这么多。

【注解】

①绿：草名，即荩草，染黄用的草。
②匊：同“掬”，两手合捧。

③襜：围裙。
④詹：至，到。
⑤韔：弓袋，此处用作动词。
⑥者：通“诸”，之乎二字的合音。

黍苗

《黍苗》，刺幽王也。不能膏润天下，卿士不能行召伯之职焉。

——毛诗序

芃芃黍苗[①]，阴雨膏之。	黍苗生长很茁壮，好雨及时来滋养。
悠悠南行，召伯劳之。	众人南行路途遥，召伯慰劳心舒畅。
我任我辇[②]，我车我牛。	我管车来你拉车，我扶车来你牵牛。
我行既集[③]，盖云归哉[④]！	出行任务已完成，何不今日回家乡！
我徒我御，我师我旅。	我走路来你驾车，我身在师你在旅。
我行既集，盖云归处！	出行任务已完成，何不今日回家去！
肃肃谢功[⑤]，召伯营之。	严正的谢邑工程，召伯苦心来经营。
烈烈征师[⑥]，召伯成之。	施工群众真热烈，召伯用心来组织。
原隰既平[⑦]，泉流既清。	高田低地已治平，井泉河流都疏清。
召伯有成，王心则宁。	召伯治谢大功成，周王心里得安宁。

【注解】

①芃芃：草木繁盛的样子。
②辇：拉车。
③集：完成。
④盖：同“盍”，何不。
⑤功：通“工”，工程。
⑥烈烈：火热的样子。
⑦原：高平之地。隰：低湿之地。

隰桑

《隰桑》，刺幽王也。小人在位，君子在野，思见君子，尽心以事之。

——毛诗序

隰桑有阿[①]，其叶有难[②]。	低地桑树多美好，枝叶柔嫩又茂盛。
既见君子，其乐如何？	已经见到她夫君，她的心里快乐吗？
隰桑有阿，其叶有沃[③]。	低地桑树多美好，枝叶柔嫩又光滑。
既见君子，云何不乐？	已经见到她夫君，为何她还不快乐？
隰桑有阿，其叶有幽[④]。	低地桑树多美好，枝叶色深绿油油。
既见君子，德音孔胶[⑤]。	已经见到她夫君，情意深深很牢固。
心乎爱矣，遐不谓矣[⑥]？	心里把他爱极了，何不对他把话讲？
中心藏之，何日忘之？	内心思念藏起来，什么时候忘掉他？

【注解】

①阿：通“婀”，美好的样子。

②难：通“傩”，枝叶茂盛的样子。

③沃：柔嫩光滑的样子。

④幽：通“黝”，黑色。

⑤胶：牢固。

⑥遐不：何不，为什么不。

白华

《白华》，周人刺幽后也。幽王取申女以为后，又得褒姒而黜申后，故下国化之，以妾为妻，以孽代宗，而王弗能治，周人为之作是诗也。——毛诗序

白华菅兮[1]，白茅束兮。
之子之远，俾我独兮！
英英白云，露彼菅茅。
天步艰难[2]，之子不犹[3]。
滮池北流[4]，浸彼稻田。
啸歌伤怀，念彼硕人。
樵彼桑薪，卬烘于煁[5]。
维彼硕人，实劳我心。
鼓钟于宫，声闻于外。
念子懆懆[6]，视我迈迈[7]。
有鹙在梁[8]，有鹤在林。
维彼硕人，实劳我心。
鸳鸯在梁，戢其左翼。
之子无良，二三其德。
有扁斯石，履之卑兮。
之子之远，俾我疷兮[9]。

开白花的细菅茅，白茅把它捆成束。
这人狠心抛弃我，使我空房守孤独！
天上朵朵白云飘，甘露普降惠菅茅。
怨我命运太不济，这人实在无道德。
滮池水啊向北流，灌溉稻子满地头。
长啸高歌伤心怀，想念那个健壮人。
砍那桑枝当柴烧，放入灶堂火焰高。
想起那个健壮人，痛心疾首受煎熬。
宫内敲钟钟声沉，声音传出宫外面。
想起你来心难安，你见我时却厌烦。
秃鹙就在鱼梁上，白鹤就在深树林。
想起那个健壮人，实在煎熬我的心。
鱼梁上面鸳鸯站，嘴巴插在左翅间。
这人实在没良心，三心二意让人厌。
扁平石块来垫脚，踏在上面人不高。
这人狠心抛弃我，使我忧愁病难消。

【注解】

①菅：菅茅，多年生草本植物。
②天步：命运。
③犹：如。
④滮池：水名，在今陕西西安市西北。
⑤卬：我，女子的自称。
⑥懆懆：愁苦不安的样子。
⑦迈迈：不高兴的样子。
⑧鹙：水鸟名，头与颈无毛，似鹤，又称秃鹙。梁：拦鱼的水坝。
⑨疷：因忧愁而得病。

绵蛮

《绵蛮》，微臣刺乱也。大臣不用仁心，遗忘微贱，不肯饮食教载之，故作是诗也。

——毛诗序

“绵蛮黄鸟[1]，止于丘阿[2]。
道之云远，我劳如何！”
“饮之食之，教之悔之；
命彼后车[3]，谓之载之。”
“绵蛮黄鸟，止于丘隅。
岂敢惮行，畏不能趋[4]。”
“饮之食之，教之诲之；
命彼后车，谓之载之。”
“绵蛮黄鸟，止于丘侧。
岂敢惮行，畏不能极[5]。”
“饮之食之，教之悔之；
命彼后车，谓之载之。”

“毛茸茸的小黄鸟，栖息在那山坳中。
道路真是太遥远，奔波劳累多劳苦！”
“让他吃饱又喝足，教他劝他要坚强；
叫那随从的副车，让他坐上拉他走。”
“毛茸茸的小黄鸟，栖息在那山角落。
哪里是怕徒步走，只怕太慢难走到。”
“让他吃饱又喝足，教他劝他要坚强；
叫那随从的副车，让他坐上拉他走。”
“毛茸茸的小黄鸟，栖息在那山丘旁。
哪里是怕徒步走，只怕不能走到底。”
“让他吃饱又喝足，教他劝他要坚强；
叫那随从的副车，让他坐上拉他走。”

【注解】

①绵蛮：小鸟的模样。
②丘阿：山坳。
③后车：正车后面的副车。
④趋：快走。
⑤极：至。

瓠叶

《瓠叶》，大夫刺幽王也。上弃礼而不能行，虽有牲牢饔饩，不肯用也。故思古之人，不以微薄废礼焉。

——毛诗序

幡幡瓠叶[1]，采之亨之[2]。	瓠瓜叶随风飘动，把它采来细烹饪。
君子有酒，酌言尝之。	君子家中有陈酒，斟满一杯请客品。
有兔斯首[3]，炮之燔之[4]。	白头野兔正鲜嫩，烤它煨它味道美。
君子有酒，酌言献之。	君子家中有陈酒，斟满敬客喝一杯。
有兔斯首，燔之炙之[5]。	白头野兔正鲜嫩，烤它熏它成佳肴。
君子有酒，酌言酢之[6]。	君子家中有陈酒，斟满回敬礼节到。
有兔斯首，燔之炮之。	白头野兔正鲜嫩，煨它烤它成美味。
君子有酒，酌言酬之。	君子家中有陈酒，斟满劝饮又一杯。

【注解】

①幡幡：反覆翻动的样子。

②亨：同“烹”，煮熟。

③斯首：白头。

④炮：将带毛的动物裹上泥放在火上烧。燔：把肉放在火上烤熟。

⑤炙：把肉穿起来架在火上熏烤。

⑥酢：回敬酒。

渐渐之石

《渐渐之石》，下国刺幽王也。戎狄叛之，荆舒不至，乃命将率东征。役久病于外，故作是诗也。

——毛诗序

渐渐之石[1]，维其高矣。	看那石崖真陡峭，多么危险多么高。
山川悠远，维其劳矣[2]。	山又遥来水又远，日夜跋涉真辛劳。
武人东征，不皇朝矣[3]。	将帅士兵向东进，出发无暇等破晓。
渐渐之石，维其卒矣[4]。	看那石崖真陡峭，多么高峻多么险。

山川悠远，曷其没矣[⑤]？　山又遥来水又远，征途何处是尽头？
武人东征，不皇出矣[⑥]。　将帅士兵向东进，深入无暇顾退走。
有豕白蹢，烝涉波矣。　有只肥猪是白蹄，跳进水里蹚水波。
月离于毕[⑦]，俾滂沱矣[⑧]。　月亮靠近毕星边，就怕雨大久久下。
武人东征，不皇他矣。　将帅士兵向东进，无暇他顾快通过。

【注解】

①渐渐：山石高峻的样子。
②劳：通“辽”，广阔。
③不皇朝：无暇日。
④卒：山高峻而危险。
⑤曷：何。
⑥不皇出：只知深入敌阵，不计能否生还。
⑦离：通“丽”，靠近。
⑧滂沱：下大雨的样子。

苕之华

《苕之华》，大夫闵时也。幽王之时，西戎、东夷交侵中国，师旅并起，因之以饥馑。君子闵周室之将亡，伤己逢之，故作是诗也。——毛诗序

苕之华[①]，芸其黄矣[②]。　凌霄花开在藤上，花瓣已经枯黄了。
心之忧矣，维其伤矣！　我的心中多忧愁，满心哀伤难诉说！
苕之华，其叶青青。　凌霄花开在藤上，叶色青青真茂盛。
知我如此，不如无生！　早知我心这样苦，不如当初不降生！
牂羊坟首[③]，三星在罶[④]。　母羊瘦弱头显大，空空鱼篓闪星光。
人可以食，鲜可以饱[⑤]！　虽然也算有饭吃，很少有人能吃饱！

【注解】

①苕：凌霄花，藤本蔓生植物。
②芸其黄：指花将落色黄。
③牂羊：母羊。坟：大。
④罶：鱼篓。
⑤鲜：少。

何草不黄

《何草不黄》，下国刺幽王也。四夷交侵，中国背叛，用兵不息，视民如禽兽。君子忧之，故作是诗也。

——毛诗序

何草不黄，何日不行。	哪种草儿不枯黄，哪些日子不奔忙。
何人不将[①]，经营四方。	哪个男子不出征，往来经营奔四方。
何草不玄[②]，何人不矜[③]。	哪种草儿不枯萎，哪个男子不单身。
哀我征夫，独为匪民。	可怜我们当征夫，偏偏不被当人看。
匪兕匪虎[④]，率彼旷野[⑤]。	不是野牛不是虎，总在旷野受劳苦。
哀我征夫，朝夕不暇。	可怜我们当征夫，早晚奔波没空闲。
有芃者狐[⑥]，率彼幽草。	尾巴蓬松的狐狸，总在深草丛中藏。
有栈之车[⑦]，行彼周道[⑧]。	高高大大的役车，总在大道上奔跑。

【注解】

①将：行，指出征。
②玄：黑色，百草由枯而烂的颜色。
③矜：通“鳏”，年老无妻者。
④兕：野牛。
⑤率：沿着。
⑥芃：兽毛蓬松的样子。
⑦有栈：栈栈，役车高高的样子。
⑧周道：大道。

大　雅

大雅·《文王》之什

文　王

《文王》，文王受命作周也。——毛诗序

文王在上[1]，於昭于天[2]。　文王神灵升上天，在天上光明显耀。
周虽旧邦[3]，其命维新[4]。　周虽古老是旧邦，承受天命建新朝。
有周不显[5]，帝命不时[6]。　这周朝光辉显耀，上帝旨意全遵照。
文王陟降[7]，在帝左右。　文王神灵升又降，上帝身边多崇高。
亹亹文王[8]，令闻不已[9]。　勤勉进取的文王，美名永远传人间。
陈锡哉周[10]，侯文王孙子。　上帝赐他兴周朝，文王子孙常兴旺。
文王孙子，本支百世[11]。　文王的子子孙孙，世世代代得绵延。
凡周之士[12]，不显亦世[13]。　凡是周朝的臣子，累世都光荣尊显。
世之不显，厥犹翼翼[14]。　累世都光荣尊显，深谋远虑还恭谨。
思皇多士[15]，生此王国。　贤良优秀众人才，有幸此生在周朝。
王国克生[16]，维周之桢[17]。　周朝能出诸贤士，都是国家好栋梁。
济济多士[18]，文王以宁。　济济一堂人才多，文王便放心安宁。
穆穆文王[19]，於缉熙敬止[20]。　文王庄重而恭敬，行事光明又谨慎。
假哉天命[21]，有商孙子。　伟大天命所决定，殷商子孙来周朝。
商之孙子，其丽不亿[22]。　殷商的子孙后代，人数众多算不清。
上帝既命，侯于周服[23]。　上帝既已降旨意，臣服周朝顺天命。
侯服于周，天命靡常[24]。　殷商子孙臣服周，天命无常会改变。

殷士肤敏[25]，祼将于京[26]。　　殷商士人美而敏，周王祭祖来陪伴。
厥作祼将，常服黼冔[27]。　　他们服役行灌礼，身穿祭服头戴冕。
王之荩臣[28]，无念尔祖。　　为王献身的忠臣，要感念你的祖先。
无念尔祖，聿修厥德[29]。　　感念祖先的旨意，修养自身的德行。
永言配命[30]，自求多福。　　长久来顺应天命，才能求得多福分。
殷之未丧师[31]，克配上帝。　　殷商未失民心时，也能与天意相称。
宜鉴于殷，骏命不易[32]。　　应该以殷商为戒，天命也是会变更。
命之不易，无遏尔躬[33]。　　天命也是会改变，不要断送在你身。
宣昭义问[34]，有虞殷自天[35]。　　传布显扬好名声，依天意审慎恭谦。
上天之载[36]，无声无臭[37]。　　上天行事总这样，没声没气味可辨。
仪刑文王[38]，万邦作孚[39]。　　效法文王好榜样，天下万国会信服。

【注解】

①文王：姬姓，名昌，周王朝的缔造者。
②於：赞叹。昭：光明显耀。
③旧邦：旧国。
④命：天命，即天帝的旨意。
⑤不：同“丕”，大。
⑥时：是。
⑦陟降：升降。
⑧亹亹：勤勉不倦的样子。
⑨令闻：美好的声誉。
⑩陈锡：重赐，厚赐。哉：同“载”，造，建设。
⑪本支：以树木的本枝比喻子孙繁衍。
⑫士：这里指统治周朝享受世禄的百官群臣。
⑬亦世：犹“奕世”，即累世。
⑭犹：谋划。翼翼：恭谨忠敬的样子。
⑮思：语首助词。皇：美、盛。
⑯克：能。
⑰桢：支柱，骨干。
⑱济济：众多。
⑲穆穆：仪表美好，态度庄重恭敬的样子。

⑳缉熙：光明。
㉑假：大。
㉒其丽不亿：其数极多。丽，数。亿，这里只是概数，表示其多。
㉓服：臣服。
㉔靡常：无常。
㉕肤：壮美。
㉖祼：古代一种祭礼，在神主前面铺白茅，把酒浇茅上，像神在饮酒。将：举行。
㉗黼：古代有白黑相间花纹的礼服。冔：殷商的礼帽。
㉘荩臣：忠臣。
㉙聿：语助词。
㉚配命：与天命相合。
㉛丧师：指丧失众人心。
㉜骏命：大命，也即天命。骏，大。
㉝遏：止，绝。
㉞义问：美好的名声。
㉟有：又。
㊱载：行事。
㊲臭：气息，气味。
㊳仪刑：效法。
㊴孚：相信。

大　明

《大明》，文王有明德，故天复命武王也。——毛诗序

明明在下[①]，	文王伟大光辉照人间，
赫赫在上[②]。	赫赫神灵显现于天上。
天难忱斯[③]，	天命无常难测又难信，
不易维王[④]。	一个国王做好也很难。
天位殷适[⑤]，	天位本应属于殷嫡子，

使不挟四方[⑥]。	终又让他失国丧威严。
挚仲氏任[⑦]，	太任是挚国任家姑娘，
自彼殷商[⑧]，	也可以算是来自殷商，
来嫁于周，	她远嫁来到我们周原，
曰嫔于京[⑨]。	在京都做了王季新娘。
乃及王季[⑩]，	就是太任王季在一起，
维德之行[⑪]。	推行德政有着好主张。
大任有身[⑫]，	太任怀孕将要生儿郎，
生此文王[⑬]。	生下这位就是周文王。
维此文王，	这位伟大英明的君主，
小心翼翼[⑭]。	真是十分恭敬又谦让。
昭事上帝[⑮]，	勤勉努力侍奉那上帝，
聿怀多福[⑯]。	带给我们无数的福分。
厥德不回[⑰]，	他的德行光明又磊落，
以受方国[⑱]。	深受各诸侯国的信任。
天监在下[⑲]，	上天在天监视人世间，
有命既集。	文王身上天命既显现。
文王初载[⑳]，	就在他还年轻的时候，
天作之合[㉑]。	上天给他缔结好姻缘。
在洽之阳[㉒]，	文王迎亲到洽水北面，
在渭之涘[㉓]。	就在莘国渭水的岸边。
文王嘉止[㉔]，	文王筹备婚礼喜洋洋，
大邦有子[㉕]。	大国有位美丽的姑娘。
大邦有子，	大国这位美丽的姑娘，
伣天之妹[㉖]。	长得就像那天仙一般。
文定厥祥[㉗]，	卜卦表明婚姻很吉祥，
亲迎于渭。	文王亲迎来到渭水旁。

造舟为梁[28]，　　造船相连当桥渡河去，
不显其光[29]。　　婚礼隆重显得很荣光。
有命自天，　　上帝有命正从天而降，
命此文王，　　天命降给这位周文王，
于周于京。　　要定国为周定城为京。
缵女维莘[30]，　　又娶来莘国的好姑娘，
长子维行[31]，　　她是长女嫁到了周邦，
笃生武王[32]。　　生下了这伟大的武王。
保右命尔[33]，　　皇天保佑命令周武王，
燮伐大商[34]。　　前去协同诸国伐殷商。
殷商之旅，　　殷商调来大批的兵将，
其会如林[35]。　　军旗就像那树林一样。
矢于牧野[36]：　　我主武王誓师在牧野，
“维予侯兴[37]，　　他说：“只有我们最兴旺，
上帝临女[38]，　　上帝监视你们众将士，
无贰尔心[39]！”　　你们千万不要有二心！”
牧野洋洋，　　牧野地势广阔无边垠，
檀车煌煌[40]，　　檀木战车坚固又鲜明，
驷騵彭彭[41]。　　驾车四马健壮真威武。
维师尚父[42]，　　还有太师尚父姜太公，
时维鹰扬[43]。　　就好像展翅飞的雄鹰。
凉彼武王[44]，　　他辅佐着伟大的武王，
肆伐大商[45]，　　率领三军讨伐那殷商，
会朝清明！　　一朝开创天下新气象！

【注解】

①明明：明察。多用以颂扬帝王、神灵。
②赫赫：显盛的样子。
③忱：通“谌”，信任。斯：句末助词。
④维：犹“为”。
⑤适：通“嫡”，嫡子。
⑥挟：拥有，控制。四方：天下。
⑦挚：古诸侯国名，故址在今河南。仲：指次女。
⑧自：来自。挚国之后裔，为殷商的臣子，故说太任“自彼殷商”。
⑨嫔：嫁。
⑩乃：就。及：与。
⑪维德之行：犹曰“维德是行”，只做有德行的事情。
⑫大：挚仲氏任。有身：有孕。
⑬文王：姬昌，为周武王姬发之父。
⑭翼翼：恭敬谨慎的样子。
⑮昭：明白。
⑯聿：语助词。怀：来，招来。
⑰回：邪僻。
⑱方国：商代，周初对周围诸侯国的称呼。
⑲监：监视。
⑳初载：指文王即位的初年。
㉑合：婚配。
㉒洽：水名。
㉓渭：水名。涘：水边。
㉔嘉止：嘉礼，即婚礼。
㉕大邦：大国，指莘国。子：未嫁的女子。此指莘国国君的女儿。
㉖俔：如，好比。
㉗文定：定婚。
㉘梁：桥。此指连船为浮桥，以便渡渭水迎亲。
㉙不：通“丕”，大。
㉚缵：美好。莘：古国名。
㉛长子：指长女，指太姒。行：出嫁。
㉜笃：发语词。
㉝保右：即保佑。命：命令。
㉞燮：协和，协同。

㉟会：借作“旝”，军旗。其会如林，极言殷商军队之多。
㊱矢：同“誓”，誓师。牧野：殷商地名，在今河南淇县一带。
㊲侯：是，乃、才。兴：兴起。
㊳临：监临。女：同“汝”，指周武王率领的将士。
㊴无：同“勿”。贰：同“二”。
㊵檀车：用檀木造的战车。
㊶驷騵：四匹赤毛白腹的驾辕骏马。彭彭：强壮有力的样子。
㊷师：官名，又称太师。
㊸时：是。
㊹凉：辅佐。
㊺肆伐：进击。

绵

《绵》，文王之兴，本由大王也。——毛诗序

绵绵瓜瓞[1]，民之初生[2]，	藤蔓长长大小瓜，就像周初的民众，
自土沮漆[3]。古公亶父[4]，	从杜到沮水漆水。古公亶父始创业，
陶复陶穴[5]，未有家室。	掘地挖穴筑居处，那时无房也无屋。
古公亶父，来朝走马；	古公亶父创业初，骑马率领周民逃；
率西水浒[6]，至于岐下。	沿着西方水边走，一直来到岐山下。
爰及姜女[7]，聿来胥宇[8]。	带着妃子姜氏女，察看选择定居处。
周原朊朊[9]，堇荼如饴[10]。	周原土地多肥美，堇蔡苦菜甜如糖。
爰始爰谋[11]，爰契我龟[12]；	于是谋划又商量，又灼龟壳来占卜；
曰止曰时[13]，筑室于兹。	神灵说这可定居，从此筑屋安下家。
迺慰迺止，迺左迺右；	安了心后住下来，划分左右来开荒；

廼疆廼理，廼宣廼亩[14]。	又分田界治土地，疏通土地治田垄。
自西徂东，周爰执事。	从西一直到东边，周民忙碌建家园。
乃召司空[15]，乃召司徒[16]，	召来司空管土地，召来司徒管役工，
俾立室家。其绳则直，	命令周民筑家室。拉绳筑墙直又直，
缩版以载[17]，作庙翼翼[18]。	捆好夹板把墙筑，建成宗庙好威严。
捄之陾陾[19]，度之薨薨[20]，	众人忙着装泥土，把土填入夹板中，
筑之登登，削屡冯冯[21]。	筑墙捣土登登响，削平墙头声呼呼。
百堵皆兴[22]，鼛鼓弗胜[23]。	百堵高墙筑起来，大鼓不敌筑墙声。
迺立皋门[24]，皋门有伉[25]。	于是修建外城门，城门高高入云天。
迺立应门[26]，应门将将[27]。	于是修建宫正门，正门高大又严整。
迺立冢土[28]，戎丑攸行[29]。	于是修建祭神坛，周民遇事把神祭。
肆不殄厥愠[30]，亦不陨厥问[31]。	虽未断绝那怨愤，文王声誉也无妨。
柞棫拔矣，行道兑矣[32]。	拔除柞树和棫树，道路畅通无阻拦。
混夷駾矣[33]，维其喙矣[34]。	混夷惊恐地逃跑，早已疲惫又困顿。
虞芮质厥成[35]，文王蹶厥生[36]。	虞芮相争得平息，文王感动其内心。
予曰有疏附，予曰有先后[37]，	我有聚众好贤臣，我有引导好贤臣，
予曰有奔奏[38]，予曰有御侮[39]。	我有奔走好贤臣，我有御敌好贤臣。

【注解】

①绵绵：连绵不绝的样子。瓞：小瓜。
②民：指周朝的民众。
③土：指杜水。沮漆：水名。
④古公：亶父的号。亶父：周太王的名。
⑤陶：掏。
⑥水浒：水边。
⑦及：带着，一起。
⑧胥：视察，察看。宇：居处。

⑨朊朊：土地肥美的样子。
⑩堇荼：野菜的名字。饴：饴糖。
⑪始：谋划。
⑫契龟：求龟壳裂纹，古人用龟壳卜吉凶，用火烧龟壳求裂纹。
⑬止、时：居住。
⑭宣：开垦土地并松土。
⑮司空：古代掌管土地的官。
⑯司徒：古代掌管役工的官。
⑰缩版：用绳子捆束筑墙的木板。
⑱翼翼：高大严正的样子。
⑲捄：把泥土装在器物中。陾陾：众多。
⑳度：把泥土填进夹板中。薨薨：填土声。
㉑削屡：削去墙上隆高的泥土。冯冯：削土声。
㉒兴：动工。
㉓鼛：长一丈二尺的大鼓。
㉔皋门：城门。
㉕伉：高大的样子。
㉖应门：王宫里的正门。
㉗将将：庄严堂皇的样子。
㉘冢土：大社神坛。
㉙戎丑：众人。
㉚肆：遂，故。殄：断绝。愠：怨愤。
㉛陨：落下，废除。
㉜兑：通达，通畅。
㉝混夷：西戎名。駾：因惊恐逃走。
㉞喙：通“瘃”，气短病困的样子。
㉟虞芮：周初的国名。
㊱蹶：感动。生：通“性”，善良的本性。
㊲先后：指在王前后参谋政事之臣。
㊳奔奏：奔走效力之臣。
㊴御侮：抵抗外敌欺侮之臣。

棫　朴

《棫朴》，文王能官人也。

——毛诗序

芃芃棫朴[1]，薪之槱之[2]。	棫树朴树多茂盛，砍下当柴祭天神。
济济辟王[3]，左右趣之[4]。	周王气度美无伦，群臣簇拥跟着跑。
济济辟王，左右奉璋[5]。	周王气度美无伦，左右群臣捧璋瓒。
奉璋峨峨[6]，髦士攸宜[7]。	手捧璋瓒真庄严，贤士得体是才俊。
淠彼泾舟[8]，烝徒楫之[9]。	船行泾水波声碎，众人举桨齐划船。
周王于迈[10]，六师及之[11]。	周王出发去远征，六军前进紧相随。
倬彼云汉[12]，为章于天[13]。	宽广银河漫无边，作为花纹挂天上。
周王寿考[14]，遐不作人[15]？	万寿无疆我周王，何不树人用百年？
追琢其章[16]，金玉其相[17]。	细细雕琢有才华，如金如玉品质佳。
勉勉我王[18]，纲纪四方[19]。	勤勉不已我周王，统领天下治国家。

【注解】

①芃芃：植物茂盛的样子。棫朴：二者均为灌木名。棫，白桵。朴，枹木，

②槱：聚积木柴以备燃烧。

③辟王：君王。

④趣：通“趋”，跑，疾走。

⑤奉：捧。璋：即璋瓒，祭祀时盛酒的器具。

⑥峨峨：庄严的样子。

⑦髦士：俊士，优秀之士。攸：所。宜：适合。

⑧淠：船行的样子。泾：水名。

⑨烝徒：众人。楫：划船。

⑩于迈：往行。

⑪师：军队，二千五百人为一师。

⑫倬：广大。云汉：银河。
⑬章：花纹。
⑭寿考：长寿。
⑮遐：通“何”。
⑯追：通“雕”，雕琢。
⑰相：本质。
⑱勉勉：勤勉不懈的样子。
⑲纲纪：治理，管理。

旱　麓

《旱麓》，受祖也。周之先祖，世修后稷、公刘之业。大王、王季，申以百福干禄焉。

——毛诗序

瞻彼旱麓[1]，榛楛济济[2]。	遥望那边旱山山麓，榛树楛树多么茂密。
岂弟君子[3]，干禄岂弟[4]。	平易近人的好君子，求来福禄平易近人。
瑟彼玉瓒[5]，黄流在中[6]。	圭瓒酒器鲜明细腻，金勺之中美酒满溢。
岂弟君子，福禄攸降[7]。	平易近人的好君子，天降福禄令人欢喜。
鸢飞戾天[8]，鱼跃于渊。	老鹰展翅飞上蓝天，鱼儿摇尾跃在深渊。
岂弟君子，遐不作人[9]。	平易近人的好君子，怎会不去培养他人。
清酒既载，骍牡既备[10]。	清醇甜酒已经满斟，红色公牛准备牺牲。
以享以祀，以介景福[11]。	用它上供用它祭祀，用它求取大的福分。
瑟彼柞棫[12]，民所燎矣[13]。	柞树棫树那么茂盛，百姓砍来焚烧祭神。
岂弟君子，神所劳矣[14]。	平易近人的好君子，神灵要来把你慰问。
莫莫葛藟[15]，施于条枚[16]。	葛藤一片到处长满，蔓延缠绕树枝树干。
岂弟君子，求福不回[17]。	平易近人的好君子，求福有道不邪不奸。

【注解】

①旱麓：旱山山脚。旱，山名，据考证在今陕西省南郑县附近。

②榛楛：两种灌木名。济济：众多的样子。

③岂弟：通“恺悌”，平易近人。君子：指周文王。

④干：求。

⑤瑟：干净鲜明的样子。玉瓒：圭瓒，天子祭祀时用的酒器。

⑥黄：即勺。流：即酒。

⑦攸：所。

⑧鸢：即老鹰。戾：到，至。

⑨遐：通“何”。

⑩骍牡：红色的公牛。

⑪介：求。景：大。

⑫瑟：众多的样子。

⑬燎：焚烧，此指烧柴祭天。

⑭劳：保佑。

⑮葛藟：葛藤。

⑯施：伸展绵延。条枚：树枝和树干。

⑰回：违背。

思齐

《思齐》，文王所以圣也。 ——毛诗序

思齐大任①，文王之母。	仪态端庄的太任，就是文王的母亲。
思媚周姜②，京室之妇③。	德高望重的太姜，做了王室的主妇。
大姒嗣徽音④，则百斯男⑤。	太姒延袭好名声，养育众多的子孙。
惠于宗公⑥，神罔时怨⑦， 神罔时恫⑧。	文王很孝敬祖宗，神灵对他没怨恨， 神灵放心无伤痛。
刑于寡妻⑨，至于兄弟， 以御于家邦⑩。	为给嫡妻做表率，自己兄弟也守法， 以此治理国和家。

雝雝在宫[11]，肃肃在庙[12]。	文王一家很和睦，宗庙祭祀也恭敬。
不显亦临[13]，无射亦保[14]。	国家大事亲视察，隐蔽小事也警惕。
肆戎疾不殄[15]，烈假不瑕[16]。	古今大难已断绝，大病灾难不再有。
不闻亦式，不谏亦入[17]。	听到忠言就采用，下臣进谏便采纳。
肆成人有德，小子有造。	所以成人德望高，弟子孩童可造就。
古之人无斁[18]，誉髦斯士[19]。	文王诲人永不倦，乐于选拔好人才。

【注解】

①思：语气助词，没有实义。齐：端庄。大任：太任，指周文王的母亲。
②媚：美好。周姜：太姜，周文王的祖母。
③京室：周王室。
④大姒：即太姒，指周文王的妻子。嗣：继承。徽音：美好的名声。
⑤则百斯男：意思是说子孙众多。
⑥惠：孝顺。宗公：宗庙的先人，即祖宗。
⑦罔：无。
⑧恫：伤痛。
⑨刑：法则，这里指做典范。寡妻：嫡妻。
⑩御：治理。
⑪雝雝：和谐的样子。宫：家。
⑫肃肃：庄严恭敬的样子。
⑬不显：丕显，指明显的事。临：视察。
⑭射：不明显，隐蔽。保：保守。
⑮肆：因此，所以。戎疾：大灾难。不：语气助词，没有实义。殄：断绝。
⑯烈假：指大病。瑕：与“殄”义词。
⑰入：容纳，采纳。
⑱斁：厌倦。
⑲誉：有声望。髦：俊。

皇　矣

《皇矣》，美周也。天监代殷，莫若周。周世世修德，莫若文王。

——毛诗序

皇矣上帝[1]，临下有赫[2]。
监观四方，求民之莫[3]。
维此二国[4]，其政不获[5]。
维彼四国[6]，爰究爰度[7]。
上帝耆之[8]，憎其式廓[9]。
乃眷西顾[10]，此维与宅[11]。
作之屏之[12]，其菑其翳[13]。
修之平之[14]，其灌其栵[15]。
启之辟之[16]，其柽其椐[17]。
攘之剔之[18]，其檿其柘[19]。
帝迁明德[20]，串夷载路[21]。
天立厥配[22]，受命既固[23]。
帝省其山[24]，
柞棫斯拔[25]，松柏斯兑[26]。
帝作邦作对[27]，自大伯王季[28]。
维此王季，因心则友[29]。
则友其兄[30]，则笃其庆[31]，
载锡之光[32]。
受禄无丧，奄有四方[33]。
维此王季，帝度其心，
貊其德音[34]。
其德克明，克明克类[35]，

上帝伟大而又辉煌，洞察人间慧目明亮。
监视观照天地四方，发现民间百姓疾苦。
就是夏殷两个国家，政治不行不得民心。
想到天下四方之国，于是认真研究思量。
上帝经过一番考察，憎恶殷商统治状况。
于是回头向西张望，就把岐山赐予周王。
砍伐山林清理杂树，去掉直立横卧枯木。
将其修齐将其剪平，灌木丛丛枝杈簇簇。
将其挖去将其芟去，柽木棵棵椐木株株。
将其排除将其剔除，山桑黄桑杂生四处。
上帝迁来明德君主，彻底打败犬戎部族。
皇天给他选择佳偶，受命于天国家稳固。
上帝省视周地岐山，
柞树棫树都已砍完，苍松翠柏栽种山间。
上帝为周兴邦开疆，太伯王季始将功建。
就是这位祖先王季，心地善良对人友爱。
友爱他的两位兄长，致使福庆不断增添，
上帝赐他无限荣光。
享受福禄永不消减，天下四方全都拥有。
就是这位王季祖宗，上帝审度他的心胸，
将他美名到处称颂。
他的品德清明端正，能明辨是非和善恶，

克长克君[36]。	族长国君一身兼容。
王此大邦[37]，克顺克比[38]。	统领如此泱泱大国，万民亲附百姓顺从。
比于文王[39]，其德靡悔[40]。	到了文王依然如此，他在道德上不悔恨。
既受帝祉，施于孙子[41]。	已经接受上帝赐福，延及子孙受福无穷。
帝谓文王，	上帝对着文王说道，
无然畔援[42]，无然歆羡[43]，	千万不要飞扬跋扈，也不要去非分妄想，
诞先登于岸[44]。	渡河要先登岸才好。
密人不恭[45]，敢距大邦，	密人竟不恭敬顺从，对抗大国实在狂傲，
侵阮徂共[46]。	侵阮伐共气焰甚嚣。
王赫斯怒[47]，	文王对此勃然大怒，
爰整其旅[48]，以按徂旅[49]。	整顿军队奋勇进击，阻止敌人向莒侵扰。
以笃于周祜[50]，以对于天下[51]。	用来增加周国洪福，天下四方安乐陶陶。
依其在京[52]，侵自阮疆。	文王依靠周京军队，从那阮国边疆凯旋。
陟我高冈[53]，	登临我国高山之上，
无矢我陵[54]，我陵我阿[55]；	不要陈兵在那丘陵，那是我国丘陵山冈；
无饮我泉，我泉我池。	不要饮用那边泉水，那是我国山泉池塘。
度其鲜原[56]，	文王审视那片山野，
居岐之阳[57]，在渭之将[58]。	占据岐山南边地方，就在那儿渭水之旁。
万邦之方[59]，下民之王。	他是万国效法榜样，他是人民优秀国王。
帝谓文王，予怀明德，	上帝告知我周文王，你的德行我很欣赏，
不大声以色[60]，不长夏以革[61]；	不要看重疾言厉色，莫将刑具兵革依仗；
不识不知，顺帝之则[62]。	你要做到不声不响，上帝旨意遵循莫忘。
帝谓文王，	上帝还对文王说道，
询尔仇方[63]，同尔弟兄[64]；	要与邻国咨询商量，联合同姓兄弟之邦；
以尔钩援[65]，与尔临冲[66]，	用你那些爬城钩援，和你那些攻城车辆，
以伐崇墉[67]。	讨伐攻破崇国城墙。
临冲闲闲[68]，崇墉言言[69]。	临车冲车从容自得，崇国城墙坚固高耸。

执讯连连[70]，攸馘安安[71]。	抓来俘虏成群结队，割取敌耳安详从容。
是类是祃[72]，是致是附[73]，	祭祀天神求得胜利，招降崇国安抚民众，
四方以无侮。	各国不敢再来侵扰。
临冲茀茀[74]，崇墉仡仡[75]。	临车冲车多么强盛，哪怕崇国城墙高耸。
是伐是肆[76]，是绝是忽[77]，	坚决打击坚决进攻，把那顽敌斩杀一空，
四方以无拂[78]。	各国不敢抗我威风。

【注解】

①皇：光明、伟大。
②临：监视。
③莫：通"瘼"，疾苦。
④二国：指夏、殷。
⑤不获：不得民心。
⑥四国：天下四方，指殷商时各诸侯国。
⑦爰：就，于是。究：研究。度：估量。
⑧耆：憎恶。
⑨式廓：犹言"规模"。
⑩西顾：回头向西看。西，指岐周之地。
⑪此：指周王。宅：安居。
⑫作：借作"斫"，砍伐树木。屏：除去。
⑬菑：指枯而未倒的树木。翳：指倒地枯死的树木。
⑭修：修剪。平：铲平。
⑮灌：丛生的树木。栵：树木成行列。
⑯启：开拓。辟：开辟。
⑰柽：树名，俗名河柳。椐：树名，俗名寿灵树。
⑱攘：排除。剔：剔除。
⑲檿：树名，柞树。俗名山桑。柘：树名，俗名黄桑。
⑳帝：上帝。明德：品德光明的人，此指太王。
㉑串夷：即昆夷，亦即犬戎。载：则。
㉒厥：其。配：配偶。
㉓固：稳固。
㉔省：察看。山：指岐山，在今陕西省。
㉕柞、棫：两种树名。斯：语助词。拔：拔除。

㉖兑：直。
㉗作：兴建。邦：古代诸侯的封国。对：配，指配天的君王。
㉘大伯：即太伯，太王长子。
㉙心：亲热的心。友：友爱。
㉚其：他的。
㉛笃：厚，多。庆：吉庆，福庆。
㉜锡：同“赐”。光：荣光。
㉝奄：覆盖、包括。
㉞貊：通“莫”，清静。
㉟明：明察是非。类：分辨善恶。
㊱君：国君。
㊲大邦：指周。
㊳顺：使民顺从。比：亲，亲近。
㊴比于：及至。
㊵悔：悔恨。
㊶施：延续，延及。
㊷畔援：跋扈，专横暴虐。
㊸歆羡：羡慕。
㊹诞：句首发语词。先登于岸：喻占据有利形势。
㊺密：古国名，在今甘肃灵台一带。
㊻阮：古国名，在今甘肃泾川一带。徂：往，至。共：古国名，在今甘肃泾川北。
㊼赫：发怒。斯：语助词。
㊽旅：军队。
㊾按：遏止。
㊿笃：巩固。祜：福。
51对：酬答。此引申为安定。
52京：周京。
53陟：登。
54矢：陈列。此指陈兵。
55阿：大土山。
56鲜原：有小山的平原。
57阳：山南边。
58将：旁边。
59方：效法。
60以：依靠。色：指严厉的脸色。
61长：挟，依恃。夏：夏楚，刑具。革：变革，指战争。

⑫顺：遵循。则：法则。
⑬仇方：邻国。
⑭弟兄：指同姓国家。
⑮钩援：古代两种攻城的用具，能钩着城墙，援引而上。
⑯临冲：临与冲是两种战车名。临车上有望楼，用以瞭望敌人，也可居高临下地攻城。冲车则从墙下直冲城墙。
⑰崇：古国名，在今陕西西安、户县一带。墉：城墙。
⑱闲闲：从容自得的样子。
⑲言言：高大深邃的样子。
⑳连连：接连不断的样子。
㉑馘：古代战争时将所杀之敌割取左耳以计数献功，称“馘”，也称“获”。安安：从容的样子。
㉒类：出征时祭天。祃：至所征之地举行的祭祀。
㉓致：招致。附：安抚。
㉔茀茀：强盛的样子。
㉕仡仡：高耸的样子。
㉖肆：攻击。
㉗忽：灭绝。
㉘拂：违背，抗拒。

灵　台

《灵台》，民始附也。文王受命，而民乐其有灵德，以及鸟兽昆虫焉。

——毛诗序

经始灵台[1]，经之营之。	开始筹划造灵台，测量建造巧安排。
庶民攻之，不日成之。	百姓都来建造，灵台几天就建成。
经始勿亟，庶民子来。	开始筹划本不急，百姓起劲齐出力。
王在灵囿[2]，麀鹿攸伏。	文王来到灵囿中，母鹿安静躺伏着。
麀鹿濯濯，白鸟翯翯。	母鹿毛色多润泽，白鸟洁净羽毛白。

王在灵沼，於牣鱼跃。　　文王来到灵沼旁，鱼儿满池欢跳跃。
虡业维枞，贲鼓维镛[③]。　　钟鼓支架崇牙耸，挂着大鼓和大钟。
於论鼓钟[④]，於乐辟廱[⑤]。　　依次敲击那钟鼓，君民同乐在辟廱。
於论鼓钟，於乐辟廱。　　依次敲击那钟鼓，君民同乐在辟廱。
鼍鼓逢逢[⑥]，矇瞍奏公[⑦]。　　鳄皮大鼓声和谐，盲人乐师奏颂歌。

【注解】

①经：规划，筹划。灵台：台名，周文王所造，由于造得快，有如神助，所以叫灵台。
②灵囿：灵台下面养鸟兽的花园。
③贲：大鼓。镛：大钟。
④论：同“伦”，依次（演奏）。
⑤辟廱：即“辟雍”，太学名。车是周天子为贵族子弟所设。
⑥逢逢：象声词，鼓声。
⑦矇：有眼珠的瞎子。瞍：无眼珠的瞎子。公：通“功”，这里指灵台落成。

下　武

《下武》，继文也。武王有圣德，复受天命，能昭先人之功焉。

——毛诗序

下武维周[①]，世有哲王[②]。　　后人能继承祖业，世代都有圣明王。
三后在天[③]，王配于京[④]。　　三位先王灵在天，武王配天居周京。
王配于京，世德作求[⑤]。　　武王配天居周京，德行能够匹先祖。
永言配命[⑥]，成王之孚[⑦]。　　上应天命真长久，成王也令人信服。
成王之孚，下土之式[⑧]。　　成王也令人信服，成为人间好榜样。
永言孝思[⑨]，孝思维则[⑩]。　　永远都孝顺祖宗，孝顺祖宗是法则。

媚兹一人[11]，应侯顺德[12]。　　喜爱天子这一人，能将美德来承应。
永言孝思，昭哉嗣服[13]。　　永远都孝顺祖宗，光明祖业要继承。
昭兹来许[14]，绳其祖武[15]。　　光明祖业要继承，遵循祖先的足迹。
於万斯年[16]，受天之祜[17]。　　长啊长达千万年，天赐洪福享受起。
受天之祜，四方来贺。　　天赐洪福享受起，四方诸侯来祝贺。
於万斯年，不遐有佐[18]！　　长啊长达千万年，哪愁没人来辅佐！

【注解】

①下武：在后继承。下，后。武，继承。
②哲王：贤明智慧的君主。
③三后：指周的太王、王季、文王三位先王。后，君王。
④王：此指武王。配：配天，指上应天命。
⑤求：通“逑”，匹，配。
⑥言：语助词。命：天命。
⑦孚：使人信服。
⑧式：榜样。
⑨孝思：孝心，此系以孝代指所有的美德。
⑩则：法则。此谓以先王为法则。
⑪媚：喜爱。一人：指周天子。
⑫应：当。侯：助词。
⑬昭：光明，显耀。嗣服：继承祖业。
⑭兹：同“哉”。
⑮绳：承，继续。武：足迹。祖武，指祖先的事业。
⑯於：感叹之词。斯：语助词。
⑰祜：福。
⑱不遐：何不。

文王有声

《文王有声》，继伐也。武王能广文王之声，卒其伐功也。 ——毛诗序

文王有声，遹骏有声[1]。	文王有着好声望，如雷贯耳大名扬。
遹求厥宁，遹观厥成。	但求天下能安宁，终见功成国运昌。
文王烝哉[2]！	文王真是好君王！
文王受命，有此武功。	文王受命封西伯，有这武功气势旺。
既伐于崇[3]，作邑于丰[4]。	举兵攻克那崇国，又建丰邑真漂亮。
文王烝哉！	文王真是好君王！
筑城伊淢[5]，作丰伊匹。	筑城挖那护城河，只为匹配那丰邑。
匪棘其欲[6]，遹追来孝。	不贪私欲品行正，用心尽孝为周邦。
王后烝哉[7]！	君王真是好君王！
王公伊濯[8]，维丰之垣。	文王功绩自显著，犹如丰邑那垣墙。
四方攸同，王后维翰[9]。	四方诸侯来依附，君王就是那屏障。
王后烝哉！	君王真是好君王！
丰水东注，维禹之绩。	丰水奔流向东方，大禹功绩不可忘。
四方攸同，皇王维辟[10]。	四方诸侯来依附，大王树立好榜样。
皇王烝哉！	大王真是好君王！
镐京辟雍[11]，自西自东，	辟雍落成镐京旁，自西向东诸侯国，
自南自北，无思不服[12]。	自南向北诸侯国，没人不服我周邦。
皇王烝哉！	大王真是好君王！
考卜维王，宅是镐京[13]。	占卜我王求吉祥，定都镐京好地方。
维龟正之，武王成之。	依靠神龟迁都城，武王完成堪颂扬。
武王烝哉！	武王真是好君王！
丰水有芑[14]，武王岂不仕[15]？	丰水边上芑菜茂，武王任重岂不忙？

诒厥孙谋[16]，以燕翼子。　　留下治国好策略，庇荫子孙把福享。

武王烝哉！　　武王真是好君王！

【注解】

①遹：助词，无实义。骏：大

②烝：美。

③崇：古国名，周文王曾讨伐崇侯虎。

④丰：故地在今陕西西安沣水西岸。

⑤淢：通“洫”，护城沟。

⑥棘：通“急”，急迫。

⑦王后：君王。

⑧公：同“功”。濯：本义是洗涤，引申有“光大、显著”义。

⑨翰：通“榦”，屏障。

⑩皇王：武王。

⑪镐京：周武王建立的西周国都。故址在今陕西西安市西。

⑫思：语助词。

⑬宅：定居。

⑭芑：一种野菜，似苦菜。

⑮仕：通“事”。

⑯诒：遗留，留传。

大雅·《生民》之什

生　民

《生民》，尊祖也。后稷生于姜嫄源奸，文、武之功起于后稷。故推以配天焉。

——毛诗序

厥初生民[1]，时维姜嫄[2]。　　周族祖先谁所生，是那姜嫄的女子。
生民如何？克禋克祀[3]，　　如何生下周人来？祷告神灵祭天帝，
以弗无子[4]。　　祈求生子免无嗣。
履帝武敏歆[5]，攸介攸止[6]。　　踩着上帝的脚印，神灵佑护总吉利。
载震载夙[7]，载生载育，　　十月怀胎要肃敬，一朝生下勤养育，
时维后稷。　　孩子就是周后稷。
诞弥厥月[8]，先生如达[9]。　　十月怀胎产期满，头胎分娩很顺当。
不坼不副[10]，无灾无害[11]，　　产门没破也没裂，安全无患体健康，
以赫厥灵[12]。　　上帝显出了威灵。
上帝不宁，不康禋祀[13]，　　上帝心中不安宁，姜嫄心慌忙祭祀，
居然生子。　　庆幸果然生儿郎。
诞寘之隘巷[14]，牛羊腓字之[15]。　　新生婴儿放小巷，牛羊爱护喂养他。
诞寘之平林[16]，会伐平林[17]。　　再将婴儿放林中，遇上樵夫被救起。
诞寘之寒冰，鸟覆翼之[18]。　　又置婴儿于寒冰，大鸟展翅使他暖。
鸟乃去矣，后稷呱矣[19]。　　大鸟终于飞走了，后稷这才哇哇啼。
实覃实讦[20]，厥声载路[21]。　　哭声又长又洪亮，声满道路强有力。
诞实匍匐[22]，克岐克嶷[23]，　　后稷很会四处爬，又懂事来又聪明，
以就口食[24]。　　觅食吃饱有本领。

蓺之荏菽[25]，荏菽旆旆[26]。	不久就能种大豆，大豆一片苗壮生。
禾役穟穟[27]。	种了禾穗一排排。
麻麦幪幪[28]，瓜瓞唪唪[29]。	麻麦长得真茂盛，瓜儿累累果实成。
诞后稷之穑[30]，有相之道[31]。	后稷耕田又种地，他有耕种好门道。
茀厥丰草[32]，种之黄茂[33]。	茂密杂草全除去，挑选黄谷播种好。
实方实苞[34]，实种实褎[35]，	不久吐芽出新苗，禾苗细细往上冒，
实发实秀[36]，实坚实好[37]，	拔节抽穗又结果，谷粒饱满质量高，
实颖实栗[38]。	禾穗沉沉收成好。
即有邰家室[39]。	定居邰地乐开怀。
诞降嘉种[40]：	上天关怀赐良种：
维秬维秠[41]，维穈维芑[42]。	秬子秠子既都见，红米白米也都全。
恒之秬秠[43]，是获是亩[44]；	秬子秠子遍地生，收割堆垛忙得欢；
恒之穈芑，是任是负[45]，	红米白米遍地生，扛着背着忙运输，
以归肇祀[46]。	忙完农活祭祖先。
诞我祀如何？	祭祀先祖怎么样？
或舂或揄[47]，或簸或蹂[48]。	有舂米也有舀米，有扬糠也有搓米。
释之叟叟[49]，烝之浮浮[50]。	沙沙淘米声音响，蒸饭喷香热气扬。
载谋载惟[51]，取萧祭脂[52]。	筹备祭祀多想想，艾蒿油脂燃芬芳。
取羝以軷[53]，载燔载烈[54]，	大肥公羊祭路神，又烧又烤供神享，
以兴嗣岁[55]。	祈求来年更丰收。
卬盛于豆[56]，于豆于登[57]，	祭品装在碗盘中，木碗瓦盆派上场，
其香始升。	香气升腾满厅堂。
上帝居歆[58]，胡臭亶时[59]。	上帝因此来享受，饭菜滋味实在香。
后稷肇祀，	后稷始创祭享礼，
庶无罪悔，以迄于今。	祈神佑护祸莫降，至今仍是这个样。

【注解】

①厥：其。

②时：是。姜嫄：传说中有邰氏之女，周始祖后稷之母。

③克：能，善于。禋：祭天的一种礼仪，先烧柴升烟，再加牲口及玉帛于柴上焚烧。

④弗：通"祓"，除灾求福的祭祀。

⑤履：践踏。帝：上帝。武：足迹。敏：脚的大拇指。歆：欣喜，悦服。

⑥攸：语助词。介：通"祄"，神保佑。止：通"祉"，神降福。

⑦载：语助词。震：通"娠"，怀孕。夙：通"肃"，肃敬。

⑧诞：发语词。弥：满。

⑨先生：初生，第一胎。达：通"羍"，小羊。

⑩坼：裂开。副：破裂。

⑪灾：灾难。

⑫赫：显耀。

⑬不康：指姜嫄因踩上帝大脚印而怀孕深感不安。

⑭寘：放置，安置。

⑮腓：庇护。字：养育。

⑯平林：大林，森林。

⑰会：恰巧，适逢。

⑱鸟覆翼之：大鸟张翼覆盖他。

⑲呱：小儿哭声。

⑳实：是。覃：长，悠。訏：大。

㉑载：充满。

㉒匍匐：伏地爬行。

㉓岐：开始懂事，能分辨事物。嶷：识。岐嶷形容幼年聪明。

㉔就：趋往。

㉕蓺：种植。

㉖荏菽：大豆。旆旆：生长茂盛的样子。

㉗役：行列。穟穟：禾穗丰硕下垂的样子。

㉘幪幪：茂盛的样子。

㉙瓞：小瓜。唪唪：果实累累的样子。

㉚穑：耕种。

㉛相：助。道：方法。

㉜茀：清除，拔草。

㉝黄茂：黄谷。

㉞方：谷种开始露白。苞：谷种吐芽，苗将出未出时。

㉟种：禾苗始出。褎：禾苗渐渐长高。
㊱发：生，出。秀：谷类植物抽穗开花。
㊲坚：谷粒饱满。
㊳颖：禾穗末稍下垂。栗：栗栗，形容收获众多的样子。
㊴有邰：当时代族，其地在今陕西武功县。
㊵降：赐予。
㊶秬：黑黍。秠：黑黍的一种，一个黍壳中含有两粒黍米。
㊷穈：红米。芑：白米。
㊸恒：遍。
㊹亩：抗亩来计算产量。
㊺任：挑起。负：背起。
㊻肇：开始。祀：祭祀。
㊼揄：舀取。
㊽簸：扬米去糠。蹂：以手搓剩余的谷皮。
㊾释：淘米。叟叟：淘米的声音。
㊿烝：同“蒸”。浮浮：热气上升的样子。
(51)惟：考虑。
(52)萧：艾蒿。脂：油脂。
(53)羝：公羊。軷：出行前祭祀路神。
(54)燔：将肉放在火上烧。烈：烧，烤。
(55)嗣岁：来年。
(56)卬：我。豆：古代食器，形似高脚盘。
(57)登：瓦制食器。
(58)居：语助词。歆：享受。
(59)胡：大。臭：气味。亶，确实。时：善，好。

行苇

《行苇》，忠厚也。周家忠厚，仁及草木，故能内睦九族，外尊事黄耇，养老乞言，以成其福禄焉。

——毛诗序

敦彼行苇[①]，牛羊勿践履。　　芦苇聚在路两边，别让牛羊把它踩。
方苞方体[②]，维叶泥泥[③]。　　芦苇含苞才成形，叶儿润泽有光彩。
戚戚兄弟[④]，莫远具尔[⑤]。　　同胞兄弟最亲密，不要疏远要友爱。
或肆之筵[⑥]，或授之几[⑦]。　　铺设竹席来请客，端上茶几面前摆。
肆筵设席，授几有缉御[⑧]。　　铺席开宴上菜肴，轮流上桌显局促。
或献或酢[⑨]，洗爵奠斝[⑩]。　　主宾酬酢共畅饮，洗杯捧觞兴致高。
醓醢以荐[⑪]，或燔或炙。　　送上肉酱请客尝，或烧或烤滋味好。
嘉肴脾臄[⑫]，或歌或咢[⑬]。　　牛胃牛舌也不错，唱歌击鼓人欢笑。
敦弓既坚[⑭]，四鍭既钧[⑮]；　　雕弓拽满劲儿大，四支利箭合标准；
舍矢既均[⑯]，序宾以贤[⑰]。　　放箭一射中靶心，较量射技座次分。
敦弓既句[⑱]，既挟四鍭。　　雕弓张开弦紧绷，利箭四支手持定。
四鍭如树[⑲]，序宾以不侮[⑳]。　　四箭竖立靶子上，对待客人不怠慢。
曾孙维主[㉑]，酒醴维醹[㉒]；　　宴会主人是曾孙，供应美酒味香醇；
酌以大斗[㉓]，以祈黄耇[㉔]。　　斟满大杯来献上，敬祝老人更长寿。
黄耇台背[㉕]，以引以翼[㉖]。　　龙钟体态行蹒跚，扶他帮他是侍者。
“寿考维祺[㉗]，以介景福[㉘]。”　　“长命吉祥是祥瑞，请神赐予大福分。”

【注解】

①敦彼：聚拢的样子。行：道路。
②苞：含苞。体：成形。
③泥泥：通“苨苨”，茂盛。
④戚戚：亲热的样子。
⑤远：疏远。尔：通“迩”，近。
⑥肆：陈设。筵：竹席。
⑦几：矮脚的桌案。
⑧缉御：局促不安的样子。
⑨献：主人对客敬酒。酢：客人拿酒回敬。
⑩洗爵：周时礼制，主人敬酒，取几上之杯先洗一下，再斟酒献客，客人回敬主人，也是如此操作。爵，古酒器，青铜制。奠斝：周时礼制，主人敬的酒客人饮毕，则置杯于几上。客人回敬主人，主人饮毕也须这样做。奠，置。

斝，古酒器，青铜制，圆口、平底、三足。
⑪醓：肉酱的汁。醢：鱼肉等制成的酱。荐：进献。
⑫脾：通“膍”，牛胃，俗称牛百叶。臄：牛舌。
⑬咢：徒手击鼓。
⑭敦弓：雕弓。
⑮镞：一种箭，金属箭头，鸟羽箭尾。钧：通“均”，平均，均衡。
⑯舍矢：放箭。均：权衡，比较。
⑰序宾：安排宾客在宴席上的座位次序。贤：此指射技的高低。
⑱句：借为“彀”，张弓。
⑲树：竖立，指箭射在靶子上像竖立着一样。
⑳侮：怠慢。
㉑曾孙：周代贵族对神自称曾孙。
㉒醴：甜酒。醹：酒味醇厚。
㉓斗：古酒器。
㉔黄耇：老人。
㉕台背：即“鲐背”。指年老长寿的人。老年人背上生有斑纹似鲐鱼之纹，故称。
㉖引：引导。翼：遮蔽，此犹言扶持。
㉗寿考：长寿。祺：吉祥。
㉘介：赐予。景：大。

既　醉

《既醉》，大平也。醉酒饱德，人有士君子之行焉。——毛诗序

既醉以酒，既饱以德。　甘醇美酒喝个醉，你的恩德我饱受。
君子万年，介尔景福①。　祝愿主人活万年，天赐洪福永享有。
既醉以酒，尔殽既将②。　甘醇美酒喝个醉，你的佳肴我细品。
君子万年，介尔昭明③。　祝愿主人活万年，天赐前程多光明。
昭明有融④，高朗令终⑤。　幸福光明很长久，德高望重得善终。
令终有俶⑥，公尸嘉告⑦。　善终自然是美好，神主良言愿赠送。

其告维何？笾豆静嘉[⑧]。	神主良言什么样？祭品丰美放盘里。
朋友攸摄[⑨]，摄以威仪。	宾朋纷纷来助祭，增光添彩重礼仪。
威仪孔时[⑩]，君子有孝子。	隆重礼仪很合适，主人尽孝是孝子。
孝子不匮[⑪]，永锡尔类[⑫]。	孝子永远不会少，上天赐你好后嗣。
其类维何？室家之壸[⑬]。	赐你后嗣什么样？治理家业有良方。
君子万年，永锡祚胤[⑭]。	祝愿主人活万年，天赐福分后代享。
其胤维何？天被尔禄[⑮]。	传到后代什么样？上天给你添厚禄。
君子万年，景命有仆[⑯]。	祝愿主人活万年，自有天命得妻儿。
其仆维何？厘尔女士[⑰]。	妻儿都是什么样？天赐才女做新娘。
厘尔女士，从以孙子[⑱]。	天赐才女做新娘，子孙不绝代代传。

【注解】

①景福：大福。

②将：拿，取。

③昭明：光明。

④融：长。

⑤令终：善终。

⑥俶：善，美好。

⑦公尸：古代祭祀时以人装扮成祖先接受祭祀，这人就称“尸”，祖先为君主诸侯，则称“公尸”。嘉告：好话，指祭祀时祝官代表尸为主祭者致嘏辞（赐福之辞）。

⑧笾豆：两种古代食器、礼器，笾竹制，豆陶制或青铜制。静嘉：美好。

⑨摄：辅助。

⑩孔：很，甚。

⑪匮：竭尽，缺乏。

⑫类：族类。

⑬壸：宫中之道，引申为齐，作动词用，治理家庭。

⑭祚：福。胤：后代。

⑮被：加，覆盖。

⑯景命：大命，天命。仆：仆人，此指妻儿。

⑰厘：通“赉”，赐予。

⑱从：随。孙子：子孙。

凫　鹥

《凫鹥》，守成也。大平之君子能持盈守成，神祇祖考安乐之也。

——毛诗序

凫鹥在泾①，公尸来燕来宁②。
尔酒既清，尔殽既馨。
公尸燕饮，福禄来成③。
凫鹥在沙，公尸来燕来宜④。
尔酒既多，尔殽既嘉。
公尸燕饮，福禄来为⑤。
凫鹥在渚⑥，公尸来燕来处⑦。
尔酒既湑⑧，尔殽伊脯⑨。
公尸燕饮，福禄来下。
凫鹥在潨⑩，公尸来燕来宗⑪。
既燕于宗⑫，福禄攸降。
公尸燕饮，福禄来崇⑬。
凫鹥在亹⑭，公尸来止熏熏⑮。
旨酒欣欣，燔炙芬芬。
公尸燕饮，无有后艰。

野鸭鸥鸟聚河中，神主赴宴多安详。
你的美酒清又醇，你的菜肴味道香。
神主赴宴来品尝，福禄大大为你降。
野鸭鸥鸟聚沙滩，神主赴宴来应邀。
你的美酒好又多，你的菜肴美又香。
神主赴宴来品尝，赐你福禄长安康。
野鸭鸥鸟在沙洲，神主赴宴来居住。
你的美酒已滤清，你的菜肴有干肉。
神主赴宴来品尝，为你降下大福禄。
野鸭鸥鸟在港汊，神主赴宴位居尊。
已在宗庙设酒席，福禄降临你家门。
神主赴宴来品尝，福禄不断赐给你。
野鸭鸥鸟在峡门，神主赴宴乐悠悠。
美酒香味闻得到，烧肉烤肉香喷喷。
神主赴宴来品尝，从此太平无艰辛。

【注解】

①凫：野鸭。鹥：鸥鸟。泾：直流之水，这里指河水。
②公尸：古代祭祀时代替祖先受祭的活人。燕：通“宴”。宁：安慰。
③成：实现。
④宜：顺，安享。
⑤为：助。
⑥渚：水中小块陆地。

⑦处：安乐。
⑧湑：过滤。引申为清。
⑨伊：语助词。脯：干肉。
⑩潀：港汊，水流汇合之处。
⑪宗：尊敬。
⑫宗：宗庙，祭祀祖先的庙。
⑬崇：高，此作动词，加高，增加。
⑭亹：峡中两岸对峙如门的地方。
⑮熏熏：和乐的样子。

假乐

《假乐》，嘉成王也。

——毛诗序

假乐君子[1]，显显令德[2]。	成王令人爱又敬，内心光明好美德。
宜民宜人，受禄于天。	适合民安与用人，所得福禄皆天赐。
保右命之，自天申之[3]。	保佑辅佐受天命，上天常常关照他。
干禄百福[4]，子孙千亿。	求得福禄多又多，子孙多得数不清。
穆穆皇皇[5]，宜君宜王。	成王端庄又美盛，应理天下称君王。
不愆不忘[6]，率由旧章。	从不犯错不忘本，遵循先祖旧典章。
威仪抑抑[7]，德音秩秩。	仪表堂堂很威严，文教言谈条理明。
无怨无恶，率由群匹。	不怀私怨与私恶，诚恳听取众贤臣。
受禄无疆，四方之纲。	所得福禄无穷尽，四方以他为准绳。
之纲之纪，燕及朋友[8]。	天下以他为标准，他设宴席酬友朋。
百辟卿士[9]，媚于天子[10]。	众位诸侯与百官，爱戴天子有忠心。
不解于位[11]，民之攸塈[12]。	从不懈怠在王位，他使人民得安宁。

【注解】

①假：通“嘉”，赞美。乐：喜爱。
②显：光明。
③申：重复。
④干禄：求福。
⑤穆穆：肃敬的样子。皇皇：美盛的样子。
⑥愆：过失。
⑦抑抑：美好的样子。
⑧燕：宴请。
⑨百辟：众诸侯。
⑩媚：喜爱。
⑪解：通“懈”，怠慢。
⑫塈：休息。

公刘

《公刘》，召康公戒成王也。成王将涖政，戒以民事，美公刘之厚于民，而献是诗也。

——毛诗序

笃公刘[1]，匪居匪康[2]。	忠实厚道好公刘，不图安康和享受。
迺埸迺疆[3]，迺积迺仓[4]。	划分田界治边界，仓里粮食堆得满。
迺裹糇粮[5]，于橐于囊[6]。	把那干粮装起来，大袋小袋都装满。
思辑用光[7]。	大家团结光荣久。
弓矢斯张[8]，干戈戚扬[9]，	佩起弓箭执戈矛，盾牌斧钺都拿好，
爰方启行。	向着前方迈步走。
笃公刘，于胥斯原[10]。	忠实厚道好公刘，察看豳地原野忙。
既庶既繁[11]，既顺迺宣[12]，	百姓众多紧跟随，民心归顺多舒畅，
而无永叹。	没有叹息不烦忧。
陟则在巘[13]，复降在原。	忽登山顶远远望，忽下平原细细瞅。
何以舟之[14]？	身上环绕何物件？

维玉及瑶，鞞琫容刀[15]。	美玉宝石有很多，佩刀上面有玉饰。
笃公刘，	忠实厚道好公刘，
逝彼百泉[16]，瞻彼溥原[17]；	沿着溪泉岸边走，眺望广阔的原野；
迺陟南冈，乃觏于京[18]。	登上南边高冈望，京师美景一并收。
京师之野[19]，	京师四野多肥沃，
于时处处[20]，于时庐旅[21]，	这里适合人居住，快快去把宫室修，
于时言言，于时语语。	又说又笑喜洋洋，又笑又说乐悠悠。
笃公刘，于京斯依。	忠实厚道好公刘，从此定居在京师。
跄跄济济[22]，俾筵俾几[23]。	群臣侍从威仪盛，赴宴入席招待忙。
既登乃依，乃造其曹[24]。	宾主依次安排定，祭祀神灵求保佑。
执豕于牢[25]，酌之用匏[26]。	圈里抓猪做佳肴，且用瓢儿斟美酒。
食之饮之，君之宗之[27]。	酒醉饭饱心情好，推选公刘为领袖。
笃公刘，	忠实厚道好公刘，
既溥既长，既景迺冈[28]，	又宽又长辟地头，测定日影在山冈，
相其阴阳[29]，观其流泉。	山南山北测一周，勘明水源与水流。
其军三单[30]，度其隰原[31]，	组织军队分三班，勘察低地开深沟，
彻田为粮[32]。	治理田亩好种粮。
度其夕阳[33]，豳居允荒[34]。	再到西山仔细看，豳地确实很广大。
笃公刘，于豳斯馆。	忠实厚道好公刘，豳地筑宫环境幽。
涉渭为乱[35]，取厉取锻[36]。	横渡渭水驾木舟，砺石砧石任取求。
止基迺理[37]，爰众爰有[38]。	块块基地治理好，民康物阜笑语多。
夹其皇涧[39]，溯其过涧[40]。	皇涧两岸人住下，面向过涧视野好。
止旅迺密[41]，芮鞫之即[42]。	移民定居人稠密，河之两岸再往就。

【注解】

①笃：诚实忠厚。

②匪：不。康：安乐。

③埸：田界。
④积：堆积谷物。仓：把粮食存入仓内。
⑤糇粮：干粮。
⑥于橐于囊：指装入口袋。有底曰囊，无底曰橐。
⑦思辑：和睦团结。思，发语词。光：光荣。
⑧斯：发语词。张：准备，张罗。
⑨干：盾牌。戚：斧。扬：古代一种兵器，亦名钺。
⑩胥：视察。斯：这。
⑪庶、繁：人口众多。
⑫顺：民心归顺。宣：舒畅。
⑬陟：攀登。巘：山峰。
⑭舟：通“周”，环绕。
⑮鞞：刀鞘。琫：刀鞘口上的玉饰。
⑯逝：往。
⑰溥：广大。
⑱觏：见，看见。京：高丘。也释作豳之地名。
⑲京师：京邑。
⑳于时：于是。时，通“是”。处：处所。
㉑庐旅：此二字古通用，即“旅旅”，寄居之意。
㉒跄跄：步履从容有节奏的样子。
㉓俾：使。筵：铺在地上坐的席子。几：放在席子上的小桌。
㉔造：一种祭祀名。
㉕牢：猪圈。
㉖酌之：指斟酒。匏：葫芦，此指剖成的瓢，古称匏爵。
㉗君之：指当君主。宗之：指当族主。
㉘景：通“影”，测定日影。
㉙相：视察。阴阳：指山之南北。南曰阳，北曰阴。
㉚三单：分军为三，轮流值班。
㉛度：测量。隰原：低平之地。
㉜彻田：周人管理田亩的制度。
㉝夕阳：山的西面。
㉞允荒：确实广大。
㉟渭：渭水。乱：横渡河水。
㊱厉：通“砺”，磨刀石。锻：打铁，此指打铁用的砧石。
㊲基：基地。理：治理。
㊳爰众爰有：谓人多且富有。

㊴皇涧：豳地水名。
㊵过涧：涧名。
㊶止旅迺密：指前来定居的人口日渐稠密。
㊷芮：通“汭”，水边。即：往就。

洞酌

《泂酌》，召康公戒成王也。言皇天亲有德、飨有道也。 ——毛诗序

泂酌彼行潦[①]，	远处舀到积水潭，
挹彼注兹[②]，可以馎饎[③]。	把这水缸都灌满，可以蒸饭和热酒。
岂弟君子[④]，民之父母。	君子德行真和乐，就像百姓父母般。
泂酌彼行潦，	远处舀到积水坑，
挹彼注兹，可以濯罍[⑤]。	舀水倒进我水缸，便把酒壶洗干净。
岂弟君子，民之攸归[⑥]。	君子德行真和乐，百姓追随心向往。
泂酌彼行潦，	远处舀到积水洼，
挹彼注兹，可以濯溉[⑦]。	舀进水瓮抱回家，可以洗涤和抹擦。
岂弟君子，民之攸塈[⑧]。	君子德行真高大，百姓安定爱戴他。

【注解】

①泂：远。行潦：路边的积水。
②挹：舀水。注：灌入。
③馎：蒸饭。饎：酒食。
④岂弟：同“恺悌”，和乐平易。
⑤罍：古酒器，似壶而大。
⑥攸：所。归：归附。
⑦溉：通“概”，一种盛酒漆器。
⑧塈：休息。

卷阿

《卷阿》，召康公戒成王也。言求贤用吉士也。 ——毛诗序

有卷者阿[①]，飘风自南[②]。	丘陵曲折风光好，旋风呼啸自南来。
岂弟君子[③]，来游来歌，	平易近人的君子，到此遨游歌载道，
以矢其音[④]。	众人陈述其德音。
伴奂尔游矣[⑤]，优游尔休矣[⑥]。	江山如画任你遨，悠闲自得休息好。
岂弟君子，	平易近人的君子，
俾尔弥尔性[⑦]，似先公酋矣[⑧]。	终生劳碌何所求，只为继承那祖业。
尔土宇昄章[⑨]，亦孔之厚矣[⑩]。	所有版图和封疆，宽广辽阔遍海内。
岂弟君子，	平易近人的君子，
俾尔弥尔性，百神尔主矣[⑪]。	终生劳碌有作为，主祭百神最适合。
尔受命长矣，茀禄尔康矣[⑫]。	你受天命久又长，福禄安康样样有。
岂弟君子，	平易近人的君子，
俾尔弥尔性，纯嘏尔常矣[⑬]。	终生劳碌百年寿，天赐洪福享受够。
有冯有翼[⑭]，有孝有德，	良士贤才辅佐你，品德崇高有威望，
以引以翼[⑮]。	匡扶相助功绩伟。
岂弟君子，四方为则[⑯]。	平易近人的君子，天下万民效法你。
颙颙卬卬[⑰]，如圭如璋[⑱]，	贤臣肃敬志高扬，品德高尚如圭璋，
令闻令望[⑲]。	威望名声传四方。
岂弟君子，四方为纲。	平易近人的君子，天下诸侯好榜样。
凤皇于飞，翙翙其羽[⑳]，	高高天上凤凰飞，百鸟展翅紧追随，
亦集爰止[㉑]。	凤停树上百鸟陪。
蔼蔼王多吉士[㉒]，	周王身边贤士多，
维君子使，媚于天子[㉓]。	任你驱使献智慧，喜爱天子不敢违。
凤皇于飞，翙翙其羽，	青天高高凤凰飞，百鸟纷纷紧追随，

亦傅于天[24]。	直上云霄迎朝晖。
蔼蔼王多吉人，	周王身边贤士多，
维君子命，媚于庶人。	听你命令不嫌累，爱护天下老百姓。
凤皇鸣矣，于彼高冈。	凤凰鸣叫表吉祥，停在那边高山上。
梧桐生矣，于彼朝阳[25]。	高山上面生梧桐，面向东方迎朝阳。
菶菶萋萋[26]，雝雝喈喈[27]。	梧桐枝叶多茂盛，凤凰和鸣声悠扬。
君子之车，既庶且多。	迎送贤臣车马备，车子又多又华美。
君子之马，既闲且驰[28]。	迎送贤臣有好马，奔腾敏捷快如飞。
矢诗不多，维以遂歌[29]。	贤臣献诗多又好，为答周王邀歌会。

【注解】

①卷：卷曲。阿：大丘陵。
②飘风：旋风。
③岂弟：即“恺悌”，和乐平易。
④矢：陈述。
⑤伴奂：纵驰、尽情的意思。
⑥优游：从容自得的样子。
⑦俾：使。尔：你，指周王。弥：终，尽。性：生命。
⑧似：通“嗣”，继承。酋：完成，成就。
⑨昄：大。
⑩厚：广大辽阔。
⑪主：主祭者。
⑫茀：通“福”，福气。
⑬纯嘏：大福。
⑭冯：辅。翼：助。
⑮引：引导。
⑯四方：天下。
⑰颙颙：严肃的样子。卬卬：气宇轩昂的样子。
⑱圭：古代玉制礼器，长条形，上端尖。璋：也是古代玉制礼器，长条形，上端为斜锐角。
⑲令：美，善。
⑳翙翙：鸟飞时振动羽毛的声音。

㉑爰：于。
㉒蔼蔼：众多的样子。吉士：贤良之士。
㉓媚：喜爱。
㉔傅：至。
㉕朝阳：指山的东面，因其早上为太阳所照，故称。
㉖菶菶：茂盛的样子。
㉗雝雝喈喈：鸟鸣声。
㉘闲：熟习。
㉙遂：对、答。

民　劳

《民劳》，召穆公刺厉王也。　　——毛诗序

民亦劳止[1]，汔可小康[2]。　百姓也已够辛苦，只求可以稍安康。
惠此中国[3]，以绥四方[4]。　爱护京师众百姓，安定四方诸侯国。
无纵诡随[5]，以谨无良[6]。　不要听从欺诈语，谨慎提防无良人。
式遏寇虐[7]，憯不畏明[8]。　遏止暴虐与掠夺，怎不畏惧天朗朗。
柔远能迩[9]，以定我王。　远近百姓都要爱，周王心定福安享。
民亦劳止，汔可小休。　百姓也已够辛苦，只求可以稍休息。
惠此中国，以为民逑[10]。　爱护京师众百姓，百姓安乐聚一起。
无纵诡随，以谨惛怓[11]。　不要听从欺诈语，谨慎提防少争吵。
式遏寇虐，无俾民忧。　遏止暴虐与掠夺，不使百姓太忧愁。
无弃尔劳[12]，以为王休[13]。　不要抛弃旧功劳，只为王家谋利益。
民亦劳止，汔可小息。　百姓也已够辛苦，只求可以稍喘息。
惠此京师，以绥四国。　爱护京师众百姓，安定四方诸侯国。
无纵诡随，以谨罔极[14]。　不要听从欺诈语，谨慎提防无法纪。

原文	译文
式遏寇虐，无俾作慝[15]。	遏止暴虐与掠夺，不使作恶太得意。
敬慎威仪，以近有德。	恭敬慎重保威仪，亲近仁人与志士。
民亦劳止，汔可小愒[16]。	百姓也已够辛苦，只求可以稍安宁。
惠此中国，俾民忧泄。	爱护京师众百姓，使民消除心中忧。
无纵诡随，以谨丑厉[17]。	不要听从欺诈语，谨慎提防那恶人。
式遏寇虐，无俾正败[18]。	遏止暴虐与掠夺，不使政事败难成。
戎虽小子[19]，而式弘大[20]。	你虽是个年轻人，作用却大要认清。
民亦劳止，汔可小安。	百姓也已够辛苦，只求可以稍安定。
惠此中国，国无有残。	爱护京师众百姓，社会安定无酸辛。
无纵诡随，以谨缱绻[21]。	不要听从欺诈语，谨慎提防内乱生。
式遏寇虐，无俾正反[22]。	遏止暴虐与掠夺，不使颠倒我朝政。
王欲玉女[23]，是用大谏[24]。	大王贪财爱美女，因此大声来谏诤。

【注解】

①止：语气词。

②汔：副词。庶几，差不多。康：安康，安居。

③惠：爱。中国：京城，国都。

④绥：安定。

⑤纵：听从。诡随：欺诈虚伪。

⑥谨：谨慎，提防。

⑦式：发语词。寇虐：残害掠夺人民的人。

⑧憯：竟，乃。

⑨柔：安抚。迩：近。

⑩逑：聚合。

⑪惛怓：喧扰，争吵。

⑫尔：指在位者。劳：劳绩，功劳。

⑬休：美，此指利益。

⑭罔极：没有准则，没有法纪。

⑮慝：恶，邪恶。

⑯愒：休息。

⑰丑厉：恶人。

⑱正：通“政”，政事。
⑲戎：你，指在位者。小子：年轻人，指周王。
⑳式：作用。
㉑缱绻：固结不解，指统治者内部纠纷。
㉒正反：政事颠倒。
㉓女：女色。
㉔是用：是以，因此。

板

《板》，凡伯刺厉王也。

——毛诗序

上帝板板[1]，下民卒瘅[2]！	上帝昏乱行为反常，民众受苦多病辛劳！
出话不然[3]，为犹不远[4]。	说出的话太不像样，决策眼光很不长远。
靡圣管管[5]。不实于亶[6]。	无视圣贤刚愎自用，不讲诚信是非混淆。
犹之未远，是用大谏！	执政行事太没远见，所以要用诗来劝告！
天之方难[7]，无然宪宪[8]。	天下正值多灾多难，不要这样寻欢作乐。
天之方蹶[9]，无然泄泄[10]。	天下恰逢祸患骚乱，不要如此一派胡言。
辞之辑矣[11]，民之洽矣[12]。	政令如果协调得当，百姓便能和睦安定。
辞之怿矣[13]，民之莫矣[14]。	政令一旦败坏涣散，人民自然遭受苦难。
我虽异事，及尔同寮[15]。	我与你虽各司其职，但也与你算是同事。
我即尔谋，听我嚣嚣[16]。	我来和你一起商议，不听忠言态度傲慢。
我言维服[17]，勿以为笑。	我言切合治国实际，切莫当成笑话儿戏。
先民有言：“询于刍荛[18]。”	古人有话不应忘记：“请教樵夫大有裨益。”
天之方虐，无然谑谑[19]。	天下近来正闹灾荒，不要享乐一味放荡。
老夫灌灌[20]，小子跻跻[21]。	老夫忠心诚意满腔，小子如此傲慢轻狂。
匪我言耄[22]，尔用忧谑。	不要说我老来糊涂，是你戏谑实在张狂。
多将熇熇[23]，不可救药。	多行不义事难收场，不可救药病入膏肓。

天之方懠[24]，无为夸毗[25]。　老天近来已经震怒，谄媚顺从于事无补。
威仪卒迷[26]，善人载尸[27]。　君臣礼仪都很混乱，好人闭口好比神尸。
民之方殿屎[28]，则莫我敢葵[29]。　人民正在呻吟受苦，我今怎敢别有他顾。
丧乱蔑资[30]，曾莫惠我师[31]。　国家动乱财物匮乏，怎能将我百姓安抚。
天之牖民[32]，如埙如篪[33]，　天对万民诱导教化，像吹埙篪那样和洽，
如璋如圭[34]，如取如携。　又如璋圭相配相称，时时携取将其佩挂。
携无曰益，牖民孔易[35]。　随时相携没有阻碍，因势利导不出偏差。
民之多辟[36]，无自立辟[37]。　民间今多邪僻之事，徒劳无益枉自立法。
价人维藩[38]，大师维垣[39]，　好人就像篱笆簇拥，民众好比围墙高耸，
大邦维屏[40]，大宗维翰[41]。　大国犹如屏障挡风，同族宛似栋梁架空。
怀德维宁，宗子维城[42]。　有德便能安定从容，宗子就可自处城中。
无俾城坏，无独斯畏。　莫让城墙毁坏无用，莫被孤立忧心忡忡。
敬天之怒，无敢戏豫[43]。　敬畏上天发怒警告，怎么再敢荒嬉逍遥。
敬天之渝[44]，无敢驰驱[45]。　看重上天变化示意，怎么再敢任性桀傲。
昊天曰明[46]，及尔出王[47]。　上天意志明白可鉴，与你一起来往同道。
昊天曰旦，及尔游衍[48]。　上天惩戒无时不在，伴你一起出入游乐。

【注解】

①板板：邪僻，反常的样子。
②卒瘅：劳累多病。
③不然：不对，不合理。
④犹：通“猷”，谋划。
⑤靡圣：不把圣贤放在眼里。管管：随心所欲，无所依据的样子。
⑥亶：诚信。
⑦方：正在。难：灾难。
⑧无然：不要这样。宪宪：欢欣喜悦的样子。
⑨蹶：动乱。
⑩泄泄：多言的样子。
⑪辞：指政令。辑：调和。

⑫洽：融洽，和睦。
⑬怿：借为“殬”，败坏。
⑭莫：通“瘼”，疾苦。
⑮及：与。同寮：同事。寮，同“僚”。
⑯嚣嚣：傲慢的样子。
⑰维：是。
⑱刍：草。荛：柴。此指樵夫。
⑲谑谑：喜乐的样子。
⑳灌灌：诚恳的样子。
㉑跻跻：骄傲的样子。
㉒匪：非，不要。耄：八十为耄。此指老来糊涂。
㉓将：行，做。熇熇：火势炽烈的样子，此指一发而不可收拾。
㉔愶：愤怒。
㉕夸毗：卑躬屈膝，谄媚顺从。
㉖威仪：指君臣间的礼节。卒：尽，都。迷：混乱，迷乱。
㉗载：则。尸：祭祀时由人扮成的神尸，终祭不言。
㉘殿屎：呻吟之声。
㉙葵：通“揆”，度量。
㉚蔑：无。资：财产。
㉛惠：施恩。师：此指民众。
㉜牖：通“诱”，诱导。
㉝埙：古陶制椭圆形吹奏乐器。篪：古竹制管乐器。
㉞璋、圭：玉制礼器。
㉟孔：很，甚。
㊱辟：邪僻。
㊲立辟：制定法律。辟，法。
㊳价：善。维：是。藩：篱笆。
㊴大师：大众。垣：墙。
㊵大邦：指诸侯大国。屏：屏障。
㊶大宗：指与周王同姓的宗族。
㊷宗子：周王的嫡子。
㊸戏豫：嬉戏逸乐。
㊹渝：通“愉”。
㊺驰驱：指任意放纵。
㊻明：光明。
㊼王：通“往”，去，到。
㊽游衍：游乐。

小雅·《荡》之什

荡

《荡》，召穆公伤周室大坏也。厉王无道，天下荡荡，无纲纪文章，故作是诗也。

——毛诗序

荡荡上帝[①]，下民之辟[②]。　上帝骄淫又放荡，他是下民的君王。
疾威上帝[③]，其命多辟[④]。　上帝贪婪又暴虐，政令邪僻很反常。
天生烝民[⑤]，其命匪谌[⑥]。　上天养育众百姓，政令欺人无诚信。
靡不有初，鲜克有终[⑦]。　万事开头讲得好，很少能有好结尾。
文王曰咨[⑧]，咨女殷商[⑨]！　文王开口便叹息，叹你殷商末代王！
曾是强御[⑩]，曾是掊克[⑪]，　多少凶狠残暴贼，敲骨吸髓又贪赃，
曾是在位，曾是在服[⑫]。　偷取高位享厚禄，有权有势太张狂。
天降滔德[⑬]，女兴是力[⑭]。　天降这些傲慢人，你们助王兴风浪。
文王曰咨，咨女殷商！　文王开口便叹息，叹你殷商末代王！
而秉义类[⑮]，强御多怼[⑯]。　你用贤臣以职位，凶暴奸臣心怨恨。
流言以对，寇攘式内[⑰]。　面进谗言来诽谤，强行掠取朝廷内。
侯作侯祝[⑱]，靡届靡究[⑲]。　陷害贤良咒忠臣，不良之意无穷尽。
文王曰咨，咨女殷商！　文王开口便叹息，叹你殷商末代王！
女炰烋于中国[⑳]，敛怨以为德。　跋扈天下太嚣张，却把恶人当忠良。
不明尔德，时无背无侧[㉑]。　知人之明你没有，不知叛臣结党羽。
尔德不明，以无陪无卿[㉒]。　知人之明你没有，不知辅臣谁人当。
文王曰咨，咨女殷商！　文王开口便叹息，叹你殷商末代王！
天不湎尔以酒[㉓]，不义从式[㉔]。　上天没让你沉迷，也没让你用奸臣。
既愆尔止[㉕]，靡明靡晦。　礼仪举止全不顾，不分昼夜灌迷汤。

式号式呼[26]，俾昼作夜。　大喊大叫不成样，日夜颠倒政事荒。
文王曰咨，咨女殷商！　文王开口便叹息，叹你殷商末代王！
如蜩如螗[27]，如沸如羹。　百姓悲泣如蝉鸣，犹如落入沸水汤。
小大近丧[28]，人尚乎由行[29]。　大事小事全失败，你却还是老模样。
内奰于中国[30]，覃及鬼方[31]。　天下百姓怨气生，怒火蔓延到远方。
文王曰咨，咨女殷商！　文王开口便叹息，叹你殷商末代王！
匪上帝不时[32]，殷不用旧。　不是上帝心不善，是你不守旧规章。
虽无老成人，尚有典刑[33]。　即使身边无老臣，还有旧法可依据。
曾是莫听，大命以倾。　这些良言不听从，国将灭亡命将移。
文王曰咨，咨女殷商！　文王开口便叹息，叹你殷商末代王！
人亦有言："颠沛之揭[34]，　古人曾经这样说："大树倒下根拔起，
枝叶未有害，本实先拨[35]。"　枝叶虽然无损伤，树根已坏难活长。"
殷鉴不远，在夏后之世[36]。　殷商镜子并不远，夏王下场应谨记。

【注解】

①荡荡：放荡不守法制的样子。
②辟：君王。
③疾威：暴虐。
④辟：邪僻。
⑤烝：众。
⑥谌：信，相信。
⑦鲜：少。克：能。
⑧咨：叹息。
⑨女：汝。
⑩曾是：怎么这样。强御：蛮横凶暴。
⑪掊克：聚敛，搜刮。
⑫服：职事，职位。
⑬滔：聚，趋。
⑭兴：助长。
⑮而：尔，你。秉：把持，此指任用。义类：善类。
⑯怼：怨恨。
⑰寇攘：侵扰，劫掠。式内：在朝廷内。

⑱侯：助词。相当于“惟”。用于句首。
⑲届：尽。究：穷。
⑳炰烋：骄矜气盛，暴怒猛厉。
㉑无背无侧：不知有人背叛、反目。
㉒陪：指辅佐之臣。
㉓湎：沉湎，沉迷。
㉔从：听从。式：任用。
㉕愆：过错。
㉖式：语气助词。
㉗蜩：蝉的一种。螗：蝉的一种。
㉘丧：败亡。
㉙由行：学老样。
㉚奰：愤怒。
㉛覃：延及。鬼方：指远方。
㉜时：善。
㉝典刑：指旧的典章法规。
㉞颠沛之揭：言树仆倒连根拔起。颠沛，颠仆，倒下。
㉟本：根。拨：败。
㊱后：君主。

抑

《抑》，卫武公刺厉王，亦以自警也。——毛诗序

抑抑威仪[①]，维德之隅[②]。	仪表堂堂有威严，品德优良高尚人。
人亦有言：“靡哲不愚。”	古人有句老俗话：“智者有时也愚笨。”
庶人之愚，亦职维疾[③]。	常人难免也犯错，主要本身有毛病。
哲人之愚，亦维斯戾[④]。	智者有时也愚笨，只是装傻避罪刑。

无竞维人[5]，四方其训之[6]。
有觉德行[7]，四国顺之。
讦谟定命[8]，远犹辰告[9]。
敬慎威仪，维民之则。
其在于今，兴迷乱于政。
颠覆厥德，荒湛于酒[10]。
女虽湛乐从[11]，弗念厥绍[12]。
罔敷求先王[13]，克共明刑[14]。
肆皇天弗尚[15]，如彼泉流，
无沦胥以亡[16]。
夙兴夜寐，洒扫庭内，
维民之章[17]。
修尔车马，弓矢戎兵[18]，
用戒戎作[19]，用逖蛮方[20]。
质尔人民[21]，谨尔侯度[22]，
用戒不虞[23]。
慎尔出话，敬尔威仪，
无不柔嘉。
白圭之玷，尚可磨也；
斯言之玷，不可为也！
无易由言[24]，无曰“苟矣，
莫扪朕舌[25]”，言不可逝矣[26]。
无言不雠[27]，无德不报。
惠于朋友，庶民小子。
子孙绳绳[28]，万民靡不承[29]。
视尔友君子[30]，辑柔尔颜[31]，
不遐有愆[32]。

国有贤能国强盛，四方诸侯来归顺。
修身重德做贤人，四方诸侯齐顺从。
安邦治国有大计，长远国策告群臣。
举止行为树典范，人民以此为标准。
如今天下战乱多，国政朝纲也混乱。
败坏德行国引祸，沉迷酒色怨声声。
只知吃喝和享乐，继承祖业不在意。
不求先王治国道，怎能明法利民众。
皇天不肯佑根基，好比泉水空自流，
君臣相率皆败亡。
应该起早又睡晚，打扫朝堂除污垢，
为民表率做模范。
整治你的车和马，弓箭武器认真修，
用来防备战事起，治服国外诸蛮夷。
安定你的老百姓，谨守法度莫放纵，
用来防备突发事。
开口说话要谨慎，言行仪表要端正，
处处温和又可敬。
白玉上面有污点，尚可打磨除干净；
开口说话有错误，想要挽回恐难成！
不要轻易把话说，莫道“说话可马虎，
无人将我嘴巴捂”，一言既出难追回。
没有说话无应答，施德总能得福禄。
朋友群臣多爱护，百姓子弟要安抚。
子子孙孙需谨慎，人民不会不顺从。
待人心诚笑脸迎，和颜悦色敬宾朋，
三思谨行少过失。

相在尔室[33]，尚不愧于屋漏[34]。	看你独自待室内，人人头顶有神明。
无曰“不显，莫予云觏[35]”。	休道“室内光线暗，没人能把我看清”。
神之格思[36]，不可度思[37]，	神明行踪难预料，不知何时忽来到，
矧可射思[38]。	况且厌倦自遭惩。
辟尔为德[39]，俾臧俾嘉。	修身明德养情操，仪表端庄人品高。
淑慎尔止[40]，不愆于仪。	举止言行求完美，仪容端正有礼貌。
不僭不贼[41]，鲜不为则[42]。	不越本分不害人，很少不被人效法。
投我以桃，报之以李。	人家送我一篮桃，我便以李相回报。
彼童而角[43]，实虹小子[44]。	胡说羊羔头生角，实是惑乱你小子。
荏染柔木[45]，言缗之丝[46]。	柔软木料做弦琴，琴瑟丝弦调妙音。
温温恭人，维德之基。	恭顺温良人品好，立德根基固且深。
其维哲人，告之话言[47]，	如果你是明智人，古代名言来奉告，
顺德之行。	马上实行当作宝。
其维愚人，覆谓我僭，	如果你是糊涂虫，反说忠言不可信，
民各有心。	人心各异难揣测。
於乎小子[48]，未知臧否[49]！	青春年少气方刚，不知好歹与轻重！
匪手携之[50]，言示之事[51]。	非但好心提携你，还曾教你办事情。
匪面命之[52]，言提其耳。	非但当面开导你，还拎你耳要你听。
借曰未知[53]，亦既抱子。	假如说你不懂事，可你已经抱儿子。
民之靡盈[54]，谁夙知而莫成[55]？	人们本来不完美，谁会早慧却晚成？
昊天孔昭，我生靡乐。	苍天在上很清楚，我这一生不快乐。
视尔梦梦[56]，我心惨惨。	看你迷迷糊糊样，我心烦闷又悲哀。
诲尔谆谆，听我藐藐[57]。	反复耐心教导你，你却对此不理睬。
匪用为教，覆用为虐[58]。	不知教你为你好，以为我在戏谑你。
借曰未知，亦聿既耄[59]！	假如说你不懂事，怎会骂我已年老！
於乎小子，告尔旧止。	幼稚无知你小子，告诉你旧的章程。
听用我谋，庶无大悔[60]。	诚心听用我谋略，不致犯错太悔恨。

天方艰难，曰丧厥国。	上天正把灾难降，家亡国破枉悲伤。
取譬不远，昊天不忒[61]。	让我就近举例子，上天赏罚不冤枉。
回遹其德[62]，俾民大棘[63]！	如果邪僻性不改，黎民百姓终遭殃！

【注解】

①抑抑：美好的样子。

②隅：方角，借指品行方正。

③职：主要。

④戾：罪过。

⑤无：发语词。竞：强盛。

⑥训：顺从。

⑦觉：通“梏”，大。

⑧讦谟：大谋。命：政令。

⑨犹：同“猷”，谋略。

⑩荒湛：沉迷。

⑪虽：只。从：放纵。

⑫绍：承继。

⑬罔：不。敷：广。求：指求先王治国之道。

⑭克：能。共：通“恭”，恭敬。刑：法。

⑮肆：于是。尚：保佑。

⑯沦胥：相率，互相牵连。

⑰章：模范，准则。

⑱戎兵：武器。

⑲用：以。作：起。

⑳逖：通“剔”，治服。蛮方：边远地区的民族部落。

㉑质：安定。

㉒侯：语气助词。

㉓不虞：不测。

㉔易：轻易。由：于。

㉕扪：持，执。朕：我，秦始皇起，将之作为皇帝专用的自称。

㉖逝：追。

㉗雠：应答。

㉘绳绳：谨慎戒惧的样子。

㉙承：接受，顺从。

㉚友：又好，友爱。
㉛辑柔：和安柔顺。
㉜遐：何。愆：过错。
㉝相：察看。
㉞屋漏：屋顶漏则见天光，暗中之事全现，代指神明。
㉟云：语气助词。觏：见，看见。
㊱格：至。思：语气助词。
㊲度：推测，估计。
㊳矧：况且。射：指责。
㊴辟：法。
㊵淑：美好。止：举止行为。
㊶僭：超越本分。贼：残害。
㊷鲜：少。则：法则。
㊸童：雏，幼小。此指没角的小羊羔。
㊹虹：同“讧”，惑乱。
㊺荏染：柔软的样子。
㊻言：语气助词。缗：给乐器安上弦线。
㊼话言：陈奂《毛诗传疏》：“话，当为‘诂’字之误也。《释文》引《说文》作‘告之诂言’，云：‘诂，故言也。’是陆（陆德明）所见《说文》，据诗作‘诂言’，可据以订正。”诂言，老古话。
㊽於乎：叹词。
㊾臧否：好恶。
㊿匪：非。
51示：指示。
52面命：当面教导。
53借曰：假如说。
54盈：满。
55莫：同“暮”，晚。
56梦梦：昏聩，昏乱。
57藐藐：疏远冷漠的样子。
58虐：“谑”的假借，戏谑。
59聿：语气助词。耄：年老。
60庶：庶几。
61忒：偏差，差错。
62回遹：邪僻。
63棘：通“急”。

桑 柔

《桑柔》，芮伯刺厉王也。 ——毛诗序

原文	译文
菀彼桑柔[①]，其下侯旬[②]，	茂密柔嫩青青桑，下有浓荫好地方，
捋采其刘[③]。	桑叶采尽枝干秃。
瘼此下民[④]，不殄心忧[⑤]。	百姓受害难遮凉，愁思不绝心烦忧。
仓兄填兮[⑥]，	失意凄凉久惆怅，
倬彼昊天[⑦]，宁不我矜[⑧]！	老天光明高在上，怎不怜悯我惊惶！
四牡骙骙[⑨]，旟旐有翩[⑩]。	四马驾车好强壮，旌旗迎风乱飘扬。
乱生不夷[⑪]，靡国不泯[⑫]。	社会动乱不太平，举国不宁人心慌。
民靡有黎[⑬]，具祸以烬[⑭]。	百姓受难少壮丁，如受火灾尽遭殃。
於乎有哀，国步斯频[⑮]！	长叹一声心悲哀，国运艰难太动荡！
国步蔑资[⑯]，天不我将[⑰]。	国运艰难无钱粮，老天不肯来扶将。
靡所止疑[⑱]，云徂何往[⑲]？	没有归宿无处住，哪儿定居可前往？
君子实维[⑳]，秉心无竞[㉑]。	君子总是在思索，持心不争意志强。
谁生厉阶[㉒]？至今为梗[㉓]。	如此祸根谁引出？至今为害把人伤。
忧心慇慇[㉔]，念我土宇[㉕]。	心中忧愁真恻然，思念故土和故居。
我生不辰，逢天僤怒[㉖]。	生不逢时苦命运，遇上老天怒气盛。
自西徂东，靡所定处。	自西向东乱飘荡，无处安身最凄凉。
多我觏痻[㉗]，孔棘我圉[㉘]。	遭遇灾祸受苦多，外患逼近在边境。
为谋为毖[㉙]，乱况斯削[㉚]。	谨慎谋划觅良方，才能消除混乱状。
告尔忧恤[㉛]，诲尔序爵[㉜]。	告诉你要体恤人，教诲你要用贤良。
谁能执热[㉝]，逝不以濯[㉞]？	如同谁想驱炎热，不去洗澡行不行？
其何能淑[㉟]，载胥及溺[㊱]。	国事如若未办好，大家受溺皆灭亡。
如彼溯风[㊲]，亦孔之僾[㊳]。	好像人在逆风闯，呼吸困难口难张。
民有肃心[㊴]，荓云不逮[㊵]。	百姓本有肃敬心，可是无处献力量。

好是稼穑[41]，力民代食[42]。　　重视农业生产事，百姓辛苦代耕养。
稼穑维宝，代食维好。　　耕种收获国之宝，代耕之民最善良。
天降丧乱，灭我立王[43]。　　天降祸乱与死亡，要灭我们所立王。
降此蟊贼[44]，稼穑卒痒[45]。　　降下害虫食根节，各种庄稼都遭殃。
哀恫中国[46]，具赘卒荒[47]。　　哀痛我们天下人，连绵土地受灾荒。
靡有旅力[48]，以念穹苍[49]。　　没有人来献力量，哪能虔诚感上苍。
维此惠君[50]，民人所瞻。　　顺应人心好君王，百姓爱戴都瞻仰。
秉心宣犹[51]，考慎其相[52]。　　操心国政善谋划，考察慎选其辅相。
维彼不顺，自独俾臧[53]，　　不顺人心坏君王，独让自己享福乐，
自有肺肠，俾民卒狂。　　坏蛋自有坏肺肠，让那国民都发狂。
瞻彼中林，甡甡其鹿[54]。　　看那丛林苍莽莽，鹿群嬉戏多欢畅。
朋友已谮[55]，不胥以穀[56]。　　同僚朋友却相谗，没有诚心不善良。
人亦有言：“进退维谷[57]。”　　人们也有这些话:“进退两难真悲凉。”
维此圣人，瞻言百里；　　唯这圣人眼明亮，目光远大百里望；
维彼愚人，覆狂以喜[58]。　　那种愚人真可笑，独自高兴却狂妄。
匪言不能[59]，胡斯畏忌[60]？　　不是我们不能说，为何顾忌心惶惶？
维此良人，弗求弗迪[61]。　　唯有这人心善良，无所求取没欲望。
维彼忍心，是顾是复。　　但是那人太忍心，变化总反复无常。
民之贪乱，宁为荼毒[62]。　　百姓如今要作乱，实因恶政苦难言。
大风有隧[63]，有空大谷。　　大风疾吹呼呼响，长长山谷真空旷。
维此良人，作为式穀；　　想这好人多善良，所作所为都高尚；
维彼不顺，征以中垢[64]。　　想那坏人不顺理，行为污秽真肮脏。
大风有隧，贪人败类[65]。　　大风疾吹呼呼响，贪利败类有一帮。
听言则对[66]，诵言如醉[67]。　　好听的话就回答，听到诤言装醉样。
匪用其良，覆俾我悖[68]。　　贤良之士不肯用，反而视我为悖狂。
嗟尔朋友，予岂不知而作[69]。　　朋友你啊可忧叹，岂不知你装模样。
如彼飞虫[70]，时亦弋获。　　好比那些高飞鸟，有时被射也落网。

既之阴女[71]，反予来赫[72]。　我已熟悉你底细，反来威吓真愚妄。

民之罔极[73]，职凉善背[74]。　没有法则民骚乱，因你背理搞背叛。

为民不利，如云不克[75]。　尽做不利人民事，好像还嫌不能胜。

民之回遹[76]，职竞用力[77]。　百姓要走邪僻路，因你施暴太横强。

民之未戾[78]，职盗为寇。　百姓不安很恐慌，执政为盗掠夺忙。

凉曰不可[79]，覆背善詈。　诚恳劝告不听从，背后反骂我荒唐。

虽曰匪予[80]，既作尔歌[81]。　即使遭受你诽谤，终究我要作歌唱。

【注解】

①菀：茂盛的样子。

②旬：树荫遍布。

③刘：剥落稀疏，句意为桑叶被采后，稀疏无叶。

④瘼：害，坑害。

⑤殄：断绝。

⑥仓兄：同“怆怳”，凄凉的样子。填：久。

⑦倬：光明。

⑧宁：何。不我矜：“不矜我”的倒文。矜，怜。

⑨骙骙：形容马强壮。

⑩旟旐：画有鹰隼、龟蛇的旗。有翩：翩翩，翻飞的样子。

⑪夷：平。

⑫泯：乱。

⑬黎：众多。

⑭具：备，遭受。烬：通“尽”，灭绝。

⑮频：危急。

⑯蔑：无。资：财。

⑰将：扶助。“不我将”为“不将我”之倒文。

⑱疑：同“凝”，凝结，停息。

⑲云：发语词。徂：往。

⑳维：惟的假借字，思考。

㉑秉心：存心。无竞：无争。

㉒厉阶：祸端。

㉓梗：害，灾祸。

㉔慇慇：忧伤的样子。
㉕土宇：土地和房屋。
㉖僤：厚，盛。
㉗觏：遇。痻：灾难。
㉘棘：通“急”，紧急。圉：边境。
㉙毖：谨慎。
㉚削：减少。
㉛尔：指周厉王及当时执政大臣。
㉜序：次序，秩序。爵：官爵。
㉝执热：解救炎热。
㉞逝：发语词。濯：洗。
㉟淑：美好。
㊱载：乃。胥：皆。
㊲溯：逆流而上。
㊳僾：呼吸不畅的样子。
㊴肃：肃敬。
㊵荓：使。不逮：不及。
㊶稼穑：农业劳动。
㊷力民：使人民出力劳动。代食：指官吏靠劳动者奉养。
㊸灭我立王：灭我所立之王，指周厉王被国人流放于彘的事。
㊹蟊贼：农作物的病虫害。蟊为食苗根的害虫，贼为吃苗节的害虫。
㊺卒：完全。痒：病
㊻恫：痛。
㊼赘：通“缀”，连缀。
㊽旅力：体力。旅，通“膂”，体力。
㊾念：感动。
㊿惠君：惠，顺。顺理的君主，称惠君。
51宣犹：普遍征求意见。
52考慎：慎重考察。相：辅佐大臣。
53臧：善。
54甡甡：众多的样子。
55谮：不信任。
56胥：互相。穀：善。
57维：是。谷：穷。进退维谷，谓进退皆穷。
58覆：反而。
59匪言不能：即“匪不能言”。

⑥⓪胡：何。斯：这样。
⑥①迪：进，进用。
⑥②宁：乃。荼毒：指毒害。荼指苦草，毒指毒虫毒蛇之类。
⑥③有隧：形容大风极速吹动。
⑥④中垢：指宫廷秽闻。中，指宫内。
⑥⑤贪人：贪财枉法的小人。
⑥⑥听言：顺从心意的话。
⑥⑦诵言：忠告的言语。
⑥⑧悖：违理。
⑥⑨予：芮良夫自称。
⑦⓪飞虫：指飞鸟。古人用“虫”泛指一切动物，鸟为羽虫，兽为毛虫，龟为甲虫，鱼为鳞虫，人为倮虫。
⑦①既：已经。阴：通“谙”，熟悉。
⑦②赫：通“吓”，威吓。
⑦③罔极：无准则。
⑦④职：主张。凉：凉薄。背：背叛。
⑦⑤云：助词。克：胜。
⑦⑥回遹：邪僻。
⑦⑦用力：指用暴力。
⑦⑧戾：安定。
⑦⑨凉：通“谅”，谅直之言。
⑧⓪虽曰匪予：曰，句中助词。匪，同“诽”，诽谤。
⑧①既：终。

云　汉

《云汉》，仍叔美宣王也。宣王承厉王之烈，内有拨乱之志，遇灾而惧，侧身修行，欲销去之。天下喜于王化复行，百姓见忧，故作是诗也。

——毛诗序

倬彼云汉[1]，昭回于天[2]。　看那银河多么高远，白光闪亮回旋在天。
王曰於乎[3]，何辜今之人[4]！　周王唉唉发出叹息，现今人们有何罪愆！
天降丧乱，饥馑荐臻[5]。　老天降下死丧祸乱，饥饿灾荒接二连三。
靡神不举[6]，靡爱斯牲[7]。　没有神灵不曾祭奠，奉献牺牲毫不吝惜。
圭璧既卒[8]，宁莫我听[9]！　祭神圭璧全都用完，神灵还是不听我言！
旱既大甚[10]，蕴隆爞爞[11]。　旱情已经非常严重，暑气闷热大地熏蒸。
不殄禋祀[12]，自郊徂宫[13]。　接连不断举行祭祀，祭天处所远在郊宫。
上下奠瘗[14]，靡神不宗[15]。　祭天祭地奠埋祭品，天地诸神无不敬奉。
后稷不克，上帝不临。　后稷恐怕难止旱情，上帝不理受难众生。
耗斁下土[16]，宁丁我躬[17]！　天灾这般为害人间，大难恰恰落在我身！
旱既大甚，则不可推。　旱情已经非常严重，想要推开已不可能。
兢兢业业，如霆如雷。　整天提心又吊胆，正如头上出现雷霆。
周余黎民[18]，靡有孑遗[19]。　周地余下那些百姓，现在几乎一无所剩。
昊天上帝，则不我遗[20]。　渺渺苍天高高上帝，竟然没有东西赐赠。
胡不相畏？先祖于摧[21]。　先祖怎不感到惶恐？子孙毁灭祭祀不成。
旱既大甚，则不可沮。　旱情已经非常严重，没有办法可以止住。
赫赫炎炎，云我无所[22]。　赤日炎炎热气腾腾，哪里还有遮阴之处。
大命近止[23]，靡瞻靡顾。　死亡之期已经临近，神灵仍旧不看不顾。
群公先正[24]，则不我助。　诸侯公卿众位神灵，不肯显灵前来佑助。
父母先祖，胡宁忍予[25]！　父母先祖神灵在天，为何忍心看我受苦！
旱既大甚，涤涤山川[26]。　旱情已经非常严重，山秃河干草木枯槁。
旱魃为虐[27]，如惔如焚[28]。　眼看旱魔逞凶肆虐，遍地好像大火焚烧。
我心惮暑[29]，忧心如熏[30]。　暑热炎炎令我心畏，忧心忡忡如受煎熬。
群公先正，则不我闻[31]。　诸侯公卿众位神灵，哪管我在悲痛呼号。
昊天上帝，宁俾我遯[32]！　渺渺苍天高高上帝，难道迫我离此出逃！
旱既大甚，黾勉畏去[33]。　旱情已经非常严重，尽力祷告祈求上苍。
胡宁瘨我以旱[34]？　为何降下大旱让我们困苦？

憯不知其故[35]。　　不知缘故费煞思量。

祈年孔夙[36]，方社不莫[37]。　　祈年之礼举行很早，也未拖延祭方祭社。

昊天上帝，则不我虞[38]。　　渺渺苍天高高上帝，竟然对我不肯相帮。

敬恭明神，宜无悔怒。　　一向恭敬诸位神明，应该没有触犯神怒。

旱既大甚，散无友纪[39]。　　旱情已经非常严重，饥荒离散乱我纪纲。

鞫哉庶正[40]，疚哉冢宰[41]。　　各位官员智穷力竭，宰相忧苦无法想象。

趣马师氏[42]，膳夫左右[43]；　　趣马师氏一起祈雨，膳夫百官助祭帮忙；

靡人不周，无不能止。　　没有一人不愿出力，可是不能止住灾荒。

瞻卬昊天[44]，云如何里[45]！　　仰望苍天晴朗无云，怎样止旱令我忧伤！

瞻卬昊天，有嘒其星[46]。　　仰望苍天晴朗无云，满天星辰微光闪闪。

大夫君子，昭假无赢[47]。　　公卿大夫众位君子，祷告上苍心要虔诚。

大命近止，无弃尔成！　　死亡之期已经临近，继续祈祷坚持不停！

何求为我，以戾庶正[48]。　　祈雨并非为我自己，全为安定众官之心。

瞻卬昊天，曷惠其宁[49]！　　仰望苍天默默祈祷，何时才能赐我安宁！

【注解】

①倬：大。云汉：银河。

②昭回：云汉星辰光耀回转。

③於乎：同“呜呼”，叹词。

④辜：罪。

⑤荐：重，再。臻：至。荐臻，频繁，接二连三。

⑥靡：无，不。举：祭祀。

⑦爱：吝惜，舍不得。牲：祭祀用的牛羊等。

⑧圭、璧：均是古玉器。周人祭神用玉器，祭天神焚玉，祭山神埋玉，祭水神沉玉，祭人鬼则藏玉。

⑨宁：为何。莫我听：即莫听我。

⑩大：同“太”。甚：厉害。

⑪蕴隆：郁热，闷热。爞爞：热气熏蒸的样子。

⑫殄：断绝。禋祀：祭天神的典礼。

⑬宫：祭天之坛。

⑭奠：陈列祭品。瘗：把祭品埋在地下以祭地神。
⑮宗：尊敬。
⑯斁：败坏。
⑰丁：当，遭逢。
⑱黎民：百姓。
⑲孑遗：遗留，残存。
⑳遗：赠。
㉑于：助词。摧：灭。
㉒云：助词。
㉓大命：即死亡之期。
㉔群公：先世诸侯之神。先正：先世卿士之神。
㉕忍：忍心。
㉖涤涤：无草木光秃的样子。
㉗旱魃：古代传说中能造成旱灾的妖怪。
㉘惔：焚烧。
㉙惮：畏。
㉚熏：烧灼。
㉛闻：同“问”，体恤慰问。
㉜遯：逃。
㉝黾勉：努力，尽力，即尽力事神，急于祷告。
㉞瘨：病，困苦。
㉟憯：乃，竟。
㊱祈年：向神祭拜，祈求丰年。孔夙：很早。
㊲方：祭四方之神。社：祭土神。莫：通“暮”，晚。
㊳虞：帮助。
㊴纪：纪纲，法度。
㊵鞫：穷困。庶正：众官之长。
㊶疚：忧苦。冢宰：周代官名，为百官之首，相当于后世的宰相。
㊷趣马：掌管国王马匹的官。师氏：官名，主管教导国王和贵族的子弟。
㊸膳夫：主管国王、后妃饮食的官。左右：左右之大夫、士诸官。
㊹卬：通“仰”，仰望。
㊺里：通“悝”，忧伤。
㊻嘒：明亮。
㊼昭假：昭示己心以达于上天之神。无赢：没有私心。
㊽戾：安定。
㊾曷：何时。惠：赐。

崧 高

《崧高》，尹吉甫美宣王也。天下复平，能建国亲诸侯，褒赏申伯焉。

——毛诗序

原文	译文
崧高维岳[①]，骏极于天[②]。	巍峨高峻是大山，高高耸立入云天。
维岳降神[③]，生甫及申[④]。	神明灵气降四岳，吕侯申伯生人间。
维申及甫，维周之翰[⑤]。	申家伯爵吕家侯，辅佐王室是中坚。
四国于蕃[⑥]，四方于宣[⑦]。	诸侯以他为屏障，天下以他为墙垣。
亹亹申伯[⑧]，王缵之事[⑨]。	申伯勤勉能力强，王委重任治南疆。
于邑于谢[⑩]，南国是式[⑪]。	分封于谢建新邑，南方诸侯有榜样。
王命召伯[⑫]，定申伯之宅[⑬]。	周王命令召穆公，去为申伯建住房。
登是南邦[⑭]，世执其功[⑮]。	申伯升为南国长，子孙继承福泽享。
王命申伯："式是南邦。	周王命令召穆公："要立表率于南国。
因是谢人[⑯]，以作尔庸[⑰]。"	依靠谢地众百姓，修筑封地新城郭。"
王命召伯，彻申伯土田[⑱]。	周王命令召穆公，治理申伯新封疆。
王命傅御[⑲]，迁其私人[⑳]。	周王下令给傅御，迁去家臣同生活。
申伯之功，召伯是营。	申伯建邑大工程，全靠召伯苦经营。
有俶其城[㉑]，寝庙既成[㉒]，	坚固城垣已筑成，宗庙也已修筑好，
既成藐藐[㉓]。	富丽堂皇面貌新。
王锡申伯[㉔]，四牡蹻蹻[㉕]，	周王有物赐申伯，四马驾车真威武，
钩膺濯濯[㉖]。	带饰钩膺闪闪明。
王遣申伯[㉗]，路车乘马[㉘]。	王派申伯赴谢城，大车驷马物品多。
"我图尔居[㉙]，莫如南土；	"我已考虑你居处，莫如南方最适合；
锡尔介圭[㉚]，以作尔宝。	郑重赐你大玉圭，作为国宝永保存。
往近王舅[㉛]，南土是保[㉜]。"	尊贵王舅请前往，回到南方安邦国。"
申伯信迈[㉝]，王饯于郿[㉞]。	申伯决定要出发，周王郿地来饯行。

申伯还南，谢于诚归[35]。	申伯回到南方去，诚心去往谢邑住。
王命召伯，彻申伯土疆；	周王下令给召伯，去把申伯疆界定；
以峙其粻[36]，式遄其行[37]。	路上粮草要备足，保证供给快驰骋。
申伯番番[38]，	申伯勇武有豪情，
既入于谢，徒御啴啴[39]。	前往谢邑入新城，步卒车骑军容盛。
周邦咸喜，戎有良翰[40]。	周邦人民皆欢喜，国有栋梁得安宁。
不显申伯[41]，王之元舅[42]，	尊贵显赫贤申伯，周王大舅封疆臣，
文武是宪[43]。	文武双全是榜样。
申伯之德，柔惠且直[44]。	申伯德高皆赞扬，品端行直柔且仁。
揉此万邦[45]，闻于四国。	安抚万邦功劳大，誉满四海人传颂。
吉甫作诵[46]，其诗孔硕[47]，	吉甫创作这首诗，篇幅既长情亦重，
其风肆好[48]，以赠申伯。	曲调典雅音节美，赠送申伯纪大功。

【注解】

①崧：山高而大。维：是。岳：高峻的大山或山的最高峰。

②骏：通“峻”，高大。极：至。

③维：语气词。

④甫：国名，此指吕侯。其封地在今河南南阳西。申：国名，此指申伯。其封地在今河南南阳北。

⑤翰：通“干”，屏障。

⑥于：为。蕃：同“藩”，藩篱，屏障。

⑦宣：“垣”之假借。

⑧亹亹：勤勉貌。

⑨缵：继承，此作使继承。

⑩前一“于”字：为，建。谢：地名，在今河南唐河县南。

⑪式：典范、法度。

⑫召伯：召虎，亦称召穆公，周宣王大臣。

⑬定：确定。

⑭登：升。

⑮执：主持，继承。功：事业。

⑯因：依靠。
⑰庸：通“墉”，城墙。
⑱彻：治理。
⑲傅御：诸侯之臣，治事之官，为家臣之长。
⑳私人：傅御之家臣。
㉑俶：筑。
㉒寝庙：周代宗庙的建筑有庙和寝两部分，合称寝庙。
㉓藐藐：美盛的样子。
㉔锡：同“赐”，恩赐。
㉕牡：公马。蹻蹻：强壮威武的样子。
㉖钩膺：即“繁缨”，套在马颈上和胸前的带饰。濯濯：光泽鲜明的样子。
㉗遣：派。
㉘路车：诸侯乘坐的一种大型马车。路，通“辂”，古代的一种大车。乘马：四匹马。四马一车为一乘。
㉙图：考虑。
㉚介：亦作“玠”，大圭。圭：古代玉制的礼器，长条形，上尖（或上圆）下方。
㉛近：语气助词，相当于“哉”。
㉜保：保有。
㉝信：真。迈：行。
㉞饯：备酒食送行。郿：古地名，在今陕西眉县东渭水北岸。
㉟谢于诚归：即“诚归于谢”，去往谢邑。
㊱峙：通“偫”，储备。粻：粮。
㊲遄：疾速。
㊳番番：勇武的样子。
㊴徒：徒行的士兵。御：御车的士兵。
㊵戎：汝，你。
㊶不：通“丕”，大。显：显赫。
㊷元舅：大舅。
㊸宪：法式，模范。
㊹柔惠：和柔仁惠。
㊺揉：使顺服，安抚。
㊻吉甫：尹吉甫，周宣王大臣。诵：同“颂”，赞颂之诗。
㊼其：是，此。孔硕：指篇幅很长。孔，很；硕，大。
㊽风：曲调。肆好：极好。

烝民

《烝民》，尹吉甫美宣王也。任贤使能，周室中兴焉。——毛诗序

天生烝民[1]，有物有则。
民之秉彝[2]，好是懿德。
天监有周，昭假于下[3]，
保兹天子，生仲山甫[4]。
仲山甫之德，柔嘉维则。
令仪令色，小心翼翼。
古训是式[5]，威仪是力。
天子是若[6]，明命使赋。
王命仲山甫，式是百辟[7]。
缵戎祖考，王躬是保[8]。
出纳王命[9]，王之喉舌[10]。
赋政于外，四方爰发[11]。
肃肃王命[12]，仲山甫将之[13]。
邦国若否[14]，仲山甫明之。
既明且哲，以保其身。
夙夜匪解[15]，以事一人。
人亦有言：
“柔则茹之[16]，刚则吐之。”
维仲山甫，柔亦不茹，
刚亦不吐；
不侮矜寡[17]，不畏强御[18]。
人亦有言：

老天生下这些人，有着形体有法则。
人的常情与生来，追求善美好品德。
上天察视周王朝，明告德行施于下，
保佑这位周天子，生仲山甫辅佐他。
仲山甫贤良具美德，温柔美善有原则。
仪态端庄好面色，办事谨慎真负责。
遵从古训不出格，勉力做事合礼节。
天子选他做大臣，颁布王命管施政。
周王命令仲山甫，要做诸侯好典范。
继承祖业要弘扬，辅佐天子振朝纲。
受命传令你执掌，天子喉舌责任重。
发布政令到各地，四方听命都遵从。
恭敬对待王命令，仲山甫全力来推行。
国内政事好与坏，仲山甫心里明如镜。
既明事理又聪慧，善于应付保自身。
从早到晚不懈怠，侍奉周王献忠诚。
有句老话这样说：
“柔软东西吃下肚，刚硬东西往外吐。”
与众不同仲山甫，柔软东西他不吃，
刚硬东西偏下肚；
鳏夫寡妇他不欺，碰着强暴狠打击。
有句老话这样说：

"德輶如毛[19]，民鲜克举之[20]。"	"德行如同毛羽轻，很少有人能高举。"
我仪图之[21]，维仲山甫举之，	我应揣摩且思量，能举起唯有仲山甫，
爱莫助之。	别人爱他难相助。
衮职有阙[22]，维仲山甫补之。	天子职责有破缺，独有仲山甫能修补。
仲山甫出祖[23]，四牡业业，	仲山甫出行祭路神，四匹公马壮又强，
征夫捷捷[24]，每怀靡及。	车载使臣匆匆行，常念王命未完成。
四牡彭彭[25]，八鸾锵锵。	四马奋蹄彭彭响，八只鸾铃声锵锵。
王命仲山甫，城彼东方。	周王命令仲山甫，筑城东方立功勋。
四牡骙骙[26]，八鸾喈喈[27]。	四匹公马蹄不停，八只鸾铃响叮叮。
仲山甫徂齐[28]，式遄其归。	仲山甫赴齐去得急，早日完工回朝廷。
吉甫作诵[29]，穆如清风。	吉甫作歌赠穆仲，乐声和美如清风。
仲山甫永怀[30]，以慰其心。	仲山甫临行顾虑多，宽慰其心好建功。

【注解】

①烝：众。
②秉彝：依照常情、常理。
③昭假：明告。
④仲山甫：人名，樊侯，为宣王卿士，字穆仲。
⑤式：效法。
⑥若：顺从。
⑦辟：君，此指诸侯。
⑧王躬：指周王。
⑨出纳：指传达帝王命令，反映下面意见。
⑩喉舌：喻国家的重要官员。
⑪爰发：遵从。
⑫肃肃：恭敬，严正。
⑬将：推行，奉行。
⑭若否：好坏。
⑮解："懈"的古字，懈怠。
⑯茹：吃。
⑰矜：通"鳏"，年老无妻的人。

⑱强御：强悍。
⑲輶：轻。
⑳鲜：少。克：能。
㉑仪：通“宜”，应该。
㉒衮职：君王的职责。阙：缺。
㉓祖：出行前祭路神。
㉔捷捷：行动迅疾的样子。
㉕彭彭：壮盛的样子。
㉖骙骙：马强壮的样子。
㉗喈喈：象声词，铃钟的和谐声。
㉘徂：往。
㉙吉甫：尹吉甫，宣王大臣。
㉚永：长。怀：思。

韩　奕

《韩奕》，尹吉甫美宣王也。能锡命诸侯。 ——毛诗序

奕奕梁山[①]，维禹甸之[②]，	巍巍梁山多高峻，大禹曾经治理它，
有倬其道[③]。	一条大路通周邦。
韩侯受命[④]，王亲命之[⑤]：	韩侯来京受册命，周王亲自来宣布：
“缵戎祖考[⑥]，无废朕命[⑦]。	“先祖事业你继承，切莫辜负我命令。
夙夜匪解[⑧]，虔共尔位[⑨]。	日日夜夜不懈怠，在职恭敬又谨慎。
朕命不易，	册命自然不变更，
干不庭方[⑩]，以佐戎辟[⑪]。”	整治不朝诸方国，辅佐君王显才能。”
四牡奕奕[⑫]，孔修且张[⑬]。	四匹公马高又壮，体态雄壮又修长。
韩侯入觐[⑭]，以其介圭[⑮]，	韩侯入朝拜天子，手持介圭到殿堂，
入觐于王。	恭行觐礼拜周王。

王锡韩侯[16]，
淑旂绥章[17]，簟茀错衡[18]，
玄衮赤舄[19]，钩膺镂钖[20]，
鞹鞃浅幭[21]，鞗革金厄[22]。
韩侯出祖[23]，出宿于屠[24]。
显父饯之[25]，清酒百壶。
其肴维何？炰鳖鲜鱼[26]。
其蔌维何[27]？维笋及蒲[28]。
其赠维何？乘马路车[29]。
笾豆有且[30]，侯氏燕胥[31]。
韩侯取妻[32]，
汾王之甥[33]，蹶父之子[34]。
韩侯迎止[35]，于蹶之里。
百两彭彭[36]，八鸾锵锵[37]，
不显其光[38]。
诸娣从之[39]，祁祁如云[40]。
韩侯顾之[41]，烂其盈门[42]。
蹶父孔武[43]，靡国不到[44]；
为韩姞相攸[45]，莫如韩乐。
孔乐韩土，川泽订订[46]，
鲂鱮甫甫[47]，麀鹿噳噳[48]，
有熊有罴，有猫有虎。
庆既令居[49]，韩姞燕誉[50]。
溥彼韩城[51]，燕师所完[52]。
以先祖受命，因时百蛮[53]。
王锡韩侯，其追其貊[54]，
奄受北国[55]，因以其伯[56]。

周王赏赐给韩侯，
蛟龙旗帜真漂亮，竹篷车子雕花纹，
黑色龙袍红色鞋，马饰繁缨兼钖饰，
车轼覆盖是虎皮，辔头横木闪金光。
韩侯祖祭出发行，首先住宿在屠地。
显父设宴来饯行，备酒百壶甜又清。
用的菜肴是什么？烤鳖蒸鱼味鲜新。
用的蔬菜是什么？嫩笋嫩蒲香喷喷。
赠的礼物是什么？四马大车好威风。
盘盘碗碗摆满桌，韩侯宴饮真高兴。
韩侯娶妻办喜事，
新娘舅父是厉王，蹶父长女嫁新郎。
韩侯出发去迎亲，来到蹶地的里巷。
百辆车队闹攘攘，串串鸾铃响叮当，
荣耀显赫真辉煌。
众多姑娘作陪嫁，犹如云霞铺天上。
韩侯行过回顾礼，满门灿烂真辉煌。
蹶父强健很勇武，足迹踏遍万方土；
他为女儿找婆家，找到韩国最舒心。
住在韩地很快乐，川泽遍布水源足，
鲂鱼鲢鱼肥又大，母鹿小鹿聚一处，
有熊有罴在山林，还有山猫与猛虎。
喜庆有个好居所，韩姞心里好欢愉。
朝国城邑高又大，燕国众人来筑成。
依循先祖所受命，管辖所有蛮夷人。
王对韩侯加赏赐，追族貊族听号令，
北方各国都管辖，作为诸侯的首领。

实墉实壑[57]，实亩实籍[58]。　　筑起城墙挖沟池，划分田亩正税法。

献其貔皮[59]，赤豹黄罴。　　珍贵貔皮做贡献，赤豹黄罴也献上。

【注解】

①奕奕：高大的样子。梁山：宣王时韩国境内山名。

②甸：治理。传说大禹治水开辟九州。

③倬：高大。

④韩侯：周王近宗贵族，诸侯国韩国国君。

⑤王：西周一个比较有作为的君王，力图振兴趋于没落的周王朝。

⑥祖考：先祖。

⑦朕：周王自称。

⑧夙夜：早晚。匪解：不要懈怠。

⑨虔：诚敬，恭敬。共：通“恭”，恭敬。

⑩干：安定。不庭：指不朝于王庭者。周制，方国诸侯应定期朝觐天子纳贡，不来朝庭朝觐，称为不庭，被作为对周王不忠的罪状，应予讨伐。

⑪辟：君主，国君。

⑫牡：公马。

⑬修：长。

⑭入觐：入朝朝见天子。

⑮介圭：玉器。按周礼，王册封诸侯赐予介圭作为镇国宝器，诸侯入觐时须手执介圭做觐礼。这是觐礼礼仪之一。

⑯锡：同“赐”，赏赐。

⑰旂：古代旗帜的一种，上有蛟龙图案，竿头系铃。

⑱簟茀：竹编车篷。错衡：饰有交错花纹的车前横木。

⑲玄衮：黑色绣龙的衣服，周朝王公贵族的礼服。赤舄：红鞋。

⑳钩膺：又称繁缨，套在马颈上和胸前的带饰。钖：马额上的金属装饰物。

㉑鞹：车轼中段用皮革包裹供人倚靠的地方。浅：毛不厚的兽皮。幭：车轼上的覆盖物。

㉒鞗：马辔头上的铜饰物。厄：通“軶”，在辕前端驾在马颈上的横木。

㉓出祖：出行之前祭路神。

㉔屠：地名，在今陕西省长安县东南。

㉕显父：周宣王的卿士。父，是对男子的美称。

㉖炰：同“炮”，烧烤。

㉗蔌：蔬菜。

㉘蒲：香蒲，其嫩芽可食。
㉙乘马：一乘车四匹马。路车：辂车，贵族用的大车。
㉚笾豆：笾和豆是古代礼器。笾是盛果脯的高脚竹器，豆是盛肉食的木器。借指祭祀的礼仪等。
㉛燕：通“宴”，宴会，以酒食待客。
㉜取妻：同“娶妻”。
㉝汾王：周厉王流于彘，彘在汾水之上，故称汾王。
㉞蹶父：周的卿士。
㉟迎止：迎亲。止，同“之”。周时婚礼新郎去女家亲迎新娘。
㊱百两：百辆。
㊲鸾：通“銮”，装配于车、马、刀、镳等物之上的铃铛。
㊳不显：非常显耀。不，通“丕”，大。
㊴诸娣从之：娣，女弟，即妹。周代婚制，诸侯嫡长女出嫁，诸妹诸侄随从出嫁为陪嫁。
㊵祁祁：众多的样子。
㊶顾：周时嫁娶的一种礼。
㊷烂：光彩明耀。
㊸孔武：很勇武。孔，甚、很。
㊹靡：没有。
㊺韩姞：即蹶父之女，姞姓，嫁韩侯为妻，故称韩姞。相攸：选择宜嫁之所。相，视；攸，所。
㊻讦讦：广大的样子。
㊼鲂鲊：两种鱼名，今名武昌鱼、鲢鱼。甫甫：肥大的样子。
㊽麀：母鹿。噳噳：成群，众多。
㊾令居：美好的居所。
㊿燕誉：安乐高兴。
51溥：广大。韩城：韩国都城。
52燕师：燕国的众人。
53蛮：古代对南方各族的泛称。
54追、貊：古代两个少数民族国名。
55奄：包括。
56伯：一方诸侯之长。
57实：是，乃。墉：城墙，此作动词。壑：沟地，护城河，此作动词。
58亩：田亩，此作动词，指划分田亩。籍：征收赋税，正税法。
59貔：传说中的猛兽名。

江　汉

《江汉》，尹吉甫美宣王也。能兴衰拨乱，命召公平淮夷。　——毛诗序

江汉浮浮[①]，武夫滔滔。	长江汉水波涛滚滚，出征将士意气风发。
匪安匪游[②]，淮夷来求[③]。	不为安逸不为游乐，要对淮夷进行讨伐。
既出我车，既设我旟[④]。	前路已经出动兵车，树起彩旗迎风飘扬。
匪安匪舒，淮夷来铺[⑤]。	不为安逸不为舒适，镇压淮夷到此驻扎。
江汉汤汤[⑥]，武夫洸洸[⑦]。	长江汉水浩浩荡荡，出征将士威武雄壮。
经营四方，告成于王。	将士奔波平定四方，战事成功上告我王。
四方既平，王国庶定[⑧]。	四方叛国均已平定，但愿周朝安定盛昌。
时靡有争，王心载宁[⑨]。	从此没有纷争战斗，我王之心宁静安详。
江汉之浒[⑩]，王命召虎：	长江汉水二水之滨，王向召虎颁布命令：
“式辟四方[⑪]，彻我疆土[⑫]。	“开辟新的四方国土，治理划定疆土边境。
匪疚匪棘[⑬]，王国来极[⑭]。	不是扰民不是过急，要以王朝政教为准。
于疆于理[⑮]，至于南海。”	划分边疆治理天下，领土直至南海之滨。”
王命召虎，来旬来宣[⑯]：	王向召虎颁布命令，巡视南方宣诵政令：
“文武受命，召公维翰[⑰]。	“文王武王受命天下，你祖召公实为栋梁。
无曰予小子[⑱]，召公是似[⑲]。	莫说为了我的缘故，你要继承召公传统。
肇敏戎公[⑳]，用锡尔祉[㉑]。	全力尽心建立大功，因此赐你福禄无穷。
厘尔圭瓒[㉒]，秬鬯一卣[㉓]。	赐你圭瓒代代相传，黑黍美酒再赐一卣。
告于文人，锡山土田。	秉告有文德的先祖，还要赐你山川田土。
于周受命，自召祖命。”	去到周朝进行册封，按照你的祖先仪式。”
虎拜稽首[㉔]：“天子万年！”	下臣召虎叩头伏地：“大周天子万年长寿！”
虎拜稽首：	下臣召虎叩头伏地：
“对扬王休[㉕]，作召公考[㉖]。	“酬答颂扬天子美意，特铸铜簋作为纪念。
天子万寿！	敬颂天子万寿无期！

明明天子[27]，令闻不已[28]。	勤勤勉勉大周天子，美名远扬永无止息。
矢其文德[29]，洽此四国。”	施行文治广用德政，协和当今四周之地。”

【注解】

①浮浮：盛大的样子。
②匪：通“非”，不，不是。
③来：语气助词，含有“是”的意思。
④旟：画有鸟隼的旗。
⑤铺：陈列军队。
⑥汤汤：水势浩大的样子。
⑦洸洸：威武的样子。
⑧庶：庶几，但愿，表示希望。
⑨载：助词。
⑩浒：水边。
⑪式：发语词。辟：开辟。
⑫彻：治，治理。
⑬疚：为，害。棘：通“急”，急迫。
⑭极：准则。
⑮疆：划分边界。
⑯旬：通“巡”，巡行。
⑰召公：文王之子，封于召。为召伯虎的太祖。
⑱予小子：宣王自称。
⑲似：通“嗣”，继承。
⑳肇敏：速立大功。戎：大。
㉑用：以。祉：福。
㉒厘：赉的假借字，赏赐。圭瓒：古代玉制酒器，形状如勺，以圭为柄。
㉓秬鬯：古代用黑黍和郁金草酿成的酒，供祭祀用。卣：形状如壶的盛酒器。
㉔稽首：古时礼节，跪下拱手磕头，手、头都触地。
㉕对：酬答。扬：颂扬。休：美，此处指美好的赏赐册命。
㉖考：簋的假借字，一种古铜制食器。
㉗明明：勉力。
㉘令闻：美好的声誉。
㉙矢：施的假借字，施行。

常　武

《常武》，召穆公美宣王也。有常德以立武事，因以为戒然。——毛诗序

赫赫明明①，王命卿士②，	多么威武与英明，王对卿士下命令，
南仲大祖③，大师皇父④：	太祖庙堂召南仲，太师皇父在其中：
“整我六师⑤，以修我戎⑥。	“速速整顿我六军，整治备战任务重。
既敬既戒⑦，惠此南国⑧。”	布防警戒莫松懈，平定徐国惠南邦。”
王谓尹氏⑨，命程伯休父⑩：	王诏尹氏传下令，命封程伯大司马：
“左右陈行⑪，戒我师旅。	“士卒左右列成队，告诫全军齐待发。
率彼淮浦⑫，省此徐土⑬。	沿那淮岸急行军，巡视徐国察隐情。
不留不处⑭，三事就绪⑮。”	诛其祸首安人民，三司就职工作勤。”
赫赫业业⑯，有严天子⑰。	多么威武与伟大，神圣天子亲出征。
王舒保作⑱，匪绍匪游⑲。	从容镇定向前进，不快不慢按兵法。
徐方绎骚⑳，震惊徐方，	徐方慌张乱阵营，王师神威震徐方，
如雷如霆㉑，徐方震惊。	雷霆万钧压头顶，徐方骚动大震惊。
王奋厥武㉒，如震如怒。	周王奋发用武力，如天动怒雷声起。
进厥虎臣㉓，阚如虓虎㉔。	前锋部队如猛虎，虎怒吼声震大地。
铺敦淮溃㉕，仍执丑虏㉖。	大军屯聚淮水边，擒获顽敌向前逼。
截彼淮浦㉗，王师之所㉘。	切断淮水沿岸路，王师驻此扫顽敌。
王旅啴啴㉙，如飞如翰㉚。	王师强大兵马多，迅捷如鸟掠长空。
如江如汉，如山之苞㉛，	势如江汉水汹涌，如山之基难动摇，
如川之流，绵绵翼翼㉜，	如川之流滚滔滔，军营绵绵声势壮，
不测不克，濯征徐国㉝。	战无不胜难知底，大力征讨定南方。
王犹允塞㉞，徐方既来。	王的谋略无不中，徐国投降来归降。
徐方既同，天子之功。	徐国臣服成一统，胜利应是天子功。

四方既平，徐方来庭[35]。　　四方叛逆已平定，徐国入觐来朝拜。

徐方不回[36]，王曰还归。　　徐国从此不违背，王命班师返京城。

【注解】

①赫赫：地位显盛的样子。

②卿士：周朝廷执政大臣。

③南仲：人名，宣王主事大臣。大祖：指太祖庙。

④大师：职掌军政的大臣。皇父：人名，周宣王太师。

⑤整：整治。六师：六军。周制，王建六军。一军一万二千五百人。

⑥修我戎：整顿我的军队。修，整治，修理。

⑦敬：通“儆”，警惕，戒惧。

⑧惠：施恩。

⑨尹氏：掌卿士之官，也有认为是尹吉甫。

⑩程伯休父：人名，宣王时大司马。

⑪陈行：列队。

⑫率：循，沿着。

⑬省：察视。徐土：指徐国，故址在今安徽泗县。

⑭不：两个“不”字皆语字助词，无义。

⑮三事：指春、夏、秋三季的农事。就绪：安心各就其业。

⑯业业：有威仪的样子。

⑰有严：神圣的样子。

⑱舒：从容前进。

⑲游：优游，与“绍”对文。

⑳绎：络绎。骚：骚动。

㉑霆：雷，疾雷。

㉒奋：奋发。

㉓虎臣：猛如虎的武士。

㉔阚：老虎发怒的样子。虓：虎怒吼。

㉕铺：大。敦：通“屯”，屯聚。濆：水边、河旁高地。

㉖丑虏：对敌军的蔑称。

㉗截：断绝。

㉘所：处，……的地方。

㉙啴啴：人多势众的样子。

㉚翰：高飞。
㉛苞：草木的根和茎，此指根基。
㉜翼翼：壮盛的样子。
㉝濯：大。
㉞犹：通"猷"，谋略。塞：实，指谋略不落空。
㉟来庭：来王庭，指朝觐。
㊱回：违背，违抗。

瞻卬

《瞻卬》，凡伯刺幽王大坏也。——毛诗序

瞻卬昊天[①]，则不我惠[②]。	仰望苍天灰沉沉，苍天对我却无情。
孔填不宁[③]，降此大厉[④]。	天下久久不太平，降下大祸世不宁。
邦靡有定，士民其瘵[⑤]。	国内无处有安定，士人庶民都害病。
蟊贼蟊疾[⑥]，靡有夷届[⑦]。	病虫为害庄稼毁，长年累月无止境。
罪罟不收[⑧]，靡有夷瘳[⑨]。	罪恶法网不收住，苦难病痛难减轻。
人有土田，女反有之。	人家有块好田地，你却侵夺归自己。
人有民人，女覆夺之[⑩]。	人家拥有好劳力，你却夺取做奴隶。
此宜无罪，女反收之。	这人原本无罪过，你却反而来拘捕。
彼宜有罪，女覆说之[⑪]。	那人本是罪恶徒，你却赦免又宽恕。
哲夫成城[⑫]，哲妇倾城。	有才男子称霸王，有才女子能毁国。
懿厥哲妇[⑬]，为枭为鸱[⑭]。	可叹此妇太猖狂，如枭如鸱恶名当。
妇有长舌，维厉之阶[⑮]。	花言巧语善说谎，灾难根源从她生。
乱匪降自天，生自妇人。	祸乱不是从天降，出自妇人那一方。
匪教匪诲[⑯]，时维妇寺[⑰]。	不是他人来教诲，只因贴近女红妆。
鞫人忮忒[⑱]，谮始竟背[⑲]。	用尽罪名诬告人，前言后语相违背。

岂曰不极[20]，伊胡为慝[21]？　　难道她还不狠毒，穷凶极恶又有谁？
如贾三倍[22]，君子是识[23]。　　好比商人会赚钱，叫他参政难胜任。
妇无公事[24]，休其蚕织。　　妇人不该理朝政，蚕织纺织全抛开。
天何以刺[25]？何神不富[26]？　　苍天为何不指责？神灵为何不庇护？
舍尔介狄[27]，维予胥忌[28]；　　放任武装夷狄人，只是对我相怨恨；
不吊不祥[29]，威仪不类[30]。　　人们遭灾不怜悯，纲纪败坏装糊涂。
人之云亡[31]，邦国殄瘁[32]。　　良臣贤士尽逃亡，国家困穷无救助。
天之降罔[33]，维其优矣[34]。　　苍天无情降法网，刑罚繁多难躲藏。
人之云亡，心之忧矣。　　良臣贤士皆流放，心中忧伤谁了解。
天之降罔，维其几矣[35]。　　苍天无情降法网，形势危急人心慌。
人之云亡，心之悲矣。　　良臣贤士全杀光，心中悲伤谁了解。
觱沸槛泉[36]，维其深矣。　　涌泉沸腾水花喷，汩汩流泉源头深。
心之忧矣，宁自今矣？　　心中忧伤谁了解，难道今日愁始增？
不自我先，不自我后。　　生前不降下灾难，死后祸乱又不跟。
藐藐昊天[37]，无不克巩[38]。　　厚土皇天高莫测，约束万物定乾坤。
无忝皇祖[39]，式救尔后[40]。　　切勿辱没你祖宗，拯救王朝为子孙。

【注解】

①卬：“仰”的古字。脸面向上，与“俯”相对。
②惠：爱，恩惠。
③填：久，长久。
④厉：祸患。
⑤士民：士人与平民。瘵：病。
⑥蟊贼：吃稻根稻节的害虫。
⑦夷：平。届：尽，极。
⑧罪罟：刑罪之法网。罟，网。
⑨瘳：病愈。
⑩女：通“汝”，你。覆：反而。

⑪说：通“脱”，开脱，赦免。
⑫哲：智。
⑬懿：通“噫”，感叹词。
⑭枭：传说为食母的恶鸟。鸱：鸱鸺，猫头鹰的一种。
⑮阶：阶梯，含有根源的意思。
⑯匪：通“非”。教、诲：教导。
⑰寺：近侍，常指宦官。
⑱鞫：穷究。忮：恶人。忒：变更。
⑲谮：说人坏话，诬陷别人。背：违背，自相矛盾。
⑳极：狠。
㉑伊：语气助词。慝：恶。
㉒贾：商人。三倍：指得到三倍的利润。
㉓君子：指在朝执政者。
㉔公事：指妇女所从事的纺织蚕桑之事。
㉕刺：指责，讽刺。
㉖富：福的假借字。
㉗介狄：披甲的夷狄。介，甲，铠甲。狄，对居住在北方的部落的泛称。
㉘忌：怨恨。
㉙吊：慰问，抚恤。
㉚类：善。
㉛云：语气助词。
㉜殄瘁：病困，困穷。
㉝罔：同“网”，此指法网。
㉞优：厚。
㉟几：危急。
㊱觱沸：泉水涌出的样子。
㊲藐藐：高大的样子。
㊳巩：巩固。
㊴忝：辱。
㊵后：指子孙后代。

召　旻

《召旻》，凡伯刺幽王大坏也。旻，闵也，闵天下无如召公之臣也。

——毛诗序

旻天疾威[1]，天笃降丧[2]。	上天暴虐无奈何，接二连三降灾荒。
瘨我饥馑[3]，民卒流亡。	饥荒遍地灾情重，四方百姓尽流亡。
我居圉卒荒[4]。	中华大地尽荒凉。
天降罪罟[5]，蟊贼内讧。	天降罪网苦难多，国内蟊贼窝里争。
昏椓靡共[6]，溃溃回遹[7]，	听信阉人朝政乱，昏庸邪僻很猖狂，
实靖夷我邦[8]。	想把国家来断送。
皋皋訿訿[9]，曾不知其玷。	欺骗诋毁心术歪，却不自知有污点。
兢兢业业，孔填不宁[10]，	君子勤勤又恳恳，对此不安已多时，
我位孔贬[11]。	可惜职位太低贱。
如彼岁旱，	如同干旱年代到，
草不溃茂[12]，如彼栖苴[13]。	地里荒芜草稀疏，像那枯草歪快倒。
我相此邦[14]，无不溃止[15]。	看着国家这个样，土崩灭亡免不了。
维昔之富不如时[16]，	今日怎比旧时富，
维今之疚不如兹[17]。	贫穷怎可比此凶。
彼疏斯粺[18]，胡不自替[19]？	人吃糙米他精米，何不自己来告退？
职兄斯引[20]。	情况越来越严重。
池之竭矣，不云自频[21]？	池水枯竭已多时，岂不开始在水边？
泉之竭矣，不云自中？	泉水枯竭非一天，岂不开始在中间？
溥斯害矣[22]，职兄斯弘[23]，	这场灾难太普遍，这种情况在蔓延，
不灾我躬[24]？	难道我不受灾难？
昔先王受命[25]，有如召公[26]。	昔日先王受天命，辅臣有的像召公。
日辟国百里，今也日蹙国百里[27]。	当初日辟百里地，如今国土日受损。

於乎哀哉！　　　　　　　呜呼哀哉真痛心！
维今之人，不尚有旧？　　不知如今满朝人，是否还有旧臣君？

【注解】

①旻天：上天。疾威：指暴虐。
②笃：厚，深厚。
③饥馑：饥荒，荒年。
④居：国中。围：边境。
⑤罟：网。
⑥昏椓：阉人，即太监。靡共：不供职。共，通“供”。
⑦溃溃：昏乱。回遹：邪僻，曲折。
⑧靖夷：想毁灭。靖，图谋；夷，平。
⑨皋皋：同“谍谍”，互相欺骗。訿：毁谤，诋毁。
⑩孔：很。填：长久。
⑪贬：指职位低。
⑫溃茂：繁盛，繁茂。
⑬栖苴：挂在树上的水草，此指枯草。
⑭相：察看。
⑮止：语气助词。
⑯时：是，此，指今时。
⑰疚：贫病，穷困。
⑱疏：糙米。粺：一石糙米舂成九斗的精米。
⑲替：废，退。
⑳兄：通“况”，滋，更加。斯：语气助词。
㉑频：通“濒”，水边。
㉒溥：普遍。
㉓弘：大。
㉔灾：灾难。
㉕先王：指武王、成王。
㉖召公：周武王、成王时的大臣。
㉗蹙：收缩、减少。

颂

颂四十篇，其中《周颂》三十一篇，《鲁颂》四篇，《商颂》五篇。颂是宗庙祭祀的乐歌，不但配合乐器，用的是皇家的乐调，而且带有扮演、舞蹈的艺术。它和风、雅不同，风、雅只清唱，歌辞有韵，声音短促，叠章复唱。颂诗有一部分无韵，由于配合舞步，声音缓慢，也不分章。

周　颂

周颂·《清庙》之什

清　庙

《清庙》，祀文王也。周公既成洛邑，朝诸侯，率以祀文王焉。

——毛诗序

於穆清庙[①]，	啊，庄严而清静的宗庙，
肃雍显相[②]。	助祭的公卿多么庄重显赫。
济济多士[③]，	济济一堂的众多官吏，
秉文之德[④]。	都秉承着文王的德行。
对越在天[⑤]，	为颂扬文王的在天之灵，
骏奔走在庙[⑥]。	迅速地在庙中奔跑操劳。
不显不承[⑦]，	文王的盛德实在显赫美好，
无射于人斯[⑧]！	他永远不被人们忘掉！

【注解】

①於：叹词，犹如今天的“啊”。穆：庄严、壮美。清庙：清静的宗庙。
②肃雍：庄重和谐。显：高贵显赫。相：助祭的人，此指助祭的公卿诸侯。
③济济：众多的样子。多士：指祭祀时承担各种职事的官吏。
④秉：秉承，操持。文之德：周文王的德行。
⑤越：于。在天：指周文王的在天之灵。
⑥骏：迅急，迅速。
⑦不：通“丕”，大。
⑧射：通“斁”，厌弃。斯：语气词。

维天之命

《维天之命》，大平告文王也。 ——毛诗序

维天之命①，	是那天命所归，
於穆不已。	多么庄严啊没有止息。
於乎不显②，	多么庄严啊光辉显耀，
文王之德之纯！	文王的品德纯正无比！
假以溢我③，	美好的东西让我安宁，
我其收之。	我接受恩惠自当牢记。
骏惠我文王④，	顺着文王路线方针，
曾孙笃之⑤。	后代执行一心一意。

【注解】

①维：语气助词。

②不：通“丕”，大。

③假：嘉，美。

④骏惠：郑笺训为“大顺”，马瑞辰《毛诗传笺通释》：“惠，顺也。骏，当为驯之假借，驯亦顺也。骏惠二字平列，皆为顺。”

⑤曾孙：孙以下后代均称曾孙。郑笺：“曾，犹重也。”笃：指笃行，行事一心一意。

维　清

《维清》，奏象舞也。 ——毛诗序

维清缉熙[1]，　　多么清明又多么荣光，
文王之典[2]。　　因为文王有着征伐良方。
肇禋[3]，　　自从开始出师祭天，
迄用有成[4]。　　至今成功全靠文王。
维周之祯[5]。　　真是我周王朝大吉大祥。

【注解】

①熙：明，光明。
②典：法则，制度。
③禋：烧柴升烟以祭天。
④迄：至。
⑤祯：吉祥。

烈　文

《烈文》，成王即政，诸侯助祭也。
——毛诗序

烈文辟公[1]，锡兹祉福[2]。　　文武兼备的诸侯，赐福享受助祭殊荣。
惠我无疆，子孙保之。　　恩惠我无边疆土，保佑子孙福寿无穷。
无封靡于尔邦[3]，维王其崇之[4]。　　治国不要造大孽，我王才会尊重你。
念兹戎功[5]，继序其皇之[6]。　　应念你祖立战功，继承祖业发扬光大。
无竞维人[7]，四方其训之[8]。　　强盛莫过有贤士，四方才会竞相遵从。
不显维德[9]，百辟其刑之[10]。　　光耀的只有美德，诸侯应该效法此风。
於乎，前王不忘[11]。　　呜呼，先王典范永不忘。

【注解】

①烈：光明。文：文德。辟公：君王，诸侯。

②锡：赐。兹：此。祉：福。
③封：大。
④崇：尊重。
⑤戎：大。
⑥皇：发扬光大。
⑦竞：争。
⑧训：教导。
⑨不：通“丕”，大。
⑩百辟：众诸侯。刑：通“型”，效法。
⑪前王：指周文王、周武王。

天作

《天作》，祀先王先公也。 ——毛诗序

天作高山①，	高耸的岐山自然天成，
大王荒之②。	创业的大王苦心经营。
彼作矣③，	荒山变成了良田沃野，
文王康之④。	文王来继承安宁四方。
彼徂矣⑤，	他率领民众云集岐山，
岐有夷之行⑥。	阔步行进在康庄大道。
子孙保之！	为子孙创造锦绣前程！

【注解】

①高山：指岐山，在今陕西宝鸡东北。
②荒：扩大，推广。
③彼：指大王。
④康：安宁。
⑤彼：指文王。徂：往。
⑥夷：平坦。行：道路。

昊天有成命

《昊天有成命》，郊祀天地也。 ——毛诗序

昊天有成命[①]，二后受之[②]。 苍天有定命，文、武二王接受之。
成王不敢康[③]，夙夜基命宥密[④]。 成王不敢图安乐，日夜谋政志安邦。
於缉熙[⑤]，单厥心[⑥]， 啊，多么光明，用尽其忠心，
肆其靖之[⑦]。 巩固天下民安定。

【注解】

①成命：已定的天命。
②二后：二王，指周文王与周武王。
③成王：武王子。康：安乐，安宁。
④夙夜：日夜，朝夕。基：谋。宥：宽容。
⑤於：叹词，有赞美之意。
⑥单：通“殚”，竭尽。厥：其，指成王。
⑦靖：安定。

我　将

《我将》，祀文王于明堂也。 ——毛诗序

我将我享[①]， 我奉献祭品，
维羊维牛， 有牛有羊不算少，
维天其右之[②]！ 只希望上苍能够保佑！
仪式刑文王之典[③]， 典章制度效法文王，
日靖四方[④]。 安定天下日夜操劳。

伊嘏文王[⑤]，　　伟大神圣的周文王，
既右飨之[⑥]。　　尽情享用祭品吧。
我其夙夜，　　我要日夜勤祭祷，
畏天之威，　　崇敬天威遵天道，
于时保之[⑦]。　　这才能保住天下。

【注解】

①将：奉献，祭奉。享：奉献祭品。
②右：通“佑”，保佑。
③刑：效法。典：典章，法则。
④靖：安定。
⑤伊：语气助词。
⑥既：尽。飨：享用祭品。
⑦于时：于是。

时　迈

《时迈》，巡守告祭柴望也。

——毛诗序

时迈其邦[①]，昊天其子之[②]，　　帝王巡行诸邦国，上帝视我如爱子，
实右序有周[③]。　　保佑我大周国运昌盛。
薄言震之[④]，莫不震叠[⑤]。　　武王威严震天下，天下诸侯皆恐惧。
怀柔百神[⑥]，及河乔岳[⑦]，　　安抚众神备祭品，遍及河神及山神，
允王维后[⑧]！　　武王不愧是君王！
明昭有周[⑨]，式序在位[⑩]。　　大周贤明照四方，满朝官员尽职责。
载戢干戈[⑪]，载櫜弓矢[⑫]。　　收起兵器，收藏弓箭。
我求懿德[⑬]，肆于时夏[⑭]。　　我访求美德之士，遍施仁政国兴旺。
允王保之[⑮]！　　周王定能保封疆！

【注解】

①时：语气助词，一说为“按时”。犹言“现时”“今世”。迈：帝王巡行。邦：国。此指武王克商后，分封的诸侯邦国。

②子之：以之为子，谓使之为王。即视诸侯邦国为自己的儿子。

③实：语气助词。一说指“的确”。有周：即周王朝。有，名词字头，无实义。

④薄：助词。震：威严，以威力震慑。此指武王以武力威胁、施威。之：指各诸侯邦国。

⑤叠：恐惧。

⑥怀柔：安抚。百神：泛指天地山川之众神。此句谓祭祀百神。

⑦河：黄河，此指河神。乔岳：高山，此指山神。

⑧允：诚然，的确。王：指周武王。后：君主。

⑨昭：显著，此为发扬光大的意思。

⑩式：发语词，无实义。序在位：谓合理安排在位的诸侯。

⑪载：助词。戢：收藏兵器。干戈：泛指兵器。

⑫櫜：收藏。

⑬我：周人自谓。懿：美德，指文治教化。

⑭肆：陈列，谓施行。时：犹“是”，这、此。夏：中国，指周王朝所统治的天下。

⑮保：指保持天命、保持先祖的功业。

执　竞

《执竞》，祀武王也。

——毛诗序

执竞武王[①]，无竞维烈[②]。	勇猛强悍数武王，功业无人比得上。
不显成康[③]，上帝是皇[④]。	成王康王太显耀，上帝对其也赞赏。
自彼成康，奄有四方[⑤]，	从那成康时代起，拥有天下占四方，
斤斤其明[⑥]。	武王明察坐朝堂。

钟鼓喤喤[7]，磬管将将[8]，　敲钟打鼓声洪亮，击磬吹管乐悠扬，
降福穰穰[9]。　上天赐福降吉祥。
降福简简[10]，威仪反反[11]。　帝赐大福从天降，仪态慎重又大方。
既醉既饱，福禄来反。　武王神灵醉又饱，报你福禄绵又长。

【注解】

①竞：强。
②竞：争。维：是。烈：功绩。
③成：周成王。康：周康王，成王之子。
④上帝：指上天，与西方所言的上帝不同。皇：赞美，嘉许。
⑤奄：覆盖。
⑥斤斤：明察的样子。
⑦喤喤：钟鼓洪亮和谐的声音。
⑧磬：一种打击乐器。
⑨穰穰：盛，多。
⑩简简：福气大的样子。
⑪威仪：祭祀时的礼节仪式。反反：通“昄昄”，慎重和善的样子。

思　文

《思文》，后稷配天也。　——毛诗序

思文后稷[1]，　追思先祖后稷的功德，
克配彼天[2]。　丝毫无愧于配享上天。
立我烝民[3]，　养育了我们亿万民众，
莫匪尔极[4]。　如此恩惠谁不铭刻心中。
贻我来牟[5]，　赠送我们优良麦种，
帝命率育[6]。　天命用以保证百族绵延。

无此疆尔界，	农耕不必分彼此疆界，
陈常于时夏⑦。	全国推广共建家园。

【注解】

①文：文德，即治理国家、发展经济的功德。后稷：周的先祖，别姓姬氏，名弃，号后稷。舜时为农官。

②配：配享，即祭祀时兼祀他神以配其所祭。

③立：假借为“粒”，谷粒。此处用作动词，养育的意思。

④极：极至，此指无量功德。

⑤贻：赠送。来：小麦。牟：大麦。

⑥率：遵循。

⑦常：常规，此指农政。

周颂·《臣工》之什

臣 工

《臣工》，诸侯助祭遣于庙也。 ——毛诗序

嗟嗟臣工[①]，敬尔在公[②]。	喂，喂，群臣百官，从事公务真勤谨。
王厘尔成[③]，来咨来茹[④]。	王赐给你们成法，你们要商量研究。
嗟嗟保介[⑤]，维莫之春[⑥]。	喂，喂，田官，正是暮春时节。
亦又何求[⑦]？如何新畬[⑧]？	还有什么事要筹划？怎样整治新田畬田？
於皇来牟，将受厥明[⑨]。	啊，茂盛的麦子，将要获得好收成。
明昭上帝[⑩]，迄用康年[⑪]。	明智伟大的上帝，终于赐给丰年。
命我众人[⑫]，庤乃钱镈[⑬]，	命令我们农人，准备铁铲和锄，
奄观铚艾[⑭]。	视察镰刀割麦收成。

【注解】

①嗟嗟：叹词。臣工：群臣百官。

②敬尔：尔敬。尔，第二人称代词；敬，勤谨。在公：为公家工作。

③厘：通“赉”，赐予。

④咨：询问、商量。茹：度量，估计。

⑤保介：田官，保护田界之人。

⑥莫：通“暮”，莫之春即暮春，是麦将成熟之时。

⑦又：有。求：要求。

⑧新畬：耕种两年的田叫新，耕种三年的田叫畬。

⑨厥：指代将熟之麦。

⑩明昭：谓明智而洞察。

⑪迄：终。康年：丰年。

⑫众人：庶民们，指农人。

⑬庤：准备。钱：古农具名，类似铁铲。镈：锄一类的农具。

⑭奄观：尽观，即视察之意。铚艾：铚，收割庄稼用的镰刀；艾，通“刈”，割。

噫 嘻

《噫嘻》，春夏祈谷于上帝也。 ——毛诗序

原文	译文
噫嘻成王①，	成王轻声感叹做祷告，
既昭假尔②。	已经明告过先公先王。
率时农夫，	我将率领这众多农夫，
播厥百谷。	去播种那些百谷杂粮。
骏发尔私③，	迅速开发你们的私田，
终三十里④。	三十里田地已经耕完。
亦服尔耕⑤，	大力配合你们的耕作，
十千维耦⑥。	万人耦耕结成五千双。

【注解】

①噫嘻：叹息声，“声轻则噫嘻，声重则呜呼”，兼有神圣的意味。成王：周成王。

②昭假：明告。尔：语气助词。

③骏：迅速。私：私田。

④终：尽。

⑤服：配合。

⑥耦：两人并耕。

振 鹭

《振鹭》，二王之后来助祭也。 ——毛诗序

振鹭于飞[①]，于彼西雝[②]。 一群白鹭冲天起，西边沼泽任飞翔。
我客戾止[③]，亦有斯容。 我有嘉宾来助祭，也是洁白好衣裳。
在彼无恶[④]，在此无斁[⑤]。 他在本国没人厌，在这周地受称扬。
庶几夙夜[⑥]，以永终誉[⑦]。 谨慎勤勉日复夜，美名荣誉永辉煌。

【注解】

①振：群飞之状。
②雝：通“邕”，水被壅积而形成的沼泽。
③戾：到。止：语气助词。
④恶：怨恨。
⑤斁：厌弃。
⑥庶几：差不多，此表希望。
⑦永：长。终誉：恒久的荣誉。

丰 年

《丰年》，秋冬报也。 ——毛诗序

丰年多黍多稌[①]， 丰收年谷物车载斗量，
亦有高廪[②]， 谷场边有高高的粮仓，
万亿及秭[③]。 亿万斛粮食好好储藏。
为酒为醴[④]， 美酒酿成千杯万觞，
烝畀祖妣[⑤]。 在祖先的灵前献上。
以洽百礼[⑥]， 各种祭典隆重举行，
降福孔皆[⑦]。 齐天洪福在万户普降。

【注解】

①黍：黍子，去皮后叫黏黄米。稌：稻。
②廪：粮仓。
③亿：万万。秭：亿亿。
④醴：甜酒。
⑤烝：祭祀名。畀：给予。祖妣：男女祖先。
⑥洽：合。百礼：各种礼仪。
⑦孔：很。皆：普遍。

有　瞽

《有瞽》，始作乐而合乎祖也。——毛诗序

有瞽有瞽[①]，在周之庭。	乐师啊乐师，站立宗庙大堂上。
设业设虡[②]，崇牙树羽[③]。	钟架鼓架都摆好，架上锯齿饰彩羽。
应田县鼓[④]，鞉磬柷圉[⑤]。	小鼓大鼓齐排列，鼗磬柷敔列成行。
既备乃奏[⑥]，箫管备举[⑦]。	一切就绪便演奏，箫管齐鸣音绕梁。
喤喤厥声，肃雍和鸣，	众乐交响声洪亮，庄重和谐调悠扬，
先祖是听。	先祖神灵来欣赏。
我客戾止，永观厥成[⑧]。	诸位宾客齐光临，曲终不觉奏时长。

【注解】

①瞽：乐官。这里指周代的盲人乐师。
②业：乐架上刻有锯齿的大木板，用以悬挂钟、磬等。虡：古代悬挂编钟、编磬木架上的立柱。
③崇牙：悬挂编钟、编磬的木架上端所刻的锯齿。树：插置。
④应：小鼓。田：大鼓。县：即悬。
⑤鞉：同“鼗”，乐器名。一种有柄的小鼓，犹今之拨浪鼓。磬、柷、圉均为乐器。
⑥备：准备就绪。
⑦箫管：竹制吹奏乐器。
⑧永：长。成：一曲奏完。

潜

《潜》，季冬荐鱼，春献鲔也。

——毛诗序

猗与漆沮[1]，　漆水和沮水景色秀美，
潜有多鱼[2]。　藏着富饶的渔业资源。
有鳣有鲔[3]，　鳣鱼鲔鱼不计其数，
鲦鲿鰋鲤[4]。　鲦鲿鰋鲤也群出波间。
以享以祀，　捕来鲜鱼恭敬祭祀，
以介景福[5]。　祈求祖先赐福绵延。

【注解】

①猗：感叹词，表示赞美。漆沮：两条河流名，均在今陕西境内。
②潜：堆放在水中的柴。
③鳣：鲟一类的鱼。鲔：鲟鱼。
④鰋：一种鱼名。
⑤介：助词。景：大。

雝

《雝》，禘大祖也。

——毛诗序

有来雝雝[1]，至止肃肃[2]。　来时侯雍容和悦，到来后恭敬严肃。
相维辟公[3]，天子穆穆[4]。　助祭有诸侯群公，周天子端庄严肃。
於荐广牡[5]，相予肆祀[6]。　献一头肥大牲口，相助我陈列祭品。
假哉皇考[7]，绥予孝子。　美啊，我的父祖，安抚我这个孝子。
宣哲维人[8]，文武维后。　明哲的只有贤人，文武双全只有君。

燕及皇天[9]，克昌厥后。　安定周邦及皇天，能昌盛子孙后世。
绥我眉寿[10]，介以繁祉[11]。　赐予我长命百岁，又助我多福多禄。
既右烈考[12]，亦右文母[13]。　既保佑贤明先父，也敬请保佑先母。

【注解】

①有：语气助词。雝雝：和悦的样子。
②肃肃：恭敬，严正。
③相：助祭的人。维：是。辟公：诸侯。
④穆穆：庄重严肃的样子。
⑤广：大。牡：雄性鸟兽。
⑥相：助词。予：周天子自称。肆：陈列。
⑦假：嘉，美。皇考：对已亡父祖的通称。
⑧宣哲：明哲，明智。
⑨燕：通“宴”，安定，闲适。
⑩眉寿：长寿，多用作祝颂语。
⑪介：助词。繁祉：多福。
⑫右：佑，此指受到保佑。烈考：对已死父亲的美称。
⑬文母：有文德的先母。

载见

《载见》，诸侯始见乎武王庙也。

——毛诗序

载见辟王[1]，曰求厥章[2]。　诸侯开始朝见周王，请求赐予法度典章。
龙旂阳阳[3]，和铃央央[4]。　龙旗展示鲜明图案，车上和铃叮当作响。
鞗革有鸧[5]，休有烈光[6]。　缰绳装饰金光灿灿，整个队伍威武雄壮。
率见昭考[7]，以孝以享[8]。　率领诸侯祭祀先王，手持祭品虔诚奉享。
以介眉寿，永言保之[9]，　祈求赐我年寿绵绵，神灵保佑天命久长，
思皇多祜[10]。　成王多福无边无疆。

烈文辟公[⑪]，绥以多福， 诸侯贤德深孚众望，安邦定国如意吉祥，
俾缉熙于纯嘏[⑫]。 辅佐君王前程辉煌。

【注解】

①载：始。辟王：君王。
②曰：发语词。章：法度。
③旂：画有蛟龙的旗，旗竿头系铃。阳阳：鲜明的样子。
④和：车铃。央央：声音和谐的样子。
⑤鞗：马辔头上的铜饰物，也指马缰绳。鸧：形容金饰。
⑥休：美善，吉庆。
⑦昭考：此处指周武王。
⑧孝、享：献祭的意思。
⑨言：语气助词。
⑩皇：指成王。祜：福。
⑪烈文：光明而有文德。
⑫俾：使。缉熙：光明。纯嘏：大福。

有 客

《有客》，微子来见祖庙也。 ——毛诗序

有客有客[①]，亦白其马[②]。 有客远来到我家，白色骏马身下跨。
有萋有且[③]，敦琢其旅[④]。 随从人员众且多，个个盛服来随驾。
有客宿宿，有客信信[⑤]。 客人头夜这里宿，连续四夜再住下。
言授之絷[⑥]，以絷其马。 真想取出绳索来，留客拴住他的马。
薄言追之[⑦]，左右绥之[⑧]。 客人告别我送行，群臣一同送别他。
既有淫威[⑨]，降福孔夷[⑩]。 客人今已受厚待，老天赐福将更大。

【注解】

①客：指宋微子。周既灭商，封微子于宋，以祀其先王，微子来朝祖庙，周以客礼待之，故称为客。
②亦：语气助词，殷商尚白，故来朝作客也骑白马。
③有萋有且：即“萋萋且且”，此指随从众多。
④敦琢：同“雕琢”，引申为选择。旅：众人，指伴随微子的宋大夫。
⑤信信：连宿四夜。
⑥言：语气助词。絷：用绳索拴住或绊住马脚。
⑦追：此指饯行，送别。
⑧左右：指王之左右臣子。
⑨淫：盛，大。威：德。淫威，意谓大德，引申为厚待。
⑩孔：很。

武

《武》，奏大武也。

——毛诗序

於皇武王[①]！无竞维烈[②]。	辉煌啊，周武王！他的功业举世无双。
允文文王[③]，克开厥后[④]。	有文德的周文王，能把后代基业开创。
嗣武受之[⑤]，胜殷遏刘[⑥]，	继承者是武王，阻止杀伐战胜殷商，
耆定尔功[⑦]。	完成大业功绩辉煌。

【注解】

①於：叹词。皇：辉煌。
②竞：争，比。烈：功业。
③允：信然，确实。文：文德。
④克：能。厥：其，指周文王。
⑤嗣：后嗣。武：指周武王。
⑥遏刘：阻止杀伐。
⑦耆：致。

周颂·闵予小子之什

闵予小子

《闵予小子》，嗣王朝于庙也。

——毛诗序

闵予小子①，遭家不造②，
嬛嬛在疚③。
於乎皇考④，永世克孝⑤。
念兹皇祖⑥，陟降庭止⑦。
维予小子，夙夜敬止。
於乎皇王，继序思不忘⑧。

可怜我三尺童子，新遭父丧真悲痛，
孤独无援忧忡忡。
感叹先父真伟大，终生尽孝有高风。
念我先祖兴大业，任贤黜佞国运昌。
我今年幼已即位，日夜勤政求政绩。
先王灵前发誓言，继承遗志铭心间。

【注解】

①闵：怜悯，同情。予小子：成王自称。
②不造：不幸，指遭凶丧。
③嬛嬛：孤独忧伤的样子。
④於乎：同“呜呼”，表感叹。皇考：指武王。
⑤克：能。
⑥皇祖：指先祖。
⑦陟降：升降。止：语气词。
⑧序：绪，事业。

访　落

《访落》，嗣王谋于庙也。

——毛诗序

访予落止[①]，率时昭考[②]。	即位之初国事商，路线政策依父王。
於乎悠哉[③]，朕未有艾[④]。	先王之道太精深，阅历尚浅心惶惶。
将予就之[⑤]，继犹判涣[⑥]。	纵有群臣来相助，犹恐闪失欠妥当。
维予小子，未堪家多难。	即位年轻缺经验，家国多难不堪任。
绍庭上下[⑦]，陟降厥家[⑧]。	唯遵先王之庭训，任贤黜佞肃朝纲。
休矣皇考[⑨]，以保明其身。	父王英明又伟大，佑我勉我身安康。

【注解】

①访：谋议，商讨。落：开始。止：语气词。
②率：遵循。时：是，这。昭考：指武王。
③悠：远。
④艾：阅历。
⑤将：助词。就：接近，趋向。
⑥判涣：广大，发扬光大。也说分散。
⑦绍：承继。
⑧厥家：指群臣百官。
⑨休：美善。皇考：指武王。

敬　之

《敬之》，群臣进戒嗣王也。

——毛诗序

敬之敬之[①]，天维显思[②]， 命不易哉[③]。	警惕警惕要记牢，苍天在上理昭昭， 天命不改有常道。

无曰高高在上，陟降厥士[④]， 休说苍天高在上，升降群臣皆天意，
日监在兹[⑤]。 每天监视在此地。
维予小子[⑥]，不聪敬止[⑦]。 我虽年幼初登基，聪明戒心尚缺少。
日就月将[⑧]，学有缉熙于光明[⑨]。 日久月长勤学习，日积月累得深造。
佛时仔肩[⑩]，示我显德行。 任重道远我所乐，光明美德做先导。

【注解】

①敬：通“儆”，警惕，戒惧。
②显：明显。思：语气助词。
③命：天命。易：变更。
④士：庶士，指群臣。
⑤日：每天。监：察，监视。
⑥小子：年轻人，周成王自称。
⑦不、止：皆为语气助词。
⑧将：长久。
⑨缉熙：发扬光大，积渐广大。
⑩佛：通“弼”，辅助。仔：胜任，任。

小毖

《小毖》，嗣王求助也。

——毛诗序

予其惩而毖后患[①]。 我要吸取教训谨慎地避免后患。
莫予荓蜂[②]，自求辛螫[③]。 没人来牵引我，祸害拖累自己找。
肇允彼桃虫[④]，拚飞维鸟[⑤]。 当初一只小鸟雀，哪知展翅成大鸟。
未堪家多难[⑥]，予又集于蓼[⑦]。 家国多难不堪忍，又陷困境多烦恼。

【注解】

①惩：因受创而知戒。毖：谨慎。
②荓蜂：牵引入邪恶。
③螫：毒虫刺人。
④肇：开始。桃虫：鸟名，即鹪鹩。
⑤拚：通“翻”，上下飞翔。
⑥多难：指武庚、管叔、蔡叔之乱。
⑦蓼：草名，生于水边，味辛辣苦涩。

载芟

《载芟》，春籍田而祈社稷也。——毛诗序

载芟载柞[1]，其耕泽泽[2]。	又除草来又砍树，田头翻耕松土壤。
千耦其耘[3]，徂隰徂畛[4]。	千对农人在耕地，田地小路都前往。
侯主侯伯[5]，侯亚侯旅[6]，	家主带着长子来，子弟晚辈也到场，
侯强侯以[7]。	有壮汉也有雇工。
有嗿其馌[8]，思媚其妇[9]，	地头吃饭声音响，妇女温柔又美好，
有依其士[10]。	小伙子们真可爱。
有略其耜[11]，俶载南亩[12]。	耜的尖刃多锋利，南面那田先耕上。
播厥百谷，实函斯活[13]。	播撒百谷的种子，颗粒饱满生机旺。
驿驿其达[14]，有厌其杰[15]。	幼芽纷纷拱出土，长出苗儿好漂亮。
厌厌其苗，绵绵其麃[16]。	禾苗越长越茂盛，连绵不断好除草。
载获济济，有实其积，	收获谷物真是多，场上粮食堆成垛，
万亿及秭[17]。	成万成亿难计量。
为酒为醴[18]，烝畀祖妣[19]，	酿造清酒与甜酒，进献先祖先品尝，
以洽百礼[20]。	完成百礼供祭飨。

有飶其香㉑，邦家之光。
有椒其馨㉒，胡考之宁㉓。
匪且有且㉔，匪今斯今，
振古如兹㉕。

祭献食品香喷喷，是我邦家有荣光。
祭献食物香喷喷，祝福老人常安康。
不是现在才这样，不是今年才这样，
从古至今皆如此。

【注解】

①载：助词，起加强语气的作用。芟：除草。柞：砍伐树木。
②泽泽：此指松土壤。
③千耦：千，概数，言其多。耦，两人并耕。耘：除田间杂草。
④徂：往。隰：新开垦的田地。畛：田间小路。
⑤侯：语气助词，即“维”。主：家长，古代一国或一家之长均称主。伯：长子。
⑥亚：次一等的。此指叔、仲诸子。旅：众人。此指幼小子，弟辈。
⑦强：此指强壮者。以：此指雇工。
⑧嗿：众人吃饭的响声。馌：送给田间耕作者的饮食。
⑨思：语气助词。媚：美好。
⑩依：可爱。
⑪略：锋利。耜：古代农具名，用于耕作翻土。
⑫俶：开始。南亩：向阳的田地。
⑬实：种子。函：包含。
⑭驿：通“绎”，连续不断。达：幼苗出土。
⑮厌：茂盛的样子。杰：出众的麦苗。
⑯麃：通“穮”，耕田，除草。
⑰秭：亿亿。
⑱醴：甜酒。
⑲畀：给予。祖妣：祖父、祖母以上的祖先。
⑳洽：合。以洽百礼，用于各种礼仪。
㉑飶：食物的香气。
㉒椒：食物的香味。
㉓胡考：长寿，指老人。
㉔匪：非。且：此。上“且”字指此时，下“且”字指此事。
㉕振古：自古。

良 耜

《良耜》，秋报社稷也。

——毛诗序

畟畟良耜[1]，俶载南亩[2]。	犁头入土真锋利，先到南面去耕地。
播厥百谷，实函斯活[3]。	百谷种子播田头，粒粒孕育富生机。
或来瞻女[4]，载筐及筥[5]，	有人送饭来看你，挑着方筐和圆筐，
其饷伊黍[6]。	里面装的是黍米。
其笠伊纠[7]，其镈斯赵[8]，	头戴手编草斗笠，手持锄头来翻土，
以薅荼蓼[9]。	田间杂草得清理。
荼蓼朽止[10]，黍稷茂止。	野草腐烂作肥料，庄稼生长真茂密。
获之挃挃[11]，积之栗栗[12]。	挥镰收割响声齐，打下谷子高堆起。
其崇如墉[13]，其比如栉[14]，	看那高处似城墙，看那两旁似梳齿，
以开百室[15]。	成百粮仓开不闭。
百室盈止，妇子宁止。	各个粮仓都装满，妇女儿童心神怡。
杀时犉牡[16]，有捄其角[17]。	杀头黑唇大黄牛，弯弯双角真美丽。
以似以续[18]，续古之人。	不断祭祀后续前，继承古人好礼仪。

【注解】

①畟畟：耜（古代一种像犁的农具）刃锋利的样子。

②俶：开始。南亩：古时将东西向的耕地叫东亩，南北向的叫南亩。

③实：百谷的种子。函：包含，指种子播下之后孕育发芽。

④瞻：看。女：指耕地者。

⑤筐：方筐。筥：圆底竹筐。

⑥饷：所送的饭食。

⑦纠：用三股线拧成绳子。

⑧镈：锄头。赵：扒地，锄地。

⑨薅：除掉田中杂草。荼蓼：两种野草名。

⑩止：语气助词。
⑪挃挃：收割庄稼的声音。
⑫栗栗：形容收割的庄稼堆积之多。
⑬崇：高。墉：高高的城墙。
⑭比：排列，指其广度。栉：梳子、篦子一类梳头用具。
⑮百室：指众多的粮仓。
⑯犉：黄毛黑唇的牛。
⑰捄：形容牛角曲而长。
⑱似：通“嗣”，继承。

丝　衣

《丝衣》，绎宾尸也。高子曰：“灵星之尸也。”　——毛诗序

丝衣其紑①，载弁俅俅②。　祭服鲜明又整洁，冠帽华美第一流。
自堂徂基③，自羊徂牛。　从庙堂走到门内，祭牲用羊又用牛。
鼐鼎及鼒④，兕觥其觩⑤。　大鼎中鼎与小鼎，兕形酒器弯如钩。
旨酒思柔⑥。　美酒香醇又柔和。
不吴不敖⑦，胡考之休⑧。　不喧哗也不傲慢，保佑大家都长寿。

【注解】

①丝衣：祭祀穿的服装。紑：衣服鲜明整洁。
②弁：一种冠帽。俅俅：冠饰美丽的样子。也说恭顺的样子。
③堂：庙堂。徂：往，到。基：房屋等建筑物的地基。
④鼐：大鼎。鼒：小鼎。
⑤兕觥：盛酒器。觩：兽角弯曲的样子。
⑥旨酒：美酒。思：语气助词。柔：指酒味柔和。
⑦吴：大声说话，喧哗。敖：通“傲”，傲慢。
⑧胡考：长寿者，老年人。

酌

《酌》，告成《大武》也。言能酌先祖之道，以养天下也。——毛诗序

於铄王师[①]，遵养时晦[②]。	王师美哉多英勇，遵循时势待时机。
时纯熙矣[③]，是用大介[④]。	天下大放光明时，伟大美善便降临。
我龙受之[⑤]，蹻蹻王之造[⑥]。	我受荣宠享太平，强壮威武王成就。
载用有嗣[⑦]，实维尔公允师[⑧]。	子孙后代来继承，周公召公做榜样。

【注解】

①於：叹词。铄：光辉美盛。王师：王朝的军队。
②遵：遵循。养晦：指隐居待时。
③纯：大。熙：光明。
④是用：是以，因此。介：通“价”，善。
⑤龙：通“宠”，荣宠。
⑥蹻蹻：强壮威武的样子。造：成就。
⑦载：乃，于是。用：以。
⑧实：是。公：指周公、召公。师：榜样。

桓

《桓》，讲武类祃也。桓，武志也。——毛诗序

绥万邦[①]，娄丰年[②]。	平定万国，连年丰收。
天命匪解[③]，桓桓武王[④]。	全靠上天降福祥，威风凛凛的武王。

保有厥士[⑤]，于以四方[⑥]， 克定厥家。 於昭于天，皇以间之[⑦]。	拥有英勇的兵将，安抚了天下四方， 周室安定永兴旺。 啊，功德昭著于上苍，武王伐商天下安。

【注解】

①绥：平安。万邦：天下各诸侯国。
②娄：同“屡”，多次。
③匪解：同“非懈”，不懈怠。
④桓桓：威武的样子。
⑤保：拥有。士：指武士。
⑥四方：指天下各地，四方之国。
⑦间：更迭。此指代替。

赉

《赉》，大封于庙也。赉，予也，言所以锡予善人也。——毛诗序

文王既勤止[①]，我应受之[②]。 敷时绎思[③]，我徂维求定[④]。 时周之命， 於绎思[⑤]。	文王勤勉一生，我一定将他的德业继承。 布施恩泽要牢记，我前往只求天下太平。 你们接受周朝命令， 啊，连续不断继承它。

【注解】

①止：语气助词。
②受：继承。
③敷：布。绎：连续不断。思：语气助词。
④徂：往。
⑤於：叹词。

般

《般》，巡守而祀四岳河海也。——毛诗序

於皇时周[①]，陟其高山[②]，
堕山乔岳[③]，允犹翕河[④]。
敷天之下[⑤]，裒时之对[⑥]，
时周之命。

啊，辉煌的周朝，登上那巍峨的山顶，
眼前是丘陵峰峦，允、犹两水汇于黄河。
普天之下，聚集众神来配祭，
都服从周朝的命令。

【注解】

①时：是，此。
②陟：登，升。
③乔：高。岳：高大的山。
④允犹：两水名。翕河：汇于黄河。
⑤敷：遍。
⑥裒：聚。引申为众多。对：匹配。指配祭。

鲁 颂

鲁颂·《駉》之什

駉

《駉》，颂僖公也。僖公能遵伯禽之法，俭以足用，宽以爱民，务农重谷，牧于坰野，鲁人尊之，于是季孙行父请命于周，而史克作是颂。 ——毛诗序

駉駉牡马[①]，在坰之野[②]。	高大肥壮的公马，放养在远郊的原野上。
薄言駉者[③]，有驈有皇[④]，	那些马高大肥壮，有黑身白胯有黄白相杂，
有骊有黄[⑤]，以车彭彭[⑥]。	有一色纯黑有黄中带赤，用来驾车好壮盛。
思无疆，思马斯臧[⑦]。	看马儿跑得无止境，这些马儿多肥壮。
駉駉牡马，在坰之野。	高大肥壮的公马，放养在远郊的原野上。
薄言駉者，有骓有駓[⑧]，	那些马高大肥壮，有苍白杂色有黄白杂色，
有骍有骐[⑨]，以车伾伾[⑩]。	有赤色有青黑花纹，驾车有力奔前方。
思无期，思马斯才。	看马儿跑得无穷期，这些马儿都好马。
駉駉牡马，在坰之野。	高大肥壮的公马，放养在远郊的原野上。
薄言駉者，	那些马高大肥壮，
有驒有骆[⑪]，	有青毛鳞斑有白身黑鬣尾白鬃，
有骝有雒[⑫]，	有赤身黑鬣有黑身白鬣，
以车绎绎[⑬]。	驾车跑来多盛大。
思无斁[⑭]，思马斯作。	看马儿跑得无厌倦，这些马儿神气旺。
駉駉牡马，在坰之野。	高大肥壮的公马，放养在远郊的原野上。
薄言駉者，	那些马高大肥壮，
有駰有騢[⑮]，	有浅黑带白有赤白相杂，

有驔有鱼[16]，　　有黑身黄脊有双目纯白，
以车祛祛[17]。　　驾车驰骋真迅疾。
思无邪，思马斯徂。　　看马儿跑得无邪念，这些马儿跑远方。

【注解】

①駉駉：马肥壮的样子。
②坰：远郊。
③薄言：语气助词。
④驈：胯间有白毛的黑马。皇：黄白相杂的马。
⑤骊：纯黑色的马。黄：黄色带赤的马。
⑥以车：用马驾车。彭彭：壮盛的样子。
⑦思：语气助词。臧：好。
⑧骓：毛色苍白相杂的马。駓：黄白杂色的马。
⑨骍：赤色的马。骐：有青黑色花纹的马，其纹状如棋盘。
⑩伾伾：有力的样子。
⑪驒：有鳞状斑纹的青毛马。骆：鬣尾黑而身白的马。
⑫骝：赤身黑鬣的马。雒：黑身白鬣的马。
⑬绎绎：盛大的样子。
⑭斁：厌倦，厌弃。
⑮骃：浅黑杂白色的马。　騢：赤白杂色的马。
⑯驔：黑身黄脊毛的马。
⑰祛祛：疾驱的样子。

有 駜

《有駜》，颂僖公君臣之有道也。

——毛诗序

有駜有駜[1]，駜彼乘黄[2]。　　真高大呀真肥壮，拉车四匹黄毛马。

夙夜在公[3]，在公明明[4]。	早晚都在公家，在那办事多勉力。
振振鹭[5]，鹭于下。	白鹭一群向上飞，渐收羽翼身下俯。
鼓咽咽[6]，醉言舞。	鼓声咚咚有节奏，趁着醉意都起舞。
于胥乐兮[7]！	一起乐啊心神舒！
有驶有驶，驶彼乘牡[8]。	真肥壮呀真高大，拉车四匹是公马。
夙夜在公，在公饮酒。	早晚都在公家，公事之余饮酒浆。
振振鹭，鹭于飞。	白鹭一群向上飞，渐展翅膀任翱翔。
鼓咽咽，醉言归。	鼓声咚咚有节奏，趁着醉兴把家归。
于胥乐兮！	一起乐啊真快慰！
有驶有驶，驶彼乘驷[9]。	肥壮高大令人赞，拉车四匹青黑马。
夙夜在公，在公载燕[10]。	早晚都在公家，在公家设酒宴。
自今以始，岁其有[11]。	从今开始享太平，年年都有好收成。
君子有穀[12]，诒孙子[13]。	君子僖公有善政，福泽世代留子孙。
于胥乐兮！	乐在一起真高兴！

【注解】

①驶：马肥壮有力的样子。
②乘：古者一车四马曰乘。
③公：公家。
④明明：犹“黾黾”，勉力。
⑤振振：鸟群飞的样子。
⑥咽咽：鼓声有节奏的样子。
⑦于：助词。胥：皆，都。
⑧牡：公马。
⑨驷：青黑色的马。
⑩载：则。燕：通“宴”，宴会。
⑪岁其有：年年都有丰收。
⑫穀：善。
⑬诒：遗留，流传。

泮　水

《泮水》，颂僖公能修泮宫也。

——毛诗序

思乐泮水[①]，薄采其芹[②]。	泮水真令人愉快，来此采摘水中芹。
鲁侯戾止[③]，言观其旂[④]。	鲁侯莅临有威仪，看那龙旗多气派。
其旂茷茷[⑤]，鸾声哕哕[⑥]。	绣龙旗帜迎风展，鸾铃和鸣有节奏。
无小无大，从公于迈[⑦]。	随从不分官大小，跟着鲁公真光彩。
思乐泮水，薄采其藻[⑧]。	令人高兴泮水好，来此采摘水中藻。
鲁侯戾止，其马跻跻[⑨]。	鲁侯莅临有威仪，他的马儿真强壮。
其马跻跻，其音昭昭[⑩]。	他的马儿真强壮，他的声音亮又高。
载色载笑[⑪]，匪怒伊教[⑫]。	面容和蔼又带笑，从不发怒善教导。
思乐泮水，薄采其茆[⑬]。	泮水令人乐无忧，采摘莼菜轻伸手。
鲁侯戾止，在泮饮酒。	鲁侯莅临有威仪，泮水边上饮美酒。
既饮旨酒[⑭]，永锡难老[⑮]。	饮完香甜的美酒，让人永远不老朽。
顺彼长道[⑯]，屈此群丑[⑰]。	代代相传遵正道，征服叛贼除灾害。
穆穆鲁侯[⑱]，敬明其德[⑲]。	举止肃穆的鲁侯，做事严肃有仁德。
敬慎威仪，维民之则。	注意威仪要慎重，为民作则是榜样。
允文允武，昭假烈祖[⑳]。	文治武功两齐备，英明能及众先祖。
靡有不孝[㉑]，自求伊祜[㉒]。	继承先志事事顺，求得上天长庇佑。
明明鲁侯[㉓]，克明其德。	鲁侯治国真勤勉，善于修养功德圆。
既作泮宫，淮夷攸服[㉔]。	已将泮宫兴建成，征服淮夷众蛮人。
矫矫虎臣[㉕]，在泮献馘[㉖]。	勇壮如虎将帅臣，斩获敌耳泮宫献。
淑问如皋陶[㉗]，在泮献囚。	善于审问如皋陶，擒送敌囚泮宫前。
济济多士，克广德心。	齐心协力众兵将，鲁侯仁德能发扬。
桓桓于征[㉘]，狄彼东南[㉙]。	大军出征雄赳赳，东南敌人要扫荡。
烝烝皇皇[㉚]，不吴不扬[㉛]。	兴盛雄壮真浩大，不嘈杂也不喧嚷。

不告于讻[32]，在泮献功。	不为邀功相争吵，泮宫献功赐玉帛。
角弓其觩[33]，束矢其搜[34]。	兽角镶嵌弓绷紧，束束利箭捆扎牢。
戎车孔博[35]，徒御无斁[36]。	作战兵车很宽大，步兵武士不疲劳。
既克淮夷，孔淑不逆[37]。	已经战胜那淮夷，甘心顺从不敢闹。
式固尔犹[38]，淮夷卒获[39]。	因为坚持好谋略，淮夷终于被俘获。
翩彼飞鸮[40]，集于泮林。	翩翩而飞猫头鹰，泮水边上栖树林。
食我桑黮，怀我好音[41]。	吃罢我家紫桑椹，回报我们好声音。
憬彼淮夷[42]，来献其琛[43]。	远道而来那淮夷，前来贡献多珍品。
元龟象齿[44]，大赂南金[45]。	内有巨龟和象牙，内有财物和黄金。

【注解】

①泮：指泮宫。泮水是泮宫前的水池，也说是水名。
②薄：语气助词，无义。芹：菜名。又名楚葵。
③戾：到达。止：语尾助词。
④言：语气助词，无义。旂：绘有龙形图案的旗帜。
⑤茷茷：旗帜飘动的样子。
⑥鸾：通“銮”，古代的车铃。哕哕：有节奏的铃声。
⑦公：鲁公，亦指诗中的鲁侯。迈：行走。
⑧藻：水中植物名。
⑨跻跻：强壮威武的样子。
⑩昭昭：此指声音洪亮。
⑪色：此指容颜和蔼。
⑫伊：语气助词，无义。
⑬茆：草名，即莼菜。
⑭旨酒：美酒。
⑮锡：同“赐”，此句相当于“万寿无疆”意。
⑯道：正道。
⑰丑：恶，指淮夷。
⑱穆穆：庄重严肃的样子。
⑲敬：做事严肃认真。
⑳昭：明亮。假：至。烈祖：对祖先的敬称。
㉑孝：能继承先人之至。

㉒祜：福。
㉓明明：犹“黾黾”，勉力。
㉔淮夷：淮水流域不受周王室控制的民族。攸：乃，就。
㉕矫矫：威武的样子。
㉖馘：古代为计算杀敌人数以论功行赏而割下的敌人左耳。
㉗淑：善于。皋陶：相传是舜的臣，掌刑法。
㉘桓桓：威武的样子。
㉙东南：此指淮夷。
㉚烝烝：兴盛的样子。
㉛吴：喧哗。扬：高声。
㉜讻：争辩。
㉝角弓：用角做装饰的弓。觩：弓绷紧的样子。也说弓松弛的样子。
㉞束：量词。一捆儿，一束。搜：多。
㉟孔：很。博：宽大。
㊱徒：徒步行走，指步兵。御：驾御马车，指战车上的武士。斁：厌弃。
㊲逆：违抗。
㊳式：语气助词。无义。固：坚定。犹：通“猷”，谋略。
㊴获：俘获，缴获。
㊵鸮：猫头鹰一类的猛禽，古人认为是恶鸟。
㊶怀：归，此处为回报。
㊷憬：远行的样子。
㊸琛：珍宝。
㊹元龟：大龟。象齿：象牙。
㊺赂：财物。

閟宫

《閟宫》，颂僖公能复周公之宇也。

——毛诗序

閟宫有侐[①]，实实枚枚[②]。　神宫深闭真是静谧，殿堂阔大结构紧密。
赫赫姜嫄[③]，其德不回[④]。　名声赫赫圣母姜嫄，她的品德端正专一。
上帝是依[⑤]，无灾无害。　上帝给她特别福泽，不会经历痛苦灾害。

弥月不迟[6]，是生后稷[7]。	怀胎满月而不延迟，于是生出始祖后稷。
降之百福[8]。	上帝赐他许多福气。
黍稷重穋[9]，稙稚菽麦[10]。	降下黍子谷子重穋，还有豆麦各种谷物。
奄有下国[11]，俾民稼穑[12]。	荫庇普天之下邦国，让那人民学习农艺。
有稷有黍，有稻有秬[13]。	种下谷子黍子满野，种下水稻黑黍遍地。
奄有下土，缵禹之绪[14]。	拥有天下这片沃土，将那大禹功业承继。
后稷之孙，实维大王[15]。	后稷那位后代嫡孙，正是我们先君太王。
居岐之阳[16]，实始翦商[17]。	他迁居到岐山山南，从此开始消灭殷商。
至于文武[18]，缵大王之绪。	发展及至文王武王，来将太王传统发扬。
致天之届[19]，于牧之野[20]。	接受天命实行征伐，殷郊牧野摆开战场。
无贰无虞[21]，上帝临女[22]。	不要分心不要欺骗，上帝监督保你吉祥。
敦商之旅[23]，克咸厥功[24]。	治理敌方殷商军队，能够完成一项大功。
王曰叔父[25]，建尔元子[26]， 俾侯于鲁。	周成王说，叔父，立您长子为侯王， 封于鲁地快快前往。
大启尔宇[27]，为周室辅。	努力扩土开疆，作为周室藩辅屏障。
乃命鲁公，俾侯于东。	因此成王命令鲁公，封为诸侯国在周东。
锡之山川[28]，土田附庸[29]。	赐他大片山川田地，并把小国作为附庸。
周公之孙，庄公之子[30]。	他是周公后代嫡孙，他是庄公之子僖公。
龙旂承祀[31]，六辔耳耳[32]。	载着龙旗前去祭祀，六缰盛美手中轻控。
春秋匪解[33]，享祀不忒[34]。	春秋两祭都不懈怠，献享祀祖一心一意。
皇皇后帝，皇祖后稷！	上帝在天辉煌英明，始祖后稷伟大光荣！
享以骍牺[35]，是飨是宜[36]， 降福既多。	神位前供赤色牲畜，敬请前来吃喝享用， 降下吉祥幸福多多。
周公皇祖[37]，亦其福女。	这位伟大先祖周公，让你享福真是光荣。
秋而载尝[38]，夏而楅衡[39]， 白牡骍刚[40]。	秋天祭祀庆祝丰收，夏天给牛设置栏杆， 白色公牛红色公牛。
牺尊将将[41]，毛炰胾羹[42]，	献祭酒器相互碰击，烧烤小猪熬煮羹汤，

笾豆大房[43]。	盛入笾豆装满大房。
万舞洋洋[44]，孝孙有庆。	万舞规模浩浩荡荡，子孙祭祀神灵庇护。
俾尔炽而昌，俾尔寿而臧[45]。	让你炽盛而又兴旺，让你长寿无灾无恙。
保彼东方，鲁邦是常[46]。	保卫王朝东方国土，鲁国江山要久长。
不亏不崩，不震不腾。	山不缺损也不崩溃，水不激起也不动荡。
三寿作朋[47]，如冈如陵。	有上中下三寿比并，犹如巍峨峰峦山冈。
公车千乘，朱英绿縢[48]，	鲁公战车有一千乘，矛饰红缨弓扎绿绳，
二矛重弓[49]。	两矛两弓以备交锋。
公徒三万[50]，贝胄朱綅[51]，	鲁公步兵有三万，头盔镶贝红线缀缝，
烝徒增增[52]。	众多军队一层一层。
戎狄是膺[53]，荆舒是惩[54]，	戎族狄族我将痛击，楚国徐国我将严惩，
则莫我敢承[55]！	没人胆敢与我抗衡！
俾尔昌而炽，俾尔寿而富。	让你兴旺而又炽盛，让你长寿富贵同在。
黄发台背[56]，寿胥与试[57]。	白发变黄背生斑纹，长命百岁无人能比。
俾尔昌而大，俾尔耆而艾[58]。	让你康健而又强壮，让你高寿年至耆艾。
万有千岁[59]，眉寿无有害[60]。	过了万岁再加千岁，活到高寿不受损害。
泰山岩岩[61]，鲁邦所詹[62]。	泰山真是高耸入天，鲁国人对其仰望。
奄有龟蒙[63]，遂荒大东[64]。	拥有两山龟山蒙山，疆土直到东方极边。
至于海邦，淮夷来同[65]。	延伸已接海边小国，淮夷都来会盟谒见。
莫不率从，鲁侯之功。	他们无不相率服从，这是鲁侯功业所成。
保有凫绎[66]，遂荒徐宅[67]。	安定两山那凫那绎，抚定徐国旧居之地。
至于海邦，淮夷蛮貊[68]。	延伸直到海边小国，要将淮夷蛮貊治理。
及彼南夷[69]，莫不率从。	那些南方蛮夷之族，他们无不听命服气。
莫敢不诺[70]，鲁侯是若[71]。	没人敢不唯唯诺诺，顺从鲁侯岂敢叛逆。
天锡公纯嘏[72]，眉寿保鲁。	上天赐给鲁公洪福，让他高寿保卫鲁域。
居常与许[73]，复周公之宇。	常许两地又有居处，恢复周公原有疆宇。
鲁侯燕喜[74]，令妻寿母[75]。	鲁侯设宴让人欢喜，贤妻老母皆受颂扬。

宜大夫庶士[76]，邦国是有。	大夫诸臣和睦相处，国家遂能保有其土。
既多受祉[77]，黄发儿齿[78]。	已经获得许多福祉，白发变黄乳齿再出。
徂来之松[79]，新甫之柏[80]。	徂徕山上青松郁郁，新甫山上翠柏葱葱。
是断是度，是寻是尺[81]。	将它截断将它砍掉，丈量尺寸留下待用。
松桷有舄[82]，路寝孔硕[83]，新庙奕奕[84]。	松木方椽又粗又大，寝殿宽敞气势恢宏，新修庙堂光彩美丽。
奚斯所作[85]，孔曼且硕[86]，万民是若[87]。	大夫奚斯写成此诗，篇幅颇长蕴涵甚丰，人人赞他好诗才。

【注解】

①侐：清静。

②实实：广大的样子。枚枚：细密的样子。

③姜嫄：古代传说中后稷之母。

④回：邪僻。

⑤依：依傍、依靠。

⑥弥月：满月，指怀胎十月。

⑦后稷：周始祖，名弃。后，帝；稷，农官之名，弃曾为尧农官，故曰后稷。

⑧百：多。

⑨黍：黍子。稷：谷子。重稑：两种谷物，早种晚熟的叫“重”，后种先熟的叫“稑”。

⑩稙稚：两种谷物，早熟的叫“稙”，晚熟的叫“稚”。菽：豆类作物。

⑪奄：覆盖。

⑫俾：使。稼穑：指种植技术。

⑬秬：黑黍。

⑭缵：继承。绪：事业，工业。

⑮大王：即太王，周之远祖古公亶父。

⑯岐：山名，在今陕西。阳：山南。

⑰翦：消灭。

⑱文武：周文王、周武王。

⑲届：通“殛”，诛杀。

⑳牧野：地名，殷都之郊，在今河南新乡市郊。

㉑贰：有二心。虞：欺骗。

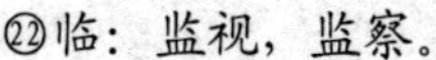

㉒临：监视，监察。
㉓敦：治理。旅：军队。
㉔咸：此指完成。
㉕王：指成王，武王之子。叔父：指周公旦，周公为武王之弟，成王叔父。
㉖元子：天子和诸侯的嫡长子。
㉗启：开拓，开辟。
㉘锡：同“赐”，恩赐。
㉙附庸：指诸侯国的附属小国。
㉚周公之孙、庄公之子：均指鲁僖公。
㉛承祀：继承祭祀之礼。
㉜辔：驭牲口的缰绳。耳耳：盛美的样子。
㉝解：通“懈”，懈怠。
㉞享：祭献。忒：变更。
㉟骍：赤色。牺：古代供宗庙祭祀用的毛色纯一的牲畜。
㊱飨、宜：古代两种祭名。
㊲周公皇祖：即皇祖周公。
㊳尝：秋季祭祀之名。
㊴楅衡：防止牛抵触用的横木。古代祭祀用的牛必须是没有任何损伤的，秋祭用的牛要在夏天设以楅衡，防止触折牛角。
㊵牡：公牛。刚：通“犅”，公牛。
㊶牺尊：古代一种刻作牛形的酒器。将将：金、玉撞击的声音。
㊷炰：通“炮”，烧烤，此是烧小猪。胾：大块的肉。羹：用肉或菜调制的带汁食物。
㊸笾：竹制的献祭容器。豆：木制的献祭容器。大房：祭祀时用以盛牛羊的礼器。
㊹万舞：舞名，常用于祭祀活动。洋洋：盛大的样子。
㊺臧：善。
㊻常：久长。
㊼三寿作朋：古代常用的祝寿语。
㊽朱英：矛上用以装饰的红缨。绿縢：将两张弓捆扎在一起的绿绳。縢，绳索。
㊾二矛：古代每辆兵车上有两支矛，一长一短，用于不同距离的交锋。重弓：古代每辆兵车上有两张弓，一张常用，一张备用。
㊿徒：步兵。
51贝：贝壳，用于装饰头盔。胄：头盔。绶：线，用于编缀固定贝壳。
52烝：众。增：通“层”，多层。
53戎狄：指西方和北方在周王室控制以外的两个民族。膺：打击。
54荆：楚国的别名。舒：春秋国名，在今安徽庐江。

⑤承：阻止，抵御。
⑥黄发台背：皆高寿的象征。人老则白发变黄，故曰黄发。台背即“鲐背”，老年人背上生有斑纹似鲐鱼之纹，故称。
⑦胥：皆。
⑧耆、艾：皆指年老。
⑨有：通“又”，连词。
⑩眉寿：长寿。
⑪岩岩：高耸的样子。
⑫詹：通“瞻”，仰望。
⑬龟、蒙：二山名。
⑭荒：占有，包有。大东：指最东的地方。
⑮淮夷：淮水流域不受周王室控制的民族。同：会盟。
⑯保：安。凫绎：二山名。
⑰徐：国名。宅：居。徐宅，指徐国。
⑱蛮貊：东南方一些周王室控制外的民族。
⑲南夷：南方一些周王室控制外的民族。
⑳诺：应诺。有顺从意。
㉑若：顺从。
㉒公：鲁公。纯嘏：大福。
㉓常、许：鲁国二地名。
㉔燕：通“宴”，设宴。
㉕令：善。
㉖宜：合适。
㉗祉：福。
㉘儿齿：高寿的象征。老人牙落后又生新牙。
㉙徂来：也作徂徕，山名，在今山东。
㉚新甫：山名，在今山东。
㉛寻、尺：皆度量单位，此作动词用。
㉜桷：方形的椽子。舄：高大的样子。
㉝路寝：指庙堂后面的寝殿。孔：很。
㉞新庙：指閟宫。奕奕：光明的样子。
㉟奚斯：鲁大夫。
㊱曼：长。
㊲若：善。

商　颂

商颂·《那》之什

那

《那》，祀成汤也。微子至于戴公，其间礼乐废坏，有正考甫者，得《商颂》十二篇于周之大师，以《那》为首。

——毛诗序

猗与那与[1]，置我鞉鼓[2]。	好盛美啊好繁富，在我堂上放小鼓。
奏鼓简简[3]，衎我烈祖[4]。	敲起鼓来响咚咚，令我祖宗多欢乐。
汤孙奏假[5]，绥我思成[6]。	商汤之孙正祭祀，赐我成功祈先祖。
鞉鼓渊渊[7]，嘒嘒管声[8]。	敲起小鼓声声响，吹奏管乐声呜呜。
既和且平，依我磬声[9]。	曲调和谐音清平，磬声节奏有起伏。
於赫汤孙[10]，穆穆厥声[11]。	商汤之孙真显赫，音乐和美又庄肃。
庸鼓有斁[12]，万舞有奕[13]。	钟鼓洪亮一齐鸣，场面盛大看万舞。
我有嘉客，亦不夷怿[14]。	我有助祭好宾客，无不欢欣在一处。
自古在昔，先民有作[15]。	在那遥远的古代，先民劳作真勤恳。
温恭朝夕，执事有恪[16]。	早晚温文又恭敬，祭神祈福见虔诚。
顾予烝尝[17]，汤孙之将[18]。	秋冬致祭请顾念，商汤子孙定顺从。

【注解】

①猗：感叹词，表示赞美。与：叹词。

②置：放置，摆放。鞉：即鼗，一种有柄的小鼓。

③简简：象声词，形容鼓声大。

④衎：快乐，欢乐。

⑤汤孙：商汤之孙。
⑥绥：赠予，赐予。思：语气助词。成：成功。
⑦渊渊：象声词，鼓声。
⑧嘒嘒：象声词，乐管声。管：一种竹制吹奏乐器。
⑨磬：一种打击乐器。以玉、石等材料制成，形如曲尺，悬挂在架上。
⑩於：叹词。赫：显赫。
⑪穆穆：和美的样子。
⑫庸：通“镛”，大钟。斁：盛大的样子。
⑬万舞：舞名。奕：形容舞蹈场面盛美的样子。
⑭亦不夷怿：即不是很快乐吗。
⑮作：工作，劳动。
⑯执事：做事情，主持工作。恪：恭敬，谨慎。
⑰顾：顾念。烝尝：冬祭为烝，秋祭为尝。
⑱将：顺从。

烈　祖

《烈祖》，祀中宗也。　　——毛诗序

嗟嗟烈祖[①]！有秩斯祜[②]。	赞叹伟大我先祖！大吉大利有洪福。
申锡无疆[③]，及尔斯所[④]。	永无休止赏赐厚，至今恩泽仍丰足。
既载清酤[⑤]，赉我思成[⑥]。	祭祖清酒杯中注，佑我事业得成功。
亦有和羹，既戒既平[⑦]。	再把肉羹调制好，五味平和最适中。
鬷假无言[⑧]，时靡有争。	众人祷告不出声，次序井然不争抢。
绥我眉寿[⑨]，黄耇无疆[⑩]。	赐我平安得长寿，长寿无边保安康。
约軧错衡[⑪]，八鸾鸧鸧[⑫]。	车衡车轴金革镶，鸾铃八个鸣铿锵。
以假以享[⑬]，我受命溥将[⑭]。	来到宗庙祭祖上，我受天命自浩荡。
自天降康，丰年穰穰。	平安康宁从天降，丰收之年满囤粮。
来假来飨，降福无疆。	先祖之灵请尚飨，赐我大福绵且长。
顾予烝尝，汤孙之将。	秋冬两祭都顾念，成汤子孙永顺从。

【注解】

①烈祖：对祖先的敬称。
②秩：大。祜：福。
③申：重复。锡：同“赐”，赏赐。
④及尔斯所：迄今为止。
⑤清酤：清酒。
⑥赉：赐予。思：语气助词。
⑦戒：通“届”，至，到。
⑧鬷：奏，进。
⑨绥：赠予。眉寿：长寿。
⑩黄耇：指长寿。黄，黄发，年高则发黄。耇，年寿高。
⑪軝：车毂末端用革缠束作为装饰的部分。泛指车毂。
⑫鸧鸧：金属撞击声，铃声。
⑬享：祭。
⑭溥：广大。

玄鸟

《玄鸟》，祀高宗也。

——毛诗序

天命玄鸟[①]，降而生商，	天帝发令给神燕，降而生契始建商，
宅殷土芒芒[②]。	住在殷地广又宽。
古帝命武汤[③]，正域彼四方[④]。	当时天帝命成汤，征伐天下安四方。
方命厥后[⑤]，奄有九有[⑥]。	昭告部落各首领，九州尽入商疆界。
商之先后[⑦]，受命不殆[⑧]，	商朝先王后继前，承受天命不怠慢，
在武丁孙子[⑨]。	裔孙武丁最称贤。
武丁孙子，武王靡不胜[⑩]。	武丁确是好后代，成汤遗业能承担。
龙旂十乘[⑪]，大饎是承[⑫]。	龙旗大车有十乘，贡献黍稷常载满。

邦畿千里[13]，维民所止[14]，	千里国土真辽阔，人民居住这地方，
肇域彼四海[15]。	四海之内是封疆。
四海来假[16]，来假祁祁[17]。	四夷小国来朝拜，车水马龙相争先。
景员维河，殷受命咸宜[18]，	景山外围大河流，殷受天命人称善，
百禄是何[19]。	百样福禄都占全。

【注解】

①玄鸟：燕子。传说有娀氏之女简狄吞燕卵而怀孕生契，契建商。
②宅：居住。芒芒：同“茫茫”，广远的样子。
③古：从前。帝：天帝，上帝。武汤：即成汤，汤号曰武。
④正：同“征”，征伐。
⑤后：君主，此指各部落的首领。
⑥奄：包括。九有：九州。
⑦先后：先王。
⑧命：天命。殆：通“怠”，懈怠。
⑨武丁：即殷高宗，汤的后代。
⑩武王：即武汤。胜：胜任。
⑪旂：古时一种旗帜，上画龙形，竿头系铜铃。乘：四马一车为乘。
⑫饎：特指黍稷。
⑬邦畿：直属天子管辖的京都附近的土地。
⑭止：居住。
⑮肇域彼四海：四海之疆域。
⑯来假：来朝。
⑰祁祁：众多的样子。
⑱咸宜：人们都认为适宜。
⑲何：通“荷”，承担。

长　发

《长发》，大禘也。

——毛诗序

浚哲维商[1]，长发其祥[2]。
洪水芒芒[3]，禹敷下土方[4]。
外大国是疆[5]，幅陨既长[6]。
有娀方将[7]，帝立子生商[8]。
玄王桓拨[9]，受小国是达[10]，
受大国是达。
率履不越[11]，遂视既发[12]。
相土烈烈[13]，海外有截[14]。
帝命不违，至于汤齐[15]。
汤降不迟，圣敬日跻[16]。
昭假迟迟[17]，上帝是祗[18]，
帝命式于九围[19]。
受小球大球[20]，为下国缀旒[21]，
何天之休[22]。
不竞不絿[23]，不刚不柔。
敷政优优[24]，百禄是遒[25]。
受小共大共[26]，为下国骏厖[27]，
何天之龙[28]。
敷奏其勇[29]，不震不动[30]，
不戁不竦[31]，百禄是总[32]。
武王载旆[33]，有虔秉钺[34]。
如火烈烈，则莫我敢曷[35]。
苞有三蘖[36]，莫遂莫达[37]。

英明睿智大商始祖，永久兴盛福泽祯祥。
上古时候洪水茫茫，大禹平治天下四方。
远方之国均为疆土，幅员广阔而又绵长。
有娀氏女青春年少，上帝让她生子立商。
玄王商契威武刚毅，接受小国认真治理，
成为大国政令通达。
遵循礼法没有失误，巡视民情处置得宜。
先祖相土武功烈烈，四海之外整齐划一。
先祖听从上帝指令，到成汤时最合天意。
成汤降生适逢其时，明哲圣德日益增进。
从容不迫祷告神明，敬奉上帝一片至诚，
上帝命九州齐效汤。
接受美玉小球大球，成为诸侯各国表率。
承受上天所降福佑。
既不竞争也不急躁，既不太刚也不太柔。
施政温和而且宽厚，千百福禄归王所有。
接受上天大小法，成为诸侯各国庇护，
承受上天所赐荣宠。
显示他的勇武英豪，既不惊恐也不动摇，
既不恐惧也不惊扰，千百福禄都会来到。
武王兴师扬旗亲征，虔诚恭敬手持斧钺。
进军如同熊熊火焰，没有敌人敢于阻截。
一根树干生三树枝，不能再长其他枝叶。

原文	译文
九有有截[38]，韦顾既伐[39]， 昆吾夏桀。	天下九州归于一统，首先讨伐韦国顾国， 再去灭掉昆吾夏桀。
昔在中叶，有震且业。	还在国家中世时候，汤有威力又有业绩。
允也天子，降予卿士。	他确实是上天之子，天降卿士作为辅弼。
实维阿衡，实左右商王。	他就是贤相伊尹，实为商王左膀右臂。

【注解】

①浚哲：深智。商：指商的始祖。
②祥：福，吉利。
③芒芒：同“茫茫”，水多的样子。
④敷：治。下土方：天下四方。
⑤外大国：外即邦畿之外，大国指远方诸侯国。疆：疆土。
⑥幅陨：即幅员。疆域方圆的面积。
⑦有娀：古代国家名。这里指有娀氏之女，古时妇女系姓，姓氏无考，以国号称之。将：壮，大。
⑧帝立子生商：有娀氏之女生契，契被奉为商的始祖。
⑨玄王：指商代的始祖契。下传十世至太乙（汤）建立商王朝，追尊契为王。称为玄王。桓拨：指大治。拨乱反正，自乱而至大治。
⑩达：开，通。
⑪率：遵循。
⑫视：观察，考察。
⑬相土：商汤十一世祖。契之孙。居于商丘（今河南商丘市南）。曾向东开拓疆土到渤海一带。又传为马车发明者。
⑭海外：四海之外，泛言边远之地。有截：指领土整齐划一的样子。
⑮汤：成汤，帝号天乙，商王朝的建立者，他以武力推翻夏桀的统治，建立商王朝。
⑯跻：升。
⑰昭假：向神祷告，表明诚敬之心。迟迟：从容不迫的样子。
⑱祇：敬。
⑲式：效法。九围：九州。
⑳球：美玉。小者尺二寸，大者三尺。
㉑下国：下面的诸侯各国。缀旒：表率。
㉒何：通“荷”，承受。休：庇荫。

㉓絿：急，急躁。
㉔优优：宽和的样子。
㉕遒：聚集。
㉖共：通“拱”，法。
㉗骏厖：笃厚，纯厚。
㉘龙：通“宠”，荣宠。
㉙敷奏：施展。
㉚不震不动：不惊慌也不动摇。
㉛戁、竦：恐惧。
㉜总：聚合。
㉝武王：成汤之号。旆：古代一种旗，此作动词。
㉞虔：诚敬，恭敬。秉钺：手持长柄大斧。钺是青铜或铁制大斧，国王近卫军的兵器。
㉟曷：通“遏”，止。
㊱苞：草木的根和茎。蘖：草木旁生的萌蘖。
㊲达：幼苗出土。
㊳九有：九州。
㊴韦：国名，在今河南滑县东。顾：国名，在今山东鄄城东北。

殷　武

《殷武》，祀高宗也。　　——毛诗序

挞彼殷武[①]，奋伐荆楚。	殷王武丁神勇疾速，是他兴师讨伐荆楚。
罙入其阻[②]，裒荆之旅。	王师深入敌方险阻，众多楚兵全被俘虏。
有截其所，汤孙之绪[③]。	所到之处皆报捷，成汤子孙建功立业。
维女荆楚，居国南乡[④]。	你这偏僻之地荆楚，长久居住中国南方。
昔有成汤，自彼氐羌[⑤]，	从前成汤建立殷商，即使遥远如同氐羌，
莫敢不来享，莫敢不来王。	没人胆敢不来进献，没人胆敢不来朝王。
曰商是常[⑥]。	殷王实为天下之长。

天命多辟，设都于禹之绩[7]。	上帝命令诸侯注意，建都大禹治水之地。
岁事来辟[8]，勿予祸适， 稼穑匪解[9]。	每年按时来朝祭拜，不受责备不受谴责， 好好去把农业管理。
天命降监，下民有严[10]。	上帝命令殷王监视，下方人民严肃从事。
不僭不滥[11]，不敢怠遑。	赏不越级罚不滥施，人人不敢怠慢度日。
命于下国，封建厥福[12]。	君王命令下达诸侯，四方封国有福享受。
商邑翼翼，四方之极。	殷商都城富丽堂皇，它是天下四方榜样。
赫赫厥声，濯濯厥灵[13]。	武丁有着赫赫声名，他的威灵光辉鲜明。
寿考且宁，以保我后生[14]。	既享长寿又得康宁，是他保佑我们后人。
陟彼景山，松伯丸丸。	登上了那景山山巅，松树柏树高大挺拔。
是断是迁，方斫是虔[15]。	把它砍断把它远搬，削枝刨皮加工完善。
松桷有梴，旅楹有闲[16]， 寝成孔安。	长长松木制成方椽，楹柱排列粗壮溜圆， 寝官落成神灵安宁。

【注解】

①挞：疾速的样子。殷武：即殷高宗武丁，殷朝的一位中兴之主，曾任用贤人傅说为相。
②罙：深入，冒进。
③汤孙：指商汤的后代武丁。绪：功业。
④乡：通“向”，方向。
⑤氐羌：散居在今西北陕西、甘肃、青海一带的边远少数民族。
⑥常：长。
⑦绩：功绩。
⑧来辟：犹“来王”“来朝”。
⑨解：同“懈”，懈怠。
⑩严：严肃。
⑪僭：越礼。
⑫封建：帝王分封土地给诸侯，使其建立邦国。
⑬濯濯：光明，清朗。
⑭后生：后代子孙。
⑮虔：截，削。
⑯旅：陈列。闲：大。

附　录

诗经学常识

诗　经

《诗经》是中国最早的诗歌总集。本只称为《诗》，儒家列为经典之一，故称《诗经》。编成于春秋时代，共三百零五篇。分为《风》《雅》《颂》三大类：《风》有十五国风，《雅》有《大雅》《小雅》，《颂》有《周颂》《鲁颂》《商颂》。大抵是周初至春秋中叶的作品，产生于今陕西、山西、河南、山东及湖北等地。据《史记》等记载，系孔子删定，近人多疑其说。其中民间诗歌部分，相传由周王室派专人（古称“行人”或“遒人”）搜集而得，称为“采风”。有“男女相悦”之词，也有不少篇章揭露了当时政治的黑暗和混乱，反映了人民遭受的压迫和痛苦；部分西周上层统治者祀神祭祖、赞美业绩的作品，提供了关于周的兴起、周初经济制度和生产情况的重要资料。诗篇形式以四言为主，运用赋、比、兴的手法。其优秀篇章，描写生动，语言朴素优美，声调自然和谐，富有艺术感染力。汉代传《诗》者有鲁、齐、韩、毛四家。鲁、齐、韩三家为今文诗学，西汉时立有博士，魏晋以后逐渐衰亡。清王先谦《诗三家义集疏》辑注较备。《毛诗》为古文诗学，盛行于东汉以后。魏晋后通行的《诗经》就是《毛诗》，有东汉郑玄《毛诗笺》、唐孔颖达《毛诗正义》、清陈奂《诗毛氏传疏》等。宋朱熹《诗集传》则杂采《毛诗》《郑笺》，间有三家诗义。《诗经》对中国两千多年来的文学发展有深广的影响，而且是很珍贵的古代史料。

诗经原始

对《诗经》及其研究史作阐释和研究的学科。先秦时的孔子诗教和孟子的一些论《诗》观点为封建时代学者研究《诗经》的理论基础，历代研究大体包含以下内容：《诗经》的体制与性质，产生地域与时间，最初的编订、流传与应用，孔子删诗说，“诗序”及其作者，诗与音乐的关系，总体内容与艺术特征及其分类，各篇旨意，史料考订，文字、音韵、训诂、名物等的考证，流派研究，以及校勘、辑佚等。研究内容分属经学、史学与文学三大范围。《诗经》研究大致分为四个阶段：汉至唐的汉学时期，宋至明的宋学时期，清代的新汉学时期和“五四”以后的新时期。“五四”以后，一些学者总结前人研究成果，适当采用文字、声韵、训诂、考证等方法，结合出土文物以及甲骨、金文、石鼓等古文字材料，以探求《诗经》的本来面目及其文学意义，取得了较好的成绩。

《诗经全集》名句集锦

关关雎鸠，在河之洲。窈窕淑女，君子好逑。

桃之夭夭，灼灼其华。

赳赳武夫，公侯腹心。

汉之广矣，不可泳思。江之永矣，不可方思。

未见君子，我心伤悲。亦既见止，亦既觏止，我心则夷。

我心匪石，不可转也。我心匪席，不可卷也。

静言思之，不能奋飞。

我思古人，实获我心。

死生契阔，与子成说。执子之手，与子偕老。

凯风自南，吹彼棘薪。

天实为之，谓之何哉！

匪女之为美，美人之贻。

委委佗佗，如山如河。

人而无仪，不死何为？

如切如磋，如琢如磨。

巧笑倩兮，美目盼兮。

于嗟女兮，无与士耽。士之耽兮，犹可说也。女之耽兮，不可说也。

淇则有岸，隰则有泮。

投我以木瓜，报之以琼琚。

投我以木桃，报之以琼瑶。

知我者谓我心忧，不知我者谓我何求。

一日不见，如三秋兮。

人之多言，亦可畏也！

既见君子，云胡不喜？

青青子衿，悠悠我心。

河水清且涟猗。

蒹葭苍苍，白露为霜。所谓伊人，在水一方。

岂曰无衣？与子同袍。

修我甲兵，与子偕行！

月出皎兮，佼人僚兮。舒窈纠兮，劳心悄兮！

七月流火，九月授衣。